JEU SUR TAMBOURS
ET TAMBOURINS

Prix Nobel de littérature 2018, Olga Tokarczuk a reçu le Man Booker International Prize pour *Les Pérégrins*, puis le prix Nike pour son monumental *Les Livres de Jakób*. Née en 1962, Olga Tokarczuk a étudié la psychologie à l'université de Varsovie. Elle est la romancière polonaise la plus traduite à travers le monde. Déjà parus chez Noir sur Blanc : *Récits ultimes* (2007), *Les Pérégrins* (2010), *Sur les ossements des morts* (2012), *Les Livres de Jakób* (2018), *Histoires bizarroïdes, Le Tendre Narrateur* (2020), *Maison de jour, maison de nuit* (2021) et *Le Banquet des Empouses* (2024).

Paru au Livre de Poche :

Les Livres de Jakób
Les Pérégrins
Récits ultimes

OLGA TOKARCZUK
Prix Nobel de littérature

Jeu sur tambours et tambourins

suivi de

L'Armoire
et autres nouvelles

TRADUIT DU POLONAIS PAR MARYLA LAURENT

LES ÉDITIONS NOIR SUR BLANC

Titre original :

GRA NA WIELU BĘBENKACH, *suivi de* SZAFA

© Olga Tokarczuk, 2001, pour *Gra na wielu bębenkach*.
© Olga Tokarczuk, 1997, pour *Szafa*.
© Les Éditions Noir sur Blanc, 2023, pour la traduction française.
ISBN : 978-2-253-25145-3 – 1ʳᵉ publication LGF

OUVRE LES YEUX, TU N'ES PLUS EN VIE !

C. venait de s'acheter un livre, attirée par le dessin de couverture où, sur un fond sombre couleur de sang séché, un escalier menait à une porte entrouverte, à peine esquissée, qui laissait passer un rai très fin, aiguisé comme une lame, de lumière éclatante. En outre, C. avait reconnu le lettrage du titre : des caractères jaunes aux formes anguleuses. Le bouquin faisait partie de sa série noire préférée. Des années plus tôt, C. avait commencé par lire les romans d'Agatha Christie avant de se sentir brusquement lassée de leur impeccable engrènement : crime, enquête, identification du coupable. Comme si, par sa limpidité et par l'absence d'interférences, la construction du polar n'autorisait aucune échappatoire. Elle ne supportait plus les personnages en papier mâché, utilisés comme des pions, disposés sur la scène pour être déplacés au gré de l'idée magistrale qui venait à la romancière. Il était vraiment bizarre que, dès le départ, cette dernière soit la seule personne informée de cet ordre clos sur lui-même – le crime toujours suivi du châtiment –, et qui pour autant ne se départait aucunement du désir de tisser patiemment son récit. D'un ennui mortel, se disait C.

Elle ne savait pas ce dont elle avait envie. Elle ignorait ce qu'elle cherchait sur les étagères de la bibliothèque de son quartier ou dans les librairies. Si elle avait dû le préciser, elle aurait certainement levé les yeux au ciel, avancé les lèvres comme pour une moue dubitative et fait des cercles impuissants avec les mains. Elle était en quête de vraies gens et de meurtres plus corsés. Avec des motivations plus compliquées, des preuves qu'un enquêteur n'envisagerait jamais. Non, non, pas du sang et des macchabées ou des massacres cauchemardesques. Il y en avait suffisamment à la télévision ! Elle désirait quelque chose d'atypique, avec un schéma pas tout à fait clair qui affleurerait juste, de temps à autre, pour se rappeler au bon souvenir du lecteur. C. avait également envie de quelque chose qui la concernerait, qui la secouerait par les épaules, l'empêcherait de dormir. Voilà qui était difficile à expliquer aux bibliothécaires ou aux libraires.

— J'hésite, disait-elle en retournant chaque livre entre ses mains, mais elle finissait toujours par le prendre.

La lecture de romans policiers était, somme toute, agréable. C'était un peu comme faire le ménage ou ranger les tiroirs. Petit à petit, le chaos se transformait en ordre. Seulement, l'ordre devient parfois lassant.

C. emportait donc chez elle un filet à provisions rempli de bouquins de la bibliothèque locale. Elle les lisait avidement dans sa cuisine comme dans le métro. Deux ou trois par semaine. D'auteurs moins connus, également. Certains étaient bons, d'autres absolument nuls. Elle goûta aux policiers à ambition littéraire, avec un deuxième niveau de lecture pas toujours évident. Elle tâta de thrillers étranges, pareils à des plantes transgéniques. Elle essaya les polars-puzzles, les polarssagas. Elle mit à nu les polars-matriochka dans lesquels chaque chapitre ouvrait de nouveaux tiroirs avec d'autres histoires en apparence indépendantes de l'intrigue principale. C. se plongea également dans des polars-essais-sur-ceci-ou-cela, chargés d'effets de manche érudits, de références qu'elle aurait dû comprendre, mais ne comprenait pas. Elle se débattit avec des ouvrages qui se piquaient de ne pas être uniquement des romans noirs, mais des traités d'érudition ou de morale. Il y avait aussi des polars criminels qui mettaient en pièces les principes du genre, qui en faisaient un hachis écœurant pour le lecteur et, pire encore, dévoilaient le coupable en contournant tout le rituel de l'enquête. Ou encore d'autres où chaque phrase était dorlotée, mais le meurtre repoussé au second plan, autant dire des séries noires éprises de leur beauté comme des célimènes devant leur miroir. Mais aussi, par exemple – et à cette seule idée, C., offusquée, serrait les mâchoires et sentait monter en elle de la colère –, des polars qui décrivaient le meurtre dans ses moindres détails, mais sans jamais dévoiler le coupable ! Quelle perversion ! Dans les librairies, il y avait de plus en plus de ces romans bâtards : polars-techno, polars-science-fiction ou polars à l'eau de rose. C. lisait tout. Au moins elle, elle restait loyale. Il ne lui arrivait jamais de commencer un livre sans le finir. À ses yeux, lire la première phrase équivalait à signer un contrat ou à prêter serment d'aller jusqu'au bout. Il n'y avait pas moyen de se dédire. Tant que toute la lumière n'était pas faite sur le meurtrier.

Dans le métro qui la ramenait chez elle, elle lut les premières pages d'un nouveau livre et constata avec satisfaction que le récit commençait très bien. Il y avait tout ce qu'elle aimait : un espace décrit avec précision et réalisme, des objets dépeints avec l'amour du détail, une description percutante des personnages. Elle était reconnaissante à l'auteur parce qu'il avait évoqué la calvitie d'un personnage ou un pantalon de velours froissé. Grâce à cela, après quelques paragraphes, elle était en mesure de se représenter les choses sur les vitres sombres du wagon où clignotaient des lumières éparpillées.

Il y était question d'une rencontre d'auteurs de thrillers dans un château pas très grand, mais magnifiquement situé dans les Flandres. La propriétaire du domaine et initiatrice de cette réunion peu commune était la reine du genre, Ulrika, déjà âgée de plus de quatre-vingts ans.

Inspirée par plusieurs phrases d'une description assez précise, C. imagina une vieille dame, desséchée comme un sarment, avec de longs doigts osseux. Ulrika ressemblait ainsi à Barbara Cartland, peut-être parce qu'elle aussi avait écrit plusieurs dizaines de livres qui l'avaient rendue célèbre. La soie bleue des robes d'Ulrika parées d'un peu trop de bijoux en or s'imposa avec insistance. Allez savoir pourquoi, C. se figura qu'une telle personne devait dégager une senteur de foin, l'un des parfums qui se dissipent le plus facilement de tous.

Ulrika était flamande, le domaine appartenait à sa famille depuis des siècles, mais, depuis le carnage d'Ypres, il était moins attractif. On disait que le sol y dégageait des miasmes de cadavre.

C. jeta un regard à son voisin, qui avait un petit chat dans un panier sur ses genoux, et elle se dit qu'il lui faudrait vérifier de quel massacre il s'agissait. Était-ce lors de la Première Guerre mondiale avec l'usage de l'ypérite ? Très certainement.

La célèbre auteure avait décidé par testament que, après sa mort, le château et son parc de marronniers deviendraient une résidence pour écrivains de romans noirs. Au rez-de-chaussée, près de l'entrée, une salle serait dédiée à la donatrice, à ses livres, à sa vie. Avec des photographies, une vitrine présentant ses manuscrits et la collection de ses romans dans de nombreuses langues. Elle mettait à la disposition des résidents sa bibliothèque personnelle, le parc, une très belle Renault, ainsi que la meilleure des cuisinières de Flandres (longue vie à cette dernière !). À l'étage, les chambres petites et sombres, l'une à côté de l'autre comme des cellules, donnaient sur un couloir étroit et allaient servir aux futures générations de romanciers pour la plus grande gloire du genre policier.

C. dut malheureusement interrompre sa lecture juste au moment où on allait accueillir le premier arrivant en gare de Bayenne, la plus proche du domaine. Il lui plut qu'une voiture ait été envoyée le chercher. La Renault bleu marine. Ce premier invité était justement l'homme à la calvitie et au pantalon en velours usé.

Avec ses filets de courses, C. se hissa au troisième étage, jusqu'à son appartement. Elle ouvrit la fenêtre et l'odeur encore suave et incertaine du printemps s'engouffra dans la pièce. Au passage, C. remarqua quelques petits pucerons sur les feuilles du croton qui, sans déboires majeurs, avait passé l'hiver. Ensuite, elle donna à manger à son chat, mit de l'eau à chauffer pour les pâtes et, en attendant l'ébullition, elle s'assit sur un tabouret de la cuisine pour poursuivre sa lecture.

L'homme s'appelait Longfellow, c'était un célèbre auteur anglais de romans policiers. Fatigué par un voyage interminable, il ne songeait qu'à s'allonger pour une petite sieste avant le dîner. Néanmoins, il observait les paysages tristes et brumeux du nord de la France avec curiosité. Il lui sembla que ceux-ci conviendraient surtout à la rédaction d'histoires d'horreur sentimentales.

— Est-il exact que dans le voisinage se trouve un immense cimetière militaire anglais ? demanda-t-il au chauffeur corpulent qui, devant la gare, l'avait aidé à charger ses deux grandes valises.

Désormais au volant, celui-ci confirma gravement, en tournant tout son buste vers lui. Les roues de droite empiétèrent dangereusement sur le bas-côté de la chaussée, et Longfellow poussa un cri.

Le conducteur présenta des excuses pour son embardée, puis resta silencieux. Ce fut également sans un mot qu'il monta les valises à l'étage, où il indiqua à l'arrivant sa chambre.

Au moment où Longfellow y pénétrait, l'eau pour les pâtes se mit à bouillir et C. prépara le dîner. Dès lors, il n'était plus question de lire ; les enfants rentrèrent de l'école, allumèrent partout, mirent la télé, puis son mari, grincheux et malheureux à son habitude, arriva lui aussi. Une fois la vaisselle terminée, C. sortit la planche à repasser et consacra la soirée à cette corvée, pénible entre toutes. Elle ne reprit son livre que tard dans la nuit. Son mari dormait déjà, il émettait de tristes ronflements pareils à ceux d'un petit garçon contraint de porter sur ses épaules tout le poids du monde.

Longfellow demanda du thé, puis déballa ses affaires avant de regarder sa chambre de plus près. La façon dont elle était aménagée reflétait la sévérité des gens du Nord : un grand lit double, une table de travail et une belle armoire ancienne. La fenêtre donnait sur le parc qu'éclairait la couleur violine du couchant. Les feuilles déjà jaunies des marronniers irradiaient d'une lumière orange. L'Anglais remarqua avec déplaisir que sa chambre était dépourvue de salle de bains et qu'il lui faudrait, pour en trouver une, aller tout au bout du long couloir. Son thé arriva accompagné de petits sablés soigneusement disposés sur une petite assiette en porcelaine.

Après une brève hésitation, dans le noir, C. alla à la cuisine. Évidemment, chez elle, il n'y avait pas de petits sablés dans le buffet. Elle se contenta de quelques bâtonnets d'apéritif rances. Au même moment, Longfellow rêvait d'un verre de whisky, mais il décida de ne pas descendre avant le dîner.

La deuxième personne arrivée ce soir-là était Anne-Marie du Lac. En dépit de ses mains complètement glacées, elle rangea sa voiture décapotable avec adresse devant le perron, au bout de l'allée. C. n'avait pas appris grand-chose d'elle pour le moment. Dans les livres d'Anne-Marie du Lac, les enquêteurs étaient toujours des enquêtrices dont la perspicacité était supérieure à celle de leurs collègues masculins. Anne-Marie fumait la pipe et ne renonçait jamais à porter un couvre-chef fantaisiste. Parfois c'était un bonnet en feutrine, d'autres fois une coiffe singulière en raphia avec des plumes d'oiseaux, d'où dépassaient des mèches raides de cheveux gris. Il se disait qu'Anne-Marie du Lac était l'une des femmes les plus intelligentes de France. Les personnages de ses romans échangeaient des propos pleins d'esprit. Seule femme parmi les invités, elle eut droit à une chambre avec salle de bains.

C. s'endormit alors qu'elle cherchait à s'imaginer cette pièce féminine, claire, aux tapisseries blanc cassé. Les longs doigts de la Française qui tournaient les robinets de laiton en forme de tête de poisson furent la dernière image qu'elle eut le temps de voir.

Le matin, C. ne parvint pas à lire la moindre page. Elle alla au travail dans un métro tellement bondé qu'elle s'en sentit presque mal. La cohue la porta directement vers la sortie et la pluie printanière étincelante. C. réfléchissait déjà à ce qu'elle devait faire dans la journée. Alors qu'elle traversait en courant le plus grand carrefour de la ville luisant d'humidité pour rejoindre son bureau, un de ses talons plia sur la chaussée mouillée et glissante. Ce qui la contraignit à poser les pieds avec prudence pour qu'il ne se détache pas totalement. Ensuite, ce ne fut que bruissement de papiers, vaines tentatives pour fermer les radiateurs, migraine tant l'air aride déshydratait sa tête comme il l'aurait fait d'un épi de maïs. Présentation du nouveau programme de crédits. C. ne cessait de décoller son corsage blanc en viscose de sa peau en sueur. La fraîcheur bleutée des soies d'Ulrika se rappela à son souvenir, C. rêva de la Flandre. Non, elle ne pourrait pas lire paisiblement ce jour-là, le soir elle devait accompagner son mari à un dîner chez des amis qui venaient d'emménager. À la pause de midi, tandis que ses collègues étaient descendus au bar ou mangeaient en silence leurs sandwichs, C. sortit de son sac à main le polar pour s'enfermer dans les toilettes et s'adonner à la lecture.

Dans le roman, le dîner était à vingt heures. Ils étaient tous arrivés. Ulrika, grisonnante, parée de bijoux dorés étincelants, toute de bleu vêtue, avec un fume-cigarette d'une longueur inouïe, sûre d'elle, dominatrice, ironique, tenait des propos acérés comme le fil d'un rasoir. Une vague suspicion de cruauté se cachait entre les lignes des quelques phrases qui la décrivaient. Mais peut-être était-ce juste une impression qu'avait C. Longfellow, quant à lui, semblait encore un peu ensommeillé, paumé, ni vieux ni jeune, vêtu en bon Anglais d'un veston en velours côtelé, aux coudes renforcés de cuir. Anne-Marie, pimpante (ah ! comme ce mot plaisait à C., même si elle ne savait pas exactement ce qu'il signifiait), mince, toute en souplesse, dans une longue jupe plissée et un pull blanc, saluait affectueusement la maîtresse des lieux, telle une fille sa mère. Ou peut-être plutôt une petite-fille sa grand-mère ? Son sourire éblouissant, qui dévoilait sans réserve les détails de sa bouche, semblait dire : « Voyez, je n'ai rien à cacher ! » Il y avait également Monsieur Frucht, un homme grêle, dissymétrique, aux gestes anguleux. En le regardant, on cherchait malgré soi une infirmité discrète, non sans constater qu'il n'en avait aucune. Pour finir, et de quelle manière ! il y avait le jeune Américain, noir de peau, mince et beau. Il fut dit que Longfellow, à cause de sa myopie, avait failli le prendre pour un laquais. Ce Lou Je-ne-sais-quoi (C. avait toujours du mal à retenir les noms anglais, elle connaissait peu les langues étrangères) était une nouvelle connaissance d'Ulrika. Celle-ci affirmait qu'il écrivait les meilleurs thrillers d'Amérique et qu'il avait un bel avenir devant lui. Elle résuma son roman le plus récent, *Les Arbres divins*, où une petite vieille en fauteuil roulant, doyenne de sa famille, assassinait ses descendants gênants d'une façon astucieuse, avec de l'extrait de muguet ajouté au thé de quatre heures. Le jeune auteur souriait, content de lui, en écoutant ces compliments. En guise d'entrée, l'on servit des brochettes de légumes accompagnées d'un vin dont le nom ne disait évidemment rien à C. La vieille dame menait la conversation. Elle semblait tenir tous ses hôtes entre ses mains comme autant de serviettes en papier.

À table avec eux se trouvait également la silencieuse Mademoiselle Schatzky, la dame de compagnie d'Ulrika, qui était aussi sa secrétaire, sa femme de chambre et, indéniablement, sa tête de Turc.

C'était une quadragénaire pulpeuse et terne comme une gaufre saupoudrée de cendres. Un grand col en dentelle détournait l'attention de son visage maternel et soucieux. Lorsque l'on s'adressait à elle, elle rougissait, elle se colorait comme un gâteau en train de cuire, elle s'empourprait comme une rose, elle piquait un fard en gelée de framboise. L'instant d'après, Mademoiselle Schatzky se fanait à nouveau. Ulrika était plus que méchante avec elle.

Alors qu'elle était dans le métro du retour, toujours attentive à son talon abîmé, C. apprit qu'un jeu de l'Assassin était prévu. Elle fut quelque peu étonnée qu'au lieu d'une aimable discussion sur l'objectif de la conférence, l'avenir du roman noir dans le monde ou encore la malhonnêteté des éditeurs et le manque de dynamisme des agents littéraires, les invités s'installent tout simplement sur les canapés du salon pour jouer. À l'évidence, c'était pour que le lecteur ait la possibilité de mieux les observer. Une intrigue devait se nouer. Déjà, les premières indications subtiles et ambiguës devaient tomber. C. se mit à lire avec une attention soutenue. Si elle avait eu les deux mains libres, elle les aurait frottées l'une contre l'autre avec satisfaction : ça commençait. Mais elle tenait le livre dans sa main gauche et, dans la droite, les anses de son filet à provisions. Du coin de l'œil, elle vit s'asseoir à côté d'elle un homme vêtu de cuir qui tenait un Dobermann par une courte laisse. Le chien la regarda sans aménité.

Le principe du jeu était que tout le monde devait fermer les yeux tandis que le Meneur tournait autour des participants pour désigner l'Assassin en le touchant du doigt. Après cela, l'Assassin choisissait du regard la Victime, ce que seul le Meneur pouvait voir, évidemment. Ce dernier prononçait alors le prénom de celle-ci à voix haute. À ce moment-là, tout le monde ouvrait les yeux et la phase réelle du jeu démarrait ; autrement dit l'Enquête. Il fallait que tous se mettent d'accord afin de désigner l'Assassin. S'ils se trompaient, celui-ci tuait à nouveau. S'ils visaient juste, le Meneur choisissait un nouvel Assassin.

C. commença par ne pas vraiment comprendre les règles et, à vrai dire, tout cela lui sembla assez alambiqué. Elle devina pourtant bientôt le projet du narrateur. Il s'agissait de livrer au lecteur une dose suffisante d'informations sur les personnages et les relations qui existaient entre eux. Elle le prit en bonne part. Qu'ils jouent !

Frucht fut la première victime, et c'était Ulrika qui animait le divertissement. Évidemment !

— Ouvre les yeux, Frucht, dit-elle. Tu n'es plus en vie.

Frucht semblait désagréablement surpris d'avoir été le premier assassiné. Il avança les lèvres pour lamper une grande gorgée de cognac.

— Allons-y, les pressa la maîtresse de maison. Lequel d'entre vous pouvait avoir une raison d'assassiner Monsieur Frucht ?

— Ne parlons peut-être pas d'« assassiner », réagit soudain Lou, semblant reprendre conscience. Disons plutôt « éliminer », « mettre hors-jeu », je ne sais pas, moi. « Assassiner » sonne mal. Toute personne qui assassine ne pense pas « assassiner », vous le savez parfaitement. Qui plus est, je ne veux pas être « assassiné ».

— Ce ne sont que des mots, fit à mi-voix Longfellow. Allons, il faut avoir un peu d'humour, l'ami !

Le reste de l'assemblée resta insensible à la remarque de Lou et, entre parenthèses, il était indiqué qu'Anne-Marie avait pensé de l'Américain qu'il était « encore un de ces dépressifs ».

— Monsieur Frucht a été assassiné par John, John Longfellow, parce qu'il a une plus belle chambre que ce dernier. Plus près de la salle de bains, déclara Anne-Marie.

Longfellow, dans son rôle de suspect, conserva un impeccable visage de marbre, tandis qu'Ulrika souriait :

— Pas mal pour un début, mais je préférerais des mobiles plus convaincants.

— La jalousie, lança Mademoiselle Schatzky non sans hésitation avant de piquer un fard.

— Ai-je le droit de me défendre ? demanda Longfellow.

Ulrika acquiesça.

— Défends-toi, bien sûr. C'est un principe. Défends-toi, même si tu es coupable, cherche à nous induire en erreur, efface tes traces. Sinon, l'ennui nous guettera.

— Je ne pense pas que la jalousie comme mobile puisse être prise au sérieux, commença l'Anglais. En quoi pourrais-je jalouser Monsieur Frucht, la salle de bains exceptée ? En France, un polar n'aura jamais l'importance et le poids qu'il a dans mon pays. Cela se répercute directement sur le respect dont bénéficient les auteurs. J'ai une notoriété, j'ai écrit vingt-quatre livres et ils sont traduits dans de nombreuses langues. Il se dit de moi que mes thrillers sont des classiques du genre…

Frucht lui coupa la parole :

— Pour ma part, je n'écris pas de thriller. Je conçois des romans, des divertissements, je m'amuse avec la langue, je fais appel à l'érudition du lecteur, j'évoque les thèmes mythologiques. Je tire parti des possibilités du genre pour un jeu littéraire avec le lecteur. Ce ne sont pas de simples polars comme ceux de…

Là, il s'interrompit pour fixer le fond de son verre. Ulrika le rappela à l'ordre :

— La victime se tait. C'est écrit dans les règles.

Sur ce, C. dut malheureusement interrompre sa lecture pour descendre à sa station de métro. Elle avait envie de lire en marchant jusqu'à sa porte, mais elle se dit que dans l'état où était son talon, ce ne serait pas prudent. Le jeu lui plaisait. Si l'on y jouait sérieusement, ce pourrait être une sorte de psychothérapie collective. Elle songea qu'un jour elle pourrait le proposer à sa famille. Son mari n'échangeait avec eux guère plus de cinq mots par jour, son fils aîné n'était quasiment jamais à la maison, sa fille s'enfermait dans sa chambre pour écouter une musique sinistre et répétitive. Jusqu'au chat qui passait des journées entières sur le balcon à fixer les tours d'en face avec une mélancolie toute animale. Qui d'entre eux aurait tué le chat ?

Pour le repas, elle prépara vite fait des lasagnes en boîte ; puis elle repassa sa robe du soir. Ensuite, la recherche de la chemise préférée de son époux dura un moment. Elle était sale, fourrée derrière le radiateur de la salle de bains.

— Je lis un livre intéressant, dit C. à son mari dans le taxi, mais celui-ci parlait déjà avec le chauffeur de la supériorité des moteurs au gaz sur ceux à l'essence.

La nouvelle demeure de leurs connaissances était tellement belle que C. en ressentit de la tristesse. L'hôtesse leur fit visiter les pièces qui sentaient encore la peinture fraîche et le bois, elle leur montra les deux salles de bains. La plus grande avait une baignoire pour deux et C. eut brusquement envie de prendre un bain dans une chose pareille. Verser du savon moussant dans l'eau pour passer des soirées entières à lire allongée, une coupe de champagne posée sur le rebord carrelé. Avec fierté, leur hôte alluma un feu de bois dans la cheminée toute neuve. L'instant d'après la pièce s'emplit de fumée, mais on ouvrit aussitôt les fenêtres donnant sur le jardin pour faire entrer un air printanier, fleurant bon la terre du soir. C. aida la maîtresse de maison à apporter les salades et à mettre du pain dans la panière. Les hommes étaient debout sur la terrasse à fumer en discutant des différents types de toiture.

Après quelques bouteilles de vin, le visage rougi, les deux couples étaient assis près de la cheminée à « habiller pour l'hiver » leurs amis absents. C. songea que le moment serait approprié pour jouer à l'Assassin. Elle le leur proposa et leur expliqua les règles du jeu. Ils acceptèrent non sans réticence. Au départ, c'était C. qui devait être la Meneuse. Elle poussa du doigt son hôte dans le dos, lui assignant ainsi le rôle d'Assassin. Il tua aussitôt sa femme. Le jeu ne marcha pas parce que tous découvrirent immédiatement la vérité.

— C'est un jeu idiot, lui dit son mari. Jouons aux Ambassadeurs plutôt.

— Pourquoi devrions-nous jouer à quelque chose, protesta l'hôtesse, nous nous voyons si rarement, dommage de perdre du temps à jouer.

Ils ouvrirent donc encore une bouteille de vin, puis, le verre à la main, ils s'intéressèrent aux rhododendrons et forsythias nouvellement plantés.

Ils rentrèrent chez eux à minuit passé. C. emporta son livre au lit, mais juste pour apprendre que les écrivains continuaient à jouer. Cette fois, la Victime était Mademoiselle Schatzky et Lou soupçonnait Longfellow. Il aurait tué par vengeance. Trop simple, songea C., mais la tête lui tournait, aussi posa-t-elle son roman sur le sol, à côté du lit, et elle s'endormit.

Elle se réveilla avec la sensation désagréable d'avoir eu une panne d'oreiller, avant de se rappeler, avec soulagement, que c'était samedi. Le soleil pénétrait d'un faisceau lumineux dans la chambre à coucher, faisant impitoyablement ressortir toutes les taches de la moquette grise. Il faudrait la shampouiner, songea-t-elle à moitié endormie. En allant faire du café, C. aperçut le chat assis, immobile sur le balcon. La porte était fermée. Elle l'ouvrit rapidement, le chat entra d'un pas mesuré, sans l'ombre d'une émotion après sa nuit passée dans le froid. Comment les enfants avaient-ils pu oublier le chat ? On ne peut pas même compter sur sa progéniture ! C. fit deux cafés qu'elle emporta dans la chambre.

Elle posa le mug de son mari sur sa table de chevet. Au pire, le café serait froid. Quant à elle, appuyée sur un coussin, elle but à petites gorgées la boisson brûlante tout en lisant. Ah oui, c'était exactement cela, elle pourrait vivre ainsi jusqu'à la fin de ses jours, à lire des polars sans quitter son lit.

Dans le roman, la compagnie continuait à jouer. Frucht animait, Lou avait été assassiné. C. tenta de pister ses motivations cachées. Elle était certaine que le narrateur glissait des indices dans le texte, mais elle n'arrivait pas vraiment à les déceler. Devait-elle prendre ce jeu au sérieux ? S'il était décrit aussi minutieusement, il devait avoir un sens au sein de l'action. Quel livre bizarre, songea-t-elle en proie à une impatience croissante.

Il s'avéra que Lou avait été assassiné par Ulrika (ce fut révélé par le narrateur). Les participants ne le découvrirent pas et Ulrika demeura impunie. Ils venaient de désigner Longfellow (tout comme moi, nota C., ravie de sa perspicacité !). Personne n'avait sans doute envisagé qu'Ulrika pouvait tuer l'Américain, sa jeune idole. Et pourtant !

C. était quelque peu surprise. Une nouvelle journée avait commencé dans le roman et rien ne se passait. Chez Agatha Christie, il y aurait déjà eu un cadavre, tandis que là, la maîtresse de céans invitait tout le monde à une promenade. On admira les parterres de roses d'automne couleur crème, on se promena dans les allées, on ramassa d'excellentes châtaignes luisantes. Le repas fut suivi d'un temps libre. Frucht se mit à lire. Anne-Marie prit sa voiture pour aller acheter des cigarettes à Bayenne. L'Anglais opta pour une promenade en solitaire au cimetière militaire. Ulrika dormait. Mademoiselle Schatzky s'occupait du courrier. Lou, que faisait Lou ? Il était parti à vélo. Ils ne se retrouvèrent tous qu'à l'heure du thé pour recommencer à jouer à l'Assassin.

Selon l'expérience qu'avait C. des polars, à ce point, plus ou moins au tiers du livre, après la présentation des personnages, un crime devrait avoir lieu. Après le dîner, se dit C. Désormais, elle lisait avec une grande attention, consciente que chaque détail pouvait avoir son importance. La moindre petite phrase ou suggestion. Et pourtant, après le repas du soir, ils jouèrent à nouveau en toute innocence ! Lou fut assassiné pour la deuxième fois, mais son visage restait impassible quoi qu'il pût penser. On découvrit très vite, à des signes flagrants, que la coupable était Mademoiselle Schatzky (elle avait rougi). D'ailleurs, il semblait qu'elle cherchait plutôt à être démasquée. Ensuite, ce fut Anne-Marie que l'on tua et elle ne manqua pas de clamer qu'il s'agissait d'une conjuration contre les femmes. C. remarqua que, dans les différentes combinaisons de Meneur, Assassin et Victime, Ulrika n'avait encore jamais été la victime. Un peu comme s'il eût été impoli d'assassiner l'hôtesse et célèbre écrivaine, même pour de faux.

Après cela, au salon, ils discutèrent de littérature et de divers moyens de tuer. Tous furent bluffés par les timbres postaux empoisonnés de Longfellow. Une employée de la poste d'une petite bourgade, dans le Yorkshire, élimina ainsi les personnes qui avaient participé à la vente aux enchères de sa maison. Ensuite, tous allèrent se coucher et C. fut certaine que ce serait précisément au cours de cette nuit-là qu'aurait lieu ce qui devait arriver. Elle se demanda qui tuerait qui. Et pourquoi, bien sûr ! Ce fut l'instant où son mari se réveilla. Il tira sur l'édredon et C. renversa la moitié de son café dans les draps. Énervée, elle gagna la salle de bains pour y faire couler un bain. Le bruit dut réveiller ses enfants, car ils vinrent aussitôt pour passer avant elle.

C. ferma les robinets d'eau et alla s'asseoir dans la cuisine à la petite table. Elle était tentée de lire la dernière page (ce qu'elle n'avait jamais fait, au grand jamais !). Toute cette compagnie commençait à l'agacer sérieusement. Au petit matin, tout était comme la veille. Ils étaient juste allés faire un tour, excepté Ulrika et Mademoiselle Schatzky. À Ypres, ils burent de la bière flamande sucrée et mangèrent des crêpes. (C. se dit qu'elle n'avait pas fait de crêpes depuis longtemps.) Au cours de cette excursion, elle apprit qu'Anne-Marie et Longfellow se connaissaient. Du moins laissèrent-ils entendre qu'ils s'étaient rencontrés quelques années plus tôt et liés d'amitié. Frucht les soupçonna même d'un peu plus, ce qu'il confia à Lou. Lou répondit que cela ne les regardait pas. Ensuite, Frucht s'éloigna et ils durent l'attendre. Il revint essoufflé et les pria de l'excuser. Il ne dit pas ce qu'il avait fait. Ils rentrèrent pour le thé, puis restèrent dans leurs chambres tandis que Lou occupa la salle de bains pendant quasiment deux heures.

C. se fit un deuxième café en attendant son tour d'aller faire sa toilette. Toute la famille était levée, les convertibles claquaient, la douche coulait, l'appareil de musculation, tendu avec peine par son mari, chouinait. C. décida de poursuivre sa lecture malgré tout. Elle se dit qu'elle y avait au moins droit le samedi.

Ce soir-là, ils jouèrent à nouveau. Cette fois quelqu'un tua Ulrika, un peu comme s'ils avaient capté la remarque de C. Seul le Meneur (et c'était Lou) savait qui avait tué, mais puisque les autres ne le devinèrent pas, ce ne fut pas élucidé. Ulrika était manifestement ravie. Ensuite, ce fut le tour de Longfellow et de Mademoiselle Schatzky d'être assassinés. Ulrika et Anne-Marie semaient la mort. Frucht avait l'air malade, il alla se coucher tôt.

Le matin, tous se réveillèrent en vie et bonne santé. C. le constata, déçue, une fois qu'elle eut vérifié qui était présent au petit déjeuner.

Quelque chose n'allait pas avec ce livre. C. était parvenue à la moitié sans qu'aucun drame ne se fût noué. Rien ne se passait. Ça n'est pas possible, songea-t-elle, avant d'examiner une fois de plus la couverture attentivement. Elle lut l'extrait de recension au dos du livre, où les mots « une expérience inoubliable » et « vous tient en haleine jusqu'au bout » étaient en gras. Elle n'y comprenait rien. Ce devait être un navet. De fait, elle était prête à jeter un œil à la dernière page. Les lecteurs de polars chevronnés savent pourtant que ce serait aussi criminel que de jeter l'enfant avec l'eau du bain, complimenter le jour avant le couchant ou creuser sa propre tombe avant d'y sauter. Se priver du plaisir de découvrir pas à pas le déroulé de l'histoire, réduire à néant tout le travail de l'auteur, le ridiculiser en faisant fi de ses efforts. C. était une lectrice honnête, loyale envers le genre. Et plus elle était tentée plus elle résistait. Néanmoins, lorsque tous les invités d'Ulrika parvinrent en pleine forme au dîner, C. fut réellement furieuse. Elle abandonna sur le buffet le roman ouvert, couverture vers le haut, pour célébrer le samedi en famille. Elle demanda à son fils de l'aider à faire des crêpes et parvint même à discuter un peu avec lui. Elle envoya sa fille à la pâtisserie et il y eut un thé familial à quatre. Ils regardèrent ensemble une série américaine, mais, à vrai dire, C. n'arrivait pas tellement à se concentrer. Elle pensait à ceux qui étaient enfermés dans le château flamand. Elle songeait à Mademoiselle Schatzky, au fait que celle-ci avait dévoué sa vie entière à Ulrika ! Était-il vrai qu'Anne-Marie et Longfellow avaient pu être un couple ? Où donc s'était rendu Frucht ? C. n'aimait guère ce Frucht et elle n'aurait pas été surprise qu'il soit la victime. Ou bien, mieux encore, l'assassin. À vue d'œil, il était clair qu'il fomentait quelque chose.

Elle savait que quelqu'un tuerait quelqu'un et c'était inquiétant. Il devait pourtant en être ainsi, car elle avait tout de même bien acheté un roman noir. Cela devait arriver d'une page à l'autre. Il ne pouvait en être autrement ! C. alla à la cuisine en silence pour s'installer de nouveau à la table où attendaient les crêpes qu'il suffirait de garnir avec du fromage blanc sucré. Elle lut quelques pages, mais eux poursuivaient leurs conversations, se promenaient... Elle tourna quelques pages de plus et, malgré elle, lut une phrase :

— Ce soir, je souhaiterais être le Meneur, dit Longfellow en faisant du regard le tour de l'assemblée.

C. ferma vite le livre avec un vague sentiment de culpabilité, fâchée contre elle-même, déçue.

Elle passa l'après-midi à feuilleter les journaux de la semaine, puis elle fit une lessive. Ses enfants s'éclipsèrent en douce. Son mari sombra dans la lumière vitreuse du téléviseur. Imperceptiblement commença la soirée, une longue soirée vide qui semblait avoir échappé au cours du temps pour s'étendre au-dessus de la ville dans une attente anxieuse. C. perçut confusément qu'elle avait quelque chose à faire, qu'elle devait régler quelque chose de très important. Aussi s'installa-t-elle confortablement dans sa chambre, sur son lit non défait, pour réfléchir. Au bout d'un moment, tout lui parut évident. Elle mit son manteau et ses chaussures. Rejoindre le salon du bas ne lui posa aucune difficulté. Elle connaissait parfaitement la disposition des lieux. Sur la table, il y avait des verres à cognac vides et un cendrier rempli de mégots. L'escalier était recouvert par un tapis moelleux, aussi grimpa-t-elle les marches sans faire de bruit. Au premier étage, elle se contenta de jeter un regard à la succession de portes fermées, à peine visibles dans l'obscurité. Au deuxième, elle ne sut pas avec certitude laquelle des deux chambres était celle d'Ulrika. Elle se risqua. La porte grinça discrètement lorsque C. l'ouvrit. Une fois ses yeux accoutumés à la pénombre (à l'extérieur, dans le parc, les lampes étaient toujours allumées), elle aperçut un petit couloir, puis une bibliothèque avec un bureau gigantesque au milieu, et une cheminée au sombre rougeoiement. Une double porte coulissante devait mener à la chambre à coucher. Elle était suffisamment entrouverte pour que C. s'y glisse juste en la frôlant. Le spectacle qui s'offrit à elle était triste, somme toute : la vieille dame dormait, sa bouche édentée grande ouverte. Elle était presque chauve. Son corps lui fit penser à la peau noircie d'une banane. Sur la table de chevet, les dents d'Ulrika trempaient dans un verre, la lumière du parc les faisait briller et leur donnait une apparence saine. En fait, il n'y avait qu'elles qui semblaient en vie. Une perruque grise, aux boucles soigneusement arrangées – par Mademoiselle Schatzky sans doute – trônait triomphalement au-dessus du dentier. C. inspecta la chambre à coucher, mais ce dont elle avait besoin ne s'y trouvait pas. Aussi retourna-t-elle dans la bibliothèque, jusqu'au bureau, sur lequel l'attendait le long objet pointu, un coupe-papier pas très grand, joliment fait, avec un manche décoratif. Elle sentit dans sa paume les renflements de la ciselure et les surfaces rondes et douces au toucher des pierres précieuses. Des turquoises, pensa-t-elle.

Elle regagna la chambre et s'assit doucement au bord du lit. Lorsqu'elle leva le coupe-papier, par un inexplicable réflexe d'autodéfense, Ulrika s'éveilla ou, du moins, ouvrit les yeux.

— Quoi ? demanda-t-elle inconsciemment.

Et c'est alors que, détournant la tête, C. lui porta le coup mortel.

C. s'étonna que ce fût si simple. Le coupe-papier avait été arrêté un instant par quelque chose de plus dur puis s'était enfoncé comme dans du beurre. Ulrika avait soupiré, elle n'avait pas obtenu de réponse à sa question pressante.

C. ne voulait plus rien avoir à faire avec tout cela. Elle ne ressentait que dégoût pour ce corps inerte, pour cette maison, pour elle-même. D'un geste qu'elle avait vu dans les films policiers, elle essuya le manche du coupe-papier dans les draps et s'en alla. Elle entendit encore le bruit d'une chasse d'eau dans l'une des salles de bains avant de refermer derrière elle la grande porte vitrée.

Le lendemain matin, sitôt réveillée, elle se fit un mug de bon café à l'arôme puissant, avala une crêpe froide sans s'asseoir, puis, avec le sentiment d'être comblée, elle redressa ses oreillers contre la tête de lit. Son mari dormait toujours, c'était dimanche après tout. Elle se mit à lire.

— Ce n'est pas possible, dit Anne-Marie. C'est un cauchemar.

Mademoiselle Schatzky sanglotait en silence, le visage plongé dans un mouchoir humide.

— Tu sais ce qui me vient à l'esprit, commença Longfellow, la tutoyant sans plus prêter attention aux convenances, tu sais ce que ça signifie ? Ce ne peut être que l'un de nous.

— Vous perdez la raison, lança Frucht dont la voix frisait dangereusement l'hystérie, nous dormions tous…

— Justement, monsieur Frucht, aucun de nous ne possède d'alibi. Tous, nous dormions dans nos chambres, personne n'a vu personne, personne ne sait rien sur ce qui s'est passé cette nuit.

— Ce pourrait être quelqu'un venu de l'extérieur, oui, c'est évident. (Frucht fit un bond tant il était excité.) Et les domestiques, ce couple de Flamands étranges et renfermés ?

— C'était leur jour de sortie, sanglota Mademoiselle Schatzky.

— Ils ont très bien pu revenir. Est-ce qu'elle, je veux dire Ulrika, les traitait bien ? Peut-être ne les payait-elle pas convenablement ? Peut-être même les tyrannisait-elle ? Ils cachaient leur rancune depuis des années et, cette nuit, cette nuit la coupe a débordé, ils n'ont plus supporté d'être humiliés, ils n'ont plus...

— Doucement, doucement, monsieur Frucht, c'est n'importe quoi tout ça, siffla Anne-Marie entre ses dents. Collectons les faits, pas les suppositions. Et vous, pourquoi ne dites-vous rien ? lança-t-elle à Lou.

Lou se leva, alluma une cigarette et haussa les épaules.

— C'est une farce, fit-il non sans flegme et avec une totale sérénité. C'est une idée à elle. Une de ses plaisanteries, vous ne le comprenez donc pas ? Elle doit être en train de nous écouter de là-haut, morte de rire.

Mademoiselle Schatzky éclata en sanglots.

— Elle est morte, morte ! Poignardée comme une bête !

À cette comparaison, Longfellow fit une imperceptible grimace.

C. se leva et, poursuivant sa lecture, alla se chercher une autre crêpe froide à la cuisine.

En chemin, elle regarda dans la chambre de son fils. Il dormait tout habillé.

— Avez-vous déjà appelé la police, mademoiselle Schatzky ? demanda Anne-Marie en lui tendant un verre de cognac.

Les dents de la secrétaire émirent un grincement désagréable.

— Non, monsieur Longfellow...

— Je pensais que nous éluciderions d'abord tout ce que nous pourrions, déclara Longfellow qui se mit à faire des allers-retours dans le salon. Nous sommes tout de même des gens civilisés. Je pense que nous devrions parler de cette nuit. Pour commencer, qui a vu Ulrika en dernier ?

— Moi, dit Mademoiselle Schatzky qui leva le doigt comme une enfant à l'école. Je l'ai aidée à se mettre au lit et, ensuite, j'ai encore brossé un moment, j'ai brossé sa... perruque.

— Quelle perruque ? demanda Frucht.

— Elle portait une perruque, vous ne l'aviez pas remarqué ? réagit avec colère Anne-Marie.

— J'aurais dû ?

— Vous êtes écrivain, vous devriez remarquer ce genre de choses.

— Quel rapport entre l'écriture et les perruques ? Vous délirez, madame.

Le mari de C. s'agita dangereusement en tirant l'édredon. C. parvint à saisir son mug au dernier moment. La tache de la veille prenait une triste teinte marron sur le drap blanc. C. apprit que la veille, après avoir fini de jouer à l'Assassin, tous étaient montés se coucher presque au même moment. Seul Frucht s'était encore fait infuser une verveine, mais lui aussi avait directement rejoint sa chambre. Il n'avait rien remarqué d'inhabituel.

— Je me souviens que le cendrier était resté plein sur la table, mais je m'étais dit que je n'étais pas préposé au ménage, ici.

— N'importe qui d'entre nous aurait pu se lever au cours de la nuit pour monter au second et le faire. N'importe qui, dit Anne-Marie, et c'est ce qui est effrayant.

— Est-ce que je peux aller la voir ? demanda soudain Lou. Je n'arrive pas à croire qu'elle est morte. Elle était trop futée pour se laisser assassiner dans son lit. C'est indigne de son intelligence.

Sans attendre qu'on lui réponde, il se dirigea vers l'escalier. Tous se levèrent et le suivirent.

— Il y aura peut-être des indices sur la scène de crime, déclara Frucht. Nous devons faire attention de ne toucher à rien.

— Nous ne sommes pas dans un de vos polars, murmura méchamment Anne-Marie.

C. reposa son mug vide à terre pour poursuivre sa lecture, le visage en feu.

Lou se pencha sur la défunte, collant l'oreille à sa poitrine plate.

— La perruque est sur sa tête, remarqua Longfellow. Avant, elle n'y était pas.

— C'est moi qui la lui ai remise. Elle ne se montrait jamais sans, se justifia Mademoiselle Schatzky.

Longfellow posa sur elle un regard chargé de reproches.

— Vous ne deviez toucher à rien.

— Ceci excepté, je n'ai touché à rien. À rien, du tout.

La dame de compagnie porta la main à sa poitrine.

Avec un mouchoir, Lou saisit le coupe-papier resté sur le lit pour le regarder attentivement.

— Bel objet !

— Eh bien ? Vous le croyez, maintenant ? lui demanda Anne-Marie, pinçante.

Lou ne répondit pas tandis qu'il examinait l'arme du crime sous tous les angles. Un serpent densément incrusté de turquoises entourait le manche.

— Elle l'avait acheté en Égypte. Elle s'intéressait à l'archéologie.

— Regardez ses mains. La droite pend alors que la gauche est posée sur son ventre. Était-elle gauchère, Mademoiselle Schatzky ?

— Que sous-entendez-vous, monsieur Lou ? demanda Longfellow posément.

— Rien. J'envisageais un suicide.

C. se frotta les mains de satisfaction. Elle prit le paquet de cigarettes dans le veston de son mari puis alla en fumer une à la cuisine. Son fils ensommeillé la rejoignit l'instant d'après.

— Salut, dit-il en sortant du jus de fruit du frigo.

— À quelle heure es-tu rentré ? demanda-t-elle sévèrement, mais elle réalisa que cela lui était complètement indifférent.

Après tout, il était adulte.

— Je suis majeur, maman.

Elle voulait lui répondre que lorsqu'on vivait sous le même toit, il fallait se conformer à des règles, mais elle se contenta d'inspirer profondément et laissa tomber. Son fils emporta le verre et la brique de jus de fruit dans sa chambre. Le silence était revenu.

Longfellow ne croyait pas au suicide. Selon lui, Ulrika était trop faible pour se porter pareil coup. Physiquement, s'entend.

— Cela demande de la force. Le coupe-papier semble avoir été enfoncé jusqu'à la garde.

— Est-ce à dire qu'il faudrait exclure les femmes des suspects ? s'enquit Mademoiselle Schatzky qui devint aussitôt toute rouge.

Tous la regardèrent avec suspicion.

— C'est vous, mademoiselle Schatzky, qui l'avez vue pour la dernière fois, dit Frucht. C'est donc vous qui êtes le suspect numéro un, ajouta-t-il, ravi.

— Mon cher monsieur Poirot, il me semble un peu tôt pour pareille conclusion, trancha Longfellow en lui jetant un regard glacial avant d'aller vérifier les fenêtres de la chambre et de la bibliothèque – elles étaient toutes deux fermées de l'intérieur.

À l'évidence, le meurtrier était entré par la porte du premier étage, et donc c'était l'un d'entre eux, ou alors il était venu de l'extérieur, et c'était un étranger qu'ils pouvaient ne pas connaître. Voilà tout.

— Où habite ce couple ? demanda Lou tandis qu'ils descendaient. Pourquoi ne sont-ils pas encore là ? C'est l'heure du petit déjeuner, non ?

— Le dimanche est leur jour de libre. Ils devaient aller voir leur fille à Bayenne, répondit Mademoiselle Schatzky.

— Qui nous aurait préparé le petit déjeuner si Ulrika… si rien n'était arrivé ?

Mademoiselle Schatzky s'assombrit.

— En fait, je l'ignore. Ulrika s'était entretenue hier avec eux. Ils ont certainement laissé des viandes froides. Nous nous serions servis seuls.

— Vous ne trouvez pas cela bizarre, dit Frucht en se dirigeant vers la cuisine. En effet, deux plats et du pain sont préparés ; dans la théière, le thé est prêt à être infusé.

— C'est comme si elle savait. Comme si elle avait tout préparé. Cela conforte la thèse du suicide, chers amis, fit remarquer Lou.

— Il me semble inutile de réfléchir plus longuement, il faut appeler la police, déclara Anne-Marie.

Longfellow la saisit par la main.

— Attends. Il sera toujours temps d'appeler la police.

— Les preuves peuvent s'évaporer, fit timidement Mademoiselle Schatzky. Je pense à l'odeur du meurtrier ou à d'autres indices.

Longfellow ignora sa remarque. Il leur proposa de déjeuner d'abord et de prendre un café. Ils penseraient peut-être encore à quelque chose.

— J'ai une faim de loup, annonça le mari de C. en s'étirant à l'entrée de la cuisine.

Il portait son vieux pyjama à rayures dans lequel il ressemblait à un pensionnaire d'EHPAD. C. détestait ces rayures délavées !

— Hier, tu es allée te coucher avant le souper et je n'ai rien avalé.

Elle lui lança un regard glacial.

— Si tes yeux pouvaient tuer, je serais déjà mort, dit-il en la prenant dans ses bras pour l'embrasser. Il y a quoi pour le petit déjeuner ? On est dimanche.

Elle décida de ne pas se laisser interrompre dans sa lecture.

— Supposons que ce soit l'un de nous, commença Longfellow, la bouche pleine de pain. Hum, pardon, j'avale. Que ce soit l'un de nous. Vous souvenez-vous, êtes-vous capables de reconstituer nos jeux ? Qui tuait Ulrika le plus souvent et pour quelles raisons ? Vous vous rappelez ?

— Chacun de nous l'a sans doute tuée au moins une fois, déclara Anne-Marie.

Mademoiselle Schatzky s'arracha de sa chaise.

— Pas moi. Je ne l'ai pas tuée une seule fois !

— Et pourquoi donc ? s'enquit Frucht sur un ton provocant, et cela fit que Mademoiselle Schatzky devint aussitôt rouge comme une pivoine.

— Je n'aurais pas osé. Elle m'assurait du travail depuis des années !

C. s'impatienta. Ils tournaient en rond. Comment pouvaient-ils manger dans un moment pareil ! Quelle bande d'idiots. Elle reposa son livre, dit à son mari de couper du lard fumé. Un moment plus tard, la bonne odeur de l'omelette dominicale fit venir les enfants. Nourrir, faire à manger, fournir des aliments, la bouffe… La moitié de mon existence y passe. Si je vivais seule, je ne me ferais même pas cuire un œuf mollet, se dit-elle. Pendant le petit déjeuner, il devint impossible d'éviter un conflit sur l'heure du retour à la maison. Le résultat fut que leur fils laissa son omelette en plan pour aller s'enfermer dans sa chambre. L'instant d'après, ils entendirent à travers la porte une musique monotone et mécanique.

— Quel petit merdeux ! lui dit son mari avant de quitter la cuisine.

Quant à sa fille, comme si de rien n'était, elle demanda à sa mère de lui teindre les cheveux en rouge. C. accepta à condition que celle-ci débarrasse la table du petit déjeuner, puis elle s'enferma dans la salle de bains pour poursuivre sa lecture.

— Vous ne trouvez pas que c'est une situation étrange ? Nous sommes tous des auteurs de thrillers, mais au moment où il nous arrive une situation similaire à celles qui se trouvent dans nos livres, nous voilà tout à fait pris au dépourvu, fit Lou.

— Intéressant comme remarque, pointa Frucht.

— Nous avons peu de données. La situation est particulière, aucun de nous n'a d'alibi, il est difficile de déterminer le mobile… commença Longfellow.

Anne-Marie reprit une tranche de rôti froid.

— La seule idée qu'il y aurait un assassin parmi nous… c'est trop bizarre.

— Un bon enquêteur nous aborderait du côté psychologie, vous ne pensez pas ? fit Longfellow. Encore du thé ?

Mademoiselle Schatzky reposa correctement ses couverts dans l'assiette vide.

— Je pense qu'il faut appeler la police.

Longfellow claqua sa main sur la table et se leva comme si la remarque l'avait brusquement poussé à agir.

— Écoutez, dit-il. Laissons-nous encore une chance. Cherchons des indices, formulons des hypothèses. Je propose de sortir pour faire le tour.

— Qu'est-ce que vous mijotez ? demanda Frucht suspicieux.

— Si c'était quelqu'un venu de l'extérieur, il a dû laisser des traces, n'est-ce pas ? Trace de pas, mégots, etc. Si nous ne trouvons rien, nous téléphonerons à la police.

Son enthousiasme devait être contagieux parce que tous quittèrent la table. Lou excepté.

— Nous allons faire disparaître jusqu'à la moindre trace à vouloir sortir ainsi en groupe, dit-il en regardant ses ongles.

— Nous ferons attention où nous posons les pieds, répliqua Longfellow déjà sur le seuil.

Non, je peux plus lire ça, songea C. Sa fille gratta doucement à la porte de la salle de bains en lui disant qu'elle avait terminé de préparer la teinture.

— J'arrive, dit C.

C. entra dans la chambre d'Ulrika, chercha à ne pas regarder le corps étendu sur le lit, mais c'était impossible. À la lumière du jour, Ulrika avait un aspect bien pire. La perruque n'avait rien arrangé. Les doigts fragiles, osseux, posés sur l'édredon, faisaient penser aux brindilles noueuses d'un arbre exotique. La bouche entrouverte était pareille à un trou dans la terre, de ceux qui mènent à des cavernes obscures, sombres et humides. C. n'en avait pas moins l'impression que cette dépouille n'évoquait pas la mort, mais plutôt une sculpture réaliste, un mannequin de cire. Dramatique, mais nullement terrible. Elle prit doucement le coupe-papier toujours posé sur les draps et en essuya le sang séché. Elle descendit sur la pointe des pieds jusqu'à la porte entrouverte de la terrasse pour gagner le parc. Elle recula aussitôt car elle aperçut de loin Longfellow et Anne-Marie. Ils cherchaient quelque chose dans les rhododendrons et finirent par disparaître au bout d'un moment. Elle vit également Mademoiselle Schatzky, très concentrée à inspecter les bords de l'allée des marronniers. Au loin, Lou fumait une cigarette sur la balançoire noircie par le soleil et la pluie. Il cria quelque chose à Longfellow et Anne-Marie. C. fit demi-tour pour sortir par la porte principale. Elle entendit aussitôt un bruissement. C'était Frucht qui fouillait les tas de feuilles sèches près du mur avec un bâton, sous les fenêtres de la chambre à coucher d'Ulrika. C. était à quelques pas de Frucht. Elle serra fort le coupe-papier avant de se diriger vers lui en catimini, pareille à un chat. Elle se réjouit que ce fût lui. Elle ne l'aimait pas.

— Ouvre les yeux, tu n'es plus en vie, lui lança-t-elle.

Il frémit en se tournant vers elle. Ce fut alors qu'elle porta le coup. Les yeux de Frucht s'écarquillèrent, puis son regard cessa de voir, tourné vers le ciel. L'homme de lettres glissa à terre sans la regarder, occupé qu'il était à mourir. C. ne s'attarda guère. Elle regagna l'intérieur du château, essuya le coupe-papier dans une nappe avant de le poser sur la table du salon.

Longfellow transpirait. De grosses gouttes de sueur coulaient sur son visage. Son menton tremblait.

Mademoiselle Schatzky, cette fois le visage d'une blancheur crayeuse, composait le numéro de la police.

— Attendez ! lança Anne-Marie d'une voix autoritaire. Tout est clair désormais. Lou, c'est toi. Tu étais le seul à être près de la maison.

— Ne fais pas l'idiote ! J'étais aussi loin que vous deux. Regarde où se trouve la balançoire !

— Vingt secondes te suffisaient pour parcourir cette distance, porter le coup et revenir. Tu ne t'entendais pas avec Frucht.

— Tu es folle ! Tu te conduis comme si on se disputait pour savoir qui est allé prendre un gâteau dans le garde-manger. Des personnes meurent, tout de même !

— Je vous en supplie, appelons la police. J'ai peur, j'ai vraiment peur, murmurait Mademoiselle Schatzky.

— L'assassin rôde dans le château. Elle n'est pas morte, elle est en train de nous assassiner. N'y avez-vous pas pensé ? Elle est un vampire, déclara Lou, brusquement, tandis qu'il appuyait la tête contre le mur. Allons-nous-en d'ici.

Anne-Marie leur versa à tous un demi-verre de whisky.

— Lou, nous sommes des gens civilisés. Je ne vais pas écouter des aberrations aussi primaires, déclara Longfellow avant d'avaler d'un trait le contenu de son verre sans même attendre les glaçons.

Lou lui jeta un regard étrange. Un de ceux qui semblent chargés d'une haine habilement dissimulée.

C. sortit des toilettes après avoir tiré la chasse d'eau à tout hasard pour justifier son long séjour en ces lieux. Sa fille était assise dos à la porte, les cheveux dénoués. C. plongeait à présent une vieille brosse à dents dans la teinture pour enduire les longues mèches claires de couleur rouge.

— Tu es certaine que ça ira avec ton teint ? demanda-t-elle. Le roux te vieillira.

— Parfait ! J'aurai l'air d'avoir vingt ans.

C. poussa un soupir. La teinture striait la tête de mèches couleur sang, d'un rouge intense. Jouer ainsi avec les couleurs était agréable. Elle songea à modifier également la nuance de sa propre coiffure, passer du blond cendré au roux. Mais il y a dans le rouge une certaine grossièreté, il est un peu trivial. Elle aurait l'air d'une concierge. Soudain, elle eut envie de sortir, d'échapper à la touffeur du dimanche. Elle proposa gaîment à toute la famille d'aller au restaurant. Oui, allons au restaurant indien, celui qui est à côté du centre commercial, il n'est pas très cher et les plats sont copieux.

— J'ai un rendez-vous, cria son fils depuis sa chambre.

Tant pis, ils iraient à trois.

— C'est toi qui conduis au retour, déclara son mari, comme toujours quand il avait envie de boire de la bière.

Elle se dit qu'il savait réagir vite quand il voulait. Elle accepta. Nous sommes des gens civilisés, commenta-t-elle pour elle-même, parodiant Longfellow. Pendant qu'elle attendait sa fille qui devait se faire un shampoing et sécher sa nouvelle chevelure rouge, elle parvint à lire encore deux chapitres.

La police arriva au moment du déjeuner, le commissaire Fontane en civil, dans un long trench-coat et portant chapeau, son adjoint Truc-Machin en uniforme, trois inspecteurs et deux techniciens dont l'un avec un appareil photographique, l'autre avec une valise. Une heure plus tard, une longue voiture noire vint emporter la dépouille d'Ulrika. L'heure d'après, ce fut le corps de Frucht qu'on enleva. Les écrivains et Mademoiselle Schatzky s'étaient réunis dans la cuisine tel un petit troupeau d'agneaux effrayés. Lou déclara qu'il quittait les lieux, mais le commissaire Fontane le lui interdit fermement.

— Il est inhumain de nous contraindre à rester ici jusqu'à demain, répliqua Lou. De toute manière, je ne dormirai pas ici. Réservez-moi un hôtel à Bayenne !

Improvisant une salle d'interrogatoire dans la bibliothèque, Fontane y convoqua tour à tour les suspects pour les soumettre à des questions précises. Les mêmes et dans un ordre identique, comme il apparut ensuite lorsqu'ils purent se parler. Leurs liens avec Ulrika, depuis quand ils la connaissaient, avec quelle fréquence ils la voyaient, ce qu'ils faisaient la nuit du crime, minute par minute. Pendant leur séjour, aurait-il pu se passer quelque chose qui pourrait être la cause du crime, et s'ils connaissaient les autres invités et à quel point. L'après-midi, une équipe supplémentaire de policiers arriva pour fouiller systématiquement le parc et les environs. On envoya chercher les domestiques. Ils arrivèrent dans la soirée, leur état frisait l'arrêt cardiaque.

— Suspectez-vous quelqu'un, commissaire ? demanda Longfellow quand tout fut terminé.

Une certaine familiarité perçait dans sa question, comme s'il voulait signaler qu'il parlait à Fontane d'égal à égal.

— Serait-ce le cas que je ne vous le dirais pas. Vous devriez le savoir. Vous n'êtes pas un simple suspect, monsieur. Vous êtes tous des écrivains de romans policiers. En votre présence, tout crime doit paraître plus sophistiqué qu'il ne l'est en réalité.

Après avoir dit cela, Fontane lui tendit son carnet et lui demanda un autographe.

— Merci d'écrire « Pour le commissaire Fontane », ajouta-t-il.

À l'heure du thé, un taxi vint chercher Lou. Il fit ses adieux aux autres résidents en évitant de les regarder dans les yeux. Par la suite, Longfellow dit à Anne-Marie :

— C'est lui. Ma tête à couper que c'est lui. Où Ulrika est-elle allée le chercher ? Tu connais un de ses livres, toi ?

— Évidemment, rétorqua-t-elle scandalisée. C'est le plus grand espoir du roman noir américain. Ton ignorance et ton égocentrisme sont effrayants, John ! Il t'arrive parfois de lire quelqu'un d'autre que toi ?

— Il était bizarre...

— Il était terrorisé et ne s'en cachait pas comme tu le fais.

Longfellow sortit un mouchoir de sa poche pour s'essuyer le front.

— Je ne m'en cache pas. Je ne supporte pas l'hystérie, tout simplement. J'essaie de comprendre ce qui arrive. Es-tu certaine que... lui, c'est lui ? Tu l'avais déjà vu ? Quelqu'un se fait peut-être passer pour lui ? demanda Longfellow en pliant son mouchoir en un rectangle régulier. Il n'y a pas à tergiverser, c'est soit lui, soit Mademoiselle Schatzky.

Le second du commissaire entra dans la cuisine à ce moment-là pour leur dire de regagner leur chambre.

— On peut fumer ? demanda avec méchanceté Longfellow qui, à l'évidence, retrouvait ses esprits.

Ils durent attendre qu'une table se libère. Ils commandèrent des plats de viande d'agneau épicée tandis que leur fille végétarienne demandait des champignons avec des brocolis au fromage. Et aussi de grandes galettes de pain naan à l'ail. Ils regardaient davantage les gens autour d'eux qu'ils ne discutaient. Après avoir payé la note, C. alla aux toilettes, où elle se regarda dans la glace en se lavant les mains. Elle s'étonna d'être aussi quelconque. Elle ne l'avait jamais remarqué jusque-là. À une personne ayant son allure, elle n'aurait jamais prêté la moindre attention. Une femme insignifiante, d'âge moyen, qui cherche à dissimuler ses cheveux gris sous un blond cendré. Qui plus est, elle s'habillait comme une employée de bureau. Ce qu'elle était finalement. Des corsages, tailleurs et boucles d'oreilles bon marché. Une montre-bracelet. Une couleur de rouge à lèvres qui n'évoque rien, l'ombre d'une couleur en fait, l'ombre d'un rouge. Des yeux qui manifestement se délavent, perdent leur expression. Un embonpoint moyen, un petit ventre aux dimensions tolérables à son âge. Des lunettes à monture dorée qu'elle chausse pour lire. C. était une banalité ambulante. Madame Personne.

En sortant des toilettes, elle se réjouit de se retrouver directement dans le hall de l'hôtel. Elle dépassa d'un pas assuré la réception où Lou remplissait sa fiche. Elle aperçut le numéro de sa chambre sur la plaquette en bois du porte-clés : 400 quelque chose, quatrième étage, donc. Monter aussi haut l'essouffla. Et ce maudit talon en plus, complètement branlant ! Chemin faisant, elle chercha un objet contondant, mais elle ne vit qu'une lourde poterie en céramique à mi-étage. Sans plus réfléchir, elle en vida l'eau sur le tapis après avoir jeté les fleurs dans la pénombre du couloir. Elle parvint à glisser le vase dans son sac. Quand Lou arriva avec le garçon d'étage et les valises, elle fit semblant d'ouvrir une porte. Ils ne lui prêtèrent aucune attention. Parfait. Elle attendit que le garçon s'en aille puis avança d'un pas assuré, la pesante arme improvisée à la main. Elle ne lui fut pas utile. Lou, à l'exemple de tous les clients de l'hôtel, alla d'abord à la fenêtre du balcon qu'il ouvrit en grand. C. se précipita vers lui en courant. Surpris, il n'eut pas même le temps de se retourner.

C. reposa soigneusement la poterie sur une petite table, puis se recoiffa devant le miroir et retourna dans la salle du restaurant.

— Combien de temps peut-on passer dans les toilettes ! s'exclama son mari.

La nuit tombait lorsqu'ils rentrèrent chez eux. C. se sentait ballonnée d'avoir trop mangé, elle s'installa dans un fauteuil et se remit à lire.

Ce fut Longfellow qui répondit au téléphone. Ils étaient trois, assis à boire du vin au salon du rez-de-chaussée. L'intendante flamande leur avait préparé un dîner rapide, mais pratiquement aucun d'eux n'avala une bouchée.

— Lou est mort, annonça Longfellow en s'effondrant sur le canapé. Il a sauté par la fenêtre. C'est Fontane qui vient d'appeler.

Un silence abasourdi s'installa pour un long moment.

— Tu avais raison. Ceci explique cela. C'est Lou qui a assassiné. Ulrika d'abord, et comme Frucht devait savoir quelque chose, Lou s'en est débarrassé. Il s'est suicidé. C'était trop lourd pour sa conscience, résuma Anne-Marie avant de vider son verre.

— Je suis impressionnée par votre perspicacité, madame, déclara Mademoiselle Schatzky que l'émotion faisait flamboyer tel un cyclamen. En ce cas, le cauchemar est terminé… Pourtant, Lou semblait tellement gentil, il n'avait pas l'air d'un meurtrier…

— Personne n'a jamais l'air d'un meurtrier, c'est un vieux principe de la littérature policière. Le plus suspect est toujours celui qui semble le plus innocent. C'est dans quoi, déjà, que l'assassin est un enfant ? interrogea la Française qui réfléchit avant de trouver la réponse : Agatha Christie, bien sûr.

— Nous pourrions jouer à l'Assassin, proposa brusquement Longfellow avec une méchante satisfaction.

À l'évidence, il était un peu ivre.

— Nous sommes trop peu, rétorqua Mademoiselle Schatzky.

Hélas, elle n'avait aucun sens de l'humour. Le téléphone sonna à nouveau, Anne-Marie prit la communication.

— Le commissaire Fontane va passer. Il a des questions à poser qui ne peuvent pas attendre.

Longfellow remplit leurs verres puis alla chercher une autre bouteille de vin à la cuisine. Il dut fouiller les tiroirs pour trouver le tire-bouchon parce que la cuisinière flamande était rentrée chez elle en larmes. Mademoiselle Schatzky leur expliqua que presque tout devenait propriété de la Fondation, et qu'en fait, depuis la veille, le petit château était une résidence pour auteurs de romans policiers.

— Cela sonne comme une plaisanterie de la Providence. Un ricanement divin. Une absurdité cosmique, fit Longfellow qui jouait avec son verre. Ce sera génial d'écrire ici ! Un endroit de rêve !

C. proposa à son mari d'ouvrir une bouteille de vin. Ils n'avaient dans leur bar que du vin hongrois, de l'Egri Bikavér, mais cela lui était égal. Ils firent tinter leurs verres, puis elle reprit sa lecture et, lui, il retourna devant la télévision.

Fontane était désagréablement surpris par leur bonne humeur à tous. Il se laissa remplir un verre malgré tout, puis leur communiqua aussitôt qu'il avait des raisons de soupçonner que la mort de Lou n'était pas un suicide. Il lui sembla que tous avaient aussitôt dégrisé. Il leur parla de la présence mystérieuse du vase (« comme si quelqu'un avait le projet de le frapper avec cet objet contondant »), puis il sortit de sa poche une tige longue et brillante.

— Un talon ! s'écria Anne-Marie spontanément.

— Non, mesdames, vous n'êtes pas soupçonnées. Il vous était impossible de partir d'ici sans être vues, d'arriver à Bayenne avant Lou et de revenir. D'ailleurs, vous vous gardiez mutuellement à l'œil, n'est-ce pas ? déclara Fontane non sans jeter un regard discret aux chaussures des deux dames.

Ce fut alors que Mademoiselle Schatzky, le teint à nouveau crayeux, lui parla des suppositions de Lou.

Que ce serait Ulrika, qu'elle ne serait pas morte. Ou que, si elle l'était, elle les assassinait de l'au-delà.

— Cela suffit, mademoiselle Schatzky, j'en ai assez d'entendre des choses pareilles, maugréa Longfellow. Est-ce que vous n'avez pas envisagé, commissaire, que pour une raison quelconque, par exemple parce qu'il était à bout de nerfs, Lou ait pris lui-même ce vase, tandis que le talon appartiendrait, disons, à une femme de chambre ou à une ancienne cliente ? Vous savez, vous allez nous trouver arrogants, mais nous avons déjà élucidé l'affaire. Pour des raisons que nous ignorons encore, mais dont nous avons une petite idée, Lou a tué Ulrika. Il s'agissait peut-être d'un legs ou de promesses…

— Peut-être avait-il peur de la décevoir, ajouta Anne-Marie pensive.

— … nous ne savons pas exactement. En tout cas, Frucht a été témoin de quelque chose, il savait ou bien se doutait d'un fait. Aussi, Lou devait le supprimer. Il faisait semblant d'hésiter mais, en réalité, il attendait l'occasion de lui porter le coup fatal. Pendant que nous cherchions des preuves, il a couru chez Frucht pour le tuer avec le même coupe-papier qui avait servi pour Ulrika…

— … mais il a été pris de remords, intervint Anne-Marie. Il n'était pas en mesure de supporter ce qu'il avait fait. C'est pour cela qu'il nous a quittés. En fait, il voulait se suicider.

Fontane soupira et dit que, en effet, c'était très convaincant. Ensuite pourtant, au lieu de succomber au triomphalisme ambiant, il les interrogea sur tout autre chose. Il leur demanda, par exemple, s'ils savaient combien ils avaient de lecteurs.

— Comment cela, combien de lecteurs ? s'étonna Anne-Marie. Vous nous interrogez sur nos tirages ?

Fontane notait sur une serviette en papier les estimations qu'ils lui livraient.

— Quand l'ouvrage est dans une bibliothèque publique, plusieurs personnes le lisent, il convient d'en tenir compte, dit Longfellow qui tenait à la précision.

— Ça peut faire des centaines de milliers de personnes, dit le commissaire avec un sifflement admiratif. Savez-vous de quel genre de gens il s'agit ?

— Une majorité de femmes. Les femmes lisent plus, déclara Anne-Marie avec satisfaction.

Longfellow était dans un état d'esprit plus méditatif.

— D'une certaine manière, nos lecteurs doivent nous ressembler. Il faut qu'il y ait une forme de similitude, sinon nous ne nous comprendrions pas. J'ai une théorie qui est que lire des polars est une pure forme de compensation thérapeutique. Commissaire, dites-vous que ces quelques centaines de milliers de lecteurs (et là, il posa les yeux sur la liste de comptes dressée par le policier), s'ils ne lisaient pas de romans policiers, ils deviendraient à coup sûr des criminels, déclara-t-il avec un petit ricanement.

Le commissaire Fontane entoura d'un trait la somme estimée sur la serviette en papier et soupira.

C. s'agita, inquiète. Elle jeta un regard à son mari, il somnolait devant la télé. Comme il a vieilli ! songea-t-elle.

Anne-Marie monta l'escalier d'un pas vacillant. Elle eut un geste qui disait : « Je reviens tout de suite. » Mademoiselle Schatzky buvait son vin à petites gorgées. Ses yeux brillaient. Les hommes parlaient du fondement de l'écriture. Fontane posa la sempiternelle question que l'on adresse aux auteurs : « Où allez-vous chercher vos idées ? »

— Vraiment, je l'ignore, je ne sais pas d'où elles me viennent. Je suis un observateur attentif de la réalité, tout simplement. La fantaisie est un élément secondaire, répondit Longfellow qui pérorait comme s'il avait devant lui tout un auditoire. Quatre-vingt-dix pour cent du succès relève de l'assiduité au travail. Quand je vois des gens qui passent leur temps à des bêtises, cela me rend tout simplement triste. N'importe qui peut écrire un roman. J'appartiens à une famille où l'on valorisait le sens de l'organisation du temps et l'effort créatif. Et avant tout, la pensée logique. La réalité est beaucoup plus logique que nous ne le pensons. C'est pourquoi…

— Je dois sortir, dit brusquement C. J'ai trop mangé. Cette viande d'agneau relevée me donne des brûlures d'estomac.

Son époux remua, son regard flou glissa vers elle avant de revenir immanquablement se poser sur l'écran. Sa tête dodelina. C. enfila ses chaussures et prit son manteau. Elle se dit ensuite qu'il ne lui serait pas utile et elle le raccrocha. Elle revint un quart d'heure plus tard. Ou peut-être plus vite. Son mari n'avait pas changé de position.

— Ça va mieux ? demanda-t-il.
— Un peu, répondit-elle.

— ... tout peut s'expliquer de façon rationnelle, tôt ou tard, termina Longfellow.

Fontane fut d'accord avec lui :

— Sans cela, je ne travaillerais pas dans la police. Vous devez pourtant avouer qu'il y a des affaires non élucidées. Dans nos archives, nous en avons tout un rayonnage.

— Comme c'est intéressant ! J'aimerais bien prendre connaissance un jour de ces cas. Cela déboucherait peut-être sur un livre !

Le commissaire se prépara à sortir. Une fois à la porte, il dit d'un ton hésitant :

— Vous savez, monsieur, je ne suis pas un de ces détectives que l'on rencontre dans vos romans, si tant est que de tels enquêteurs existent...

— Que voulez-vous dire par là ?

— Que, dans la réalité, tout est différent. Chez vous, le crime est pitoyable, misérable, ramené à un acte banal... il est privé de tout effroi authentique. Dans vos livres, il s'agit de trouver les mobiles et de découvrir le coupable. Comme si cela réglait tout ! Une suite d'événements irrationnels avec une solution très rationnelle ! Vous y croyez, vous ? Est-ce que cela ne vous déçoit pas ?

— Si cela me déçoit ? Mais il s'agit simplement de trouver la vérité !

— Certes ! Mais qu'est-ce que la vérité ? dit Fontane qui se frotta le front dans un geste d'impuissance infantile. Moi, je m'intéresse plus particulièrement aux rouages, à la manière dont tout cela fonctionne. Il faut connaître les rouages.

— Comment cela ? s'écria Longfellow avec emphase.

— Et si, au lieu d'élucider les choses, on cherchait à les obscurcir ? Ne pas simplifier mais compliquer. Que diriez-vous d'une telle méthode ?

— À quoi diable pensez-vous ?

— Au fait que des événements rationnels puissent, par exemple, s'expliquer uniquement de façon irrationnelle...

— Vous m'effrayez, commissaire, déclara brusquement Mademoiselle Schatzky. Vous pensez au fantôme d'Ulrika ?

— Oh non ! Nous ne nous sommes pas compris. Merci de saluer Madame du Lac de ma part. D'ailleurs, nous nous verrons probablement demain.

Fontane se dirigea vers la sortie. Longfellow l'arrêta d'un geste de la main.

— Je vais aller la chercher, dit-il avant de monter.

— Qu'est-ce que je vais devenir ? s'inquiéta Mademoiselle Schatzky avec une mine de petite fille.

Pensif, Fontane n'eut pas le temps de répondre, car à l'étage il y eut du raffut mêlé à la voix effrayée de Longfellow qui jurait.

Mademoiselle Schatzky se jeta au cou du commissaire avec des sanglots hystériques.

— Elle est morte, elle est morte, n'est-ce pas ? Elle aussi, ils l'ont tuée. Ils vont nous tuer tous !

Le commissaire lui caressa les cheveux d'un geste apaisant.

— Rien ne vous menace. Vraiment, vous n'avez rien à craindre, vous. Je vous assure. Vous n'écrivez pas de livres, n'est-ce pas ?

Ensuite, il alla tranquillement jusqu'au téléphone pour faire le numéro de la police. Il n'arrêtait pas de sentir sur lui un regard étrangement intense qui le fixait en permanence.

C. reposa son livre alors qu'il ne lui restait plus qu'une page pour le terminer. Elle s'étira puis alla à la cuisine dissoudre un comprimé contre les aigreurs d'estomac dans un verre d'eau. Elle n'avait pas envie d'en lire plus. Après cela, elle rejoignit son mari sur le canapé et, jusqu'à minuit, ils regardèrent un film américain plein de poursuites et de fusillades.

Le matin, au moment où elle laissait sortir son chat sur le balcon, C. aperçut une voiture de police qui s'arrêtait devant sa tour. Elle vit trois hommes en descendre pour se diriger directement vers sa cage d'escalier. L'un d'entre eux portait un trench-coat ainsi qu'un chapeau démodé et cocasse. Il lui sembla qu'elle l'avait déjà vu quelque part.

UN MOIS ÉCOSSAIS

La première scène devrait être ainsi : je marche avec des valises dans une allée recouverte de gravier, je sonne à la porte, une domestique vêtue de noir m'ouvre. Habituellement, les films et les récits commencent ainsi, et c'était ainsi que, dans l'avion, je m'étais imaginé mon arrivée. À vrai dire, je connais le monde juste par les films et les livres. Mais est-ce réellement connaître le monde ?

Pour je ne sais quelle raison, les choses ne sont jamais comme je me les imagine. Je pense qu'il en est ainsi parce que les variantes sont par trop nombreuses, beaucoup plus que ne le permet mon imagination. Aucune imagination n'a un potentiel absolu, sauf si elle est inspirée, si elle se fait vision. Une autre explication est possible : le jeu avec Dieu. Il est Celui qui, en réalité, nous octroie de la fantaisie et de l'inspiration, mais Il ne nous permet pas de prévoir des faits de toute banalité. Il nous fournit un couteau non aiguisé, un marteau en papier, un clou de verre. Il se peut également que notre imagination épuise en quelque sorte la réalité et que, finalement, ce qui a été imaginé ne puisse plus arriver. Et inversement ! Seul ce qui n'a pas été envisagé a lieu. Cela pourrait vouloir dire que l'imagination et la réalité proviennent d'une même source dans la salle des pas perdus du réel. De vases communicants.

Il se peut que ce ne soit que mon imagination qui ait pareille infirmité. Il existe peut-être des personnes qui savent tout prévoir immédiatement et complètement ou, pour le moins, pressentir les événements dans les grandes lignes. Les voyants. La sagesse froide et impérieuse des jeux de patience.

Une dame, appelons-la Scotsman, avait fait savoir par ses amis de Londres qu'elle souhaitait accueillir une écrivaine. En échange de sa compagnie silencieuse (les écrivains sont des taiseux), elle lui assurerait un séjour de travail créatif. Que celle-ci soit une femme et une Polonaise.

Ce fut ainsi que je me retrouvai là-bas. Et tout y était différent de ce que je m'étais imaginé !

De ma vie, je n'avais vu un temps aussi changeant ! Les annonces météo de BBC3 chuchotaient très bas, avec hésitation, dans la petite radio posée sur la cheminée ; elles ne croyaient guère en leur force de conviction. Avant chaque promenade, par habitude, ma main se mettait en quête de la poignée familière du parapluie. Pas une fois durant ce mois, je ne vis de ciel bleu, de ciel dégagé. Les nuages se tapissaient derrière les frondaisons des arbres puis, en un instant, occupaient l'espace. Il se mettait à pleuvoir, ne serait-ce que brièvement, juste pour le principe.

— Le jardinier s'est cassé la jambe, nous devons donc nous chauffer avec des radiateurs électriques.

Telle fut l'une des premières phrases que Madame Scotsman prononça. Je ne compris pas cette étrange corrélation, mais le radiateur réchauffait ma chambre en quelques minutes. J'étais dans un pays où l'on chauffe les maisons en juin.

Tout y semblait réglé depuis des lustres. Il n'y avait aucun espace pour l'improvisation. Chaque chose avait sa place. Un peu comme si, pendant les longues années où dans mon pays tout avait été complètement chamboulé maintes fois, ici les éléments avaient patiemment cherché leur place, puis, après l'avoir trouvée, s'y étaient lovés. Combien de temps faut-il à une figurine de dragon chinois en néphrite pour se trouver là où elle doit être ? Cent, deux cents ans ? Les bibelots sur le piano semblaient enracinés dans la surface vernie noire de l'instrument. Les tableaux étaient tellement chez eux sur les murs qu'on ne les remarquait pratiquement pas. Le tapis se blottissait parfaitement contre le parquet, ramené qu'il était sous mes pas à l'essence d'une pure mollesse. Les lampes de style victorien se dissimulaient au-delà de leur propre lumière.

Je compris vite que, d'une certaine manière, nous étions retournées dans le passé. Moi à cause de l'histoire que je voulais écrire – l'enfant de six ans que j'avais été se promenait sur les vastes plaines ensoleillées des bords de l'Oder, fascinée par l'indéniable beauté de la chanson *Girls* des Beatles, entendue pour la première fois à la radio –, et Madame Scotsman du fait de son âge. Lorsque l'on compte tant d'années, on ne répond plus à l'appel de l'ici et maintenant.

Quoi qu'il en soit, un demi-siècle nous séparait. Le très imperturbable *drawing-room* s'efforçait d'instaurer entre nous un terrain d'entente. Pour moi, le passé de mon hôtesse était impossible à imaginer. Il tremblotait comme un mirage.

Je commençai par déclarer à Madame Scotsman, peut-être n'était-ce pas très poli, qu'il serait difficile d'attendre de moi que je participe à des discussions très poussées. Mon anglais comme vous pouvez le remarquer, Madame, est assez pauvre. Je ne suis pas douée pour les langues. À ma surprise, elle ne fut pas déçue. Elle sourit.

Le matin, je descendais à la salle à manger pour le petit déjeuner. J'avais très précisément droit à ce que j'avais commandé la veille sur un petit bout de papier. En général, un œuf mollet, des toasts, un jus de fruit et du café. Elle, elle avait déjà mangé, à moins qu'elle ne déjeunât jamais. Elle s'asseyait avec moi un moment pour me regarder. Ce pouvait n'être qu'une impression, mais je percevais une certaine tendresse dans cette observation de mon appétit matinal. Le matin, j'étais toujours plus prompte à faire la conversation. Le journal du jour servait de prétexte à ces échanges, avec la fin de la guerre au Kosovo, les troubles à Londres ou le mariage du prince Édouard. Je m'efforçais seulement de ne pas formuler mes opinions sur le monde la bouche pleine.

Madame Scotsman n'était pas très grande, elle était mince ; elle se teignait les cheveux, je crois. Une couleur lin très claire qui me semblait assez inhabituelle à son âge. Elle portait de longues jupes et des pulls en cachemire. Noirs ou gris. Dans la soirée, elle mettait sur ses épaules un tartan écossais.

J'écrivais presque toute la journée, surprise par l'immensité du temps qui s'ouvrait devant moi et que rien n'interrompait, si ce n'était la faim. Quand j'avais mal aux poignets à force de taper sur le clavier, je m'allongeais sur le plancher pour me rappeler des détails, rêver ou inventer. J'étudiais toutes les variantes du temps. Pour la première fois de ma vie, je parlais de moi et cela me fit découvrir qu'écrire sur soi créait une autre personne. Qu'il était impossible d'être simultanément l'observateur et l'observé, celui qui dévoile et celui qui est mis à nu. Sans doute est-ce la raison pour laquelle il y a de la tromperie dans tous les souvenirs et de la création dans toutes les autobiographies.

La littérature est une forme de mensonge admis, dispensé de toute éthique, accepté socialement, admiré. Je crois que c'est pour cela que j'ai toujours été attirée par l'écriture. Existe-t-il une autre activité qui autorise autant de possibilités d'inventer, de mentir de toutes les façons, d'amender la réalité, de lui inventer des possibilités nouvelles ? Les écrivains sèment l'anarchie dans les universaux, ils sont des relativistes de naissance, des expérimentateurs de la vérité, des découvreurs d'alternatives, et c'était précisément ce que je tentais de dire à mon hôtesse quand elle m'interrogeait avec tact sur mon travail chez elle.

Son passé à elle me semblait être en noir et blanc, comme un vieux film. Les gens s'y déplaçaient avec nervosité, beaucoup plus vite que dans la réalité. Tout y était informe et sans profondeur.

Elle, également, était irréelle. Elle apparaissait toujours dans le labyrinthe des étages, ou y disparaissait, comme un esprit.

Après le petit déjeuner, j'allumais une cigarette dans ma chambre, j'ouvrais la fenêtre parce que l'odeur dérangeait mon hôtesse. Je craignais que la fumée ne l'atteigne dans ses appartements difficiles à localiser. Je l'imaginais en pyjama ou avec des bigoudis. Elle m'intimidait moins ainsi et m'était plus proche. La maison s'installait dans le silence. Parfois, rarement, le bruit d'une tondeuse à gazon me parvenait du parc. À midi, devant ma porte apparaissait un panier avec le lunch : une thermos de thé, une autre avec de la soupe, un sandwich et des couverts enroulés dans une serviette. J'avalais ce repas à la va-vite, en lisant.

Mes premiers jours furent étranges. À l'aéroport, on égara mes bagages, je me retrouvai donc sans valise, avec juste mon sac à main et, heureusement, mon ordinateur portable. Margaret, la bonne – ou je ne sais comment l'appeler, car j'ai été élevée dans un pays communiste –, m'apporta un peignoir de bain, une brosse à dents et du dentifrice. J'eus également droit à un pull noir en cachemire de la maîtresse de maison et à une veste imperméable. Le seul objet qui m'était personnel au cours de ces journées restait mon ordinateur qui luisait allègrement sur le bureau tel un autel portatif.

J'écrivais. J'écrivais dès le matin, avec une pause rapide, à peine perceptible pour le lunch, j'écrivais également en marchant de long en large dans ma chambre, en regardant par la fenêtre, en observant le ciel écossais si perturbé, en fumant des cigarettes. Je déployais mes propres espaces, que j'avais emportés, je revenais à certains débuts personnels en nommant avec difficulté des images inscrites dans ma mémoire. Un couvent, songeai-je, il doit en être ainsi dans les couvents. Le réel se densifie, il devient clair que sa seule source est en moi, qu'il n'y a pas d'autre monde que moi, que décrire le monde, c'est, au bout du compte, se décrire soi. Il n'y a pas d'autre voie que le précepte galvaudé du « Connais-toi toi-même », décris-toi toi-même, décris ce qui te semble être toi.

Vers quatorze ou quinze heures, je prenais un parapluie pour faire une rapide promenade. Peu à peu, je m'étais habituée à la pluie. Je circulais dans le parc touffu, sur ses chemins en corniche, humides et glissants, au-dessus de la rivière qui coulait en contrebas. Entre les taillis de rhododendrons, les sombres thuyas, les lierres enchevêtrés autour des vieux troncs d'arbres. Mes enjambées faisaient fuir des lapins sauvages. Parfois, ils s'arrêtaient à un mètre de mes pieds pour me regarder d'un œil, certains que je ne les apercevrais pas. Des avions allant à Édimbourg volaient bas. Je pouvais distinguer leur empennage coloré.

Je rentrais pour le thé. Margaret me le servait sur un plateau qu'elle posait sur la petite table près de la porte. Il était toujours accompagné d'une pâtisserie.

Nous ne nous revoyions que le soir, au dîner. La table de la salle à manger était mise pour deux personnes, moi d'un côté et elle de l'autre.

— Pourquoi faites-vous cela ? Pourquoi invitez-vous des étrangers chez vous ? lui demandai-je.

Elle répondit à la seconde partie de ma question, celle que je n'avais pas posée :

— Je ne me sens pas du tout seule, dit-elle. Je bénéficie d'un grand calme ici, et vous, vous avez besoin de beaucoup de tranquillité. Je vous en fais simplement cadeau. Voilà tout.

Je recevais donc en présent de longues soirées, des soirées interminables, d'autant que là-bas, dans le Nord, les jours de juin sont incomparablement plus longs qu'en Pologne. Il faisait toujours clair quand je me couchais ou quand je me levais. Il faisait clair lorsque, parfois, je me réveillais en fin de nuit pour vérifier l'heure à ma montre avec inquiétude, m'étonner brièvement et me rendormir aussitôt.

Ma salle de bains me rendait folle. L'invention aberrante de robinets séparés pour l'eau froide et l'eau chaude me donnait l'impression d'être bonne à rien. Un simple shampoing finissait à chaque fois par un grand bain. Je restais allongée dans la baignoire à décrypter le dessin monotone de la tapisserie qui me plongeait dans un état quasi méditatif.

Ce temps sans particularité, scandé par les heures des repas, parfaitement divisé en petites séquences, me retenait en lui. Il n'y avait rien à faire, rien de soudain ne se produisait, aucun téléphone ne sonnait, aucune lettre ne rompait mon étrange équilibre contemplatif. Les choses arrivaient l'une après l'autre avec une certitude impitoyable. Jamais le sucre ne manqua dans le sucrier, le sel ne se renversa pas, le vin ne coula pas sur la table. La maison était un mécanisme parfait, une boîte à musique remontée de longue date. Chaque jour répliquait le précédent de façon systématique, coinçait au même endroit – les robinets –, jusqu'à ce que j'en vienne à intégrer cette imperfection mineure dans l'ordre général. Les heures avaient la même longueur, les minutes une dimension semblable. Chaque nouvelle nous parvenait assourdie par la distance, défraîchie, privée de réalité. Pouvait-on s'en étonner ? C'était l'écho de mondes lointains, d'univers sans existence véritable. Ici, les maisons vieillissaient de façon naturelle, les objets s'entassaient charitablement dans les greniers. Ils s'endormaient sous des couches de poussière. Les meubles victoriens tenaient leur place dignement, les coffres médiévaux ne constituaient en aucune manière un événement du fait de leur existence. L'Écosse pourrait être considérée comme un produit parfait des usines de Dieu.

Nous dînions dans une atmosphère de concentration. Les couverts anciens tintaient. Madame Scotsman me posait des questions prudentes, me sondait, ouvrait avec subtilité un interstice pour des confidences, mais jamais de façon directe, jamais en force. Je l'admirais pour cela. Enseignait-on pareille approche dès l'enfance dans son milieu ? Était-ce là le célèbre flegme britannique ? Donner à autrui un espace pour exister, pour s'accomplir ; prendre conscience, pas après pas, à quel point l'on est en présence d'une chose fragile. Dès lors, moi aussi, quelque peu surprise d'y parvenir, je la circonvenais. Lorsque je voulais lui demander quelque chose, je traduisais avec précision ma question en anglais, dans ma tête. Aussitôt, celle-ci s'éloignait d'une lieue de son modèle polonais. Traduire en anglais correspondait à retourner une longue-vue, à l'utiliser de telle manière qu'au lieu de rapprocher, elle éloigne. En cela, la conversation était un plaisir pour moi. Commencer une phrase par un *well*, qui situe ce qui sera dit sous un signe d'interrogation onirique, rend toute pensée relative. Dans ce *well* se désagrège tout ferment de révolution, se voit dissous tout projet de manifeste.

Parfois, je réalisais que je ne contrôlais pas mon corps. Mes traits étaient déformés par des mimes, mes mains s'agitaient.

— Ton visage exprime tout, me dit-elle un jour en portant calmement une tasse à ses lèvres.

Je ne pris pas cela pour un compliment, mais, pour la première fois, j'y perçus l'expression discrète d'une sympathie. Son visage à elle n'exprimait rien.

Elle m'interrogeait sur la Pologne. Un jour, après le café bu comme à l'habitude dans le *drawing-room*, je lui indiquai sur une carte où je vivais. Elle regarda avec un intérêt feint, les sourcils levés, des *yes, yes* répétés calmement tandis que je lui exposais la situation historique de ma région, la Silésie. Dans un soudain éclair de lucidité, je compris que, pour elle, c'était sans intérêt. Elle alla se coucher plus tôt après avoir déclaré qu'elle se sentait particulièrement fatiguée.

Avant que mes bagages et leur contenu familier soient retrouvés, elle me montra sa bibliothèque. On y pénétrait par une courette, elle était séparée du reste de la maison. On y trouvait l'*Encyclopedia Britannica* de 1956, une collection de romans du monde entier dans une belle reliure en cuir vert foncé. Il y avait des beaux livres sur l'art, des catalogues de ventes aux enchères, des dictionnaires, des lexiques, quelques livres de philosophie comme choisis au hasard, un peu d'histoire mondiale, de la mythologie.

Ainsi, avant d'avoir récupéré mes propres livres, je me suis assise sur l'escabeau pour tout regarder de droite à gauche. À mon étonnement, je tombai sur tout un rayon d'ouvrages sur la Pologne. J'y trouvai des choses très intéressantes. Par exemple : « Poland is a country which has popped up on the map of Europe from time to time though never quite in the same place twice. » L'énorme *Mythologie* avec l'introduction de Graves, publiée en 1958, affirmait avec une assurance très anglaise : « Silesia, Germany ». Je n'en crus pas mes yeux lorsque je lus dans un magazine américain : « Polish concentration camps ». Le soir, j'appelais chez moi d'une cabine publique du village pour m'assurer que j'existais encore.

C'est à ce moment-là, environ une semaine après mon arrivée, que je fis ma première escapade touristique. Vingt minutes en autobus à étage et je me retrouvai à Rosslyn. L'endroit figurait dans mon guide à cause de sa chapelle remarquable où, un siècle avant Christophe Colomb, l'on avait décoré les murs de représentations de plantes américaines, signe que les Écossais étaient allés sur le Nouveau Continent bien plus tôt. Ce n'était pas ce qui m'intéressait, l'histoire ne me semblait jamais essentielle. Je me rendis à Rosslyn parce que j'avais trouvé une allusion au fait que le Saint-Graal aurait été dissimulé dans cette chapelle. Il y avait peut-être séjourné. Jadis. Si tant est qu'il ait existé. Dans la solitude de ma chambre, une certaine excitation me gagna. En un instant, et ce fut foudroyant, j'associai tout cela à ce que m'avait dit mon hôtesse, la veille au soir. À Rosslyn se trouvait l'institut de recherches qui avait cloné le mouton Dolly. Mouton. Agneau. Christ. Sang du Christ. Corps de Dieu. Gènes. Chromosomes. Immortalité. Est-ce que, sans l'avoir cherché, je me serais retrouvée au centre du monde, au centre même du mystère ? Une petite Jérusalem écossaise pluvieuse. Un centre du monde périphérique. Des périphéries centrales. Un trésor dissimulé dans un endroit des plus improbables. Les lisières du cosmos en dentelle ornée de pierres précieuses. Assise à l'étage du bus, je traversais des plaines vertes et humides, toutes semblables, symétriques, ennuyeuses. Le ticket pour entrer dans la chapelle coûtait deux livres et demie.

Je m'installai ensuite dans le petit pub d'un hôtel pour y commander une Guinness. La chapelle était réellement belle, j'y avais rejoint un groupe de touristes qui parcouraient les voûtes d'un regard fasciné, en suivant les commentaires de leur guide en kilt. Mais le Graal ne se trouvait pas là. Je le savais. Je l'aurais senti s'il avait été là. Le mouton Dolly était une nouvelle expérience scientifique. Rien ne découlait de son corps sacrifié. Juste un espoir minuscule, insignifiant, d'immortalité. La bière forte et amère me monta à la tête. Je rentrai, sous la pluie, une fois de plus.

Fâchée, irritée, j'apportai au dîner le livre avec la note sur la Pologne.

— « Poland is a country… », lus-je à mon hôtesse.

Elle posa ses couverts pour m'écouter.

— Oui, c'est exact, dis-je, nous poussons telles des plantes nocturnes, nous ne fleurissons qu'une nuit, celle de la Saint-Jean. Nos graines s'en vont par les fleuves dans le vaste monde. Nous n'apparaissons que de temps à autre, à l'occasion des guerres, des insurrections ou des catastrophes historiques. Chaque matin, nous changeons de langue comme de mouchoir. Nous sommes des hybrides, nous avons des maisons montées sur roues, nos passeports sont illisibles de fait. Oh, nous n'avons aucune difficulté à lire le cyrillique ! Jusqu'à notre pape qui se transporte sans cesse, il voyage dans un sens et dans l'autre, un type en blanc qui ne reste pas en place. Nous n'arrivons jamais à l'âge adulte, nous voulons le dessert avant le plat principal. Nous sommes réellement une nation mystérieuse, nous apparaissons et disparaissons. Peut-être est-ce la faute du climat ou des plaines incommensurables. Notre petite civilisation végétale laisse derrière elle des traces infantiles qui donneront du fil à retordre à tous les archéologues du futur : des petits tambours, des soldats de plomb cassés, divers mots trop difficiles pour être prononcés.

Ensuite, en silence, nous mangeâmes du haggis. Mon hôtesse fit ouvrir une autre bouteille de vin à Margaret. Nous levâmes nos verres. Au café, Madame Scotsman disparut un moment pour revenir avec une photographie encadrée. Celle d'un homme jeune, un garçon en fait, en uniforme de la RAF. Rieur, cheveux clairs, une petite moustache facétieuse. Ses yeux clairs fixaient l'objectif malicieusement, d'un air provocateur. Derrière lui, le paysage plat était difficile à identifier.

— Il s'appelait Tadeusz Poniatowski, dit-elle.

Elle prononça le nom lentement, à la perfection, sans accent. Je fis remarquer que c'était un patronyme connu en Pologne. Elle posa le cadre sur la table ; nos tasses de café à la main, nous nous installâmes près du radiateur électrique (le jardinier s'était cassé une jambe). Dans ma tête, j'élaborais en anglais une question délicate, une nouvelle question qui s'insérerait dans ce contexte comme dans du beurre, telle la pièce manquante d'un puzzle, en douceur, tout naturellement ; une question qui colmaterait un trou sans rien précipiter, qui n'interrogerait pas, en fait. Mais mon hôtesse parla la première. Elle me dit que son appareil avait été abattu tout à la fin de la guerre. Qu'on ignorait où il était tombé. Je restai silencieuse.

— Je l'aimais, dit-elle, et sa tasse heurta doucement la soucoupe en tintant.

Surprise, je jetai un regard à Madame Scotsman ; mon visage devait de nouveau être très expressif, il parlait malgré moi. Elle me sourit chaleureusement.

C'était une histoire banale, pour autant qu'une histoire d'amour puisse être banale. Tous les deux en uniformes kaki. Des tickets de rationnement ; la nuit, les grandes villes obscurcies disparaissaient de la surface de la terre.

— Il me semblait que jamais je n'aurais pu vivre sans lui, dit-elle pour finir. Il parlait anglais avec le même accent que toi.

C'était donc la raison de ma présence. J'avais quelque chose en commun avec Tadeusz Poniatowski, un pilote disparu quelque part au-dessus de Hambourg.

Le matin, j'écrivais de nouveau. Difficilement, à contrecœur. L'écran attendait patiemment chaque nouvelle phrase. Il la capturait, la bloquait, rapportait mes paroles. Sans ciller, il acceptait chacun de mes lapsus, chacune de mes coquilles. Discrètement, il me hâtait par la pulsation du curseur. Imperceptiblement, je me transportais vers le passé. Je parlais de moi, de moi au temps où j'étais sans vraies particularités, sans carte d'identité, sans obligations, sans projets, sans manies, sans réflexions, lorsque j'étais plongée dans des décors flous. Je décrivais une petite fille à la perception entortillée, qui décèle à peine ses sens, ne comprend rien et ne voit que ce qu'elle veut voir. Le monde est une goutte, les événements n'ont ni déroulé ni cause, ils se succèdent au hasard ou par de mystérieuses associations fugaces. Mon ordinateur acceptait le tout sans la moindre remise en question. Son obéissance me rendait téméraire. En revanche, j'avais des doutes quant à savoir qui je pouvais intéresser, moi. Pourquoi avais-je jugé bon de me transcrire moi-même, avec mon passé vague et dénué de sens ? N'y avait-il pas au monde des choses plus importantes qui méritaient d'être notées ? Ne sont-ce pas toujours les autres qui ont plus d'importance ? Les journaux du petit déjeuner ne l'affirment-ils pas clairement, n'indiquent-ils pas la hiérarchie globalement admise de ce qui est mémorable ? Quelle importance peut bien avoir une soirée d'il y a trente ans dont, moi exceptée, l'histoire ne se souvient pas, ni personne, et qu'aucun écrit ne relate ni ne signale ?

Une enveloppe couleur crème avec un mot de mon hôtesse se trouvait dans le panier du lunch. Madame

Scotsman souhaitait me montrer quelque chose dans l'après-midi. Elle m'attendrait à quinze heures, me priait de descendre à la salle à manger. Voilà qui est bien *british*, me dis-je.

Elle m'emmena à l'étage dans l'une des pièces inutilisées. C'était une chambre d'angle, avec un grand lit recouvert d'une courtepointe au crochet. L'ameublement était colonial, léger, en bambou, incroyablement exotique.

C'était une chambre d'enfant. Sur les chaises en rotin étaient installées des poupées aux visages en céramique exprimant la surprise. Sur le lit, il y avait deux oursons, des êtres mélancoliques au pelage usé par les câlins. Mais mon hôtesse voulait me montrer autre chose : une grande maison de poupée. Avec un toit et des cheminées, plus d'une dizaine de fenêtres, deux portes. Elle l'ouvrit avec précaution comme un petit théâtre en faisant glisser le mur de la façade pour laisser apparaître l'intérieur avec ses étages.

Il y en avait quatre. Tout en bas, une cuisine et un cellier. Meublé à l'ancienne, avec un grand évier à deux cuves où nettoyer les légumes et les viandes. Un buffet entièrement rempli d'un service en faïence dont les assiettes à dessert avaient la taille d'un ongle. Des casseroles et des poêles étaient accrochées aux parois. Une table en bois semblait usée à force d'avoir servi. Un balai s'était figé dans son ramassage d'invisibles saletés sur une pelle. À côté, deux petites souris étaient assises. Un chat noir les observait avec calme.

— Les figurines sont en cire, dit Madame Scotsman.

Dans le cellier, des quartiers de viande, des jambons et des lapins dépiautés, en cire également, étaient suspendus à des crochets. Sur les étagères, des bouteilles fermées par des bouchons avaient une allure prometteuse. Était-ce du vin ? Il y avait aussi des petites boîtes à gâteaux en métal, des tresses d'ail, un panier à légumes, deux têtes de chou, des pots de confiture ou peut-être de miel.

Au-dessus se trouvait le salon. Les parois étaient tendues d'une tapisserie en soie saumon avec un motif discret. Il y avait des commodes sur lesquelles étaient disposées des séries de photos de famille, et deux tables, dont l'une très grande, sculptée. Les chaises étaient en désordre, le couvercle du piano, ou peut-être du clavecin, était relevé comme si le concert du soir s'était terminé à l'instant et que tout le monde venait de passer au jardin pour se détendre avant le dîner. Aux murs, les tableaux restituaient en quelques traits de vastes espaces. Sur la seconde table, plus petite, près de la cheminée, traînaient des journaux – si l'on y regardait de plus près, on pouvait en lire le nom : *Daily Mail* –, mais il y avait là également un album de photographies qui semblait tellement réel qu'on avait envie de le prendre avec précaution entre deux doigts pour découvrir à la loupe les visages des personnes captives des clichés. Plusieurs cartes postales et des ciseaux étaient posés à côté. De là, un escalier menait à deux chambres à coucher. L'une petite, sombre, avec un lit étroit, une armoire pour les vêtements et une coiffeuse ; dans l'autre, la propriétaire de ces lieux en contre-plaqué se tenait immobile. Petite poupée en cire vêtue d'une robe en dentelle à la couleur passée, elle était debout près d'un lit cossu à baldaquin. Ses cheveux clairs étaient relâchés sous un nœud décoloré. Son visage aux bonnes joues, presque totalement blanc avec des sourcils très marqués, semblait pensif. Cela me donna à réfléchir, mais j'eus du mal à qualifier cette expression qui m'était bien connue. Au pied de la figurine se trouvait un petit parapluie bleu. Des chapeaux traînaient sur le divan en peluche. Sur la coiffeuse, devant le miroir en feuille d'étain s'alignaient des petits pots et de minuscules flacons.

Au-dessus des chambres, sous le toit pentu de la maisonnette en contre-plaqué, il y avait une chambre d'enfant et un grenier rempli de boîtes à chapeau, de meubles endommagés, de coffres. Dans la chambre d'enfant, auprès d'un cheval à bascule se trouvait une maison de poupée miniature, mais son agencement, cette imitation d'une imitation était tellement minuscule, tellement faussement figurative, qu'elle échappait à toute perception et que ses formes s'estompaient.

Avec précaution, mon hôtesse fit asseoir la poupée sur le lit. Ce fut le seul geste qu'elle s'autorisa.

— Elle a eu trois maris, dit-elle à son propos. Le premier a disparu, il s'est volatilisé. Elle en a donc pris un deuxième, mais ce dernier a perdu une jambe, aussi en a-t-elle fait son jardinier. Son troisième époux a également mal tourné, il a sombré dans l'alcool pour finalement s'en aller.

Cette histoire me parut vraisemblable uniquement parce que, elle, elle y croyait.

— Tu peux venir ici quand tu en as envie, ajouta-t-elle pour finir.

Je n'osai pas. Je restai allongée sur mon lit à recréer de mémoire cette imitation du monde en contreplaqué, détail après détail. Je jouais avec en imagination. Les deux souris de la cuisine échappèrent au chat en fuyant sous le buffet. Le soir, après le dîner, alors que je me déshabillais dans la salle de bains, j'aperçus mon corps dénudé dans la glace. Un bref instant, je fus surprise d'avoir de la poitrine ; brièvement j'avais cru avoir un corps maigre, un torse plat de fillette. Après cela, j'observai mes mains avec étonnement à la lueur laiteuse de mon écran d'ordinateur.

Au cours des derniers jours de juin, le temps devint ensoleillé et venteux. Je n'avais plus envie d'écrire. Je restais assise sur la terrasse à me chauffer au soleil. J'observais les oiseaux et les lapins peureux avec des jumelles. À plusieurs reprises, je la vis, elle. Elle poussait une grande roue en métal devant elle avec un bâton. Elle était coiffée d'un chapeau bleu attaché sous le menton par des rubans soyeux.

Les nuits devinrent approximatives, sans intérêt, fugaces. Le crépuscule se transformait immédiatement en aube. À l'ouest, les lueurs roses ne disparaissaient pas. J'avais perdu tout sens de l'orientation. Je ne savais plus où se trouvait l'ouest dans le ciel, ni où était l'est.

LE DOUBLE FICTIONNEL DE L'AUTEUR

Une petite erreur s'était glissée dans la monographie sur son œuvre qu'il venait de commencer à lire en prenant son café du matin. Son roman *Les Yeux ouverts des choses* avait été publié en 1982 et non pas en 1984. Allez savoir pourquoi, l'autrice de l'étude avait omis la première édition, publiée hors de Pologne pour échapper à la censure. Il corrigea au crayon à papier avant d'allumer sa première cigarette. Il ne lui en restait plus que quatre, il devait se restreindre. Le médecin lui avait dit qu'à son âge il devrait arrêter de fumer complètement. Lui savait pourtant que, sans cigarettes, il ne pourrait pas écrire. Une corrélation étroite existait entre l'aspiration de la fumée et l'écriture. Lorsque la fumée envahissait ses poumons, elle activait simultanément sa mémoire, probablement parce que la fumée et la mémoire étaient de même nature. Elles étaient des volutes fugaces qui s'enroulaient de façon impromptue en cercles, arabesques, ordonnancements transparents de strates qui persistaient à peine dans leur structure fallacieuse avant de disparaître à jamais. Par une sorte de miracle inouï, avec une once de concentration, il était possible de transformer cette fugacité en mots et en phrases.

Il tourna plusieurs pages quand, brusquement, son attention fut attirée par : « Le héros de ce récit bouleversant, alter ego de l'auteur, porte les mêmes nom et prénom, habite à la même adresse que lui : Varsovie, à l'arrière de l'Avenue. » Il relut plusieurs fois en aspirant de la fumée. Il se rappela l'époque, il y avait vingt ans de cela, où il écrivait *Les Yeux ouverts des choses*. Une époque terrible, désespérante. La fin du monde semblait proche, et pourtant tout se termina bien. Mais que veut dire bien ou mal, songea-t-il en lançant un regard prédateur aux quatre cigarettes qu'il lui restait pour la journée ? Écrire était aisé, en ce temps-là. Un désespoir indéfini, un sentiment de médiocrité et d'absurdité favorisaient un certain panache, maternaient tendrement les mots, nourrissaient les paragraphes, dévoilaient les secrets de relations peu réalistes voire rêvées, servaient des images toutes prêtes, comme sur un plat. Désormais, tout était factice, y compris lorsque, vu de l'extérieur, cela pouvait sembler avoir de la consistance. Mais voudrait-on en livrer une description qu'il faudrait se frayer un chemin à travers plusieurs couches de détritus, par la trame délavée des événements, la succession d'instantanés. La normalité n'était pas intéressante, elle était tissée de problèmes insignifiants, de détails dérisoires qui, chaque matin, se déversaient des journaux tels des grains de sable, pour aussitôt se couvrir de poussière.

Samborski se leva, regarda ses cigarettes et décida de sortir. Il enfila juste sa veste, le temps était magnifique. Il prit le chemin habituel, par les cours intérieures et les passages entre les immeubles, pour atteindre la rue principale de sa ville où il tourna vers la place de l'église pour aussitôt se retrouver dans son café favori. En route, il fut salué par plusieurs personnes dont un couple de jeunes gens avec des sacs à dos. Ils s'étaient arrêtés en le voyant et restèrent ainsi lorsqu'il leur répondit par un sourire en les dépassant. Pareilles rencontres étaient agréables, mais pas complètement. Elles lui rappelaient qu'il était tout le temps lui-même, qu'il ne pouvait plus devenir un autre. Que certaines personnes, par exemple ces jeunes gens aux sacs à dos, avaient devant elles des possibilités infinies, tout un tas de rôles à endosser, un grand panier d'œufs surprises. Elles pouvaient encore devenir qui elles voudraient. Ce n'était plus son cas à lui. Il était un homme qui s'était réalisé. Il alla jusqu'à penser « fini » et, à ce moment-là, quelque chose d'extrêmement désagréable le frôla. Un effluve sentant l'air froid et moisi d'une cave. Il lui arrivait d'avoir l'impression qu'une plaque en fonte était fixée à son front : « Stanisław Samborski, écrivain ». Exactement comme maintenant, tandis qu'il entrait dans le café. Tous les regards se tournèrent discrètement vers lui, mais, dans cet endroit, on était habitué à sa présence. L'intensité du bruit de fond habituel resta la même. Il passa au comptoir, échangea des sourires chaleureux avec les serveuses puis s'installa à une table. Il commanda son « petit déjeuner noir » : un café et un paquet de cigarettes (de sorte que les quatre sur son bureau lui suffiraient jusqu'au soir). Une serveuse qu'il connaissait lui servit spontanément deux toasts aux œufs, ses préférés. « Il vous faut manger quelque chose qui tient au corps, le matin. » Il ne protesta pas, prit le journal pour le lire tranquillement, conscient qu'il se trouvait au centre du monde.

L'autre, il le rencontra dans la cage d'escalier, devant sa propre porte, penché à triturer le trou de serrure. Pendant une longue minute, grosse et grasse comme une mouche, il n'en revint pas de surprise. À première vue, l'autre lui semblait familier voire davantage ; de façon écœurante et pénible, il lui ressemblait comme un sosie. De rares cheveux gris coupés en brosse, un teint terreux, un corps chétif dans une veste à carreaux, de bonnes chaussures quoique usées. L'écrivain Samborski voulut l'interpeller, mais à l'instant même le verrou cliqueta, la porte s'ouvrit, et l'autre, sans un mot, pénétra dans les profondeurs de l'appartement. Perturbé, Samborski le suivit. L'autre l'ignora superbement. Il s'installa au bureau devant la monographie pour se mettre à lire, un crayon à la main. En marge, il notait des remarques, soulignait des phrases entières. Avec dégoût, il repoussa le cendrier, puis il jeta les quatre cigarettes restantes à la poubelle. Lorsque le téléphone sonna, Samborski n'eut pas le temps de l'atteindre, l'autre attrapa l'écouteur d'un geste assuré et, étirant le mot, répondit « Ouiiii ? ». À l'écoute de la personne à l'autre bout du fil, son visage prit un air concentré, la ride de son front se creusa jusqu'à donner à son visage une expression sérieuse, tragique même. Après un silence, il déclara : « La littérature est un défi. Elle est seule à pouvoir déterminer les limites de l'existence humaine et, par ailleurs, à doter celle-ci d'une dimension transcendante. La vie en soi, c'est trop peu. Merci de m'envoyer le texte pour que je le valide », puis il reposa l'écouteur. Ensuite, il appuya le front sur sa main, resta silencieux un moment, puis il se leva pour faire les cent pas dans la pièce, les mains dans le dos. À ce moment précis, Samborski se mit à le haïr.

Il était étrange que l'autre ne mange pas. Il ne faisait que boire du café. Par la suite, il apparut qu'il biberonnait aussi de la vodka. Samborski l'aperçut un matin dans son café, assis à sa table, entouré de jeunes gens qui le fixaient d'un regard admiratif. Samborski s'arrêta dans la rue pour observer le spectacle par la grande vitre. L'autre parlait, le mouvement de ses mains traçait des configurations indéfinies. Il fronçait le front, se taisait un instant, pensif, pour se frotter le menton avec un geste que Samborski ne connaissait que trop bien. Ensuite, il levait le doigt comme une institutrice d'école maternelle et poursuivait son laïus. Tout d'abord, Samborski voulut entrer. Évidemment, pour faire un esclandre : parce que c'était sa table, son fan-club d'étudiants, mais aussi son geste de la main sur le menton ! Il avait presque atteint la porte, fou de rage, quand il vit que l'autre portait à ses lèvres un verre de vodka dans un mouvement quelque peu théâtral pour l'avaler cul sec. Les yeux des étudiants s'arrondirent d'admiration tandis que l'autre, sans même croquer quelque chose pour faire passer l'alcool, continuait à pérorer. L'écrivain Samborski ne buvait pratiquement jamais de vodka. Non pas qu'il n'eût pas aimé le faire – oh que si ! –, mais parce qu'il ne pouvait pas. Dans un pays où tout le monde boit jusqu'à plus soif, il était un abstinent de naissance. Un petit verre bu cul sec lui donnait des nausées. « Ivrogne », grogna-t-il pour lui-même, mais, de fait, il ressentit une admiration au goût amer. Bouleversé au plus haut point, il dépassa son café pour aller plus loin. Il y avait là un petit bar où, au bon temps du communisme, on servait uniquement des plats simples, bon marché, à base de lait et de pommes de terre, mais qui, désormais, était devenu un pub. Il s'installa dans un coin, commanda une petite bière et alluma une cigarette. Il observa des jeunes gens aux cheveux coupés court, avec des chaînes autour du cou, qui, penchés les uns vers les autres, parlaient tout bas. Une serveuse, à la peau brunie par des séances au solarium, lisait une revue illustrée d'un air blasé. La radio diffusait une musique rythmée, simplette, où revenaient en un refrain plaisant les paroles : « Belle-doche, belle-doche, ne me prends pas pour une cloche ». Samborski se sentit bien. Il se blottit dans l'angle confortable de la banquette, alluma une cigarette et, au gré des ronds de fumée, conçut des phrases aussi vraies que parfaites. Il les nota tranquillement sur une serviette de table.

L'autre rentra dans la soirée, quelque peu ivre et avec un œillet à la boutonnière, ce qui pour Samborski était le summum de la suffisance. Quel type abject, quel bouffon ! Rien que le regarder lui donnait la nausée, la vraie ! Un peu comme si l'autre était fait d'une gelée périmée, comme s'il était en gélatine durcie, du pâté de tête ayant un aspect d'homme et qui dégageait une exhalaison de cochonnaille avec une autosatisfaction de bête ! Ne serait-ce que le toucher lui aurait inspiré du dégoût. L'autre, sans même lui jeter un regard, décrocha immédiatement le combiné pour téléphoner à qui de droit afin de protester contre l'insuffisance des dotations pour les universités. Dans son second coup de fil, il exprima son soutien, mais Samborski n'entendit ni à qui ni à quoi, parce qu'au même moment, il lavait ses chaussettes dans la salle de bains, décidé à ne plus avoir affaire à l'autre. Mais quand, ensuite, il se dirigea vers sa chambre à coucher, il surprit l'autre penché sur un texte tout juste sorti de la machine à écrire. Il le raturait, ajoutait des choses l'air soucieux. « Qu'est-ce que c'est que cette tournure : "Pendant une longue minute, grosse et grasse comme une mouche, il n'en revint pas de surprise" », demanda-t-il à Samborski en lui mettant le feuillet sous le nez. Samborski le lui arracha des mains et s'empressa de ramasser les autres pages posées sur le bureau. « N'essaie même pas de te mêler de ça. Tu peux t'emparer de tout le reste, mais pas de ça ! » siffla-t-il entre ses dents. L'autre eut un sourire ironique. « Tu n'as aucune élégance, mon petit Sambo. Tu écris peut-être bien, mais tu n'as aucune élégance. »

Comme si tout cela ne suffisait pas : l'autre ne dormait pas. Il restait assis toute la nuit devant le bureau, se donnant la pose d'un être soucieux et concentré. La lampe était allumée, de sorte que si quelqu'un jetait un regard à la fenêtre, il se dirait que l'écrivain était en train de travailler. Qu'il réfléchissait à un problème majeur. Qu'il élaborait dans sa tête d'auteur un nouveau récit sur le monde et le sens de la vie. Son esprit dévoilait de nouvelles perspectives, sa pensée s'extrayait de la boîte où jadis l'avaient enfermé l'ignorance, les horizons limités, l'absence de sensibilité ou l'incapacité à raisonner. Dans son cerveau étaient envisagés les limites de la connaissance, l'absurdité de l'histoire, la solitude de l'homme, le bien et le mal, les espoirs et les pièges du relativisme, mais assurément aussi la beauté. La question de la beauté avant tout.

Or cette foutue lampe du bureau dérangeait Samborski ! L'interstice de la porte laissait filtrer un rai lumineux qui se diffractait sur le plancher en motifs graphiques et éveillait l'imagination. Samborski s'inquiétait de la tombe de ses parents qui, lors du dernier hiver, à cause du gel sans doute, s'était méchamment fissurée en son milieu. Devait-il faire la guerre au fossoyeur ? Ensuite, il se rappela – allez savoir pourquoi ! – son institutrice de l'école communale et sa robe. Cela se passait dans les confins orientaux de la Pologne d'avant 1939. Il en avait vraiment les motifs sous les yeux, des fleurs blanches à cœur fuchsia irrégulier, sur fond noir. Il lui semblait que s'il tendait la main dans l'obscurité, il toucherait la fraîcheur du tissu. De la cretonne ? De la georgette de soie ? Il s'endormit sur ces conjectures, mais son réveil fut désagréable. L'autre était debout près de son lit, les bras croisés, frais comme un gardon, coiffé et rasé. « Tu pourrais écrire quelque chose sur le rôle de l'écrivain dans le monde contemporain, dit-il. Parler des devoirs de la littérature, mon petit Sambo. Faut-il en attendre qu'elle témoigne de la réalité, qu'elle décrive les changements dont nous avons été témoins ? — Va te faire foutre ! » rétorqua Samborski, mais l'expression l'effraya. Jamais, remonterait-on à sa naissance, les grossièretés n'avaient fait partie de son vocabulaire. « Et toi, arrête de te branler ! répliqua l'autre. Lève-toi et mets-toi au boulot. Espèce de fainéant ! Paresseux ! »

L'autre, heureusement, finit par s'en aller, mais en se rasant, Samborski entendit sa voix à la radio. Il donnait son avis sur la littérature. La surprise fut si déplaisante que Samborski se figea, son rasoir au menton. Le même jour, dans la soirée, il vit l'autre à la télévision. Pensif, se frottant le menton, celui-ci exprimait son opinion sur la pornographie et sur l'euthanasie. Samborski en eut un coup de sang. Il se jeta sur la porte qu'il ferma à double tour avant de pousser contre celle-ci une lourde commode qui, en outre, était assez haute pour bloquer la poignée. Tard ce soir-là, il entendit, avec satisfaction, l'autre chercher en vain à entrer.

Samborski resta ainsi barricadé chez lui plusieurs jours. Il ne répondit pas au téléphone, n'alluma pas la télévision. Il termina toutes les réserves de son réfrigérateur, utilisa toute sa savonnette. Les cigarettes causèrent sa perte. Il crut d'abord qu'il pourrait s'en passer, mais le troisième ou le quatrième jour, ce fut au-dessus de ses forces. Il prit son manteau et enfila un bonnet jusqu'aux oreilles pour faire un saut au kiosque du coin, l'œil aux aguets. L'autre avait disparu. Il acheta les cigarettes tant convoitées et en alluma une aussitôt. Hélas, lorsqu'il arriva chez lui, l'autre y était déjà ! Assis au bureau, il feuilletait avec intérêt les notes couchées sur le papier au cours des derniers jours. Si Samborski avait eu un pistolet, il aurait tiré sans hésiter. S'il avait eu un poignard, il se serait précipité pour le plonger dans le dos de l'autre. Mais il n'avait aucune de ces armes. Il resta immobile et tremblant de colère, sa cartouche de cigarettes à la main. « Qu'est-ce que tu me veux à la fin ? Tire-toi ! » sifflat-il. L'autre tourna à peine la tête pour le regarder avec ce qui semblait être une certaine supériorité, ou une totale indifférence, et il se contenta de dire : « Ne me dérange pas, je travaille. » « Ah ! c'est comme ça ! se dit l'écrivain Samborski tandis que la fureur le gagnait. Ce type, ce crétin arrogant travaille à mon bureau sur mes pages ! » Ce fut à ce moment-là qu'aveuglé par la colère, il se jeta sur l'autre pour tenter de lui arracher les feuillets et de l'attraper en même temps par le col. Mais l'autre fut plus rapide. Il saisit Samborski par les poignets, qu'il serra jusqu'à lui faire mal, puis il le propulsa contre le mur. Une très belle esquisse encadrée tomba, le verre s'éparpilla. Plus grand que Samborski, l'autre le colla au mur comme une gamine ; il semblait mieux nourri, plus vif. Sa bouche dégageait des relents de café. De son regard froid et gélatineux, il harponna Samborski, qui était effrayé par la tournure des événements, et lui susurra au visage : « Tu es mon invention, tu piges, petit merdeux ? Tu es mon invention et je peux te dégommer à tout moment. Tu n'es qu'un narrateur lambda, une instance narrative, une construction bancale, un double fictionnel de l'auteur ou que sais-je encore. Tiens-toi à carreau et ferme-la ! » Il lâcha avec répugnance Samborski pour retourner s'asseoir au bureau. L'écrivain frotta ses poignets endoloris, puis, en silence pour ne pas déranger l'autre, il ramassa les morceaux de verre sur le parquet. Sa colère avait disparu, et à vrai dire, en voyant le tableau abîmé, il ressentit un soulagement surprenant. Tout est toujours plus simple qu'il ne semble au départ. Il revit en pensée le bar dans la ruelle latérale et la serveuse au bronzage barbecue.

Il n'y avait pas à réfléchir davantage. L'écrivain Samborski tira son bonnet sur son front et sortit en ville.

L'ÎLE

Chère Madame, je vous remercie pour le dictaphone. Il est arrivé en poste restante sans dommages. Vous l'avez si bien emballé. Je vous suis extrêmement reconnaissant de la confiance que vous me témoignez. Vous n'auriez pu mieux faire pour quelqu'un comme moi, un inconnu qui veut vous raconter quelque chose sans pour autant dévoiler son adresse ; qui vous téléphone plusieurs fois, commence son histoire, mais s'interrompt brusquement au milieu d'une phrase pour des raisons inexpliquées. Oui, un dictaphone est la meilleure des solutions. Je ne peux plus me servir d'une plume, vous ai-je dit. Non que je ne sache pas écrire, mais pour la raison très banale qu'une arthrite m'a fait perdre l'usage de mes mains.

Comme vous le savez, je crois – il me semble l'avoir évoqué lors d'un entretien téléphonique –, j'avais rédigé le récit de mon périple de guerre. Il y a quelques bonnes années de cela, le livre a été publié mais il a sombré dans un tsunami de souvenirs similaires. J'écrivais pour autrui, pas pour moi et, en un sens – ce dont je suis plus que jamais certain –, mes Mémoires répondent aux attentes des lecteurs qui sont toujours un destinataire des plus imprévisibles.

Il me semblait que ce que j'avais vécu s'inscrivait dans un espace commun, et, dès lors, ce qui était le plus personnel devait être camouflé, occulté. Je voulais être compris. Aussi est-ce la raison pour laquelle je n'ai fait que perdre mon temps. À vrai dire, je n'ai rien livré de moi-même ; je n'ai pas révélé l'essentiel. Je n'ai fait que lâcher des mots dont je savais qu'ils pouvaient éveiller chez les gens les mêmes associations que chez moi. Je contribuais ainsi à la construction d'une cartographie du passé, d'un passé commun. Je généralisais. C'est bien cela qu'on appelle la mémoire, n'est-ce pas ?

Parfois pourtant, il nous arrive des choses qui s'inscrivent dans des abîmes psychiques et ne cadrent pas avec les schémas généralement établis. Elles sont à l'origine de lacunes dans la représentation commune et l'on ne sait qu'en faire. Il est impossible de les adapter à quelque Histoire que ce soit, d'autant que, d'emblée, elles la porteraient à ouvrir de dangereuses parenthèses. Il est tout aussi impossible de les insérer dans le texte comme de simples anecdotes, des souvenirs innocents. Les gens n'apprécient guère pareilles singularités.

Je pense néanmoins que ces « singularités » sont également nécessaires à ceux qui les repoussent avec le plus de véhémence. Elles signalent les limites de la réalité, elles sont des événements à la charnière de « ce qui est » et de « ce qui pourrait être ». En ce sens, elles nous mettent en alerte, elles sont les tambours dont le son monotone nous maintient dans un état de vigilance. Savez-vous, Madame, ce que je redoute le plus ? C'est que le monde soit réellement tel qu'il nous semble être.

J'aimerais, Madame, que vous transformiez mon récit en fiction. Il vous suffira peut-être de l'inclure dans un volume d'histoires des plus fantastiques. Mais, bien sûr, vous savez mieux que personne ce qu'il faut faire.

En 1944, après des années d'une longue itinérance provoquée par la guerre, je parvins en Grèce avec un ami. Là, je me procurai des papiers et trouvai un bateau pour entrer clandestinement en Palestine avec quelques dizaines d'autres réfugiés. Au cours de la deuxième nuit, notre embarcation fut torpillée. À ma connaissance, moi excepté, personne ne survécut.

La première chose dont je me souviens, c'est que j'étais assis sur une plage de petits galets que la mer avait infatigablement polis jusqu'à leur donner la forme parfaite de billes. Une pluie chaude me lavait de l'eau salée, un pied foulé me faisait mal.

Mais en pensées, j'étais encore sur le bateau, un peu comme si je n'avais nullement pris conscience de ce qui s'était passé. Toujours debout à la proue, accroché au bastingage, je me demandais si je devais retirer mes lunettes avant de sauter et si je saurais dans quelle direction nager. Autour de moi, j'entendais des voix, des cris pleins de désespoir et de frayeur, puis le clapot de l'eau quand de frêles silhouettes désarmées se détachaient du grand corps du navire pour plonger dans la mer – telles les graines d'une immense plante, songeais-je. Ce bruit des plongeons était presque joyeux, comme s'il s'agissait d'un jeu et non pas d'une tentative de survie.

Je me rappelais également très bien mon propre saut, ainsi que la pensée puissante, assourdissante, qu'il me fallait nager le plus loin possible, et je me souvins que, dès que je me retrouvai sous l'eau, un énorme portail avait claqué au-dessus de moi. Une porte s'était refermée. Tout se fit alors silencieux, tout devint vert ; le temps freina violemment puis, réticent à aller de l'avant, il reprit à un rythme complètement différent, dans une lenteur recueillie. Je ne fermai pas les yeux – sans doute par crainte de ne pas être témoin de ma mort –, aussi vis-je désormais la danse lente et joyeuse des bulles filant vers la surface quand elles quittaient les corps qui apparaissaient subrepticement dans l'onde verte, agitaient leurs mains et leurs pieds, puis, poussés par une force mystérieuse, les uns montaient vers la lumière étalée comme du mercure sur la voûte céleste de ce monde aquatique, tandis que d'autres, à mi-chemin, se figeaient dans la mort pour fixer leurs regards sur l'abîme lointain et étrange. Au-dessus de tous, s'élevait une ombre aux vibrations menaçantes, le reflet du navire qui, tel un nuage ténébreux dans le ciel couleur mercure, prenait de l'ampleur, affirmait ses contours, gagnait en puissance. Le bateau sombrait.

Je nageai donc droit devant moi pour m'en éloigner le plus possible. Ensuite, tout devint sombre, et moi, je m'accrochai à une planche qui me porta à son gré, inconscient et totalement épuisé.

Et ce fut ainsi que je me retrouvai sur la plage. Je restai assis à masser ma cheville endolorie jusqu'au moment où le soleil fit une brève apparition. La pluie cessa et tout s'éclaira. Dans la poche de mon manteau, je sentis mes lunettes : sauvées.

Je pensais qu'un nombre important de personnes avaient dû atteindre ce rivage comme moi. La femme avec plusieurs enfants, le couple amoureux, la dame âgée en fauteuil avec son fils ou son soignant, le groupe de jeunes gens silencieux, mais aussi mon ami Jakub, vêtu du même trench-coat que moi – une Grecque, qui faisait commerce de vieilles nippes, nous en avait offert un à chacun –, Jakub avec lequel je discutais lorsque nous avons été frappés par l'épouvantable déflagration. D'un pas vacillant, je longeais la plage, cherchant des yeux un mouvement dans les rochers, et ma tête fut de nouveau remplie de ce boucan. Je tournais en rond, je m'approchais de la mer et je m'en éloignais.

La grève était vide. Je m'assis à l'endroit où j'avais échoué en me disant, avec une sérénité paradoxale, que j'allais attendre l'arrivée des autres.

Je restai ainsi jusqu'à la tombée de la nuit. Ce ne fut qu'à ce moment-là que je m'allongeai sur les petits galets séchés par le vent chaud et m'endormis. Mon sommeil fut agité ; je me réveillai régulièrement pour scruter l'étendue de la mer jusqu'à l'horizon, sans me soucier de la terre ferme derrière moi. À l'aube, la marée avait monté jusqu'à frôler mon pied désormais enflé. Je reculai alors dans les rochers.

Je me souviens parfaitement de ces premières heures, je n'en ai rien oublié.

Je me rappelle que des petits crabes venaient me voir. Ils s'arrêtaient en face de moi, étonnés, leurs yeux pédonculés bougeaient, inquiets. Puis ils disparaissaient sous les pierres. De minuscules insectes sauteurs me rendaient également visite, puis, eux aussi, ils s'en allaient. Le soleil avait transformé mes vêtements en une carapace de sel inconfortable qui irritait ma peau. J'avais soif. Je pensai à la pluie, il devait rester de l'eau douce dans les creux des rochers ; aussi, me dirigeai-je en boitant vers les pentes herbeuses, rocailleuses, et c'est à ce moment-là que me vint le soupçon d'être sur une île. Peut-être était-ce à cause de l'odeur marine omniprésente, qui m'assaillait de toute part avec une intensité constante. Peut-être était-ce le vent qui ne tombait pas, ne faiblissait pas, comme s'il ignorait ce morceau de terre ferme, comme s'il n'était qu'un obstacle négligeable, dénué d'importance sur son chemin. Je me traînai vers les hauteurs en songeant que, de là, je pourrais me faire une idée de ma situation, que la géographie de ce monde inattendu se présenterait à moi. Mais aussi et surtout, que je rencontrerais d'autres naufragés.

Au cours de ces premières heures, de ce premier jour, je n'étais qu'attente de mes compagnons, tout entier dans ce que percevaient mes sens, la vue et l'ouïe. Je restais assis à mi-chemin du sommet, sous un rocher chauffé par le soleil d'où je scrutais la mer. Je l'inspectais dans l'espoir que, sur sa surface mouvante, j'apercevrais un indice, la forme anguleuse d'une chaloupe, des morceaux de pont du bateau, ne serait-ce que des détritus, des planches, des caisses, n'importe quoi. Qu'à l'horizon apparaîtrait le profil rassurant d'embarcations de secours, d'un cargo, d'un avion en survol annonçant une présence humaine. Mes yeux me piquaient à force de regarder, des larmes s'en échappaient. Mon trench-coat séchait sur les pierres, des cristaux de sel recouvraient la surface lisse de la gabardine.

Je n'eus faim et soif que le soir venu. Je retournai donc sur le rivage dans l'espoir d'attraper du poisson. Je parvins à trouver de l'eau douce, il y en avait à foison dans les petits creux boueux des rochers. Je passai la nuit près de l'un d'eux ; mon regard fixé sur la mer, j'avais peur de m'en éloigner. Le ciel étoilé contrastait avec la noirceur de l'incommensurable étendue marine. Je n'avais jamais vu de noir d'une telle perfection, du fait que toute ma vie s'était déroulée en ville ; aussi, me sentis-je brusquement petit, frêle, dénué d'importance, une vétille qui, par quelque miracle, avait survécu à la catastrophe. Je compris que ce qui était arrivé, était tout aussi cruel pour ceux qui avaient péri que pour ceux qui avaient survécu. Car ni dans la disparition des uns ni dans la survie des autres, il n'y avait quoi que ce soit de personnel. Il n'y avait eu aucun choix d'exercé, aucune fatalité, mais juste les lois mécaniques du hasard, sourdes et métalliques, qui grondaient comme le vacarme d'une immense machine cosmique. La démesure noire de la mer mettait à nu une terrible vérité : exister ne signifiait rien. « Ne pas être » et « être » avaient la même légitimité. Ce fut alors, en cette minute d'effroi, que je pensai avoir péri, m'être noyé, me trouver en plein dans ce dont, jadis, je conversais avec tellement d'aisance dans les salons de thé : la vie d'outre-tombe. Je n'étais plus.

Je restai assis au même endroit toute la journée qui suivit et une nuit encore. Sans nourriture, dans un état d'effroi absolu qui me paralysait. Je me traînais uniquement jusqu'aux rochers pour boire de l'eau douce, et je retombais dans mon engourdissement. Mes pensées disparaissaient lentement. Le vide qui gagnait mon cerveau était pareil à un bandage imprégné de médicaments. Les dialogues que je menais dans ma tête se bloquaient sur une phrase, se ronéotypaient en grinçant. Ainsi, par exemple, je répétais : « Je t'aime et t'aimerai toujours », mais en réalité, j'ignorais à qui je m'adressais. Je ne cherchais guère de destinataire pour cette phrase, mais celle-ci, étrangement, contribuait à mettre de l'ordre dans l'espace vide en moi, elle me configurait à nouveau. Ou encore je disais : « Je vous en prie, je vous en prie vraiment », mais pas comme si je demandais quelque chose, plutôt comme si je voulais montrer quelque chose. Je vous en prie, voyez ceci ou cela ; je vous en prie, approchez ; ici, nous avons une île et là de l'eau. Je vous en prie, regardez, me voilà seul. Je vous en prie, oui, c'est la fin. Désormais, je savais ce que je devais redouter : la folie. Je risquais de perdre la tête, de solitude, de faim et d'effroi, au point de me jeter à l'eau pour gagner la pleine mer à la nage.

Mes dernières journées avant le départ se rappelaient à moi dans tous leurs détails. Le port sous la pluie. La rencontre avec un homme barbu pour obtenir les papiers. La liasse de billets dont l'autre se saisit avec ses mains sales pour les compter ensuite sous la table à maintes reprises. Le goût du pain trempé dans l'huile d'olive, si merveilleux après la faim du voyage. Dans le petit hôtel plein de punaises, toutes lumières éteintes, Jakub soudain surexcité, frénétique, n'arrêtait pas de parler de ce que serait notre vie quand nous atteindrions les rivages ensoleillés et sûrs de la terre promise ! La sortie matinale dans la ville pour acheter de la nourriture avec ce qu'il nous restait d'argent. La vieille Grecque qui nous donna tout simplement deux manteaux, presque identiques, en gabardine beige, avec des rabats anguleux et de larges boutons en ébonite. Ensuite, l'attente de plusieurs jours à l'hôtel. Un jeu d'échecs avec des pièces faites en papier, les cases blanches et noires dessinées au crayon sur une page de journal. Après cela, mes pensées firent un bond vers un passé plus éloigné, et voilà que j'étais à nouveau dans ma ville chérie ! Un bistro, le plateau de table lustré, un verre de vodka. Du hareng à l'huile. Un *pączek*, boule ronde recouverte d'un glaçage qui craquait doucement sous la dent, de la marmelade au centre du beignet à la pâte pulpeuse d'un joli jaune. Ma mère, quand je la vis pour la dernière fois, penchée sur la table de la cuisine, et la chair blanche des oignons hachés. Et le fait que j'avais dû revenir parce qu'en sortant, j'avais oublié mes gants ; et, allez savoir pourquoi, inquiète, effrayée, ma mère m'avait alors contraint à rester assis un moment sur une chaise pour que cela me porte bonheur en voyage. Et puis après, le spectacle de la maison vide, éventrée, sens dessus dessous ; les voilages, agités par le vent que la vitre brisée laissait pénétrer, caressaient les murs affectueusement. « Je t'aime et t'aimerai toujours », me répétais-je de nouveau comme si je m'adressais à ma mère, mais aussitôt je vis Lila, son dos dans l'embrasure de la porte alors qu'elle sortait le dernier soir, et c'était sans doute à elle que je disais cela. Pourtant, je savais très bien qu'elle était morte. Je sanglotais, le visage dans le sable, à en avoir les lèvres recouvertes.

Le soleil se couchait. Le ciel était pur, intensément métallique – lame tranchante d'un rasoir. Effroyablement vide. Je m'aidai des bras pour me redresser, de manière à pouvoir appuyer ma tête contre un rocher. Je regardais le ciel en son centre. J'essayais d'y imaginer… Non pas une présence concrète, celle de quelqu'un ou celle de Dieu. Je voulais tout simplement voir quelque chose de plus que ce que je voyais, apercevoir des espaces, l'infini. J'essayai de prier. « Seigneur, notre Père », dis-je, mais ces paroles sortirent de ma bouche pour y revenir aussitôt, comme si elles avaient rebondi sur une plaque de verre. Leur résonance n'avait rien de naturel. « Seigneur », dis-je une fois encore, mais j'avais l'impression de prononcer ce mot dans une langue étrangère. Avec en outre, la gêne de m'adresser à quelqu'un dont je savais qu'il n'existait pas. « Je vous en prie, je vous en prie, je t'aime et t'aimerai toujours. » Après cette tentative, mes pensées regagnèrent leurs ornières antérieures.

Tandis que maintenant je vous raconte les choses, cela ne semble guère dramatique, n'est-ce pas ? Pourtant, jamais auparavant ni jamais plus tard – comment dire ? – je ne me suis senti ainsi emprisonné. Non pas sur l'île, non pas dans l'entremêlement de ces étranges circonstances qui voulaient que je vive, que j'échappe à la mort pour poursuivre mon existence tel un insecte figé dans une gouttelette de résine. Je me sentais enfermé en moi-même comme si ce « moi », que jusque-là j'avais considéré comme définitif et tout à fait réel, s'était soudain brièvement montré sous son jour véritable. J'étais une chose qui contenait quelqu'un d'autre. J'étais une coquille, une cosse qui portait en elle un être jeune, immature, à peine membraneux, non encore accompli, mais qui déjà voulait accéder à l'existence ; un être en devenir si tant est qu'il ne parvienne jamais à s'accomplir. Vous est-il arrivé de penser, Madame, que notre vie est un test de la possibilité qu'advienne l'être que nous avons créé en tant que « moi » authentique ? Que le degré de succès ou d'échec que nous attribuons à notre vie, repose au fond sur la capacité que nous avons donnée à cet être nouveau de parvenir à l'existence ? Voilà ce que je ressentais alors. Un peu comme si je devais éclater et me dessécher. Une croûte décatie, voilà ce que j'étais.

Je me réveillai à midi, les sens aiguisés par la faim. Dans une petite baie, à mains nues, je parvins à capturer deux poissons pas très grands. Ils gigotaient et j'ignorais comment les tuer. Je les tapai plusieurs fois contre les rochers jusqu'à ce qu'ils cessent de bouger. Je les observai encore un moment pour m'assurer qu'ils étaient bien morts, après quoi je les mangeai crus.

Je ne me souviens avec précision que de ces premiers jours, de ces premières heures, à vrai dire. Une fois ma pêche dévorée, le temps se remit en mouvement et les jours s'écoulèrent les uns à la suite des autres comme des perles enfilées sur un cordon éthéré. Ils se fondirent entre eux. C'était comme si le fait de manger la nourriture locale avait valu approbation de ma situation. Comme si j'avais accepté la vie qui s'était offerte à moi sous la forme de deux petits poissons.

Peu à peu, les jours se firent plus longs, plus chauds. Au début, je ne me déplaçais que sur la plage sans accepter l'idée que le littoral pouvait s'étendre au-delà et plus loin encore. J'appris vite que si je construisais un barrage peu élevé, la marée en se retirant me laisserait des présents comestibles, des poissons, des crabes. Dans la mer, je découvris également des rochers recouverts de moules. Quand j'avalai ces mollusques pour la première fois, je les vomis aussitôt ; mais par la suite, j'appris à réfréner ce réflexe idiot et les corps gélatineux glissèrent sans résistance dans mon estomac, et ils finirent par devenir une gourmandise. En déambulant dans un sens et dans l'autre, j'avais des accès de panique. Je m'en souviens très bien parce que c'était précisément ce qu'il y avait de pire : le danger ne venait pas de l'extérieur, mais de l'intérieur. C'était ma peur d'être en train de partir en pièces détachées, ma crainte de ne plus voir les situations familières qui garantissaient mon intégrité. Mes pensées s'emballaient alors de nouveau et, pour les calmer, je devais me remettre à répéter des paroles dépourvues de sens. De temps à autre, j'essayais de prier, mais je finissais toujours par me sentir plus mal encore. Par répugnance, pourrais-je dire. J'avais toujours été athée, même si le terme avait désormais pâli et s'était chargé de chagrin. « Seigneur, mon Dieu », commençai-je à plusieurs reprises, à mi-voix, dans un murmure gêné, mais ma langue se raidissait. Elle ne parvenait pas à accepter le sens des paroles qu'elle formulait avec prudence. Je finis par laisser tomber. C'était mieux ainsi. Si Dieu existait vraiment, comment se justifierait-il de tout cela ?

J'appris à allumer du feu avec mes lunettes sauvées du naufrage. Je faisais cuire de minuscules poissons que je mangeais ensuite avidement avec leurs arêtes. Cela me valait des joies de gamin heureux de se débrouiller. Par automatisme, je me mis également à parler tout seul. Je m'adressais à moi-même comme si j'étais Robinson, je disais « Robinson » et le fait de savoir qui le disait passait au second plan. Nous étions deux, celui d'avant la catastrophe et celui d'après. L'un appartenait au passé, l'autre au futur immédiat qui, de minute en minute, devenait le présent. Il y avait celui en manteau et chapeau dans la rue Żółkiewski de Lwów et l'actuel à demi nu qui boitait. Nous parlions entre nous pour maintenir un succédané de réalité.

Les premières nuits, je dormis sur la plage puis me vint un rêve qui me plongea dans l'effroi. Je rêvai que le reflux avait laissé derrière lui des dépouilles humaines. La grève en était recouverte, elles étaient étendues les unes à côté des autres tels des poissons mis à sécher. Tous les corps étaient nus, amaigris, couleur cendre. Dès lors, à chaque fois que je descendais sur la plage, j'avais peur de les voir. Je redoutais que la marée finisse par rejeter mes compagnons de voyage. Toute forme insolite sur le rivage, la moindre souche, chaque tas d'algues entortillées accéléraient les battements de mon cœur.

L'angoisse que la mer soit le royaume des défunts, un Hadès humide – conception qui ne doit sans doute exister dans aucune mythologie –, me gardait à distance de l'eau. La crainte qu'entre le sombre fond marin sablonneux et la surface couleur mercure flottent des morts m'emprisonnait sur la terre ferme. Je redoutais d'entendre leurs chuchotements étouffés, induits par le besoin difficile à comprendre de dialoguer, y compris après la mort. Leurs paupières mi-closes, leurs regards qui ne cherchent pas à attribuer de sens aux formes. Leur persistance à mi-chemin entre chairs dans leur intégrité et particules en suspension. Le mystère d'une lente dissolution.

Les poissons, ma seule nourriture, venaient également de ce monde. De ce fait, lorsque je sortais leurs corps frétillants et glissants de mes pièges, ma faim se confondait avec ma répugnance. Je vivais une variante particulièrement perverse de cannibalisme. Du moins le voyais-je ainsi. Je me nourrissais de la mort. Je capturais ses menuailles, je pêchais les corpuscules froids de ses fretins dont je calmais ma faim. Mon organisme, tel un laboratoire chimique complexe, transformait la mort en vie, le froid lisse et inerte en une vibrante chaleur rugueuse.

En ce lieu, l'avenir ne correspondait qu'à une seule image : après une longue nuit, la mer rejetterait les trépassés sur la grève. La mer n'apporte jamais rien de vivant. Telle semble être sa nature. Elle ne dépose sur le rivage que ce qui est inerte : des algues pourrissantes, des méduses transparentes apathiques, des poissons que la décomposition a blanchis, des bâtons gluants.

Voilà pourquoi je finis par quitter la plage. Je ne sais pas exactement quand cela arriva, combien de temps s'était écoulé. Était-ce deux ou trois semaines ? Avec la manche arrachée de mon maillot de corps, je fis un bandage autour de mon pied toujours enflé et douloureux, et après cela je pénétrai dans les terres.

Je grimpai toujours plus haut et, tandis que je progressais, la mer grandissait. Lorsque j'atteignis l'un des sommets, il devint clair qu'elle n'avait pas de limites, qu'elle s'estompait aux abords du ciel, qu'elle était infinie. Je compris alors que je me trouvais sur une île.

Avez-vous entendu parler, Madame, d'une loi physique qui veut que lorsqu'une particule se trouve dans un espace limité, elle réagit à cet enfermement par un mouvement circulaire ? À ce moment-là, je n'en savais rien et, aurais-je connu ce principe, je n'aurais pas pensé qu'il était aussi aisément transposable de l'univers des atomes au monde des hommes. À plusieurs reprises, j'entrepris la montée vers le sommet rocheux dédoublé de l'île, sans y parvenir. Des buissons épineux me barraient le chemin, ou encore je rencontrais des escarpements que je devais contourner, en abandonnant l'itinéraire envisagé. À chaque fois, après une longue marche, je finissais par me retrouver en un endroit connu de moi, celui de mon point de départ. Peut-être est-ce la raison pour laquelle je me mis à la soupçonner, elle, l'île, de me cacher quelque chose, de ne pas vouloir que je découvre ses terres dans l'intérieur, de me dissimuler un trésor.

Oh ! comme la ville me manquait ! Son ciel bas au-dessus des toits hérissés de cheminées, l'odeur des fumées de charbon, les reflets froids des lampadaires diffusant leur givre lumineux sur les pavés, le martèlement des roues de calèche, le vrombissement des voitures, les passants que je frôlais de l'épaule. Me manquait ce moment où, d'une rue où règne la froidure, l'on pénètre dans un café chaleureux, bruyant et sentant bon le tabac. Ou encore ce moment quand, d'un geste de la main, l'on arrête un taxi en maraude pour qu'il vous emmène chez vous, dans l'intimité de votre maison où tout vous est aussi familier que votre propre corps.

Une chose encore me manquait : la façon dont votre ville vous rassasie. Une ville ne vous laisse pas mourir de faim. Il y a toujours un restaurant à l'horizon, ou une gargote, une pâtisserie bon marché où l'on peut acheter un *pączek* recouvert de sucre glace, ou juste une vieille Juive qui vend des bagels au coin de la rue.

Dans mon nouveau lieu de vie, j'avais accepté la monotonie d'une faim permanente. La faim était une spécificité de l'île, tout autant que l'immensité de la mer ou le vaste ciel. Les poissons ne pouvaient pas me rassasier vraiment, ni les moules, ni les figues partiellement fermentées et pourries qui traînaient encore ici ou là. J'avais envie de pain, de farine, de gruau. La pensée d'un *pączek* me faisait saliver. Je regardais les herbes de l'année précédente et leurs vieilles graines. Ô combien est long le chemin qui va de la graine au *pączek* recouvert d'un glaçage ! On n'a pas idée !

Mes seuls rêves agréables étaient ceux où il y avait de la nourriture. Je mangeais en rêvant et peut-être est-ce grâce à cela que je ne suis pas mort de faim.

Sur l'île, le rêve occupait beaucoup plus de mon temps que jamais auparavant. Quand le matin au réveil on n'échange pas quelques mots, peu importe avec qui, pour rétablir le lien rituel avec le monde, le rêve nocturne se poursuit ; en ceci, il n'est pas le contraire de l'éveil mais il s'oppose à la réalité ; et donc, quand au réveil ne tombent pas les premiers mots, l'état de rêve persiste subrepticement au long des heures de la matinée, et parfois il se renforce pour durer jusqu'au soir. Habituellement, il monte en puissance au crépuscule lorsque le soleil décline. Ainsi, lorsqu'on se couche, on ne s'endort pas vraiment, puisqu'on n'a pas cessé de dormir. On ferme tout simplement les yeux et l'on se repose. Dans un état pareil, on voit des choses qui d'ordinaire provoqueraient une inquiétude perturbante. Des coquillages – à la structure d'une symétrie parfaite, aux reflets métalliques, et qui semblent avoir été façonnés des siècles durant par des outils d'une précision extrême, puis déposés sur le sable pour former les figures simples du triangle, du carré ou de l'étoile. Ou encore la ligne, évidemment sinusoïdale, des vagues atteignant la grève selon une cadence répétitive, qui entoure l'île d'une guirlande paisible dont le rythme pourrait être aisément transcrit en une formule mathématique. Ou au couchant, des bandes célestes colorées, allant du jaune au violet telles que décrites dans les manuels d'optique. Mais aussi, des signes runiques sur les pierres cernées par la mer. Un alphabet ? Je plaçais celles-ci hors de portée de la marée, mais lorsque je les oubliais puis cherchais à les retrouver, elles avaient disparu.

Il en était de même avec mes pensées. Elles se manifestaient semblables à des boules de neige ; plus je les tournais et retournais dans ma tête, plus elles grossissaient, gagnaient en puissance, devenaient obsédantes pour ensuite fondre d'un coup et disparaître complètement. Ce fut ce qui se passa avec mon projet de cabane. Un certain temps, je ne pensais à rien d'autre qu'à en construire une. J'élaborais des plans, je les perfectionnais jusqu'à ce que j'en aie une vision si intense que je me mis au travail. Une fois deux parois dressées et couvertes d'un toit, l'idée s'envola. C'était assez. L'idée de la hutte avait terni, lasse d'elle-même, et je ne trouvai plus jamais assez de motivation pour terminer la construction.

L'île avait une forme allongée. Deux volumineux mamelons rocheux, asymétriques, sortaient de la mer. Une pente douce, pierreuse, recouverte d'herbe menait au sommet de l'un. L'autre était un rocher abrupt.

Entre les deux s'étendait une vallée boisée. Lorsque je me décidai à y descendre, je ne m'attendais pas à y trouver de telles merveilles. Il y avait là une source qui jaillissait de la falaise abrupte, du ciel semblait-il, par de magnifiques cascades diffusant autour d'elles de la brume, pour se répandre ensuite entre d'immenses rochers plats, avant de s'apaiser plus bas dans un petit lac ensoleillé et peu profond, dont ensuite l'eau s'écoulait paresseusement pour former en contrebas un étang de la taille d'un stade où elle était d'un bleu d'azur qui me sidéra. Je devais cligner des yeux pour supporter cette explosion insoupçonnée de couleur. À partir de là, un torrent se divisait en nombre de petits ruisseaux qui filaient vers la mer par la pente douce du côté est. Dans cette humidité non saturée de sel, sur un terrain parsemé de creux boueux poussait une forêt couverte de mousses grimpantes et détrempées. De vieux arbres pourrissants formaient un sous-bois touffu et riche de senteurs. Voilà à quoi cela ressemblait.

Nul n'aurait soupçonné cet îlot rocheux de recéler pareil don en son centre. Un coin humide et intime, secret et verdoyant, accueillant et raffiné. Dans le fond blanc peu profond du petit lac, les poissons abondaient. Lorsque je pénétrai dans l'eau, ils ne fuirent pas mais nagèrent autour de moi, étonnés par cette forme inconnue, de sorte que je pus leur caresser le dos. Ils s'immobilisaient alors un instant, surpris qu'existât quelque chose comme le toucher. L'eau était étrange par son goût calcaire, minéral. Je compris que la roche dont elle coulait, se composait de minéraux solubles, et que c'était pour cette raison que les branches immergées se couvraient d'une pellicule fantastique de cristaux au bout d'un certain temps.

Je me fis une besace de mon maillot de corps que je remplis de ces poissons d'eau douce. Ensuite, rassasié, je restai étendu sur un rocher plat pour assister au défilé de ceux que j'avais épargnés. Après cela, je dormis. Lorsque je me réveillai, les deux petits lacs s'obscurcissaient, le bleu d'azur virait au grenat sombre. Il était trop tard pour retourner en bas, aussi regagnai-je les rochers chauffés pendant le jour, presque verticaux, où je trouvai une niche – elle aurait pu être creusée pour recevoir une statue –, et j'y restai assis jusqu'à ce que l'obscurité soit complète et que la nuit m'assourdisse de ses millions de bruits, comme si des particules de ténèbres éclataient à mes oreilles dans une crépitation rauque.

Le matin, je me réveillai engourdi par l'inconfort de mon lit rocheux. Je me baignai dans le lac, et, tandis que le jeune soleil me séchait, je vis que l'eau calcaire laissait un dépôt blanc sur mes cheveux. Je semblais grisonner. J'attrapai un poisson à mains nues, lui marmonnai des excuses et l'enfermai entre mes paumes. Quand il fallut l'empaler sur un bâton, il se débattit, étonné et furieux de pareille déloyauté. J'allumai un feu que je surveillai pour qu'il dure jusqu'au soir. Je pataugeai dans les roseaux en bordure de lac et je découvris que les joncs avaient de jeunes pousses blanches et fermes, au goût sucré, délicat comme celui des asperges ! Je trouvai un nid avec plusieurs œufs tachetés. J'en pris deux, en espérant que les oiseaux ne remarqueraient pas la perte subie. J'avais lu quelque part que les animaux ne savaient compter que jusqu'à quatre. J'examinai longuement mon corps. La peau sur mes épaules était brûlée par le soleil et j'avais beaucoup maigri. Je me plus ainsi, parce que j'avais toujours été un peu rondouillard, avec l'habitude de rentrer le ventre. Je mimai le geste de boutonner ma veste comme si je me levais de ma chaise au salon de thé pour me présenter ; « Je m'appelle E., dis-je. — Robinson », répondit l'autre. Nous sommes restés accroupis en silence, mais la présence de l'autre m'apportait un certain plaisir. Par la suite, le Robinson fantasmé disparut.

Il m'arrivait des choses étranges. Une nuit, je fus réveillé par un bruit, un jappement. Entre les arbres, je vis une lumière : blanche, faible, fade. J'allai vers elle, une pierre à la main. Mes jambes tremblaient, mollissaient, mes dents claquaient. C'était comme dans ces films d'horreur que j'avais tant regardés avant-guerre, j'étais comme ces héros qui ne pouvaient pas s'empêcher de descendre à la cave où s'est tapi le meurtrier. Cette terrible obscurité, pernicieusement éclairée de l'intérieur, m'attirait. « Ma mort sera à peine la fin d'un film », songeai-je. Je trébuchai sur une racine et je me persuadai que la chose m'avait attaqué. Je fermai les yeux. Je restai longtemps allongé comme si un pied diabolique, glacial, me comprimait la nuque. Quand finalement j'osai lever la tête, je vis que la lueur provenait d'une touffe phosphorescente de champignons hirsutes poussant sur un arbre. Au lever de l'aube, ils n'étaient plus que blancs.

Un champignon luminescent, signe d'une présence lumineuse vivante dans ce qui semblait tout simplement inerte ! J'avais lu quelque part des choses sur le phosphore. Sur la capacité à luire de certaines moisissures. Mais cette connaissance n'avait rien à voir avec ce que j'avais vu, elle était tout simplement le pressentiment d'une présence non humaine, froide, thalloïde, concentrée sur elle-même, complètement étrangère au corps humain.

Le matin, j'y retournai avec un bâton dans l'intention de détruire le parasite fongique. Cette « crête de coq », comme je l'appelais, avait une allure innocente, sans rien de démoniaque. Je n'osai pas y toucher.

Lorsque vous voyez une forêt, Madame, avec des centaines d'arbres qui portent des milliers de feuilles, chacune d'elles parcourue par un enchevêtrement de nervures, vous savez qu'il y a là de grandes cellules végétales entourées d'une paroi de cellulose, et dans celles-ci leurs composants, puis encore des atomes, et au-delà, des électrons et des nucléons. Songez que c'était exactement à cela que ressemblait la moindre de mes activités sur l'île. Cela commençait par un projet plein de panache, un plan clair et évident : je construirais une cabane, je collecterais des bâtons, des branches, je choisirais un endroit. Une fois que je me mettais au travail, l'activité se révélait sans fin. Elle était un voyage vers un espace jusque-là inconnu. Elle m'entraînait vers d'autres activités, moindres, plus fragiles, à peine perceptibles. Elle me portait vers d'autres idées, parfois bizarres, parfois tellement simples qu'elles pouvaient sembler ne pas nécessiter de conception. Ainsi donc, chaque action se composait d'un nombre infini d'autres plus petites, qui elles-mêmes étaient infinies. En outre, elles formaient un maillage qui fonctionnait comme un itinéraire planifié très précis, avec des correspondances, des changements dans les déplacements et leurs directions. Partir chercher un gros morceau de bois sur la plage se changeait en la découverte inopinée de l'embouchure d'un torrent, et en ma contemplation de la rencontre de deux sortes d'eaux. La nécessité d'attacher deux bouts de bois m'amenait à découvrir des herbes résistantes, filandreuses, qui laissaient espérer des semailles, une céréale. La faim, dont témoigne cette description, me poussait à la pêche, mais avant de chercher des poissons, je trouvais une pierre plate qui devint dès lors ma table. Or, quand il y a une table vient le besoin d'un siège... Mes journées sombrèrent dans ces activités chaotiques. J'adhérais à cette île comme les champignons à l'écorce de l'arbre. Il se peut que, comme eux, dans l'obscurité, j'aie irradié d'une lumière blanche, reflet de celle du ciel.

Parfois, surtout quand je regardais la mer, il m'arrivait encore de songer à moi, à moi en tant que juste moi, mes pensées restaient toujours saturées de moi, toujours à la première personne. Mais déjà, dans cette cogitation à la première personne, j'étais deux : celui qui s'inquiète et celui pour lequel on s'inquiète. En prenant conscience de ce dédoublement surprenant, je devenais un troisième. Je demandais : « Qui est celui qui s'inquiète et qui est celui pour lequel celui-ci s'inquiète ? » Et je remarquais en moi un effroyable espace fait de spéculations, de pensées, d'images et d'émotions. Un espace troué comme une passoire. Il laissait tout passer de part et d'autre. Chaque chose apparaissait un instant pour disparaître aussitôt. C'était un grand fleuve sans commencement ni fin, aux flots troubles et déferlants, qui coulait, mugissant et colérique.

Vous me demanderez, Madame, pourquoi je vous relate tout cela avec une précision pareille. Pourquoi, je ne vais pas directement au cœur du sujet, à ce jour où m'est apparue une barque en apparence vide. Pourquoi je décris des bâtons et des couchers de soleil, ma propre inertie ou mes pensées fugaces. Pourquoi je pense que cela va vous intéresser. Pourquoi je suis certain que le moindre événement, aussi infime soit-il, tenait une place d'une importance infinie dans cette chaîne d'expériences. En fait, ce ne fut que sur cette île, dans sa stérilité, que je m'aperçus que chaque instant contenait la totalité du monde.

Je me déplaçais en permanence, sans un moment de répit, en traçant des spirales qui, peu à peu, se chevauchaient. J'atteignis ainsi l'estuaire du torrent couleur azur et, à ce moment-là, les deux petits lacs me manquèrent. Mais la mer me retenait près d'elle. Que se passerait-il si je la perdais de vue ? Je resterais sur cette île prisonnier, caché, enterré vivant. La mer me permettait d'espérer. Je devais faire le tour de l'île comme en rêve. Il me fallait me lever chaque jour pour effectuer cette patrouille comme si c'était mon métier.

La traversée du torrent cérulé me fit découvrir l'autre côté de l'île, plus plat, avec des versants couverts d'oliviers et de bosquets de figuiers. Je m'en réjouis, conscient d'avoir désormais à ma disposition des richesses inouïes. Je me réprimandai aussitôt d'avoir pareille pensée : avant que ces fruits ne mûrissent, je serais déjà ailleurs ! Car les figues vertes mûrissaient, en effet. Je vérifiais leur pulpe verte et molle, je la goûtais du bout de la langue. Puis, de nouveau, je réfléchissais à une technique pour les sécher au soleil comme si je connaissais le temps qui me serait imparti et que je l'étirais dans un avenir indescriptible. Je tâtai les olives dures et couvertes d'une pellicule argentée. Leur amertume me surprit.

À l'occasion de mes expéditions culinaires, je prêtai brusquement attention au fait que ces bosquets étaient encadrés par des murets de pierre réguliers, indéniablement élevés par l'homme. Ceux-ci formaient des enclos inégaux et j'imaginai qu'ils avaient peut-être servi à faire paître des moutons ou des chèvres. Mon cœur battit plus fort. En fait, j'ignorais pourquoi, si c'était de joie ou de déception. Je retournai à ma hutte, mais je ne retrouvai plus ma sérénité d'avant, quand je croyais que l'île n'était qu'à moi. Un berger solitaire y vivait peut-être. Il avait une chaumière, un feu qui brûlait, une fumée qui montait vers le ciel. Les murets n'étaient rien moins qu'une inscription grossière, telles celles gravées sur les arbres des parcs : « J'étais ici ».

Ces coteaux ? Oui, ce devait être ce qui restait de vignes, des souches autrefois plantées sans doute régulièrement, au cordeau. Désormais, il était difficile de percevoir un ordre quelconque dans le chaos des arbustes difformes. La plupart s'étaient transformés en sarments tordus, desséchés depuis des années. Les terrasses qui descendaient abruptement vers la mer avaient perdu de leur netteté, elles se fondaient dans le versant naturel. Les mauvaises herbes avaient envahi les enclos de pierre que les buissons de mûres sauvages paraissaient doubler de fragiles chevaux de frise. Je longeais ces barbelés naturels en m'efforçant de ne faire aucun bruit. C'était difficile, car des branches sèches et cassantes, des brindilles craquaient sous mes pas. Je songeais qu'un incendie dévorerait le versant en quelques minutes.

Dans ce bocage apparaissait un sentier, le reste d'un chemin ou peut-être l'ancien lit d'un ruisseau. C'était une bande de terre à peu près dénudée qui traversait le versant en biais. Je marchais en son milieu dans un silence complet. Par contre, je laissais derrière moi des traces dans la poussière ocre, ce qui était également inquiétant. C'était comme si je me suivais.

Le chemin se termina comme il avait commencé. J'avais atteint un petit plateau d'une surface de quelques mètres carrés, recouvert de touffes d'herbe rêche. Devant moi se trouvait une pierre plate entourée par d'autres. Elle rappelait une table pas très grande dont les pierres en pourtour seraient les sièges inconfortables. Sous la pierre principale, il y avait un creux qui ne pouvait être qu'une source asséchée, protégée par les restes d'un muret semi-circulaire. Je touchai de la main la surface chaude et rugueuse du large plateau et déjà je voulais m'y asseoir, quand j'y vis des signes gravés. Je les observai sans comprendre. Ce ne fut qu'au bout d'un moment que je compris qu'il s'agissait d'une écriture. Aussitôt, j'en retirai ma main.

Cette inscription, première chose, sur l'île, indéniablement faite de main d'homme, m'effraya. Je la suivis du doigt, sans comprendre aucunement sa signification, et avec une peur croissante, je pressentis que je me trouvais plus loin que je ne pensais, quelque part à proximité des rives africaines. L'écriture était exotique, hiéroglyphique.

De la main, j'enlevai les vieilles feuilles sèches qui formaient une croûte grise et alors m'apparut une autre chose, non pas un texte mais un dessin. Plus qu'un dessin, un bas-relief délicat et réaliste quoique érodé par les vents marins salés. Je le vois encore et je sais désormais que je ne l'oublierai jamais. C'était une silhouette humaine, mince, quelque peu disproportionnée. Pas une personne humaine, pourtant, puisqu'elle avait des ailes. Ce ne pouvait pas être un ange non plus, car la silhouette était nue, évanescente, saisie en vol. Un enfant ou tout au plus un adolescent, avec un sexe sans ambiguïté. Une jambe était repliée, levée comme pour sauter, l'autre touchait encore terre. Les mains étaient ouvertes dans un geste plein de grâce et l'une d'elles tenait un objet de forme allongée. Un être qui saute, qui dans un instant va s'envoler. Un délicat visage oblong et de grands yeux. Il me regardait avec mon propre regard et moi je le fixais avec le sien. Cette sensation était tellement intense que je me sentis frappé par son regard au point de perdre conscience un moment. Une douleur désagréable dans la nuque, un bourdonnement dans les oreilles. Eh oui, me dis-je ensuite, le soleil m'a fait faire une attaque sur ce petit plateau découvert et desséché, et je m'étais évanoui.

Aujourd'hui encore, j'ignore ce que j'ai vu, qui était cette silhouette de pierre, en souvenir de quoi elle avait été gravée dans le rocher, ce qu'elle devait représenter. Que disait l'inscription dans une langue inconnue, et même, signifiait-elle réellement quelque chose ? Que représentait le bas-relief, qu'il ait été gravé par ennui, par plaisanterie ou pour répondre à un culte local ? Je sais que le souvenir de nos regards emmêlés, de ce contact soudain, surprenant, intense, avec une chose impossible à identifier m'accompagne jusqu'à ce jour. J'y ai réfléchi à maintes reprises. Devons-nous comprendre ce que nous voyons ? Devons-nous être certains du sens que véhicule un signe ?

La peur me gagna. Il me sembla que j'allais être écrasé, que quelque chose allait me tomber dessus. J'avais été découvert et plus jamais je ne parviendrais à me cacher. Je courus vers ma hutte. Prendre ce que j'y avais, puis fuir dans les hauteurs. Peut-être fallait-il la détruire pour ne laisser aucun indice de ma présence ? Le plus inouï, c'était que mon corps ait réagi à cette rencontre par une excitation sexuelle qui me terrorisa également. J'avais l'impression qu'il me refusait obéissance, comme s'il était sensible à la présence d'autrui, fût-ce dans le passé ; qu'il était revenu à ses vieux rituels bien connus. Qu'à nouveau, il était prêt à s'unir, à entrer en communauté. Je courais le long de la plage en laissant derrière moi une trace que la mer dévorait aussitôt. Arrivé au cabanon, je ramassai à la hâte mes piètres possessions, tout en prenant conscience que mon effroi n'était pas dû au soupçon d'une présence humaine ancienne – on peut, soit craindre et fuir les gens, soit rechercher leur contact, il n'y a pas d'autre alternative –, mais à cette présence non humaine ailée. Je me rappelai le champignon luminescent dans la nuit, cette vie intérieure et immobile qui se signalait par une lumière diffuse. À présent, il me semble que cette pierre avec la silhouette ailée était elle aussi luminescente, mais en plein jour. Quelqu'un avait enfermé cette contradiction hurlante dans le dessin : ce qui est inerte fait pourtant signe. Ce qui est immobile se prépare à bondir. Ce qui n'existe pas se manifeste. L'inerte s'exprime et reprend vie par son acte de communication. Sur mon île, une chose nouvelle était apparue. Elle rampait derrière moi, demandait de l'attention, léchait les traces que je laissais. Il me semblait que l'île allait se soumettre en quelques instants à cette invasion, qu'elle se laisserait infiltrer par cette existence, qu'elle serait avalée par elle pour aussitôt me montrer du doigt avec ironie en disant : « Hé, toi, là, je te vois. » Si au moins ça avait été une simple plaque avec le nom de l'endroit, une sorte d'adresse postale du temps où vivait en ce lieu le supposé berger qui aurait empilé les pierres sur les chemins de traverse de l'oliveraie. Mais je pressentais que cette pierre signifiait beaucoup plus, qu'elle était le signe de la présence séculaire sur l'île de quelque chose qui échappait à l'entendement – c'était non humain, non apprivoisable –, et dont la description nécessiterait un grand nombre de termes commençant par « non ». Que quoi que ce fût, cela dominait l'île en silence, en catimini, mais totalement.

En un instant, l'île me devint étrangère. L'apprivoisement que j'en avais opéré laborieusement, la reconnaissance patiente de chaque mètre de grève, la localisation des sources et des points où s'accumulait l'eau douce, la construction des pièges à poissons, l'assemblage complexe de ma hutte avec des branches, les expéditions vers l'autre côté de l'île, les coquillages séchés sur les pierres, tout cela était réduit à néant. En un instant, tout était devenu la propriété d'un autre, jusqu'aux poissons blancs de l'étang qui avaient déjà un propriétaire dont le silence générait un effroi d'autant plus grand. J'avais brusquement senti son regard sur moi et je m'étais senti honteux de mon érection grotesque près du rocher. J'attrapai le bout de pull qui me servait d'oreiller pour en ceindre mes reins. Sans plus prêter attention à rien, je pris le chemin des hauteurs.

Je m'efforçai d'oublier ce que j'avais vu en bas. Je m'occupai à la construction d'un nouvel abri. Le bord de mer ne m'attirait plus. Si quoi que ce soit pouvait arriver de ce côté, ce serait forcément quelque chose de terrible. La nuit, étendu sur ma couche tapissée d'herbe sèche, je ne parvenais pas à me libérer de visions effrayantes. L'initiale, celle des passagers ayant péri en mer, avait rejoint l'autre, celle de la silhouette nue et ailée du rocher. C'était elle qui sautait parmi les noyés, les touchait de l'objet oblong qu'elle tenait à la main, et dès lors, ils se ranimaient tels des zombis pour errer sur la grève en attendant le navire qui les emmènerait loin de cette île des morts. Je craignais de devenir fou, aussi pensai-je à la ville, aux rues pavées sans laisser place à la moindre touffe d'herbe, toutes tracées selon un plan symétrique, à ce qui était à droite ou à gauche, à tel endroit ou à tel autre. Aux intérieurs éclairés des restaurants, aux sonneries des tramways. Je me représentais un ticket de transport, avec la simplicité et l'évidence des éléments qu'il comportait. Le prix. L'argent, les horaires de passage. Le calendrier avec les dimanches indiqués en rouge. Je me rappelais les livres rangés sur l'étagère, leurs titres aussi. Les affichettes qui piquetaient de couleurs les robustes colonnes. Les noms des rues sur les plaques émaillées. Un univers rempli d'indications sans ambiguïté. Des mots et leurs référents évidents. Les dictionnaires qui, avec patience, maintiennent en ordre l'intégrité de la langue sur leurs pages imprimées, ou traduisent les langues les unes vers les autres. La présence sécurisante des encyclopédies. La possibilité de décrypter les signes lapidaires grâce aux livres, avec l'aide des bibliothécaires, des universitaires ou des philologues. Habiter un monde dans lequel, tôt ou tard, tout devient compréhensible. Il me semblait que le pire était précisément cette impossibilité dans laquelle j'étais de comprendre l'inscription. Si je connaissais le sens de ces mots gravés dans la pierre, je n'aurais pas aussi peur, je pourrais les apprivoiser, voir à travers eux, capter leur arborescence, m'y plonger, toucher le fond et rebondir. Or, non déchiffrés, ils foisonnaient en interprétations mâtinées d'une angoisse qui gagnait toute l'île. Et si ces mots voulaient dire « mort » ou « démon » et qu'ils diffusaient un présage crépusculaire ou le pressentiment du pire qui puisse arriver ?

Au cours de l'une de ces nuits brûlantes, le ciel fut brusquement éclairé au nord-ouest, encore et encore. Il me sembla entendre au loin un tonnerre étouffé. Peut-être était-ce un orage, songeai-je avec espoir, mais je savais que c'était l'écho caractéristique de la guerre. Ainsi donc, elle durait toujours. Peut-être ne se terminerait-elle jamais ? Et si être en guerre était l'état naturel du monde ?

Le lendemain, je décidai néanmoins de descendre, sans trop savoir pourquoi d'ailleurs. En chemin, je m'efforçai de ne plus penser à la pierre du bosquet de figuiers. Mais lorsque j'aperçus la plage, je compris que j'avais été attiré par une pensée que je m'étais cachée à moi-même, par un désir tellement fort que mes mains se mirent à trembler lorsque je commençai à lui donner forme. Je collectai tous les bouts de bois que je trouvais pour les entasser, j'y joignis également ceux que j'avais destinés à la construction d'un radeau, et j'allai aussi en chercher sur les coteaux et même dans la figueraie. Je décidai de préparer un immense bûcher pour l'allumer à la nuit tombée. Je voulais par ce moyen attirer quelqu'un, n'importe qui, quand bien même ce serait la mort. J'entassai du bois jusqu'au soir sans me préoccuper des blessures que cela m'occasionnait aux mains ou aux pieds. Je m'aventurai même plus loin – mais pas vers le bas-relief –, puis je traînai les vieilles branches tordues d'oliviers sur la grève. J'imaginais des pêcheurs grecs apercevant le feu depuis leurs barques. Ou un navire marchand ? Est-ce qu'en temps de guerre il en navigue encore ? Peu importe, ce peuvent être des soldats, même des Allemands. Qu'ils m'emmènent, quand bien même ce serait pour me passer par les armes aussitôt. Il me semblait que toute l'île me regardait avec ironie. Je le faisais pour la faire enrager.

À midi, j'aperçus une forme sur l'eau. Elle apparaissait dans les reflets aveuglants du soleil, trompant les yeux. Immobile, je la fixai, me disant que ce devait être un bout de bois d'une taille particulièrement imposante. Puis, je me rendis compte que ce que je voyais était une barque. Une barque vide. Elle semblait irréelle. Un mirage. Mes yeux s'étaient déshabitués de pareilles formes. Je craignis d'avoir des hallucinations.

Pataugeant dans l'eau puis nageant vers l'esquif, j'étais certain qu'il serait vide. Qu'il en était comme des deux petits lacs azurés dans les hauteurs, comme du torrent d'eau douce : lorsque l'on pense à quelque chose avec intensité, que l'on désire une chose qui vous manque, eh bien, on l'obtient ! Je recevais une barque en cadeau. Peut-être était-ce la mystérieuse inscription gravée sur la pierre qui était intervenue ? Peut-être signifiait-elle tout simplement « barque » ?

Je me souviens de l'impression que me firent les vestiges de peinture sur le rebord – marque humaine, civilisée de ce qui avait été réfléchi pour être appelé à exister selon un plan. La barque symbolisait le monde resté derrière moi, avec ses navires et ses ports, mais aussi ses rues pavées et ses cafés, son vin et ses *pączki*, ses horaires de train et ses journaux, ses billets de banque et sa poste, ses blanchisseries et ses théâtres. Je nageais vers cette barque, brusquement libéré de Robinson – qui, à présent, me semblait n'avoir été qu'un fantasme, finalement cocasse, pas du tout effrayant. Et mes pensées ! Voilà que mes pensées revenaient foisonnantes et surexcitées, tels des bancs de petits poissons ondoyant dans l'eau tantôt dans une direction tantôt dans l'autre. De nouveau, moi, je réapparaissais.

Je parvins difficilement à dégager la lourde barque du piège des rochers. Je la poussai devant moi, luttant contre les vagues, buvant des tasses d'eau de mer. Je la poussai vers la gauche, où je savais la profondeur moindre, et cela alla réellement mieux quand j'eus pied. Ce fut ma prise la plus importante, que cette baleine de bois, cette arche qui me sauverait la vie. La marée montait imperceptiblement et je me rendis compte que si j'avais eu une heure de retard, la barque, poussée par le reflux, se serait sauvée.

Quand mes pieds touchèrent le fond et que je pus regarder dans la barque, je vis ce qui, dans l'île, m'avait le plus effrayé depuis le début, depuis de nombreux jours, ce qui m'avait valu des cauchemars, et que, à vrai dire, je m'attendais à voir. Un corps. Il était étendu sur le ventre dans le clapotis d'eau. Fluet, enveloppé d'un manteau marron avec des taches de sel, sans visage car celui-ci disparaissait dans l'eau rouge à cause du sang et de longs cheveux noirs. Pris d'une peur panique, je lâchai la barque pour me précipiter sur le rivage. Je crois que je hurlai. Je courus sur la grève brûlante vers les rochers, je trébuchai et, couvert de sable, je me relevai pour poursuivre ma fuite. Je rampai à l'intérieur de ma hutte d'où je vis que la barque avait atteint le bord par elle-même et que, désormais, elle se frottait contre le sable en rythme, presque avec coquetterie. Elle aguichait. Pomme véreuse. Un fruit parfait à l'extérieur, avec des vers au lieu d'une chair suave.

Je vais enterrer ce corps de femme ; par la suite, je contournerai toujours l'endroit. L'île aura son cimetière comme tout hameau qui se respecte. Je dois le faire. Aucun moyen d'y échapper.

Je me relevai pour retourner lentement sur la grève. La barque grinça sur le sable tandis que moi, maigre et barbu, j'étais debout au-dessus de cet étrange, inopiné catafalque.

Je dus mobiliser toutes mes forces ; alors seulement il apparut à quel point j'étais affaibli. Je tirai la barque sur le sable, puis, les yeux fermés, je saisis le corps par les épaules. Il était lourd avec ses vêtements imbibés d'eau. Quand je parvins à le sortir à moitié de l'embarcation, un baluchon, un petit paquet s'en sépara. Un cri bouleversant, des pleurs, un vagissement. Impossible, me dis-je, c'est impossible ! Je sortis l'enfant de ses langes tachés. Un loupiot. Avait-il quelques jours ou plusieurs mois ? Je n'en avais aucune idée. Je pense n'avoir jamais vu de nourrisson d'aussi près. Je le pris dans mes bras avec une certaine fébrilité. Mon cœur battait à tout rompre.

Il était léger, fragile et remuait maladroitement. Je sentais ses mouvements, la chaleur du petit corps. J'avais tout autant peur de le lâcher que de le serrer trop fort. Je retirai les couches humides et malodorantes, je découvris que c'était un petit garçon. Il avait de fins cheveux sombres, les paupières fermées, couvertes de veinules bleues. Je l'examinai comme s'il était un poisson non comestible, étrange, capturé par erreur, un monstre marin. Et ce fut précisément comme un tel spécimen que je le posai simplement sur le côté, à l'ombre d'un rocher. Un petit d'homme vivant.

Je creusai longuement un trou dans le sable. Les bords s'effondraient sans cesse, mais la présence de l'enfant à l'ombre du rocher me donnait des forces. Je ne pouvais pas le prendre tant que je n'avais pas enterré sa mère, dont je savais que je ne devais pas voir le visage. Je ne pouvais pas la laisser me regarder dans les yeux avec son regard inerte. Le soleil était déjà bas quand je parvins à l'ensevelir. Je la plaçai dans la tombe peu profonde, face contre terre. Je ne prononçai aucune prière, n'exprimai aucune compassion. J'avais peur d'elle. En un certain sens, je haïssais cette lourde dépouille au visage caché par ses longs cheveux noirs. Cette écœurante puanteur métallique de sang et de mort. Je craignais que, si je permettais à la défunte de regarder le ciel à travers le sable, elle se lève la nuit pour me tuer. Démon sur l'île.

Tandis que je me dirigeais vers les rochers, je songeai que j'aurais dû creuser une autre tombe, plus petite, mais je vis avec soulagement que l'enfant s'agitait, poussait des gémissements et donc était vivant. Je le pris délicatement dans mes bras, sa tête vacilla. Je le serrai alors contre moi. Je le portai jusqu'au creux du rocher où je puisais l'eau douce. Je le nettoyai maladroitement, il se mit à pleurer, mais assez faiblement. Ses pleurs rappelaient les piaillements d'un oiseau, ils n'éveillaient en moi que de la pitié, car je comprenais que je n'arriverais pas à garder en vie ce loupiot. J'étais fâché contre moi : j'aurais pu l'abandonner. M'éviter de l'entendre ainsi se mourir. Je serais retourné plus tard sur la plage pour l'enterrer auprès de sa mère, dans le sable. Je l'aurais oublié. L'esquisse de divinité ou de démon négligemment gravée dans la pierre aurait eu son sacrifice comme on perçoit un impôt. L'idole aurait pris la vie du nourrisson avec tout son avenir potentiel pour s'en revigorer, comme un malade reprend des forces avec un bouillon de poule. Dieux perpétuellement affamés. Sacrifices humains volontaires, tel celui de cet enfant, ou involontaires, tels ceux des gens du bateau.

Il faisait chaud, je laissai donc l'enfant sécher tout nu. Tandis que je le regardais, je n'avais pas l'impression de regarder un être humain. Il n'était qu'un jouet en caoutchouc, une création bizarre de la nature, lisse et agréable au toucher, mais absolument irréelle. Il remuait faiblement, parfois. Il ouvrait les yeux de plus en plus rarement, et alors il regardait vaguement les taches de lumière au-dessus de lui. Plutôt que de le laisser mourir de faim lentement, je compris que je devais le tuer. C'était la seule solution humainement acceptable. Je réfléchissais pour savoir comment m'y prendre. Allais-je l'étouffer avec ses langes, ou encore – sans doute était-ce le plus simple – me faudrait-il descendre sur la grève pour le maintenir un moment sous l'eau ? Ensuite, je l'ensevelirais dans le sable. J'aurais mes dépouilles mortelles sur la plage. Mon cauchemar serait accompli. Je déposerais des petits cailloux à cet endroit.

Ce fut alors que l'enfant se mit brusquement à vagir. Les sanglots l'étouffaient. La colère s'empara de moi et ma première réaction fut de me diriger vers la mer pour ne plus entendre ses cris. Là, je retrouvai mes pièges aquatiques, où je constatai avec satisfaction que plusieurs petits poissons s'étaient laissé prendre. Je les sortis de l'eau pour les assommer sur les pierres. J'allumai un feu, j'enfilai les petits corps sur un bâton, comme des perles, pour les cuire ensuite au-dessus des flammes. Je regardai en direction de l'enfant. Avec mes doigts, je retirai la chair blanche, je l'écrasai, j'en ôtai soigneusement toute arête, puis je portai cette bouillie au petit. Il ne savait pas manger, mais ses lèvres éveillées par le toucher réagirent par une mobilité avide. Il ouvrit les yeux, remua la tête à la recherche d'un téton inexistant. Dans mon injuste et terrible impuissance, j'éclatai en sanglots. L'enfant qui avait failli s'étouffer avec la chair de poisson, tout rouge à cause de la toux, hurlait. Ses pleurs me calmèrent, je le pris dans mes bras pour le blottir contre moi. Une petite tête couverte d'un duvet noir comme celle d'un oiseau, des veinules délicates et bleues. Sa fragilité. Avec une énergie décuplée, ses lèvres recherchaient quelque chose sur le tissu rêche de ma chemise délavée par le soleil. Je ressentis une douce crampe dans mon ventre, de ma poitrine à mon abdomen, comme la dernière et plus faible vague d'un orgasme. Je m'en souviens très bien. Par la suite, je ressentis cela maintes fois. C'était comme si mon corps se réorganisait de l'intérieur. Un passage de courant dans un appareil jamais utilisé. Une émotion exprimée par mon corps, dans mon corps. Étrangement agréable. Surprenante. Inconnue. Excessive pour moi.

L'enfant dans mes bras, j'allai vers les rochers où il y avait de l'eau douce. J'ôtai mon maillot de corps, j'en trempai un bout dans l'eau, puis je le glissai dans la bouche du loupiot. Il se mit à émettre des bruits de langue, à téter avidement. Son regard errant s'arrêta un instant sur mon visage. J'aurais aimé pouvoir déterminer ce qui se manifestait dans ces yeux, quel sentiment, quelle expression. En vain. L'enfant m'avait juste remarqué, il avait arrêté son regard sur moi. Je commençais à exister pour lui. Brusquement excité par la découverte que je pouvais assouvir sa soif, je trempai une bandelette que je lui donnai à sucer, à plusieurs reprises, mécaniquement, jusqu'à ce qu'il devienne tout mou et s'endorme. Je restai assis, craignant tellement de bouger que mes jambes s'engourdirent, mais à partir de ce moment-là, j'étais prêt à tous les sacrifices, nos corps avaient comme fusionné – ce devait être l'effet de cette crampe. Je me sentis devenir un écran tourné vers l'enfant, une voile gigantesque tendue au vent, une corolle de fleur ouverte fixant le soleil. Je dérivais tout entier autour de ce petit corps. Le soleil frôlait lentement mes jambes, s'élevait, m'avalait et me brûlait. La transpiration coulait sur ma poitrine nue en me chatouillant. L'enfant dormait la bouche ouverte, sa joue contre ma peau nue.

Vous savez sans doute déjà, Madame, ce qui va suivre, n'est-ce pas ? Mais à ce moment-là, moi je ne le savais pas. En ce seul long moment lumineux de soleil, l'enfant devint plus important que moi. Il s'empara de toute l'île, de sorte qu'elle aussi était entièrement à lui. Quand il mourrait, tout sombrerait au fond de l'eau. Il en serait ainsi, précisément. Atlantide nous serons. Pêcher des poissons n'aura plus de sens, pas plus que faire des tours de l'île en lunatiques.

L'après-midi, l'enfant recommença à pleurer. Avec de l'eau, je ramollis une vieille figue que j'avais trouvée. M'étaient revenues des bribes de pensées rationnelles à propos des sucres simples, du fructose ou de je ne sais quoi encore qui est nourrissant, même si je ne me faisais guère d'illusions sur le fait que cela puisse suffire. Peut-être une bouillie de poisson avec de l'eau de figue, de la protéine et du sucre ? Je voulais croire que le lait était un simple rituel, que pour survivre, le lait maternel n'était nullement indispensable. Mais cette fois, l'enfant ne voulait pas boire, le mouvement chaotique de ses lèvres était sans effet, inutile. L'eau sucrée coulait sur sa joue pour s'arrêter au pavillon de l'oreille. Je l'essuyai prudemment. L'enfant faiblissait d'heure en heure, ses mains et ses pieds étaient froids. Je l'emmenai au soleil, me contentant de lui couvrir le visage avec une feuille. Je sanglotais en me disant : Au moins, tu seras auprès de lui quand il partira. Ensuite, nu également, je m'étendis auprès du petit, je m'enroulai autour de lui, sombrant dans un demi-sommeil, gagné par une montée inconnue, l'afflux marin de la certitude que j'allais mourir dès qu'il mourrait.

Je fus réveillé par un chatouillement, un câlin imprécis sur ma peau. J'ouvris les yeux et je constatai avec soulagement que l'enfant respirait toujours. Le soleil avait poursuivi son chemin et, désormais, nous étions allongés dans sa lumière orangée, déclinante. Je me tournai pour m'étendre sur le ventre quand je sentis une douleur que je connaissais. Un souvenir vague s'éveilla dans mon esprit, celui d'un verger, du parfum du cassis et des groseilles à maquereau. Il y avait longtemps, très longtemps de cela. C'était une douleur à la poitrine, la même qu'alors, des années plus tôt, celle de mes tétons gonflés d'adolescent, ironie de la nature qui se manifeste à la puberté. À quelle fin les hommes ont-ils des tétons ?

Pourquoi naissent-ils avec dans leur corps la marque de leur contraire ? Avez-vous jamais réfléchi à cela, Madame ?

Je m'agenouillai pour regarder mon torse nu, velu et plein de sable. Mes tétons étaient gonflés, rougis. Je touchai l'un d'eux et une goutte de lait apparut. Il en fut de même avec le second. Je me débarrassai délicatement du sable et je savais déjà qu'il y avait dans mon corps un endroit sensible, ignoré jusqu'à ce jour. Le toucher pénétrait les profondeurs de ma chair d'une manière nouvelle, intense, proche de la douleur. Ma peau semblait plus fine, sensible, délicate. Autrefois, j'avais entendu dire – ou du moins était-ce ce qui me semblait – qu'une lactation pouvait survenir chez certains hommes sous l'influence du soleil. Non, non pas une lactation normale, mais un succédané, un simulacre, comme si le corps par ses actions mystérieuses se rappelait qu'il avait davantage de possibilités, d'autres incarnations, des potentialités dormantes. Je regardais le mien comme s'il était celui d'un être étranger. Je m'efforçais de ne pas respirer trop bruyamment pour ne pas l'effrayer.

Ce ne fut pas agréable, ce premier contact avec des lèvres étrangères, même si c'étaient celles d'un nourrisson. Malhabilement, je lui soutenais la tête de sorte que sa bouche atteigne le téton. Mais l'enfant était trop affaibli, trop gourd pour téter. Les gouttes de lait demeuraient sur ses lèvres, qui ne réagissaient pas. Peut-être était-il déjà trop tard, mais en ce cas, à quoi bon tout cela ? Je pris une de ces gouttes sur un doigt que je mis dans sa bouche. Sa langue bougea lentement, aussi essayai-je de nouveau. Je touchais la partie interne de sa cavité buccale, sa langue et son palais. Je l'agaçais de mon doigt rugueux, et l'enfant, telle une mécanique qui se serait enrayée, redémarra, ouvrit les yeux et remua avidement sa langue. J'attirai alors de nouveau sa tête vers moi pour favoriser la rencontre de sa bouche avec l'un de mes tétons. Certes gonflé, il n'était pourtant pas comme un sein. Les lèvres de l'enfant n'avaient rien à quoi s'accrocher, elles glissaient. Je pinçai alors ma peau de sorte que le lait coula à grosses gouttes dans la bouche entrouverte. Cela me faisait mal, c'était un contact désagréable, un peu comme si les tétons étaient un organe sensoriel oublié de longue date, l'instrument de l'unique sens délivrant ses informations directement à travers le corps, sans la médiation du cerveau. Vous comprenez, Madame, à quel point il m'est difficile d'en parler, n'est-ce pas ? Vous vous en doutez, n'est-ce pas ? Je serrai les dents, portai mon regard au loin, vers les hauteurs de l'île, peut-être dans l'idée que cette belle vue m'épargnerait la pénible sensation d'être consommé. Si mes réflexes avaient pris le dessus, je me serais reculé avec dégoût. Mais voyez-vous, Madame, l'enfant tétait déjà avec assurance et sérénité. Comme en transe. Ensuite, il s'endormit d'un coup.

Voilà à vrai dire tout ce que je voulais vous raconter, Madame. Je restai assis courbé, accablé, étourdi par ce qui était arrivé. Comme après un viol, comme après un forfait terrible. Comme si j'avais commis un péché. Et, à vrai dire, c'est ce que je ressens maintenant. Dites-moi, avez-vous jamais eu connaissance d'une chose pareille ? Est-ce possible ?

Au milieu de l'été, les figues mûrirent, suivies bientôt des olives. J'eus alors beaucoup de travail. Je fis également une sorte de moisson. Avec un couteau trouvé dans la barque, pendant des journées entières, je coupai les épis de ce qui ressemblait à de l'avoine, et je les mis à sécher au soleil. En les écrasant des heures durant sur une pierre, je parvins à obtenir une poudre que j'appelai « farine » pour finalement obtenir ce que j'appelai « pain » : une galette dure, cuite au feu. En automne, de grands oiseaux, une variété d'oies, firent escale sur l'île. J'appris à les capturer avec un filet que j'avais fabriqué avec des lianes. De l'aube au couchant, je cherchais de la nourriture, je la préparais et tentais de la conserver, même si je savais qu'il me serait impossible de survivre à l'hiver. Le soir, j'allumais un feu sur la plage. En vain. De mon trench-coat, je me fis un porte-bébé et je m'habituai vite à son faible poids.

Début novembre, après huit mois de séjour sur l'île, je transportai tous mes biens ainsi que mes réserves de nourriture dans la barque et je m'éloignai de la côte. J'eus de la chance, les tempêtes d'automne n'avaient pas encore commencé. Après avoir ramé péniblement trois jours durant, j'atteignis un petit village sur une île voisine. L'enfant et moi étions plus morts que vifs. Personne ne me posa de questions, l'on s'occupa de nous tout simplement. Nous passâmes l'hiver chez ces braves gens, puis, l'année suivante, nous nous retrouvâmes à Athènes. Après la guerre, nous rentrâmes au pays. J'inventai une mère à l'enfant, je lui dis qu'elle était morte longtemps auparavant. Il affirme se souvenir d'elle. Mon fils vit à l'étranger. J'ai des petits-enfants.

Vous comprenez maintenant, Madame, pourquoi j'enregistre cela de façon anonyme – sans dévoiler mon nom ni mon visage – pour n'être qu'une voix. Je ne comprends pas ce qui s'est passé. Sans doute suis-je un homme trop simple. Et pour finir, je vous remercie de rédiger tout cela d'une manière particulière : ce que je souhaiterais le plus, ce serait de croire que je n'ai pas été victime d'une anomalie, mais que j'ai vécu un miracle.

Bardo. La Crèche

Bardo se trouve dans les Sudètes, dans l'une des vallées qui y sont particulièrement nombreuses, comme autant de petites rides sur le visage de la terre, de modestes pattes-d'oie. L'endroit a une longue histoire. Il y a très, très longtemps de cela, on y extrayait des minerais précieux, des améthystes, des néphrites. Certaines légendes parlent également d'or. Il paraîtrait que dans les profondeurs de la montagne, la roche ordinaire, soumise à de gigantesques pressions et à des forces mystérieuses, se purifierait d'elle-même de ses matériaux vils, se distillerait seule pour condenser son or dans les ténèbres afin qu'il y reste pour toute éternité. Et cet or souterrain explique peut-être le choix de ce hameau, jadis, pour y installer une statue miraculeuse de la Sainte Vierge, la plus ancienne de Basse-Silésie.

Autrefois passait par Bardo la route commerciale qui allait de Silésie en Bohême, et la bourgade était née pour cette raison. Elle prit place dans la vallée sans chercher à s'étager sur les versants abrupts. Plusieurs fois au cours des siècles, à cause des pluies, ou peut-être de légères secousses sismiques, les falaises avaient glissé, détruisant des maisons et tuant leurs habitants. Désormais, ces parois complètement dénudées dominent la ville car les arbres eux-mêmes n'ont pas la témérité d'y risquer leur existence. La glaise rouge mêlée aux rochers est visible de loin, telle une blessure dans le vert des forêts. La ville, confinée dans la vallée, a l'air d'être serrée dans un corset orthopédique, comme si, sans la présence des parois qui la soutiennent de part et d'autre, elle se désagrégerait ou s'éparpillerait aussitôt.

Une petite rivière coule au fond de la vallée, les maisons s'agglutinent donc sur ses berges au point d'empiéter les unes sur les autres. Des petits ponts bouclent le tout comme des agrafes. Il y a là deux églises, un couvent, un restaurant et plusieurs petits caboulots proposant la spécialité locale – l'anguille aux amandes –, deux écoles élémentaires, un lycée professionnel et de la petite industrie. Et évidemment, une maison de cure. Autrefois, de nombreux hôtes venaient y prendre les eaux. Désormais ne restent de la station thermale qu'une promenade, quelques platanes déjà très malades et la source entourée par des bancs de pierre. Subsiste également un parc avec des rhododendrons. Et bien sûr, il y a eu la Crèche.

Savez-vous que la Nativité fut fêtée pour la première fois par le pape Libère, le 25 décembre de l'an 354 ? Qu'au cours des trois siècles et demi précédents, la naissance de Dieu passa inaperçue. Chaque année, l'Épiphanie intervenait dans un silence rappelant celui d'une feuille qui tombe.

Le jour de Noël ne fut pas choisi au hasard. L'on tint compte, indubitablement, de la tristesse des gens quand les jours étaient les plus courts, quand les vents froids du Nord soufflaient, que le soleil ne montait plus avec courage vers les hauteurs du firmament. En ces jours, on a l'impression que le vert est une couleur de rêve, qu'elle n'existe pas dans la réalité, et que la floraison est une anomalie d'un passé lointain.

Qui que fût celui qui eut l'idée de construire la première Crèche, il s'appuya sur plusieurs phrases des Évangélistes, trouva quelques représentations dans les écrits exaltés de saints, se rappela une poignée d'histoires relatées dans les apocryphes.

La Crèche naissait comme une ville, lentement, patiemment, à partir du signe qui indiquait le saint endroit ; d'abord, on mit dans les églises une auge, cet objet étrangement trivial pour la naissance de Dieu. Ensuite on osa y placer la figurine du Saint Enfant. Plus tard apparut sa mère, femme allongée avec un loupiot dans les bras. Une lumière irradiait du Petit Jésus, ce qui rendait plus sombre le visage de la mère. Mais le processus du foisonnement avait commencé et il devait se poursuivre à l'infini. Il fallait également un homme puisqu'il y avait un enfant et une femme, il fallait des témoins de l'événement, hommes et animaux ; une nature ravie de la naissance devait être présente : des grottes, des cieux, des étoiles et des anges jetant un regard curieux à travers les nuées du ciel.

À dater de ce moment, le bœuf et l'âne regardant l'enfant nu eurent dans les yeux une question silencieuse : est-ce que le Dieu des hommes est né pour les animaux également ? Oui, oui, leur répondait doucement la femme en tendant la main vers l'agneau. Entraient alors les Rois mages. Une étoile lumineuse leur avait indiqué le chemin. Sans protester, les anges fraternisèrent avec les bergers curieux. Une foule aussi bruyante que celle de la foire annuelle était en place.

Saint François fut le premier metteur en scène. Il plaça le Petit Jésus dans la bonne odeur du foin et, par ce geste généreux, il ouvrit la Crèche à l'émotion des hommes. Là où la fragilité du corps humain croise la puissance d'un événement cosmique, le temps se renouvelle. Dans la mesure où, sans récit, le temps reste inerte et pourrait très bien ne pas être, il est nécessaire de toujours rejouer la même chose selon un rythme circulaire : l'ange, qui annonce la nouvelle, la fuite sur l'âne, la recherche d'un gîte, la découverte d'une grotte, le moment d'obscurité où intervient la naissance secrète par le corps d'une femme, et jusqu'à la luminosité qui, à partir de ce moment, doit descendre maintes fois sur la terre. Il faut l'étoile dans le ciel pour indiquer le chemin, le cortège des trois Rois mages et son nombre fascinant de détails. Leur hommage qui devient mécanique, pour pouvoir être répété à l'infini, tellement l'acte d'humilité des Mages est agréable à voir. Et en outre, l'espace veut également avoir son mot à dire. Lisbonne, Saragosse, Prague, Munich, Vienne et Olomouc, Brno et Cracovie, Lwów et la lointaine Buenos Aires sont autant d'endroits sur terre qui désirent être témoins de la naissance du Seigneur pour lui offrir un présent concret : des plantes locales, des pommes ou des grenades, des champs de pommes de terre, tracés au cordeau, ou des bosquets d'orangers… Si l'espace est invité, la matière veut également participer à la Nativité : Jésus sera en cire ou en verre, en terre cuite ou en ivoire, en bois ou en pierre. Il aura la taille d'un bâtonnet ou celle d'un nourrisson humain, ou sera plus grand encore puisqu'il est Dieu et que les unités de mesure humaines ne s'appliquent pas à lui.

La Crèche de Bardo est évoquée pour la première fois en 1591 dans un document des jésuites, l'*Excursio Glacensis*, autrement dit la « Conversion du territoire de Kłodzko ». Nul ne sait à quoi cette Crèche ressemblait, ni depuis quand elle existait. Les contre-réformateurs jésuites décidèrent d'en développer l'importance et d'en accroître la splendeur. Ils étaient obsédés par la splendeur. Ils rêvaient de scènes mobiles et interchangeables. L'ange qui annonce la Nativité devait le faire de façon convaincante et donc apparaître et disparaître ; le Petit Jésus au Temple, parmi les docteurs, devait remuer le bras ; l'étoile glisser sur le ciel en bois avec la lenteur d'un escargot céleste. Les jésuites firent donc venir du Tyrol un spécialiste des Crèches animées, un certain Xavier Nise, qui avait déjà passé quelques bonnes années à améliorer et à restructurer des Crèches, mais qui mourut malheureusement très vite. Par bonheur, il avait formé un élève très capable, un habitant de la région, Michael Klahr, et celui-ci se chargea de poursuivre son ouvrage. Néanmoins, tandis que les figurines de Nise étaient particulièrement réalistes, avec beaucoup de soin apporté à chaque détail, celles de Klahr – influencé par les changements à l'œuvre dans l'esprit de l'époque – étaient stylisées et simplifiées. Avec le temps, il sembla que l'univers de la Crèche était peuplé par deux races d'hommes, deux types d'animaux.

Quand Klahr l'Ancien mourut, l'œuvre fut poursuivie par son fils Michael Ignatius qui avait un tour de main différent et, dans la mesure où les premiers commanditaires n'étaient plus de ce monde, nul ne savait très bien quel projet prévalait. La Crèche se développa donc de manière autonome, surmontant en toute discrétion la perte de ses créateurs successifs. Intervint alors un certain Jeschke, un constructeur d'autels qui donna à la Crèche plus de profondeur, mit en place des plans plus lointains, ainsi qu'un ciel. Après lui vint un Tchèque de la région de Králíky, le centre européen des Crèches à l'époque, et celui-ci, à la mode du Tyrol, transforma l'ensemble en une sorte de théâtre de marionnettes. Les anciennes figurines se trouvèrent alors placées sur des bandes mobiles, avec des rouages invisibles pour le spectateur, et une simple manivelle les mettait en mouvement. Le Tchèque, ou son successeur, ajouta encore quelques scènes, de sorte que la grotte avec l'Enfant et la Sainte Famille se trouva comme au second plan et il fallait la faire émerger de la foule multicolore de personnages, d'animaux, de maisons, d'arbres et d'objets. Tout ce monde s'attroupait, se déplaçait en cercle, s'en allait et revenait au même endroit. Aussi, quand arriva, au dix-neuvième siècle, le célèbre spécialiste des Crèches, l'ermite Helbig, il ne lui restait plus qu'à agrandir la Crèche de Bardo dans l'espace. Il fit cela d'une manière très originale : il l'intégra dans un grand cube en verre, la fit tourner sur elle-même de sorte que le début rejoignît la fin ; autrement dit, il créa quelque chose qui annula le temps linéaire à jamais.

Ces informations détaillées ont été consignées par une habitante de Bardo à laquelle nous donnerons le pseudonyme de Maria Kowalska afin de protéger sa véritable identité, ce qui, à la lumière des faits qui vont suivre, se trouvera sans doute justifié. Elle aurait été enseignante et peintre à Grodno, ville polonaise jusqu'en 1939 ; lorsque la région fut intégrée à l'URSS, elle aurait été évacuée, comme l'ensemble des populations polonaises des Confins orientaux d'avant-guerre. Elle se serait retrouvée à Bardo en hiver 1946. Lors de sa déportation à l'Ouest, elle aurait perdu son enfant la veille de Noël, une journée particulièrement glaciale, paraît-il. Son époux avait disparu depuis quelques années, arrêté par les Russes et déporté en Sibérie. Malheureusement, je ne sais rien de certain sur tout cela. Dans la mesure où Maria Kowalska avait fait des études dans le domaine artistique, il fut naturel qu'on la chargeât des travaux de conservation de la Crèche animée. Elle bénéficia de ce fait de l'attribution d'un logement dans le bâtiment même qui abritait le trésor de Bardo. Cet immeuble sinistre, d'un étage, était adossé à la falaise.

Aujourd'hui, il serait difficile de dire à quoi ressemblait la Crèche juste après la guerre. Il n'est possible de se baser que sur les travaux de Madame Kowalska, qui se référa, quant à elle, avec un soin immense, à toutes les sources possibles, majoritairement allemandes. Elle illustra sa description détaillée par des photographies dont la qualité laisse malheureusement beaucoup à désirer ; la plupart des minuscules détails n'y apparaissent pas.

Il est certain que la Crèche occupait une pièce presque dans son entier. C'était un cube en verre pareil à un énorme glaçon. Au centre, dans une colonne en bois peint, se trouvait le mécanisme principal. Chacune des quatre scènes avait presque deux mètres de large, mais la superficie de l'univers de la Crèche semblait beaucoup plus vaste dans la mesure où les artistes antérieurs avaient créé des étages, avaient démultiplié et segmenté l'espace dans une perspective dramatisante, obtenue par une astuce similaire à celle qui consiste à placer les chanteurs d'une chorale sur des marches, si bien que « loin » signifie tout simplement « plus près du ciel ». L'impression de profondeur était encore accrue par une fresque inouïe sur les parois intérieures qui dissimulaient les rouages permettant le déplacement des figurines. Dans l'éther de cette peinture s'élevaient les silhouettes partiellement transparentes de tous les êtres imaginables : des animaux, des personnes, des diables, des démons, des anges, des insectes, des monstres ou des chimères. Leurs contours s'entremêlaient, les taches de couleur tourbillonnaient et se multipliaient comme figées dans un mouvement éternel de transformations permanentes. Cette technique de peinture en transparence n'empêchait nullement de distinguer chacun des éléments, lesquels apparaissaient nettement en dépit des superpositions, de sorte qu'il semblait que l'espace plan avait de la profondeur, et que la multiplicité des êtres s'étendait en outre dans une dimension devenue infinie. Le ciel était rempli de ces formes volatiles. Elles surgissaient dans le moindre petit carré d'espace, couvrant le paysage comme d'une myriade de bulles de savon. Leurs pupilles parsemaient le ciel. Toutes s'observaient mutuellement, aucun mouvement n'échappait à l'attention de tous les yeux. Et ce regard démultiplié observait le spectateur à la puissance mille avec conscience et attention.

Tel était le fond pour le ciel, le paysage, les scènes, les figurines et peut-être aussi le temps qui, devenu défaillant d'une certaine manière, car privé de sa linéarité et de son ordre, tournait déstabilisé à l'intérieur de cette boîte en verre, pareil à un tourbillon d'air.

Dans ce joyeux chaos se trouvaient Adam et Ève près du pommier, nus tous les deux, pleins de grâce, se regardant encore amoureusement, avant le péché. Mais déjà, sur la paroi suivante apparaissait une pomme de la taille d'une fraise des bois, et, de derrière un nuage, une épée d'or étincelait. Sur ce, la trame de la chute s'éclipsait penaude pour laisser la place aux frères ennemis, et déjà sans crier gare, venait un vieillard qui faisait monter des animaux exotiques sur une arche. À côté, Moïse frappait de son bâton un rocher, plus loin encore les prophètes et quelques personnages pas tout à fait déterminés, en manque d'identification, étaient disposés en groupes de douze, de dix et de sept. Les figurines des terrasses les plus élevées rapetissaient ; celles au plus haut, près du ciel et donc loin, étaient à peine de minuscules chevilles de bois, n'évoquant que grossièrement des formes humaines ; mais pour découvrir l'astuce, la petite tromperie, il aurait fallu ôter la vitre, passer la tête et, même ainsi, se munir d'une loupe pour les examiner.

Les touristes – les clients d'excursions gagnées par l'ennui – qui venaient voir la Crèche se seraient contentés d'admirer en passant, mais Maria Kowalska qui était la seule guide de l'endroit, les bousculait aussitôt, les incitait à faire le tour, de sorte qu'ils revenaient à l'endroit d'où ils étaient partis lorsque la visite se terminait. Les enfants avaient la bouche ouverte d'émerveillement, les adultes des murmures d'enthousiasme aux lèvres.

Sur ce fond de ciel chamarré, les plans les plus lointains ayant été libérés, avec un soulagement manifeste, de tout contexte religieux, on avait créé une maquette tridimensionnelle, en bois et en papier mâché, de collines, de villages et de villes, de mines et d'usines. À ce niveau, les figurines avaient soudainement acquis une vie concrète, quoique encore immobile. Les petits personnages qui peuplaient ces paysages avaient été élaborés avec soin : mineurs aux uniformes dont aucun bouton ne manquait, dames en robe avec de petits chapeaux – ils rappelaient les biscuits secs de Noël –, hommes en costume ou portant des habits traditionnels difficiles à définir avec précision. Des dizaines d'histoires se déroulaient là, en même temps, dans cette immobilité cosmique. En contrebas, les Mages suivaient l'étoile qui, sur son orbe, les menait à l'Enfant dans l'auge. Simultanément, Jésus, déjà adulte, tendait la joue au baiser de Judas, tandis que Ponce Pilate se lavait les mains dans une cuvette imitant les ustensiles de style victorien. Derrière lui, un âne avec une tête cocasse de souris emportait la Sainte Famille loin d'Hérode, avec partout autour des mineurs qui travaillaient sur le versant d'une montagne en papier. La mine s'ouvrait sur les entrailles de cette dernière comme la caverne d'Ali Baba, parce qu'à l'intérieur luisait le charbon qu'on avait fait avec du mica aux reflets roux. Des vaches paissaient autour des chaumières dans les villages, mais sitôt derrière s'élevait une usine en briques et passait une route avec beaucoup de petites voitures anciennes dans une proximité dangereuse pour un groupe de moines adorant le Divin Enfant.

Ce récit en images était sans fin. Il n'avait pas non plus de commencement. Les scènes se suivaient jusqu'à s'entrelacer subrepticement en un même élément. Les histoires se complétaient d'un côté à l'autre, un peu comme dans un chant alterné.

Le mécanisme était mis en route avec parcimonie, deux à trois fois par jour selon les saisons. La Crèche s'animait alors et devenait difficile à décrire parce que le mouvement ajoutait une dimension supplémentaire à l'ensemble, de petites doses de temps circulaire, et ainsi, lorsque d'un côté un cygne prenait son envol de l'étang, de l'autre un lièvre se cachait dans son trou. Les marteaux de la forge étaient couplés au balancement monotone du berceau-auge de Jésus. Le déplacement des voitures faisait sortir les mineurs des puits de mines, tandis que la danse des paysans en tenue folklorique faisait démarrer la procession des douze apôtres. Les vaches relevaient la tête et le rocher du tombeau de Jésus Christ se déplaçait. Les faucheurs levaient leurs faux, le soleil progressait sur la voûte céleste, les ailes du moulin sur la colline tournaient. L'actionnement du mécanisme déplaçait les figurines mais arrêtait les spectateurs, brusquement surpris, qui cherchaient à saisir l'ensemble de la dynamique des mouvements, à comprendre comment le tout fonctionnait. Quand, peu à peu, les visiteurs réalisaient que le nombre des personnages et des scènes était trop important pour qu'il fût possible de les englober tous et toutes du regard, ils faisaient à nouveau le tour de la Crèche pour observer quelques enchaînements particuliers. Mais ils ne pouvaient jamais voir l'ensemble des mystères de la Crèche !

La première allusion à la Crèche que trouva Maria Kowalska dans un vieux journal silésien était, paraît-il, un petit article d'avant-guerre sur les attractions touristiques de la bourgade. Il y était écrit : « La Crèche fait une impression tellement forte sur les fidèles qu'ils ne peuvent pas se retenir de pleurer. » On peut imaginer que Madame Kowalska, à la lecture de cette phrase, se sentit excusée. Car il semblerait, du moins est-ce ce que racontait Monsieur M., son assistant et le gardien du lieu, que lorsqu'elle avait vu la Crèche en mouvement pour la première fois, Madame Kowalska avait versé des larmes.

C'était en été, un an après la fin de la guerre, quand Monsieur M. répara le couvercle endommagé par des soldats et forgea une clé spéciale pour remonter le mécanisme.

Comment tous deux virent le mécanisme pour la première fois, je le sais par Monsieur M., malheureusement décédé depuis. Ils soulevèrent le couvercle métallique pour regarder comme dans un puits, avec des lampes de poche, l'entremêlement des ressorts, des roues dentées et des pignons. Les entrailles empoussiérées d'une horloge ! On peut imaginer que pareil spectacle se grave dans la mémoire. Il est même possible que, dès lors, cette Maria Kowalska en rêvât souvent, à chaque fois différemment. Tantôt comme d'une ville agrandie jusqu'à des dimensions monstrueuses, tantôt, à l'inverse, comme de l'intérieur brillant et miniaturisé d'une montre de femme.

Ils regardèrent une nouvelle fois l'intérieur de la Crèche lorsque le mécanisme avait cessé de fonctionner et que Madame Kowalska traversa la neige profonde pour aller chercher Monsieur M., seule personne capable de faire quelque chose ; après quoi, Monsieur M., ensommeillé, un manteau en peau de mouton enfilé sur son pyjama, la suivit en emportant sa sacoche d'outils. On ne sait pas vraiment comment il parvint à réparer le mécanisme. Il raconta qu'avec une poire en caoutchouc (un mouche-bébé, sans doute celui de l'enfant mort), Madame Kowalska et lui étaient parvenus à aspirer la poussière avec délicatesse ; puis, avec des mèches de coton trempées dans de l'alcool à 90°, ils avaient nettoyé les rouages. Monsieur M. avait ensuite soulevé une lamelle de fer avec un tournevis, et tout s'était enclenché. Madame Kowalska savait pourtant qu'un jour la panne se répéterait, qu'il était envisageable qu'alors la célèbre Crèche de Bardo s'arrêterait pour toujours. Monsieur M. était favorable à ce que, dans le futur, le tout soit relié à l'électricité, que la manivelle rudimentaire soit remisée, mais pareille transformation exigeait une restauration des plus sérieuses. Il suffirait alors d'appuyer sur un bouton. Mais, à ce moment, des spécialistes de Wrocław se manifestèrent pour interdire toute intervention spontanée en ce sens.

Cette Madame Kowalska faisait ce qu'elle pouvait. Elle cherchait à conserver une température constante dans la pièce, par exemple. Ce qui était vraiment difficile parce que la dotation en charbon était insuffisante lors des hivers très froids. En été, au contraire, le toit à l'isolation défaillante rendait la chaleur intérieure insupportable.

Dès la deuxième année de l'après-guerre, les excursions scolaires affluèrent à Bardo, d'abord de la région, puis de toute la Pologne. Chaque après-midi, un petit attroupement attendait que le chiffre magique de trente personnes fût atteint. Madame Kowalska veillait à ce que le mécanisme ne fût pas mis en route en deçà de ce nombre. Parfois, elle devait se retenir d'interdire aux visiteurs de respirer, de transpirer, d'émettre du CO_2, de la vapeur ou d'accroître l'humidité de l'air. Un peu plus tard, elle mit en place une petite boutique de souvenirs à l'entrée. Elle commanda des cartes postales montrant la Crèche, une série de photographies reliées en accordéon. Elle aurait également voulu proposer des guides de la région des Sudètes, mais il n'en existait pas encore en polonais, les traductions de l'allemand venaient à peine de commencer, et bien entendu, il ne s'agissait pas seulement de traduire. Il fallait surtout slaviser la Crèche, la poloniser.

Ainsi donc, c'était tout ce que pouvait offrir la boutique de la Crèche de Bardo aux jeunes gens des excursions scolaires. Quand, le soir, Madame Kowalska tournait la grande clé quasiment antique dans la porte du bâtiment, elle tremblait de peur à l'idée qu'il pût y avoir des voleurs, un incendie, un glissement de terrain, une inondation, la foudre, un ouragan ou une tempête de neige qui provoquerait l'effondrement du toit.

Monsieur M. disait qu'elle restait à la Crèche toute la journée durant. Il la voyait fréquemment s'accroupir devant l'une des parois pour changer de point de vue, juste en bougeant la tête. Il se doutait de ce dont il s'agissait : étant donné le nombre considérable de niveaux, la plus petite variation de perspective pouvait modifier suffisamment l'angle pour faire apparaître une signification nouvelle de la scène observée.

Prenons les Rois mages, par exemple. Quand on les regardait incliner la tête devant le Divin Enfant dans la Crèche, et que leurs chevaux et leurs chameaux s'agenouillaient, à l'évidence, il s'agissait de la Nativité. Il était pourtant possible de les observer sur un fond de paysage rocheux, désertique, désagréablement vide, et alors on avait l'impression qu'une caravane de cirque faisait une halte pour se reposer, et que tous ses membres se baissaient au-dessus d'un point d'eau pour assouvir leur soif. Ou encore, en regardant de bas en haut, vers le niveau suivant, où se tenaient des chœurs célestes, des centaines d'anges en rangs ailés, d'archanges dorés et de trônes enfermés dans le cadre du ciel, ces trois hommes richement parés, entourés de leur suite, pouvaient être perçus comme les commanditaires du saint tableau, lesquels, conformément à l'usage de l'époque, avaient été placés en contrebas, aux pieds des saints. L'on pouvait se distraire ainsi des journées entières. Et c'était ce que cette Madame Kowalska faisait.

Monsieur M. parlait d'elle avec compassion. Il semble que rien n'éveille tant la compassion masculine qu'une femme solitaire. Non sans insistance, Monsieur M. évoquait son enfant mort, disait qu'aucune mère ne pouvait se remettre de pareille perte. Voilà pourquoi il portait à Madame Kowalska un respect plein de révérence, et ce, en dépit de ses fréquentes crises de panique, à cause desquelles elle l'obligeait à revenir après ses heures de travail, parfois la nuit, pour vérifier si tout fonctionnait, si rien ne manquait, si aucun élément ne se trouvait à un endroit où il n'aurait pas dû être. Monsieur M., en homme simple, plein de joie de vivre, traitait la Crèche comme un bel objet compliqué qui, de plus, lui assurait un travail stable. Il se chargeait du nettoyage de l'ensemble du bâtiment, des petites réparations et du jardinet devant l'entrée. Il avait appris à bien connaître la Crèche ; il l'avait mémorisée, mais nullement dans son entier. Il se rappelait diverses figurines ; par exemple l'homme au baluchon et au chien, ou le groupe de mineurs en train de jouer aux dames. Mais il aurait été incapable de se remémorer l'ensemble dans le détail. Aussi était-ce la raison pour laquelle il n'était pas à l'aise quand il entendait Madame Kowalska affirmer qu'il manquait dans la Crèche un élément qui s'y trouvait auparavant. Il était impossible que quiconque pénétrât dans le bâtiment, ouvrît le cube en verre et en sortît des figurines. Monsieur M. considérait de telles affirmations comme une forme d'hystérie de l'âme malade de Madame Kowalska, la manifestation discrète d'une folie douce. « N'y avait-il pas de canards dans la mare ? demandait-elle nerveusement. Est-ce que des petits canards colorés ne nageaient pas sur l'eau ? » Il ne se souvenait pas de canards. Elle, elle insistait tellement qu'il commençait à envisager qu'il avait pu y en avoir, mais qu'il ne les avait pas remarqués. Après tout, la mare avait la taille d'une pièce de monnaie ! Peut-être que la dernière fois, en nettoyant cette partie, il avait accroché de sa manche le coin de la mare, et que ces canards, qui, eux, avaient la taille d'un grain de blé, s'étaient attachés à la laine rêche pour disparaître à jamais.

Les canards. Petites particules peintes avec un fin pinceau. Des cous verts et des becs rouges. Ce fut ainsi qu'ils apparurent un jour dans la Crèche. Monsieur M. s'en réjouit. Mieux valait que des choses apparaissent plutôt qu'elles ne disparaissent !

Elle, cette Madame Kowalska, se rendait souvent à Wrocław en ce temps-là. Elle avait repris des études, elle apprenait l'allemand. Lors de ses absences, Monsieur M. entretenait le feu dans son appartement pour que les plantes ne gèlent pas. Il racontait qu'elle s'était installé un petit atelier, avec des tubes de peinture, des toiles, tout ce que possèdent les artistes. N'animait-elle pas un cercle artistique à l'école de Bardo ? Monsieur M. lui apportait parfois ce qu'il avait en surplus : un sac de noix ramassées au verger, un panier de fraises, l'année où elles avaient particulièrement donné dans son jardin, un pot de gelée de coings que faisait sa femme. Pour autant, avec Madame Kowalska, il n'avait guère noué de relation « authentique », autrement dit de celles qui font que, certains soirs, l'on s'assoit à table, l'on ouvre une bouteille de vodka et l'on discute. Avec un homme, il en aurait été autrement, mais pour tout son entourage, Madame Kowalska était « la femme solitaire qui un jour avait perdu mari et enfant ». Pareil malheur isole à jamais. La main de Dieu, disait Monsieur M., saisit les personnes marquées par le malheur pour les placer un plus peu haut, au-dessus des autres, ou bien un peu de côté, ce qui fait que l'envie vous vient de mettre les mains en cornet autour de la bouche pour crier vers eux et les inviter à redescendre.

Ce fut seulement quelque temps plus tard, à l'occasion de petites réparations, que Monsieur M. remarqua que des choses étaient régulièrement ajoutées dans la Crèche, d'autres modifiées. Le train, par exemple, circulait très haut, juste sous les chœurs célestes, dans un paysage hivernal rajouté et peint à la va-vite. Ce train avait été sculpté dans du bois avec soin, puis peint : une petite locomotive et plusieurs wagons, non pas de passagers, mais de marchandises. Monsieur M. était certain qu'il n'y avait pas de train à cet endroit avant, et tandis que, bouleversé, il se rendait chez Madame Kowalska pour lui en parler, il comprit en une fraction de seconde un fait évident : c'était elle qui avait fait ce train et, avant cela, les canards. Monsieur M. s'arrêta, alluma une cigarette puis s'en retourna à ses affaires : une gouttière endommagée à rattacher, la cour à balayer ou des feuilles à brûler. Par la suite, il ne laissa pas voir à Madame Kowalska qu'il savait. Il accepta le train comme si celui-ci avait toujours été là. Parfois, il redoutait qu'elle ne le prenne pour un idiot, mais finalement, il décida qu'il était trop vieux pour s'en inquiéter. Pourquoi devrait-il se sentir concerné par ce qu'elle pensait ? Au fond, elle était une femme qui avait perdu son enfant, cela lui accordait le droit à une bienveillance particulière. Aussi l'année qui suivit, quand sous le regard attentif de Madame Kowalska il nettoya les différents plateaux, époussetta le train tout comme le Petit Jésus, la Sainte Vierge ou les Rois mages, mais aussi les plumets rouges des bonnets de mineurs, la maison avec jardinet où, sur une terrasse, une famille minuscule était à table, la troupe de soldats suivie d'un blindé, Jésus Christ enfant qui enseignait au Temple, le moulin, les couples qui dansaient à la noce, les échafaudages autour des ruines ou les maçons au travail, il ne se posa même plus la question de savoir ce qui existait d'avant et ce qui était nouveau. Il avait l'impression que, quoi que l'on ajoute à la Crèche, cela y serait à sa place et se fondrait dans le paysage plein d'anges. Oh oui, s'y inscrivaient pleinement les petites figurines avec des taches de sang sur leurs chemises blanches, les frêles potences de petits échafauds, les êtres en gris sur une place entourée de barbelés, les miradors hérissés des canons de fusils minuscules. Qu'il en soit ainsi ! songeait-il. Que les villages incendiés, les ruines des villes et même les cimetières miniatures aux croix plus fines que des allumettes y trouvent leur place ! On peut bien accorder cela à Madame Kowalska. Après tout, elle fait quelque chose de bien ; elle ne détruit rien, mais enrichit la Crèche ; autrement dit, elle en fait plus que si elle se contentait de la réparer. Plus que si elle ne faisait que veiller sur la Crèche de Bardo.

Plusieurs années passèrent au cours desquelles le mécanisme s'enraya plusieurs fois, avec une panne sérieuse au point qu'il fallût faire venir un spécialiste de Pologne centrale. Mais même lui ne fut pas capable de grand-chose. Il dit de fermer la Crèche et de ne plus tourner la manivelle. Évidemment, sous la responsabilité de Madame Kowalska, Monsieur M. répara le roulement ébréché, changea, au passage, deux roues dentées et un petit levier. On parla de la Crèche de Bardo dans les journaux, aussi loin qu'à Varsovie, et, à dater de ce moment, les touristes qui se rendaient sur les pistes des montagnes descendaient nécessairement à Bardo pour voir la Crèche. Les gens de passage aussi, tous ceux qui allaient en Tchécoslovaquie ou en revenaient, en excursion ou pour une visite familiale, sans compter les fonctionnaires en mission, ou même les conducteurs de poids lourds en transit, tous ceux qui passaient à proximité de Bardo allaient voir la Crèche. Madame Kowalska mit à leur disposition, avec à-propos, un livre d'or où ils pourraient noter leur première émotion. Elle devait être certaine qu'ils seraient émus, que le besoin de signer de leur nom près de la Crèche, fût-ce sur la page d'un banal livre d'or, les pousserait vers la table, qu'ils prendraient le crayon accroché à une ficelle pour écrire : « Je viens de Cracovie, j'ai déjà vu beaucoup de Crèches, mais celle-ci dépasse toutes mes attentes », ou encore : « Marysia de Gdańsk, j'ai huit ans. La mariée, et le mariage qui danse, est ce qui me plaît le plus », ou encore : « *Ich heisse Thomas Schulz, das ist schön* ».

Ce livre est le seul souvenir qui soit resté de la Crèche de Bardo. Comme plusieurs fois par le passé, en 1957, les averses de printemps provoquèrent un glissement de terrain. Le bâtiment dans lequel se trouvait la Crèche fut sérieusement endommagé, l'un des murs s'effondra et détruisit la totalité de l'ouvrage. Les spécialistes de l'Université de Wrocław ne parvinrent à sauver que peu de choses. Les chercheurs démontèrent ce qui restait, sortirent de la boue des reliquats, qu'ils emportèrent au musée pour les conserver dans des boîtes. La Crèche en pièces détachées rejoignit les réserves pour y attendre des temps meilleurs. Il sera certainement impossible de la recréer dans son entier, surtout à présent que Madame Kowalska est morte, puisque personne ne sait plus à quoi la Crèche ressemblait vraiment. De la conservatrice est resté son petit ouvrage avec plusieurs photographies floues ; il y a aussi quelques coupures de presse, quelques mentions d'avant-guerre, et il y avait la mémoire faillible de Monsieur M. quand il vivait encore.

Trouver un modèle ou élaborer un concept serait possible si, à l'avenir, quelqu'un voulait reconstruire la Crèche. Il faudrait que tout y soit. Dans la mesure où la naissance divine a lieu en permanence partout, qu'elle implique les choses les plus infimes, chaque événement, l'évidence s'imposait brusquement que ce n'était pas l'instant de la naissance de Dieu qu'il fallait présenter au monde, mais à l'inverse, présenter le monde entier à la Nativité, l'amener sur le seuil de la Crèche pour ensuite tout faire entrer : chaque objet, l'un après l'autre, chaque élément, la moindre chose ; tous les êtres humains devaient être introduits auprès de l'Enfant en disant : « Voici Jan, ou Marysia, ou Paweł, ou Thomas, faites connaissance. » Il devrait en être pareillement avec chaque animal, insecte, éléphant ou girafe ; il convenait de les amener à la Crèche comme dans l'Arche. Pour finir, il faudrait y faire venir tout ce qui est différent, ce qui existe dans le monde, indépendamment de sa nature bonne ou mauvaise. Le seul fait d'exister justifierait la présentation. Et donc les guerres, l'extraction du charbon, les matchs de football, les inondations, les banques, les gares, les élections démocratiques, l'inflation, les violences intrafamiliales, les manifestations du 1ᵉʳ-Mai, la haute couture, les randonnées à cheval, les collections de vieilles voitures, la psychanalyse, la physique nucléaire, la littérature et l'art moderne. Tout cela serait à montrer à la Crèche, avec la foi que l'ordonnancement à couper le souffle de celle-ci en constituera un tableau d'ensemble, un mécanisme unifié qui, en les berçant avec un mouvement répétitif, liera à jamais tout avec tous.

Pour finir, j'ajouterai seulement que cette Madame Kowalska mourut deux ans après la catastrophe. Monsieur M. dit que c'était d'un cancer. Quant à lui, il avait perdu son bon poste à la Crèche et complétait sa retraite par une activité saugrenue. Il faisait peur aux enfants dans la maison hantée d'une fête foraine qui, pour quelque raison, venait passer l'hiver à Bardo. En manteau noir, le visage fardé de blanc, il passait la tête à travers des rideaux en faisant tinter une chaîne. Et comme dans les guides imprimés, les modifications sont introduites à contrecœur et très lentement, l'on y vantait toujours la Crèche de Bardo, aussi les gens qui s'étaient fiés à ce qui était écrit se retrouvaient-ils, déçus, au parc d'attractions. Il serait difficile de dire jusqu'à quel point les monstres éclairés par une ampoule rouge, ou les spectres qui surgissaient dans les tournants, leur faisaient vraiment peur. L'important était qu'ensuite, quand ils revenaient à la lumière du jour, ils oubliaient immédiatement tout, la vallée encaissée, l'étrange petite ville ou les promesses non tenues du guide touristique, et poursuivaient leur chemin vers des objectifs inconnus.

La Femme la Plus Laide du Monde

Il épousa la femme la plus laide du monde. Il se rendit spécialement à Vienne pour la trouver. Aucune préméditation à cela. Avant de partir, il ne lui était pas venu à l'esprit qu'il pourrait l'épouser. Mais lorsqu'il la vit, une fois la première consternation passée, il ne lui fut plus possible de détacher d'elle son regard. Elle avait une grosse tête toute de protubérances et de gonflements. Sous un front bas et ridé, deux petits yeux humides en permanence. De loin, ils ressemblaient à des fentes. Son nez semblait avoir été cassé en plusieurs endroits, les narines étaient bleues, parsemées d'un duvet. Ses lèvres énormes, toujours entrouvertes, gonflées et humides, laissaient voir des dents pointues. Comme si cela ne suffisait pas, de rares poils longs et soyeux poussaient sur tout son visage.

Quand il la vit pour la première fois, elle sortait de derrière le décor en contreplaqué d'un cirque itinérant pour se montrer aux spectateurs. Un cri d'étonnement et de dégoût s'éleva alors au-dessus des têtes de l'assemblée pour retomber aux pieds de la circassienne. Elle a souri, sans doute, mais cela ressemblait plutôt à une triste grimace. Immobile, elle était consciente que des dizaines d'yeux la fixaient, que les gens enregistraient chaque détail de sa personne pour ensuite décrire ce visage à leurs amis, voisins ou enfants, pour s'en souvenir face au miroir et comparer avec le leur. Puis respirer avec soulagement. Elle, elle se tenait debout, patiente, sans doute hautaine. Elle regardait les toits des maisons par-dessus leurs têtes.

Après un long moment saturé d'étonnement, quelqu'un finit par lancer :

— Dis-nous quelque chose !

Elle regarda la foule, là d'où venait la voix. Elle cherchait celui qui avait parlé, mais alors, des coulisses en contreplaqué, surgit en hâte une présentatrice obèse pour répondre à la place de la Femme la Plus Laide du Monde :

— Elle ne parle pas.

— Eh bien, raconte-nous son histoire, toi ! exigea de nouveau la voix et alors la présentatrice se racla la gorge puis parla.

Lorsque plus tard, devenu un imprésario circassien connu, il prenait le thé avec elle près du petit poêle en fer qui chauffait l'intérieur de la roulotte de cirque, il songea qu'elle n'était nullement sotte. Bien sûr qu'elle parlait, et qui plus est, ce qu'elle disait était pertinent ! Il l'observait effrontément, quand bien même il aurait voulu maîtriser sa fascination pour un tel caprice de la nature. Elle le regarda à son tour et dit :

— Vous vous attendiez à ce que mes paroles soient aussi saugrenues et effrayantes que mon visage, n'est-ce pas ?

Il resta silencieux.

Elle buvait son thé à la russe. Elle s'en versait du samovar dans une coupelle sans anse puis croquait un morceau de sucre à chaque gorgée.

Il remarqua assez vite qu'elle parlait de nombreuses langues, mais, semblait-il, aucune correctement. Elle passait en permanence d'une langue à l'autre. Rien d'étonnant à cela ; depuis son enfance, elle vivait dans le cirque, au sein d'une équipe internationale d'hurluberlus de toute espèce qui ne séjournaient jamais deux fois au même endroit.

— Je sais à quoi vous pensez, dit-elle à nouveau en le regardant avec ses petits yeux enflés d'animal.

Après un moment de silence, elle ajouta :

— Qui n'a pas eu de mère n'a pas de langue maternelle. J'en utilise beaucoup, mais aucune n'est mienne.

Il n'osa pas répondre. Soudain, elle l'énerva, il ignorait pourquoi. Elle discourait, se faisait précise, concrète. Il ne s'attendait à rien de cela.

Il prit donc congé, et elle, à sa grande surprise, lui tendit la main d'un geste hautement féminin. Le geste d'une dame. Une main absolument belle. Il se pencha vers celle-ci, mais sans même l'effleurer du bout des lèvres.

Il pensait à elle, étendu sur le dos dans son lit d'hôtel. Il regardait droit devant lui dans l'obscurité humide, jamais aérée de la chambre. L'extrême densité de cet espace éveillait son imagination. Il restait allongé à se demander comment c'était d'être une personne comme elle. Comment l'on ressentait la chose de l'intérieur. Comment l'on voyait le monde avec des yeux pareils à ceux d'une truie. Comment l'on aspirait l'air avec un nez si déformé. Percevait-on les mêmes odeurs ? Qu'est-ce que cela faisait lorsque, chaque jour, l'on se touchait en se lavant, en se grattant, à l'occasion de tous les petits gestes, sans importance pour tout un chacun.

Pas une fois il ne ressentit de pitié pour elle. S'il en avait eu, il n'aurait pas songé à la prendre pour épouse.

Plus tard, certains racontèrent cette histoire comme celle d'un amour malheureux. Il aurait plongé le regard de son cœur dans le sien, aurait aimé en elle l'ange aimable au visage repoussant. Rien de tel n'avait eu lieu. La première nuit qui suivit leur rencontre, il imagina très simplement à quoi pouvait ressembler l'amour avec un être pareil, comment l'embrasser ou la déshabiller.

Il rôda autour du cirque encore quelques semaines. Il partait et revenait. Il gagna la confiance du directeur auquel il décrocha un contrat à Brno. Il y accompagna la troupe et celle-ci le considéra vite comme l'un des siens. On lui permit de vendre les tickets d'entrée, puis de remplacer la grosse présentatrice et il faut avouer qu'il le fit très bien. Il chauffait le public avant que ne s'écarte le petit rideau peint sans grand soin.

— Fermez les yeux, criait-il. Les femmes surtout, et les enfants. Pour les âmes sensibles, la laideur de cet être est difficile à supporter. Celui qui voit une fois ce caprice de la nature ne peut plus s'endormir paisiblement. Il se réveille la nuit pris d'effroi. Il se peut qu'il perde confiance dans le Créateur…

Il suspendait alors la voix et sa phrase semblait interrompue, ce qu'elle n'était nullement. C'était juste qu'il ne savait que dire de plus. Il lui semblait que le mot « Créateur », à lui seul, donnait un éclairage approprié à la situation. Il pensait vraiment que ce Créateur, dans lequel les autres pouvaient perdre confiance, l'avait distingué en lui offrant pareille aubaine. La Femme la Plus Laide du Monde. Les sots se battaient pour les plus belles, se tiraient dessus lors de duels. Les idiots dilapidaient des fortunes pour faire les quatre volontés d'une femme. Lui, au contraire, avait droit à la plus laide qui, en petit animal triste apprivoisé se blottissait spontanément contre lui. Elle était différente de toutes les autres. Qui plus est, elle lui assurait des revenus. Il se distinguerait en la prenant pour épouse, il deviendrait exceptionnel. Il aurait quelque chose que les autres n'avaient pas.

Il lui achetait des fleurs. Oh ! pas des bouquets sophistiqués, seulement les moins chers, dans du papier aluminium avec une petite cocarde en papier crépon. Il lui offrit un foulard en cretonne, un ruban à reflets, une boîte de chocolats. Ensuite, il l'observa, fasciné tandis qu'elle attachait ce ruban près de son front, et que la couleur criarde, au lieu de l'embellir, choquait. Il la regardait aussi écraser un praliné de sa langue trop grande et enflée, et la salive brune couler entre ses quelques dents sur son menton recouvert de longs poils.

Il aimait la regarder sans qu'elle en fût consciente. Il disparaissait le matin, se dissimulait derrière une tente ou une roulotte, ou il s'éloignait davantage, pour l'observer en catimini des heures durant, parfois à travers les interstices d'une palissade. Elle prenait le soleil, et alors lentement, longuement comme en transe, elle brossait ses cheveux raréfiés, en faisait de fines tresses qu'elle dénouait aussitôt. Ou encore, elle tricotait. Les aiguilles brillaient au soleil, dansaient dans l'air chargé des bruits du cirque. Ou alors, vêtue d'une ample chemise, les épaules dénudées, elle lessivait ses vêtements dans un baquet. Aux épaules et au décolleté, sa peau recouverte d'une toison claire était belle. Douce comme celle d'un animal.

Il avait besoin de l'observer ainsi en cachette parce que, jour après jour, son dégoût s'estompait, fondait au soleil, disparaissait aussi vite qu'une flaque par temps de canicule. Son regard se familiarisait peu à peu avec sa fatigante asymétrie, ses proportions hors norme, ses carences et ses surplus. Parfois, elle lui semblait tout à fait ordinaire.

Lorsqu'il commençait à devenir nerveux, il disait à tout le monde qu'il devait régler des affaires importantes, qu'il avait rendez-vous avec untel ou untel, et là il citait des noms étrangers ou au contraire bien connus, histoire de dire qu'il arrangeait des contacts, menait des entretiens. Il cirait ses bottes, lavait sa meilleure chemise et partait. Mais il ne s'éloignait jamais beaucoup. Il s'arrêtait dans la bourgade voisine, volait un portefeuille et buvait. Il ne parvenait pourtant pas à se libérer d'elle. Pas même lors de ses excursions. Au contraire, il se mettait à parler au premier venu, lui disant combien il serait incapable de se passer d'elle.

Et c'était bizarre. Elle était devenue son bien le plus précieux. Il pouvait payer le vin qu'il buvait avec sa laideur. Plus encore, il parvenait, avec la seule description de son visage, à séduire des femmes magnifiques qui lui demandaient de leur parler d'elle, y compris quand ensuite elles étaient allongées nues sous lui.

Quand il revenait, il avait toujours sous le coude une nouvelle histoire sur sa laideur, conscient qu'aucune chose n'existait du début à la fin tant qu'on n'en avait pas fait le récit. Il commença par faire apprendre ces histoires par cœur à La Plus Laide, mais il comprit vite qu'elle ne savait pas raconter, qu'elle parlait d'une voix monocorde, et qu'à la fin, elle éclatait en sanglots. Aussi racontait-il son histoire à sa place. Il se postait sur le côté, pointait vers elle le bras, et récitait :

— La mère de la malheureuse créature que vous avez devant vous, et dont la vue est difficile à soutenir pour vos yeux innocents, habitait dans un village à la lisière de la Forêt Noire. Et ne voilà-t-il pas qu'un jour d'été, alors qu'elle cueillait des baies en forêt, un sanglier des plus sauvages la découvrit. Échauffé par son désir animal insensé, il l'agressa pour la posséder.

À cet instant, il entendait des cris pleins d'effroi qui montaient immanquablement ; certaines femmes voulaient s'en aller au plus vite et tiraient par la manche leur époux qui n'était pas du même avis.

Il avait également plusieurs autres versions.

— Cette femme est originaire d'une contrée que Dieu mit à l'épreuve. Elle est la descendante de mauvaises gens sans cœur qui n'eurent pas pitié d'un mendiant malade ; ce pour quoi, Notre Seigneur punit tout le village de cette épouvantable laideur héréditaire.

Ou encore :

— Voilà le destin qui frappe les enfants des femmes de mœurs légères. Voilà la moisson de la syphilis, cette terrible maladie qui sanctionne l'impureté jusqu'à la cinquième génération.

Il ne se sentait en rien coupable. Chaque version pouvait être vraie.

— Je ne connais pas mes parents, répétait La Plus Laide. J'ai toujours été comme ça. Nourrisson, j'étais déjà au cirque. Plus personne ne se souvient de la façon dont ça s'est passé.

Alors que leur première saison ensemble arrivait à son terme – le cirque rentrait par le chemin des écoliers à Vienne pour y passer l'hiver, à son habitude –, il lui fit sa demande en mariage. Elle rougit, trembla. Tout bas, elle dit « d'accord », puis posa doucement la tête sur son épaule. Il sentit son odeur, celle douceâtre du savon. Il supporta ce moment puis s'écarta. Tout excité, il déploya devant elle les projets qu'il faisait pour leur vie commune. Ils iraient là, puis là-bas et encore là-bas. Elle le suivait du regard pendant qu'il arpentait la pièce ; elle se taisait, elle était triste. À la fin, elle le prit par la main pour lui dire qu'elle voudrait exactement le contraire. Qu'ils s'installent loin de tout, n'aient à aller nulle part, à voir personne. Qu'elle cuisinerait, qu'ils auraient des enfants, un jardin…

— Tu ne tiendrais pas le coup, s'offusqua-t-il. Tu as grandi dans un cirque, tu as besoin d'être vue, tu le veux. Tu mourrais sans le regard des gens.

Elle ne dit rien.

Ils se marièrent à Noël dans une petite église. Le prêtre qui officiait faillit s'évanouir. Sa voix tremblait. Les seuls invités étaient les gens du cirque, le fiancé ayant dit à La Plus Laide qu'il n'avait pas de famille, qu'il était aussi seul qu'elle.

Lorsque, après avoir vidé les bouteilles, tout le monde fut sur le point de tomber de sa chaise et qu'arriva l'heure de gagner le lit – grisée comme les autres, elle le tirait par la manche –, il tenta de retenir les invités, envoya encore chercher du vin. Il n'arrivait pas à s'enivrer autant qu'il l'aurait voulu. Quelque chose en lui restait vigilant, tendu comme la corde d'un arc. Il ne parvenait pas même à décrisper son dos ou à croiser les jambes. Il restait assis très droit, les joues rouges, les yeux brillants.

— Allons-y, mon chéri, lui murmurait-elle au creux de l'oreille.

Et lui semblait se cramponner à la table, il semblait y être fixé par des agrafes invisibles. De sorte qu'une personne particulièrement attentive aurait pu penser qu'il redoutait l'intimité avec elle, l'incontournable proximité matrimoniale, lorsqu'ils se retrouveraient nus. Était-ce cela ?

— Touche mon visage, demanda-t-elle ensuite dans l'obscurité, mais il ne le fit pas.

Il se souleva sur ses bras au-dessus d'elle, ne pouvant distinguer que les contours de sa silhouette, à peine plus claire, dans l'obscurité de la pièce, une tache floue sans limites nettes. Ensuite, il ferma les yeux – cela, elle ne pouvait plus le voir – et il la posséda comme n'importe quelle autre femme, sans aucune pensée, à son habitude.

La saison suivante, ils se mirent à leur propre compte. Il lui fit faire des photographies qu'il envoya partout dans le monde. Les réponses leur parvenaient par télégramme. Ils eurent beaucoup de représentations. Ils voyageaient en première classe. Elle, elle n'ôtait jamais son chapeau à la dense voilette grise, à travers laquelle elle put voir Rome, Venise ou les Champs-Élysées. Il lui acheta plusieurs robes ; il lui laçait son corset lui-même, de sorte que, quand ils arpentaient les rues des villes européennes, ils avaient l'air d'un vrai couple humain. Pourtant, même à cette époque qui fut pour eux la meilleure, il continuait à fuir sa femme. Il était comme cela, un fuyard perpétuel. Une panique soudaine s'emparait de lui, un martèlement de sabots insupportable dans sa tête, il transpirait, étouffait ; aussi se saisissait-il d'une liasse de billets de banque, attrapait son chapeau et descendait l'escalier en courant pour filer jusqu'aux bouges portuaires, sans la moindre hésitation pour en trouver le chemin. Là, il se relâchait soudain, son visage se détendait, ses cheveux s'ébouriffaient, laissant sa calvitie, d'ordinaire dissimulée sous des mèches couvertes de brillantine, se montrer avec impudence. Il buvait joyeusement, en toute innocence, et il s'autorisait à bafouiller quelque chose, puis à tapoter les mains d'une prostituée timorée.

Quand La Plus Laide lui fit des reproches la première fois, il la frappa au ventre car il redoutait tout contact avec son visage, y compris de cette façon.

Il ne parlait plus de la syphilis ni du sanglier dans la forêt. Il avait reçu une lettre d'un professeur de médecine viennois, et désormais, il présentait sa femme dans un langage scientifique.

— Mesdames, messieurs, voici un caprice de la nature, une mutante, une erreur dans l'évolution, un chaînon manquant. Les individus de ce genre sont extrêmement rares. La probabilité de leur existence est aussi infime que de voir tomber une météorite ici, maintenant. Vous avez, mesdames et messieurs, l'occasion de voir pareille mutation en chair et en os.

Évidemment, La Plus Laide et lui sont allés voir le professeur à l'université. Ils y ont posé ensemble pour des photographies ; elle assise, lui debout derrière elle, la main sur son épaule.

Un jour, alors qu'on la mesurait, le professeur échangea avec lui quelques mots.

— Il serait intéressant de savoir si cette mutation est héréditaire, dit-il. Avez-vous songé à avoir un enfant ? Avez-vous essayé ? Est-ce que votre épouse… ? Est-ce que vous et elle… ?

Peu après – comme s'il n'y avait aucun lien avec ce discret échange de propos avec le professeur –, elle lui dit qu'elle était enceinte. À partir de là, il se dédoubla. Il voulait qu'elle mette au monde un enfant pareil à elle ; cela leur vaudrait encore plus de contacts, plus d'invitations. En tout cas, il aurait des ressources assurées pendant de longues années, y compris s'il lui arrivait malheur à elle. Peut-être deviendrait-il même célèbre ? Mais aussitôt lui venait la pensée panique que l'enfant serait un monstre. Qu'il l'arracherait volontiers du ventre de La Plus Laide pour le protéger de ce sang empoisonné, porteur de tares et de malformations. Il rêvait qu'il était lui-même ce fils dans les entrailles de La Plus Laide, enfermé, entièrement à la merci de cette femme ténébreuse. Et elle, en le tenant captif, lui transformait lentement le visage. Ou encore, il rêvait qu'il était ce sanglier qui viole une jeune fille innocente. Au réveil, dégoulinant de sueur, il priait pour qu'elle fît une fausse couche.

À la vue de son ventre, les spectateurs s'enhardissaient. Ils lui pardonnaient plus facilement son épouvantable laideur. Désormais, le public posait des questions auxquelles, gênée, elle répondait tout bas, sans conviction. Son entourage proche fit des paris sur l'enfant, comment il serait à la naissance et de quel sexe. Elle l'acceptait avec amabilité.

Le soir, elle cousait de la layette.

— Tu sais, disait-elle en interrompant son ouvrage, le regard fixe, rivé sur un point lointain, les gens sont tellement fragiles, tellement solitaires. J'ai de la peine pour eux quand ils sont ainsi, assis devant moi, à observer mon visage. Comme s'ils étaient vides intérieurement, comme s'ils devaient regarder quelque chose suffisamment pour se remplir. Il m'arrive de penser qu'ils m'envient. Au moins, moi, je ne suis pas quelconque. Quant à eux, ils n'ont rien de particulier, ils sont sans la moindre qualité.

Il grimaça en l'entendant dire cela.

Elle accoucha une nuit, sans problème, en silence, comme un animal. La sage-femme vint juste pour couper le cordon. Il donna à celle-ci une liasse de billets pour qu'elle ne divulgue pas trop vite la nouvelle. Après quoi, le cœur battant à tout rompre, il alluma toutes les lumières pour faire un examen attentif du nouveau-né. L'enfant était épouvantable, pire que la mère. Il dut fermer les yeux tant son estomac se révulsait. Ce ne fut qu'ensuite, après un long moment, qu'il put voir – comme La Plus Laide le raconta – que l'enfant était une fille.

Aussitôt après, il sortit pour s'enfoncer dans la ville sombre. C'était Vienne, ou Berlin. Une fine neige humide tombait. Ses chaussures claquaient tristement sur les pavés. De nouveau, il se dédoublait. Il se réjouissait et il se désespérait.

Il buvait, mais restait sobre. Il rêvait, mais avait peur. Quand après plusieurs jours, il rentra chez eux, il avait déjà des idées précises de tournées et de publicités nouvelles. Il écrivit au professeur. Il prit rendez-vous chez le photographe qui, les mains tremblantes, multiplia les flashs au magnésium afin de saisir dans une lumière puissante l'épouvantable laideur des deux créatures.

Que se termine l'hiver, que fleurissent les forsythias, que s'assèchent les pavés des grandes villes ! Et alors Saint-Pétersbourg, Bucarest, Prague, Varsovie, et plus loin encore, plus loin, jusqu'à New York ou

Buenos Aires... Que se gonfle le ciel au-dessus de la terre comme une grande voile bleue ! Le monde entier s'extasiera de la laideur de sa femme et de sa fille et il tombera à genoux devant elles !

À peu près à cette époque, il l'embrassa pour la première fois sur le visage. Pas sur les lèvres, oh non ! mais sur le front. Elle lui lança un regard lumineux, différent, presque humain. Ce fut alors qu'une question surgit dans son esprit, une question qu'il ne pouvait pas lui poser. « Qui es-tu ? Qui es-tu, toi ? », se répéta-t-il, et peu à peu, sans qu'il s'en aperçoive d'abord, il commença à la poser en pensée à d'autres personnes également, et même à se la poser à lui-même devant sa glace, en se rasant. C'était comme s'il avait découvert un mystère. Comme si tout le monde portait un déguisement. Comme si les visages humains étaient des masques, et la vie dans son entier, un grand bal vénitien. Parfois, il imaginait des facéties – seulement lorsqu'il avait trop bu, car il ne s'autorisait guère pareilles sottises quand il était sobre –, il se voyait retirer ces masques, et ceux-ci se détachaient avec le léger bruit du papier que l'on décolle. Pour dévoiler quoi ? Il l'ignorait. Cela le taraudait tellement qu'il n'arrivait pas à rester à la maison, auprès d'elle et de l'enfant. Il craignait de céder à son étrange tentation et de se mettre à gratter, pour l'enlever, la laideur de leurs visages. Il chercherait des doigts les rebords, les attaches, les sutures cachées. Il fouillerait dans leurs cheveux. Dès lors, en douce, il sortait boire et réfléchir au circuit suivant, en concevoir les affiches et rédiger les dépêches.

Mais au début du printemps survint la terrible épidémie de la grippe espagnole. Mère et fille tombèrent malades. Elles étaient allongées l'une à côté de l'autre, brûlantes, respirant difficilement. De temps à autre, prise de panique, La Plus Laide blottissait l'enfant contre elle. Dans son délire, elle cherchait à nourrir la fillette, ne comprenant pas que celle-ci n'avait plus la force de téter. Qu'elle mourait. Et quand finalement elle mourut, il la lui retira doucement pour la poser au bord du lit, puis il alluma un cigare.

Cette nuit-là, La Plus Laide reprit ses esprits un instant, mais juste pour pousser un gémissement désespéré. Pour lui, ce fut insupportable. Une voix sortie de la nuit, des ténèbres, de l'opacité noire. Il se boucha les oreilles et finalement attrapa son chapeau pour quitter la maison en courant, mais il n'alla pas loin. Il fit les cent pas sous les fenêtres jusqu'au matin. Ainsi l'aidait-il, elle, à mourir également. Cela arriva plus vite qu'il n'aurait pu le croire.

Il s'enferma dans la chambre, regarda leurs corps, soudain lourds, embarrassants, d'une matérialité inattendue. Il remarqua avec étonnement à quel point elles s'enfonçaient dans le matelas. Il ne savait absolument pas ce qu'il devait faire. Aussi se contenta-t-il d'informer le professeur de leur mort et, buvant directement à la bouteille, il vit l'obscurité effacer les contours des deux formes immobiles étendues sur le lit.

— Sauvez-les, monsieur, supplia-t-il le professeur en bafouillant lorsque celui-ci arriva pour effectuer l'examen des dépouilles.

— Êtes-vous devenu fou ? Elles sont mortes ! répondit celui-ci, agacé.

Après quoi, le professeur lui glissa un papier. Le veuf signa de la main droite. De la gauche, il prit l'argent.

Ce même jour, avant de disparaître dans les ports, il aida le professeur à transporter les dépouilles en calèche à la clinique universitaire. Là, au bout d'un certain temps, elles furent naturalisées en secret.

Durant des années, presque une vingtaine, elles séjournèrent dans les sous-sols froids du bâtiment, jusqu'à ce qu'arrivent des temps meilleurs, et qu'elles rejoignent une collection plus vaste, celle des crânes juifs et slaves, des fœtus à deux têtes, des aberrations de toute sorte. On peut les voir désormais dans les réserves du *Pathologisches Museum*, la mère et la fille, figées dans une posture pleine de dignité, avec des yeux de verre, telle la genèse manquée d'une nouvelle espèce.

LA SOIRÉE LITTÉRAIRE

Ses meilleures idées lui venaient toujours la nuit, comme si, alors, elle était une tout autre personne que le jour. Banal, aurait-il dit, lui. Il aurait aussitôt changé de sujet ou commencé une phrase par « moi, je ». « En ce qui me concerne, aurait-il dit, je pense avec une lucidité optimale le jour, le matin, sitôt mon premier café avalé, au commencement de la journée. »

Quand par hasard – mon Dieu, qu'est-ce que c'est que le hasard ? –, elle lut dans le journal qu'il s'apprêtait à venir en Prusse, à Allenstein, qu'il serait si proche d'elle, elle n'arriva plus à trouver le sommeil. Tout allait recommencer. À moins qu'il ne s'agisse nullement d'un recommencement, parce que rien n'avait jamais cessé. Étendue sur le dos, elle examinait toutes les variantes possibles où pourrait éclore ce qu'elle espérait de sa démarche. Elle, elle serait dans la gare d'une ville inconnue, sur le quai ; lui arriverait d'en face, il la remarquerait. Son visage exprimerait l'étonnement. Oh surprise ! Il s'arrêterait. Son regard ! Elle, elle soulèverait alors sa voilette, se livrerait au regard clair de T. qui, autrefois, la faisait frémir d'émotion ; non pas son corps, mais son regard ! Autre possibilité : elle marcherait dans la rue ensoleillée d'une place – à quoi peut ressembler la place d'Allenstein ? – et lui arriverait d'en face à nouveau, en compagnie d'un homme et d'une femme. Il la reconnaîtrait, ce qu'elle percevrait en le voyant blêmir ; troublé, il dirait à ses compagnons : « Excusez-moi… » D'une main tremblante, il ôterait son chapeau clair (ses cheveux se sont-ils raréfiés ? En est-il déjà là ?). Elle lui tendrait la main. Elle serait maîtresse d'elle-même, ne faisait-elle pas le tour de la place depuis une heure pour le rencontrer ? Est-ce qu'Allenstein est une ville importante ? Trop vaste peut-être, ils pourraient se manquer dans la foule de mai. T. pouvait également être emmené en calèche directement de la gare à l'hôtel. Ou peut-être n'y avait-il pas de place centrale dans cette ville ? Il pouvait pleuvoir aussi, T. arriverait peut-être au dernier moment, ou peut-être ne viendrait-il pas ; à la dernière minute, il annulerait son séjour parce que sa femme serait malade. Il pourrait aussi être retenu en Allemagne pour des raisons éditoriales. N'est-il pas un écrivain tellement important que toute personne instruite ne peut que le connaître ? Ou pas. Peut-être n'est-ce qu'elle qui traque dans la presse la moindre ligne sur lui. Peut-être n'est-ce qu'elle qui s'assure qu'à la librairie se trouve son roman en deux volumes, qu'en passant elle frôle de sa main gantée à chaque fois, alors qu'elle interroge le vendeur sur tout autre chose ?

Le matin venu, l'idée lui sembla complètement farfelue. Johann la prit par la taille pour l'embrasser sur les lèvres quand elle descendit pour le petit déjeuner. Le professeur de musique des enfants devait arriver dans l'heure qui suivait. Au moment où elle écalait le haut de l'œuf mollet, la vue de ses doigts maigres et secs, qui lui semblèrent n'avoir jamais été les siens, éveilla en elle un sentiment troublant d'amertume. Ce fut à ce moment-là qu'elle dit, presque malgré elle, vouloir aller rendre visite quelques jours à son père, à Dantzig. Son mari s'essuya la bouche avec sa serviette ; il ne semblait pas surpris. Il s'éloigna un peu de la table pour allumer un cigare. Elle demanda à la bonne d'ouvrir la fenêtre. Le martèlement des roues des calèches et des omnibus, tirés par les chevaux dans la rue, s'engouffra dans la salle à manger. Sitôt après, avec un frémissement des voilages, il fut suivi du doux parfum capiteux des lilas fleuris devant la maison.

Panama en paille dans la boîte à chapeaux, jupe sombre en crêpe georgette, corsage blanc avec des volants sur la poitrine, ombrelle en dentelle. Malette et grand sac de voyage en cuir. Des chaussures fermées par des boutons. Un flacon de parfum dans les sous-vêtements en soie. Des gants de rechange. Ses bagages. À la gare de Dantzig, elle achète un billet pour Allenstein, puis attend trois heures au café. Dans les toilettes de la gare, elle se heurte très surprise à son reflet dans le miroir : elle se pensait plus jeune. Une fois dans le compartiment, elle sort de son sac et s'efforce de lire un vieux numéro du *Neue Deutsche Rundschau* avec une nouvelle de T. Autrefois, elle la connaissait presque par cœur. Maintenant, elle voit qu'elle en a oublié des passages entiers.

Un petit miracle intervient : Allenstein et Venise se complètent. Après dix ans, elles sont brusquement devenues les extrémités d'un même continuum, l'axe d'une partie de sa vie. Le Nord et le Sud. La sécheresse et l'humidité. L'histoire et le temps absent. Un regard vers l'avenir, un regard vers le passé. Des opposés qui se rencontrent.

La première fois, elle avait aperçu T. sur la plage. Il portait un costume clair et un chapeau. Elle s'en souvenait, mais il en était presque toujours ainsi avec les personnes qu'elle rencontrait. Là-bas sur la plage, il était distrait, juvénile. Ensuite, lorsqu'ils furent présentés l'un à l'autre, il lui fit l'impression d'être un homme qui se cachait derrière un masque. Il se présenta en disant : « Je suis écrivain », mais à elle, cela ne parut guère important. Il était gêné, il avait le regard fuyant. Elle se souvenait qu'une personne de leurs relations communes, déjà quelque peu éméchée, l'avait qualifié d'« âne bâté ». Quand, pour la première fois, elle vit sa salle de bains à l'hôtel, quand tout fut terminé, elle eut l'impression que ce n'était qu'à ce moment-là qu'elle le découvrait vraiment. Ce ne fut ni l'intimité de la nuit, ni la connaissance superficielle et pourtant des plus passionnées de leurs corps qui lui permit de tout savoir de lui, mais précisément la salle de bains de la chambre d'hôtel. Sa serviette de toilette sur le rebord de la baignoire, son matériel de rasage, le blaireau – un blaireau au manche abîmé par l'eau –, la boîte en bois de savon à barbe. Autant de créatures immobiles qui sont les témoins de l'existence d'un corps humain. En touchant les objets de T. alors qu'il dormait encore, mais peut-être s'était-il déjà réveillé et l'attendait-il – silence matinal, un peu gêné, après une nuit d'amour –, elle se sentit brusquement émue. Elle aurait pu appuyer sa tête contre le miroir frais pour pleurer d'émotion. Elle se remémorait toujours ce moment, ce devait être le début de l'amour. Est-ce que l'amour n'était pas finalement la volonté de connaître ? Est-ce pour cela que les gens désirent tant le corps de l'autre, non pour le plaisir, mais pour s'en approcher au plus près ? Investir tous les mystères du corps, transgresser toutes les limites pour atteindre le centre, rechercher le versant intérieur.

La gare d'Allenstein se trouva être plus modeste qu'elle ne le pensait. Un bref moment, elle fut prise de panique sur le marchepied du wagon, ses mains serrèrent d'instinct la froide barre d'appui. Mais ensuite, tandis qu'une calèche l'emmenait vers le meilleur hôtel de la ville, elle se sentit comme si elle avait les pleins pouvoirs sur le monde. Les gens lui paraissaient petits, bidimensionnels, ignorants de tout, ne pressentant rien ; bref, des machines à chair molle. Avec leurs pitoyables petites boutiques, leurs lèvres inconscientes qui viennent troubler la surface paisible du café dans la tasse, leurs corps concentrés sur eux-mêmes, leur rituel cocasse de la main faisant des allers-retours au chapeau tandis que l'autre se crispe sur la canne ou le parapluie, leurs soirées sans importance, ennuyeuses, dans leurs maisons aux tapis élimés, leurs pensées obtuses, incapables de se projeter au-delà de la phrase suivante à prononcer. Des minus, des marionnettes. Et pourtant, en roulant dans cette calèche, étalée sur le siège comme un homme, elle avait l'impression de les aimer. Elle compatissait, mais ce n'était pas de la pitié. De l'amour plutôt, un peu comme celui que l'on porte aux enfants qui se soumettent aux projets pédagogiques de leurs parents sans pour autant en connaître les objectifs. Elle, dans cette calèche, elle se situait au-dessus d'eux, elle en savait davantage. C'était elle qui décidait des règles. Minute après minute, geste après geste, un événement après l'autre.

À l'hôtel, en inscrivant dans le registre des données tout à fait inventées, elle demanda au réceptionniste avec désinvolture :

— Est-il exact que cet écrivain célèbre, T., descendra ici aujourd'hui ?

Le réceptionniste leva vers elle des yeux déformés par de gros verres. À l'évidence, il avait du mal à dissimuler son excitation et sa fierté.

— C'est exact. Demain, Monsieur T. doit donner une conférence sur la musique et la littérature. Dans l'après-midi.

Il devint brusquement sérieux.

— Je vous en prie, madame, ne dites à personne que Monsieur T. descend dans notre hôtel, qui est certainement le meilleur, même s'il n'y en a pas d'autre en ville. Qui plus est, nous avons une suite pour lui. Elle l'attend, elle est prête depuis plusieurs jours.

Il montra la clé accrochée au tableau sous le chiffre romain I.

— Nous craignons que les lecteurs ne le laissent pas tranquille.

— Serait-il populaire à ce point ?

— Ma femme a lu tous ses livres, répondit-il comme si cela devait tout expliquer.

— Quand le train de Berlin arrive-t-il ? J'attends quelqu'un.

Le réceptionniste la regarda avec suspicion avant de lui indiquer l'heure.

La chambre était sans agrément. Deux grandes fenêtres donnaient sur la rue principale. Des pigeons étaient assis sur le parapet.

Elle se lava et s'essuya le visage avec une serviette rêche. Elle changea de corsage, détacha ses cheveux qu'elle brossa avant de les attacher soigneusement devant le miroir. Celui-ci était accroché un peu haut ; elle ne voyait que ses yeux et son front. Du bout du doigt, elle appliqua du parfum sur sa peau. Elle se dit qu'elle avait encore du temps, qu'elle pourrait sortir se promener dans les rues. Faire quelques achats. Laisser traîner son reflet dans les vitrines, dissiper ses doutes à propos de la taille de la place. Boire une limonade sous l'un des parasols. Elle mit son chapeau et, aussitôt après, abandonna l'idée de sortir. Elle s'allongea sur le lit non défait comme elle était, sur le dos, l'ombrelle à la main. De fines craquelures au plafond lui adressaient les signes d'une écriture mystérieuse.

Ils marchaient des journées entières dans la ville. Venise était caniculaire, amollie. Les canaux dégageaient une odeur fétide. Ils se surprenaient à hâter le pas régulièrement. Ils devaient avoir l'air de personnes se dépêchant d'aller quelque part. « Pourquoi courons-nous ainsi ? », plaisantaient-ils. Ils éclataient de rire. Il s'agissait surtout que leurs mains se frôlent, que leurs épaules se touchent, que le vent leur renvoie leurs parfums en cours de promenade. Que l'ombre de l'un se frotte aux jambes de l'autre. Sans se regarder, marchant épaule contre épaule, ils s'observaient l'un l'autre. Comment était-ce possible ? Il lui parlait de sa famille presque tout le temps. Elle s'en étonnait parce que, pour sa part, elle n'avait rien à dire à ce propos. Et lui, il parlait et parlait encore comme s'il devait la convaincre qu'il existait. Qu'il était l'héritier des gènes de marchands hanséatiques, de leurs épouses fatiguées par les accouchements, de leurs enfants, mais aussi de redoutables entrepreneurs moustachus. Pour lui, chaque époque portait le nom de tels ou tels individus, ainsi nommait-il le temps. Peut-être est-ce ainsi que l'on devient écrivain. Il se souvenait de leurs prénoms et de leurs bons mots, il se rappelait leurs gaffes ou leurs usages bizarres. Bienveillant, il attribuait une caractéristique à chacun. Elle ne le croyait pas, ils ne pouvaient pas être tous intéressants. C'était contraire à la logique. Elle était persuadée que la foule restait la composante majeure du monde, et que les individus qui se distinguaient étaient rares, vraiment rares. Pour elle, les gens étaient comme les vagues, indifférenciés, à l'exception de ceux que l'on aimait. Et on ne pouvait pas aimer tout le monde.

Lorsqu'ils s'asseyaient un moment dans un café, sur les fauteuils en osier d'une plage vide, sur les planches de la jetée, leurs regards se rencontraient enfin. Il leur était difficile de dire quoi que ce soit. Elle voulait se blottir contre lui. Quand il posait les yeux sur elle, elle le sentait sur sa peau. Son regard clair et bleu était impudique.

Le soir, ils s'installaient avec les autres sur la terrasse donnant sur la lagune. Les feuilles des arbres, sous l'éclairage jaune des lampes, créaient l'illusion d'une sorte de ville immense. Les amis, les relations communes, cette petite compagnie qui s'amusait, se livrait à des commérages, c'était une île à laquelle ils s'étaient amarrés un moment pour sentir la terre ferme sous leurs pieds, mais T. et elle n'étaient intéressés que par la navigation.

Un pavillon dissimulé dans de hautes bardanes. Entouré d'une clôture élevée. Elle se tapit pour parvenir jusqu'à T. Elle sait qu'il est là. Elle veut juste le voir. Soudain, elle réalise qu'elle est nue, elle bondit de la route dans les bardanes. Elle les traverse en direction du jardin, par l'arrière. Elle voit maintenant les fenêtres éclairées du salon. Une soirée. Des gens se promènent derrière la vitre, un verre à la main. Leurs lèvres remuent dans le silence vitré. Cette femme, cette femme si belle en tenue bleue est son épouse. Elle distribue des sourires ; comme elle s'en sort bien ! Les bardanes se font coupantes, elles piquent aussi. Il n'est pas là, dans ce salon aquarium. Il n'est pas là.

Elle sortit brusquement de sa somnolence. Son chapeau lui faisait mal à la nuque. Elle se leva, se regarda dans la glace, ses yeux étaient légèrement gonflés, larmoyants. Il était temps de partir.

Allenstein, deux rues qui se croisaient à angle droit, un château, un hôtel de ville et la mode de la veille sur les passants. Toute histoire devait commencer à la gare dans une localité pareille. Il devait être impossible d'y vivre en permanence, y passer suffisait. Ordre prussien et mélancolie slave. Une odeur d'eau à peine perceptible. Elle commanda un café lorsque l'horloge sonna trois heures, le moment de la sieste dans la chambre de ses enfants. Tout à coup leur odeur lui manqua ; pourquoi les cheveux des enfants sentaient-ils toujours le vent ? Le garçon de café prit l'argent en la regardant, intéressé, presque dragueur. Elle se mit doucement en route vers la gare, quand, soudain, tout son calme disparut. Son cœur battit de plus en plus vite. Elle se sentit bidimensionnelle, comme si elle n'existait pas hors de ce moment, comme si elle n'avait aucun passé ni aucun avenir. Une femme marchant vers la gare, rien de plus.

Le quai était presque vide : un jeune homme avec un bouquet de fleurs, une femme avec deux enfants, un voyageur assis sur un banc, de ceux qui sont toujours en retard et que les trains évitent de loin. Derrière elle, un groupe arriva. Des hommes importants, un peu enrobés ; l'un avec des lunettes cerclées de métal, l'autre avec un monocle et vêtu d'un costume noir bien coupé – un peu comme dans une entreprise de pompes funèbres, se dit-elle en le regardant. Le troisième et le quatrième, sans aucune particularité. Ce devaient être eux, les représentants des associations culturelles d'Allenstein venus pour accueillir l'écrivain. Ensuite, ce fut l'arrivée d'un nombre important de jeunes gens. L'endroit changea brusquement de caractère, s'anima, devint bruyant. Était-ce une excursion printanière ou avait-on donné une journée de libre dans les écoles prussiennes ? Un instituteur d'un certain âge cherchait en vain à les discipliner.

Comme c'est étrange, T. avait pleuré lorsqu'ils s'étaient quittés à Venise. Il lui tenait la main tandis que ses yeux bleus et froids se gonflaient de larmes. Il dit : « Quelle sottise que de pleurer, nous nous reverrons ! » Elle pensa qu'il devrait la demander en mariage, il était tellement attaché aux traditions. « Quelle sottise que de faire sa demande, nous resterons ensemble de toute manière », résonnait dans sa tête. Toute autre éventualité était alors inimaginable.

Par la suite, elle comprit qu'il pleurait sur lui-même. « Je t'ai écrit quatre lettres, disait-il dans la cinquième, mais je ne les ai pas envoyées. Elles rouvraient des plaies qui auraient déjà dû se refermer un peu. Tu es si belle, si fraîche, le monde ne semble absolument pas t'avoir atteinte. D'ailleurs, tu es pareille à un ange. Plus tu n'es pas mienne, plus je te désire. » La lettre l'inquiéta, elle ignorait pourquoi. Un peu comme si celle-ci s'adressait à une autre qu'elle.

Le petit attroupement s'agita. Le jeune homme au bouquet s'arracha de son banc. L'homme en noir essuya nerveusement son monocle avec son mouchoir. Le vieil enseignant tenta en vain de faire se ranger les adolescents en deux files. Elle comprit alors que tous ces gens étaient venus pour lui, justement. Que T. avait cessé d'être sa propriété, qu'il appartenait également aux autres. Et se le partageaient aussi ces gamins, et ces messieurs en costumes, et l'homme avec les fleurs, et les cheminots, et les réceptionnistes et leurs épouses, grandes lectrices.

Que pouvaient-ils bien savoir de lui ? Le connaissaient-ils par ses romans les plus célèbres, ses nouvelles publiées dans les revues ? En ce cas, qui connaissaient-ils ? Dans tout ce qu'il écrivait, il ne laissait de lui-même que des bribes, à peine un saupoudrage. Habitait-il dans ses phrases parfaites, claires et convaincantes ? À Venise, pendant leurs promenades sans fin, il parlait toujours nerveusement, brièvement, et c'était à elle de deviner s'il avait mis un point final ou seulement une virgule. T. existait-il dans les histoires écrites, dans les anecdotes rapportées ? Il ne savait même pas raconter une histoire drôle ! Comment avait-il réussi à tromper les gens au point qu'ils prenaient pour lui le personnage qu'il avait créé ? Comme cela lui avait été facile ! Mais peut-être ne les avait-il pas abusés. Peut-être était-ce elle qui, justement, se trompait et, aveuglée d'amour et de désir, voyait un autre que lui dans ses écrits. Mais non ! Elle ne pouvait le reconnaître dans aucune phrase de ce qu'il avait écrit. Il n'y était pas. Il ne se trouvait pas dans le narrateur neutre de sa saga. Ce n'était pas lui qui parlait. Celui qui s'exprimait était quelqu'un d'autre, un étranger. C'était précisément ce qu'il y avait de fascinant : rechercher dans l'existence vive cet autre qui créait des mondes. Le maître des mots. Le chercher dans sa respiration quand, inconscient, T. dormait blotti contre son épaule ; chercher dans son regard quels espaces se cachaient derrière les portes des yeux ; l'observer quand il mangeait des glaces pour savoir si elles avaient le même goût pour lui que pour d'autres ; vérifier si ses nerfs transmettaient les impressions à son cerveau comme le faisaient ceux de tout le monde. Il devait y avoir une différence. Elle se rappela soudain que, à Venise, il se laissait pousser la moustache. Sa main touchait inconsciemment sa lèvre supérieure et le bout de ses doigts jouait avec les poils sombres et rêches.

Le train arrivait. Les fumées de la locomotive dessinèrent une forme quasi matérielle au-dessus de leurs têtes. Son cœur battit lourdement, sa bouche était sèche. Elle recula sous l'enseigne du restaurant de la gare et baissa sa voilette. Un court instant, alors que le train stoppait, il ne se passa rien, la gare se figea. Les quatre hommes étaient désorientés, leurs regards glissaient de wagon en wagon. Ensuite, elle vit le petit groupe se diriger brusquement à droite, vers l'avant du train. Les joues en feu, la femme plus que banale prenait également cette direction avec ses deux enfants. L'homme aux fleurs marchait en tête, il courait presque.

Elle ne vit T. qu'au moment où, entouré de la petite foule, il passait la porte de la gare. Étonnée, elle remarqua qu'il était plus corpulent, plus assuré, carré. Le même visage qu'elle connaissait si bien, mais différent, comme ancré dans la réalité. Ensuite, elle ne parvint plus à le voir. Les jeunes lui tendaient leur *liber amicorum* à signer, l'homme au monocle le masquait de son corps. T. était au centre de cette effervescence, grisonnant, calme comme si plus rien ne pouvait le surprendre.

Donc la rencontre ne serait pas pour maintenant. Plus tard. Son cœur se calma. Elle les suivit à bonne distance, puis les vit monter dans une calèche.

La rencontre littéraire devait avoir lieu au théâtre municipal. Des affiches placardées en divers endroits de la ville l'annonçaient. « T., l'écrivain de grand renom, donnera une conférence… » Elle fut l'une des premières personnes à s'y présenter. Les gens arrivaient lentement. Les femmes dans leurs plus belles toilettes, des bourgeoises parfumées. Leurs maris ventrus, avec des montres à gousset au gilet, vérifiaient nerveusement l'heure. Notables d'Allenstein. Mais aussi des personnes aux tenues plus modestes, des enseignants peut-être, les intellectuels locaux manquant d'assurance. Il y avait également le jeune homme de la gare, cette fois sans bouquet de fleurs. Trois femmes rieuses, aux yeux pétillants. Des actrices ? Les groupes des lycéens. C'était donc les lecteurs de T., ses admirateurs de Prusse-Orientale.

« Dans la vie, rien ne m'intéresse à part écrire. Je sais que tu me comprends. » Ainsi se terminait la dernière lettre qu'elle reçut de lui. Elle ne comprit pas. D'après lui, il y avait là une contradiction, mais elle ne savait pas la trouver. Elle était riche ; il pourrait vivre avec elle à Venise ou n'importe où ailleurs, et écrire. Peut-être était-ce cela. Peut-être n'était-elle pas assez instruite ? Ou pas d'une assez bonne famille. Elle se souvenait que lorsqu'il entendait le mot « professeur », il se figeait intérieurement, se mettait au garde-à-vous. Étrange qu'une personne de sa qualité soit si sensible au paraître ! Pour finir, il épousa une fille de professeur, justement. Était-ce possible que, moins d'un an après leur séjour à Venise, il ait pu demander en mariage une autre femme, qu'il ait pu tomber amoureux d'une autre personne ? Oh, elle ne pouvait pas croire qu'il en aimât une autre, ce devait être un subterfuge, le début d'un récit idiot. On n'écrit pas que des bons textes, il y a des ratés. À cette époque-là, elle devint experte à lui trouver des justifications. Plus invraisemblables les unes que les autres !

Elle lui écrivit une longue lettre. Jamais, elle ne reçut de réponse. Il l'avait certainement chiffonnée à peine lue pour la jeter à la corbeille. Ou peut-être était-il allé jusqu'à la brûler, car il devait prendre soin de sa biographie, et même la corriger. Ce n'est pas que, dans la vie, l'on fasse ce que l'on veut. La vie nous mène, elle atteint des objectifs difficiles à prévoir, elle nous traîne à sa suite. Cette pensée effraya soudain tellement la jeune femme qu'elle eut envie de se retrouver dans les rues ensoleillées de la ville.

Par la suite, il ne lui écrivit donc plus un mot. Elle apprit qu'il s'était marié, qu'il avait eu des enfants. Deux ? Trois ? À chaque fois qu'elle trouvait son nom dans la presse, elle y cherchait un petit signe pour elle. Elle faisait de même quand elle lisait ses livres, obsédée par la pensée que, dans ce qu'il publiait, se trouvaient des indices cachés signalant qu'il écrivait pour elle, qu'il lui expliquait ainsi sa terrible phrase : « Dans la vie, rien ne m'intéresse à part écrire. »

Peu à peu, les gens prenaient place dans la salle où devait avoir lieu la conférence. Elle entra avec d'autres et s'assit aussi loin que possible de la table couverte de velours rouge foncé. Il n'y avait quasiment pas de lumière naturelle dans la pièce, et seule la table était éclairée. Tant mieux. Il ne la verrait pas. Il se laisserait éblouir par les projecteurs.

L'ambiance était celle d'un soir au théâtre. Les arrivants parlaient à mi-voix, regardaient autour d'eux. Le photographe local installait en silence son trépied. Enfin un murmure arriva de la porte. T. en personne apparut. Il avait une allure impeccable. Il était impeccable. Il se distinguait des autres personnes, mais elle ne savait pas vraiment en quoi. Une sorte de propreté émanait de lui. Visage rasé et pâle, chemise blanche, col rigide à bord coupant, lunettes cerclées d'argent. Un costume d'un gris froid. De là où elle était, elle ne voyait pas ses chaussures, mais elle se rappela brusquement à quoi ressemblaient celles qu'il portait dix ans plus tôt. Elles étaient marron avec des bouts pointus, légèrement incurvées vers l'intérieur. Elle se souvenait également de la nudité de ses pieds qui le dévoilait davantage que les confidences les plus intimes. Elle imagina qu'il traversait la salle pieds nus.

Il avait vieilli et changé. Il ne regarda pas le public. Il s'installa sur la chaise. On poussa vers lui une carafe d'eau et un verre. Il les déplaça, sortit de la poche intérieure de sa veste des feuillets qu'il disposa soigneusement sur la table. Il se racla la gorge et ce ne fut qu'à ce moment-là qu'il balaya la salle du regard. Il clignait des yeux. Elle frémit parce que ce regard, désormais moins intense à cause du clignement, elle le sentit se poser sur elle un instant. Il ne la reconnut pas. Il ne pouvait pas la reconnaître, elle était trop loin. Elle, elle l'aurait reconnu entre tous. Quelle qu'eût été la distance.

— Mesdames et messieurs, commença-t-il, l'on m'a invité ici pour que je m'exprime…

Il ne dit rien de la ville, il n'adressa pas de sourires aux spectateurs concentrés, il ne rencontra pas leurs regards, il ne les remercia pas pour les fleurs, pour être venus l'attendre à la gare, pour toute leur fébrilité. Il ne se présenta pas, ne dit ni qui il était, ni ce qui le faisait venir là, s'il s'y plaisait ou pas, quelle était son approche personnelle du soleil de mai, des chapeaux des femmes ou des montres à gousset de leurs maris. Il n'eut aucun bégaiement, aucun soupir, aucune grimace. Il parlait clairement, quoique de façon monocorde ; le seul geste qu'il s'autorisa fut de porter la main à son nœud papillon comme pour s'assurer qu'il était bien en place. Sans doute voulait-il apparaître à leurs yeux comme un homme sans particularité, un écrivain européen classique à la sagesse stoïque et d'une neutralité tout aussi stoïque. Il devait considérer qu'être indéfinissable était une vertu. Élégance aristocratique voulant que rien ne dépasse ni ne manque. Elle le reconnaissait bien là, et comment ! C'était captivant, mais seulement quand on avait la certitude que, dans un instant, le masque tomberait ! Le contraste était enivrant. C'était ce qu'elle aimait en lui. Et lui, il était passé maître en cela.

Il parlait sans détour et avec calme, faisait des pauses pendant lesquelles il portait son regard bleu vers le plafond. Les pauses étaient des virgules, des tirets, des points de suspension. Comme il a évolué ! Il parlait de musique, pas de littérature. Dans la salle, certaines personnes pouvaient être déçues. Un écrivain ne devrait-il pas parler littérature ?

« ... il en est pareillement lors du passage de la monodie à la polyphonie, à l'harmonie, ce que l'on a volontiers pour usage de considérer comme étant un progrès, alors qu'en vérité il s'agit d'une conquête de la barbarie… » fut tout ce qu'elle parvint à capter.

Son visage penché au-dessus d'elle, déformé par la force de gravité. Sourire de gars mi-innocent, mi-cruel. Grimace de souffrance et non de plaisir. Gouttes de sueur. Bouton arraché.

Quand il eut terminé, tout le monde se leva pour applaudir comme s'il était une diva d'opéra. Puis, plusieurs personnes approchèrent de la table. T. sortit un stylo-plume qui brilla sous les projecteurs. Il se pencha sur les livres.

Elle sortit. Elle marchait d'un pas rapide vers son hôtel. Elle se sentit deux fois, trois fois, dix fois plus seule. Au bord du désespoir. Elle ne pouvait rien changer. Rien. Pourquoi ne pas remercier Dieu pour ce qu'il nous a donné ? Pourquoi est-il si difficile de l'apprécier ? Pourquoi voulons-nous toujours ce que nous n'avons pas ? D'où vient pareille infirmité de l'esprit humain ?

À la réception de l'hôtel, il n'y avait personne. Cela sentait bon les gâteaux qui sortent du four. Elle attendit le réceptionniste un moment au comptoir, mais il n'arrivait pas. Il était peut-être lui aussi au théâtre ; elle tendit le bras pour prendre sa clé, mais aussitôt après, elle saisit également l'autre, celle accrochée sous le chiffre I. Quelle imprudence ! Comment pouvaient-ils la laisser là, cette clé ? Elle se précipita vers l'escalier comme une voleuse.

Elle ouvrit doucement la porte de la suite. Elle n'alluma pas la lumière – la chambre était inondée par les lueurs du coucher de soleil. Il y avait un spacieux balcon, des rideaux à plis très denses ouverts et un grand lit pour deux personnes. T. n'avait pas même eu le temps de défaire ses bagages. Sa valise ouverte était sur le lit. À côté traînaient trois exemplaires de son dernier livre, neufs, probablement non coupés. Sur la chaise, une serviette de toilette humide, toute moelleuse, sans doute achetée spécialement par l'hôtel pour la venue de T. Elle la toucha délicatement. À côté, la salle de bains, grande, avec une baignoire imposante sous la fenêtre, des robinets prussiens énormes en laiton, un lavabo sur un pied. Sur ce lavabo, la même boîte en bois pour savon à barbe. C'est incroyable, pensa-t-elle. Elle la prit dans la main pour la sentir. Une odeur familière, même si elle pensait que cela lui ferait une plus forte impression. Oh, combien de fois n'avait-elle pas cherché ce savon à barbe dans les drogueries, avec le soupçon grandissant qu'il n'existait pas ! Le blaireau était humide, T. avait dû se raser avant de sortir. La brosse à dents en crin était sèche. Sur le sol carrelé, des chaussettes sombres traînaient. Elle s'assit sur le rebord de la baignoire, une pensée étrange lui vint : elle aurait voulu être lui pour pouvoir l'aimer comme il fallait. Être en lui. Câliner son corps avec ses mains à lui, et donc en prendre soin beaucoup mieux qu'il n'était lui-même en mesure de le faire. « Si nous pouvions être deux en lui, songeait-elle. Lui, il écrirait, puisque cela a tant d'importance à ses yeux, et moi je veillerais sur lui. Il n'y aurait ni péché, ni déchirement, ni obligation. Juste un amour innocent pour soi, de la tendresse dans les chapelles que sont les salles de bains. Le toucher de sa propre peau n'est pas un câlin, il ne s'agirait pas d'amour, mais d'une recherche des meilleurs savons pour sa peau à lui. Je connaîtrais par cœur chaque parcelle de son corps, songeait-elle, je connaîtrais l'intérieur de sa bouche aussi bien que sa propre langue, la forme de chacune de ses dents ; son odeur ne me semblerait jamais étrangère, elle serait mienne. Je le bercerais. »

Elle entendit du bruit en bas. Aussi quitta-t-elle rapidement la suite pour monter l'escalier jusqu'à son étage.

Elle était en train de payer sa chambre, dos à la salle de restaurant, lorsqu'ils rentrèrent de la conférence. Elle entendit la voix de T., il disait quelque chose.

— C'est justement ce T., murmura le réceptionniste avec fierté. Ma femme a lu tous ses livres.

Elle aurait voulu se retourner, mais elle en fut incapable. Elle s'immobilisa avec dans sa main les billets de banque qu'elle comptait.

Au moment où elle montait dans la calèche, elle se sentit complètement épuisée. Elle devait peser une tonne, le cheval dut s'en apercevoir car il ne voulut pas avancer.

— Où va-t-on, chère Madame ? demanda le cocher quand son silence se prolongea.

— À la gare.

Dans une ville comme Allenstein, tout ne peut que commencer et se terminer à la gare.

LA CONQUÊTE DE JÉRUSALEM. RATEN, 1675

Pour creuser le lit du Cédron, trois cents hommes des villages travaillèrent tout l'été de l'année 1675. Ils s'insurgeaient parce que la moisson, la deuxième fenaison et d'autres tâches indispensables attendaient. Quand il parlait avec eux, tout revenait toujours à la nourriture : farine, chou, pommes de terre, viande (et là, leurs yeux s'éclairaient comme ceux des chiens). « Est-il concevable, écrivait-il à son épouse, qui passait l'été en Bavière, qu'eux et nous partagions les mêmes ancêtres, Adam et Ève ? » À la ligne suivante, il formulait aussitôt la réponse : « C'est impossible. Il doit y avoir une inexactitude dans l'histoire du genre humain, parce que, tandis que mes motivations relèvent de grands idéaux, eux ne s'inquiètent que de leurs corps et y ramènent tout. Je ne suis absolument pas certain qu'ils comprennent ce que je leur dis. »

C'était vrai, ils regardaient le châtelain de travers, avec méfiance, suspicion. Et il y avait même de la haine dans leurs yeux quand ils n'y prenaient pas garde ! Si une guerre venait à éclater de nouveau – à Dieu ne plaise ! –, des troubles comme ceux qui avaient eu lieu plus d'une dizaine d'années plus tôt, ils attaqueraient le château sans la moindre hésitation pour le mettre à sac et le dévaster. Il ne leur viendrait pas à l'esprit de voler les lustres, les tapis kilim ou la porcelaine de Chine ; ils préféreraient les détruire, les réduire en miettes, parce que c'étaient des biens inutiles, un surplus raffiné. Peut-être, pensait leur seigneur avec malveillance, que si ces merveilles du château étaient en pain, viande ou pommes de terre aux grattons, alors ils pourraient les respecter. La révolution se transformerait vite en mangeaille, la révolte en ingurgitation, et le silence après la bataille résonnerait de pets et de gémissements dans les buissons. Il en est toujours ainsi !

C'est pourquoi il ne s'était nullement inquiété quand ils lui avaient dépêché des délégations embarrassées et revêches pour lui dire que creuser un fossé au moment de la moisson était contraire à l'ordre qu'ils connaissaient. Dans leurs yeux tournoyaient des miches de pain. Évidemment, il libéra un tiers des hommes pour quelques jours, il fallait bien remplir les greniers à blé. En réalité, son objectif était pédagogique : il y a des questions divines, supérieures, relevant de l'esprit, qui sont plus importantes que les bedaines pleines. Vivre pour une idée et chercher à faire quelque chose de sa vie en valaient la peine. Notre noble passion nous sauvera !

Le château de Raten avait été ruiné et dévasté par des guerres cruelles lorsqu'il en hérita. Au-dessus du parc s'élevait encore, s'accrochait à la terre, l'horrible odeur de la laine calcinée des tapis, des kilims et des peaux de mouton brûlés, toutes ces choses qui, auparavant, atténuaient la dureté des sols en pierre. Cette puanteur était le signe d'une intervention des enfers dans la rage guerrière qui avait déferlé. Les proches parents des infâmes incendiaires travaillèrent ensuite à la reconstruction, hissèrent les pierres sur la colline, apportèrent le sable pour le ciment, taillèrent les poutres de bois.

Il se souvenait de ce qu'il avait ressenti quand, par un automne flamboyant, debout sur une hauteur en vis-à-vis, il avait observé le résultat des travaux de plusieurs années : les murs couleur sable avec des dizaines de fenêtres, les terrasses doucement étagées jusqu'à l'étang, les jardins couverts de roses et de pieds de vigne, les orangeries aux colonnes délicates. Et puis le pinacle mauresque, cette dentelle architecturale qui ornait les rebords satinés du ciel ! C'était à vous couper le souffle ! Absolument incroyable dans ce paysage sauvage des montagnes ! De l'amour, Von Kynast avait alors ressenti de l'amour et ses yeux s'étaient emplis de larmes.

Il faisait le tour du château, caressant doucement les joints et les angles de son corps de pierre. C'est par amour pour sa propriété qu'il inventa la fête de mai. Il commanda un feu d'artifice, un orchestre, des danseuses, des cuisiniers, des rôtisseurs, des centaines de nappes blanches, des couverts en argent, de la porcelaine, des verres et des corbeilles de fleurs. Le parc fut rempli de personnages nus et blancs : des nymphes et des déesses, dont la paysannerie locale eut tellement peur. Il invita sa famille du monde entier et, dans la mesure où tout homme d'origine noble a de nombreux parents, les chambres du domaine résonnèrent de conversations, de cris d'admiration, d'une féerie de dialogues spirituels en de multiples langues. De grandes tables furent accolées les unes aux autres pour les repas, plusieurs filles du coin lavèrent jour et nuit la vaisselle. Les cuisinières, que l'on avait fait venir de loin, se mettaient en quatre, des bouffées de vapeur fusaient par les fenêtres de la cuisine. Dans les rôtissoires grésillaient les cochons de lait, les faisans, les énormes saumons. La venaison tournait sur les broches.

Le temps fut lui aussi de la partie, comme souvent au mois de mai. Les invités circulaient dans le parc, admiraient les fontaines et les statues, mais surtout les tableaux vivants. En effet, dans la partie nord du parc, des vilains déguisés et maquillés composaient une merveilleuse allégorie de l'hiver. Ils posaient sur des toiles blanches comme neige étendues à terre. L'un des groupes présentait des chasseurs qui faisaient semblant de tirer sur des sangliers et des lièvres empaillés. À côté d'eux, des femmes étaient assises auprès de rouets et de métiers à tisser. Un traîneau décoratif témoignait des joies hivernales qu'étaient les courses et les *kulig*, ces excursions d'attelages sur la neige prisées par l'aristocratie. Au-dessus d'un cercle découpé dans une nappe, deux hommes simulaient des pêcheurs près d'un trou dans la glace. Appuyée à un plantoir, une vieille villageoise de haute taille – Frida ou Greta, peu importe –, couverte de fourrures d'ours descendant à gros plis jusqu'à terre, personnifiait l'Hiver. Elle avait une allure sévère et majestueuse. Les visages des acteurs perlaient de sueur sous leur généreuse couche de poudre, car la journée était chaude, plus que chaude pour un mois de mai.

Ensuite, les spectateurs excités poursuivaient leur chemin vers la partie orientale du parc. Là, ils étaient accueillis par le Printemps : une jeune fille en robe blanche légère, une couronne de fleurs posée sur ses cheveux clairs laissés libres et, au bras, un panier rempli de fleurs. Des « oh ! » s'échappaient de la bouche des nobles visiteurs, les yeux des jeunes messieurs s'arrêtaient avec convoitise aux fines chevilles découvertes du Printemps ; les femmes admiraient la légèreté de sa tenue en soie et tulle. À côté de la jeune fille, des hommes immobiles simulaient les labours. Le semeur était figé dans un grand geste offrant ses semailles à la terre.

Au sud, une jeune épouse dont von Kynast ne se rappelait plus le prénom, mais qui se distinguait tout particulièrement par ses magnifiques cheveux clairs descendant librement jusqu'au bas du dos, représentait l'Été. En robe à fleurs, portant une couronne d'épis de blé, avec une brassée des premières roses, elle était debout au milieu des fleurs, et à ses côtés se trouvaient des moissonneurs en chapeaux de paille, des faucheurs levant la faux, des femmes penchées jusqu'à terre avec des faucilles. À l'ouest, près de l'étang, dans un silence immobile l'Automne était présenté dans toute sa gloire, avec des paniers de pommes et de poires, des carottes lavées, sur un amas de petits morceaux de matières colorées symbolisant la splendeur des feuillages de l'arrière-saison. L'Automne était personnifié par Marcela Opitz, la maîtresse de von Kynast, une paysanne rousse et gironde qui était la plus belle femme de la région. Elle régnait en souveraine sur les rustaudes immobiles qui, pliées en deux, semblaient ramasser des pommes de terre, ou, très droites, levaient des fléaux au-dessus de gerbes de lin.

Autant dire que tous les hôtes étaient ravis ! La fête dura plusieurs jours et plusieurs nuits. La musique résonna, avec des attaques de trompettes, des falsettos de violons, des appels de trombones, sans interruption jusqu'à l'aube. Le gravillon des allées bruissait sous les pas des invités.

Quand arriva la fin, quand les calèches grinçantes emmenèrent les invités, quand il ne resta que l'herbe écrasée et des tas de vaisselle sale, quand les cuisinières engagées pour l'occasion s'assirent fatiguées aux tables, que les chiens trop gavés somnolèrent dans les galeries jonchées de détritus, et que les paysans regagnèrent leurs chaumières pour reposer leurs carcasses épuisées, von Kynast expliqua à son épouse allongée sur le sofa (elle avait une migraine) :

— Chère amie, nous devons accomplir des choses inutiles. Sans cela notre vie serait fade et sans relief comme la vie de ces... (il fit un geste vers le village qu'on pouvait voir dans la vallée). Notre besoin d'irréel est ce qui nous différencie des animaux. Ce n'est pas le fait de penser, d'écrire ou de lire des livres savants. Nous devons faire des choses inutiles, superflues, dont l'existence est brève, mais des choses éblouissantes, qui étonnent, et ce, y compris lorsqu'elles sont immédiatement oubliées. Notre existence doit être remplie de pareils feux d'artifice. Sans cela, nous replongerions dans l'inquiétude et nous deviendrions stériles.

Cette année-là, von Kynast eut une idée éblouissante, sans comparaison avec celles qu'il avait eues jusque-là.

Sa réalisation commença précisément par le Cédron, qu'il fallut creuser en juillet, en dépit de la moisson, malgré le diktat des saisons qui contraignent les gens à se soumettre à un rythme monotone. Ensuite, von Kynast et son secrétaire séjournèrent dans la bibliothèque jusqu'à plus d'heure ; puis, en août, von Kynast en personne se rendit à Prague, capitale diocésaine, pour parachever des détails importants avec l'évêque. En ville, il commanda de la toile, des tissus de couleur ; il discuta avec des ébénistes et acheta des armures anciennes pour les donner en modèle à ses ferronniers. Mais également des boucliers, des lances et des épées. Il commanda aussi des dessins pour faire des bannières. Dès septembre, ses forges se convertirent à la nouvelle production. On oublia les fers à cheval, le cerclage des tonneaux, les essieux des charrettes. Désormais, l'on forgea des pointes de flèches ajustées ensuite sur une hampe de bois. Les femmes cousirent des manteaux et des caftans. Les jeunes filles brodèrent des signes étranges sur des drapeaux. Plusieurs villages travaillèrent avec un rythme soutenu parce que von Kynast les payait bien, avec de la nourriture, comme les vilains le souhaitaient ; il la faisait venir des domaines voisins ou l'achetait aux marchés en ville. Du nord au sud, tous ses villages travaillaient – Raten, Rethenaw, Stenau, Albendorf, Seifersdorf, Schraffeneck –, mais aussi les hameaux de tisseurs, plus petits, isolés dans la montagne. Dans chaque localité, il nomma un responsable des résultats ; puis, une fois par semaine, le dimanche après la messe, il rencontra ces intermédiaires pour qu'ils lui fassent leur rapport. Et eux, en marmonnant à leur habitude, annonçaient combien d'épées en bois avaient été taillées, combien de caftans et de manteaux de couleur avaient été cousus par les femmes. L'économe de von Kynast inscrivait ces données dans les registres habituellement prévus pour le blé, les gerbes de lin, les pommes de terre et le bétail. Dans la petite localité de Kunzendorf, les menuisiers construisaient un engin de siège, haut comme un arbre, sur des roues en bois.

Parallèlement à ces préparatifs, von Kynast s'occupa du plus important : la construction de Jérusalem.

Von Kynast était paraît-il un descendant de Godefroy de Bouillon, duc de Basse-Lotharingie. Du moins était-ce ce qui se disait dans la famille. Et s'il est vrai qu'une forme de mémoire se transmet par le sang, cela expliquerait ce que voyait von Kynast, dès qu'il fermait les yeux, dès qu'il se calmait intérieurement. Il avait sous ses paupières l'image d'une ville dorée qui s'étendait au soleil dans le désert. De hautes murailles, des tours, des portes, des flèches d'église et des coupoles de minaret. Un gros gâteau en or offert sur le plateau du monde.

Transposer cette vision dans les plaines humides de Silésie... Auparavant déjà, von Kynast avait trouvé un endroit qui rappelait de façon sidérante – à ce qu'il lui semblait – la configuration du territoire de la Ville sainte. À l'est et au sud-est, il y avait deux profondes vallées et un ruisseau qui, chaque jour, devenait un peu plus le Cédron ; et au sud-ouest, une colline pouvait représenter le mont Sion. Qui plus est, cet endroit était parfaitement visible des terrasses du château, une véritable scène, comme si Dieu avait voulu favoriser le projet de von Kynast en situant son château dans un lieu de grande perfection.

Ainsi donc les menuisiers se mirent-ils à l'œuvre pour bâtir une imitation de la Sainte Cité. En fait, elle devait ne comporter que les remparts, en proportions nettement réduites, le centre-ville demeurant virtuel. L'objectif n'était pas Jérusalem en soi, mais sa conquête. En revanche, l'on éleva des tours, celle de David, celle de la porte d'Hérode, un peu plus petite, et celle de la Porte de Jaffa, du côté occidental.

Vers la fin novembre, Jérusalem était déjà prête. En ce temps hivernal, sombre et froid, les paysans, qui n'avaient rien d'autre à faire de toute façon, apprenaient leurs rôles. Hans Hodish, le forgeron, un homme de grande stature avec une longue barbe fournie, allait être Robert Courteheuse, duc de Normandie. Lors des essayages d'armures, il avait la prestance d'un véritable chevalier, en dépit du fait qu'il n'était pas habitué à marcher avec des chaussures et se déplaçait donc assez gauchement. Von Kynast fit de Opitz, le père de la belle personnification rousse de l'Automne, Robert de Flandre. Un métayer de Stenau devint Raymond de Saint-Gilles, comte de Toulouse, et il semblerait qu'il fût le seul à prendre son rôle au sérieux ; il se révéla être un gars vif et intelligent, ayant, en outre, des talents d'acteur. Avec Tancrède de Hauteville, il n'y eut que des soucis parce que le vilain désigné pour jouer ce rôle tomba malade à Noël pour mourir au Nouvel An. L'on chercha donc en hâte à le remplacer. Et puis, il y avait Godefroy de Basse-Lotharingie. Von Kynast était vraiment tenté de se faire acteur lui aussi pour se joindre à l'attaque, mais son épouse décréta que ce serait inconvenant pour un noble de courir les champs avec les rustres ; aussi ordonna-t-il à son secrétaire, un lointain parent, de jouer ce rôle, malgré le fait que ce dernier n'en avait (secrètement) nulle envie.

S'agissant des infidèles, dès que les paysans en apprirent un peu à leur sujet, aucun d'eux ne voulut jouer un païen, fût-ce pour quelques heures. C'est pourquoi von Kynast imposa à un valet de ferme au teint bis d'être Iftikhâr al-Dawla, le vice-gouverneur de Jérusalem. Dans les villages, il ordonna un enrôlement obligatoire ; chaque localité devait fournir quinze infidèles, bon gré mal gré.

Les premières répétitions eurent lieu avant Noël alors qu'il n'y avait pas encore de neige et que l'ensemble de la construction offrait un aspect triste et pitoyable.

Peut-être était-ce le ciel sombre et bas de décembre qui se frottait aux sommets des montagnes, peut-être était-ce le jour bref qui se traînait difficilement jusqu'à midi avant de se mourir longtemps, à l'infini, sous les vagues irrésolues des ténèbres, en tout cas, von Kynast fut pris de doutes. Parviendrait-il à diriger un groupe aussi important de personnes ? Parviendrait-il à mener l'attaque ? Est-ce que ces gars dépenaillés, lents et paresseux, seraient capables de se transformer tout à coup en chevaliers ?

Or voilà déjà que l'orchestre répétait de la musique savante, que les bœufs et les boucs étaient égorgés, la chair des lièvres attendrie au gel, tandis que les plumes des volailles jonchaient le sol des cuisines ! Mais que faire ? Aux répétitions, les paysans étaient indolents, ils pataugeaient dans la boue, tombaient, refusaient de courir, ne donnaient rien d'eux-mêmes dans l'attente du moment où, enfin, ils seraient libres de regagner leurs chaumières. Avec quelle colère le châtelain pensait à eux ! Quelle rage ne ressentait-il pas pour cet inepte bétail humain ! Était-il possible qu'autrefois les gens fussent différents, lorsqu'ils partaient au loin afin de libérer le Tombeau du Christ, ayant à cœur autre chose que de bouffer ou de copuler dans leurs chaumières basses de plafond à l'air vicié ? Il les réunissait près des écuries pour s'adresser à eux comme à des enfants, et eux se balançaient d'un pied sur l'autre, regardaient tristement leurs maisons dans le lointain, se raclaient la gorge. Il leur parlait, aussi simplement qu'il en était capable, de la noblesse des élans du cœur qui avait permis à la fleur de la chevalerie chrétienne, mais aussi aux hommes de rang inférieur, aux femmes et aux enfants, de partir pour l'inconnu à travers mers et terres pour reprendre aux infidèles, avec l'aide de Dieu, la Sainte Cité. Et il leur décrivait les difficultés du voyage de façon imagée, le paysage aride, le caractère sauvage du désert, la rouerie des païens. Il leur parlait de l'insupportable chaleur et de la poussière rouge qui pénétrait chaque interstice du corps.

La soif, la faim et les miracles qui intervenaient plus souvent que de nos jours – car nous vivons en des temps stériles, fades, où notre foi n'est rien d'autre que du pain rassis. Il leur disait, aussi simplement qu'il le pouvait, qu'ils avaient une chance de jouer le drame liturgique de la conquête du mystère éternel, de même que chaque sainte messe est une participation réelle à la Résurrection. Donc, s'ils interprétaient la conquête de la Ville, ce serait comme s'ils l'avaient vraiment conquise dans la gloire, comme si c'était pour du vrai, comme s'ils étaient nés non pas à l'époque actuelle, où le monde décline vers sa fin et où plus rien d'intéressant ne peut arriver, mais beaucoup plus tôt, quand les miracles fleurissaient partout et que la présence de Dieu était en chaque événement, chaque jour. À la répétition suivante, les paysans, sourds à ses paroles, semblaient encore plus apathiques, encore plus paresseux ; aussi devait-il lever la voix, et l'air glacé portait sa colère au-dessus de la foule pour la faire rebondir sur le mur sombre de la lisière des pins. Il lui aurait été plus facile de convaincre ces arbres immobiles de monter à la charge !

Une nuit des fêtes de fin d'année apporta la solution. Et ce n'était pas en rêve, mais lors d'une insomnie, car c'est elle qui livre au monde les meilleures idées. Von Kynast ne cessait de se retourner nerveusement dans ses parures de lit importées de France, de plus en plus inquiet parce que les invités commençaient à arriver et que tout semblait prêt à l'exception des acteurs. Comment faire pour que la bataille soit pleine d'entrain, qu'elle ait l'air authentique, pour que les paysans y mettent du cœur et qu'ils veuillent réussir ? Von Kynast était allongé. Devant ses yeux fatigués se déployaient toutes les variantes possibles de la déconvenue, au point qu'il commença à regretter d'avoir eu cette idée folle. Quand, soudain, tout lui apparut sous un autre angle. Il était impossible d'obtenir pleinement quoi que ce soit sans faire une sorte de sacrifice. Fondamentalement, le monde rappelle un comptoir commercial : on n'a rien pour rien ! Les paysans ont besoin d'autre chose que d'un objectif spirituel, dont ils se moquent éperdument, aussi doivent-ils savoir qu'en conquérant un simulacre de Jérusalem ceinte de murailles artificielles, ils se battent pour ce qui est précieux pour eux, ce qu'ils désirent et veulent plus que tout. Et lui, von Kynast, doit le leur offrir.

De la viande. Des carcasses de porc grillées, des saucissons longs comme le bras, des jambons fumés dans leurs filets, des tripailles au foie haché, des poches d'estomac remplies de sarrasin cuit dans du sang.

La représentation était prévue pour le jour des Rois. Pendant les fêtes de fin d'année, il était tombé beaucoup de neige qui avait transformé la construction dépouillée en une forteresse féerique. Des centaines d'invités étaient arrivés la veille de Silésie, de Poméranie, de Saxe et de Tchéquie, et les festivités avaient débuté par un grand bal. Les couples avançaient en un cortège chamarré, la musique gagnait chaque recoin du château de Raten. Les coupes se remplissaient de vin du Rhin. Il y avait de la bière tchèque et de la vodka épicée des régions de l'Est, qui réchauffe mieux que nulle autre les corps glacés. L'abondance de pain, de beurre, de fromages, de toutes sortes de pâtisseries, de fruits importés à grand-peine des pays du Sud, de poissons grillés ou au court-bouillon ou cuits au four, de plats de chou, de potage gras aux haricots, de sucreries des plus variées, attirait les regards mais décevait. Sans le vouloir, et malgré les distractions remarquables, les commensaux cherchaient des yeux les gigots de mouton, les chapelets de saucisses, les rôtis luisants de graisse. Aucune viande n'était servie. Ici et là, les invités – du moins, avant qu'ils ne soient trop ivres – remarquaient en chuchotant ce fait surprenant. Le maître de maison passait pour un romantique. Diable ! Ils ne pouvaient guère se permettre de demander de la viande, pas plus que d'interroger la maîtresse de maison – pâle, elle se mordait les lèvres – sur le moment où l'on en servirait. Ensuite, dans la ferveur du bal, plus personne ne pensa à manger. À l'aube, les vapeurs du vin avaient tout brouillé, et les corps épuisés par les danses se livrèrent aux plaisirs enchevêtrés du sommeil.

À midi, emmitouflés dans leurs fourrures, les invités sortirent sur les terrasses, la musique tonna. Les doigts gelés des musiciens tiraient de leurs instruments une ouverture puissante, et devant les yeux des spectateurs apparut un magnifique spectacle : une ville enneigée brillait au soleil et l'on voyait sur ses remparts des mamelouks en turbans colorés. Devant les hautes murailles stationnait l'armée chrétienne. La voix puissante d'un chantre prononça les mots qui annonçaient le début de la représentation :

— Oh Seigneur ! Les païens ont pénétré dans Ton domaine, ils ont outragé Ta Sainte Église.

À ces paroles, l'armée des croisés se divisa en quatre groupes qui passèrent sous les terrasses pour occuper les positions prévues.

— Voici les nobles chevaliers, criait le chantre qui commentait la parade, et les personnages nommés saluaient bas les spectateurs. Le valeureux Godefroy et son frère Eustache de Boulogne. Voici Litold et Guibert de Tournai avec leur régiment de vaillants soldats. Voici Tancrède avec sa troupe, et derrière lui Robert de Flandre. Le plus valeureux des chevaliers, Godefroy de Basse-Lotharingie...

Quand sur les remparts apparut le païen Iftikhâr, le public assemblé l'accueillit en martelant des pieds et en criant : « Mécréant ! », « À mort ! », « Disparais ! », « Pleutre ! » « Chien ! »

Les spectateurs fascinés par la parade et l'opulence des habits applaudissaient, les dames agitaient leurs mouchoirs en direction des chevaliers. Les déguisements étaient tellement parfaits qu'il était difficile de remarquer que, sous les armures et les cottes de mailles, se trouvaient les corps mal lavés des paysans du coin.

— Reprenons le patrimoine de Dieu ! hurlait la voix, et la musique augmentait en puissance pour illustrer le mouvement des croisés pour monter à l'assaut.

— Tel le feu qui incendie les forêts, la flamme qui gagne les montagnes, de même Toi, Seigneur, poursuis-les de Ta tempête, effraie-les par Ton tonnerre.

Lorsque l'attaque commença, elle fut tellement violente que von Kynast s'inquiéta. Et si tout cela se terminait trop vite ? Mêlé à la foule des invités sur la terrasse, il percevait l'excitation qui faisait transpirer leurs corps, les rapides battements de leurs cœurs.

L'assaut principal fut porté contre le mont de Sion et le flanc nord. Les païens défendaient toutefois la ville avec ardeur, au point que les croisés durent battre en retraite. Les engins de siège intervinrent, une grande tour et une plus petite, en venant se plaquer contre la muraille glissante. Les catapultes envoyaient d'immenses boules de neige qui tombaient pile au centre de la Cité, y semant la pagaille. Simultanément, au sud-est, Tancrède avec sa troupe lança une attaque fulminante et fit irruption sur le rempart avec une impétuosité inouïe. L'acharnement de la défense était sans égal. Les deux côtés se battaient à mort, semblait-il. Plusieurs hommes tombèrent des murailles verglacées et plongèrent dans les congères de neige. Personne ne leur prêta attention. Une brèche avait été ouverte dans l'enceinte, les courageux chevaliers s'y engouffrèrent. Des cris et des hurlements de douleur s'élevèrent. Quelqu'un se fit écraser, le sang gicla sur la neige. Des turbans de couleur tombaient, des cottes de mailles se déchiraient, de fines armures se brisaient, des croix de bois s'abattaient entre les épaules. Le chantre n'arrivait pas à débiter son texte, les événements précédaient l'énoncé du scénario.

— Chantez à Dieu, chantez ! Chantez à notre Roi, chantez ! Car Dieu est Roi de toute la terre !

Déjà la victoire semblait acquise à qui de droit, quand brusquement le désespoir s'empara des défenseurs qui se regroupèrent au centre, en un point mal visible depuis la terrasse, et ce fut là que se déplaça toute la frénésie de la lutte. Les invités se haussaient sur la pointe des pieds, levaient la tête. Certains jeunes, excités par le spectacle, montaient sur les balustrades. Von Kynast, quant à lui, semblait inquiet. D'un froncement de sourcils, il fit signe à son homme de confiance, et celui-ci fila comme le vent vers le bas pour se mêler de manière quasi imperceptible à la foule des pèlerins et des chevaliers. La bataille commençait indéniablement à pencher en faveur des défenseurs. Les chevaliers chrétiens se repliaient en boitillant. Von Kynast fit signe au chef d'orchestre, qui comprit aussitôt et fit jouer l'orchestre si fort qu'il sembla vouloir étouffer le tohu-bohu et les cris de douleur qui arrivaient de la forteresse. Les trompettes annonçaient déjà la victoire et il aurait été difficile de les contredire. Il y eut un moment de consternation parmi ceux qui se battaient comme si les sons entendus lors des répétitions leur avaient fait reprendre conscience. Les croisés retournèrent au combat, il y avait du tumulte au centre de la Cité. Les infidèles se préparaient sans doute à déposer les armes. La bataille tirait à sa fin. Les cœurs chargés d'émotion des spectateurs se remplissaient de fierté. Certaines dames essuyaient une larme. Jusqu'à Dame von Kynast qui, le rouge aux joues, serra la main de son époux pour lui témoigner son amour.

Le temps de la reddition était arrivé, les étendards des infidèles devaient être jetés aux pieds des vainqueurs, mais le charivari durait. La musique reprit de plus belle le même morceau, tandis que le chantre attendait de réciter le passage suivant. Déjà les invités commençaient à s'impatienter quand, brusquement, à travers la brèche de la muraille enneigée commencèrent à sortir des croisés quelque peu amochés, sans heaume et sans arme, certains perdant leurs armures par grandes plaques. Ils portaient des paquets, traînaient des sacs faits de leurs vêtements, beaucoup mâchaient, mais à cette distance cela ne sautait pas aux yeux. « Dieu soit loué ! » songea von Kynast. Les chrétiens poussaient devant eux les païens qui faisaient à présent pitié, avec à leur tête Iftikhâr, les habits déchirés, voûté, les mains nues. Les vaincus retenaient leurs tenues mises en pièces, ils s'emmêlaient dans leurs turbans dénoués. Les étendards brisés se retrouvèrent aux pieds des chevaliers, la musique devint triomphale et, finalement, les acteurs saluèrent le public enthousiasmé.

— Bienheureux l'homme qui a Ta force en lui et dans le cœur duquel se déploient Tes chemins, récitait le chantre. Car meilleur est un jour dans Tes parvis que mille ailleurs.

Von Kynast, un peu hâtivement peut-être, encouragea ses hôtes à regagner l'intérieur du château, exprimant ses craintes qu'ils aient eu froid et leur assurant que les attendaient du vin chaud et la suite des festivités de l'an nouveau. D'ailleurs, la vue d'un champ de bataille, quand tout est terminé, n'a rien de très plaisant. Quant à lui, il quitta subrepticement le château à travers neige pour aller voir. Il dépassa les paysans qui se dispersaient afin de regagner leurs demeures. Ils évitaient scrupuleusement son regard. Ils traînaient avec eux des sacs bourrés, leurs femmes cherchaient encore dans la neige des bouts de saucisses écrasées, de boudins sanglants, des morceaux de lard et de gras, s'arrachaient des porcelets, avant de déposer soigneusement le tout dans des paniers. Ils mangeaient. Tous mangeaient, rapidement, avec impatience. Dans le silence, on n'entendait que leur mastication et des cris brefs. Seul, le secrétaire de von Kynast était assis dans la neige près d'une épée brisée. Il sanglotait. Du sang suintait de son front ouvert.

— C'est un succès ! lui dit von Kynast et, dans un élan de tendresse surprenant, il aida son parent à se relever. Nous avons conquis la Cité !

La nuit tomba très vite, comme de juste à cette époque de l'année. Les fenêtres éclairées du château projetaient de longues ombres chaudes sur la neige piétinée. De la musique arrivait de l'intérieur. Les villages avoisinants fêtaient également la victoire des croisés. Dans les prés couverts de neige, l'on alluma des feux dont montaient des cris et des chants. Un enfant paradait avec un chapelet de saucisses autour du cou. Les chiens dispersèrent des os dans toute la région.

Che Guevara

Tout se passait alors dans la sombreur. Est-ce possible ? Le jour n'apparaissait qu'un bref moment et il était rêche comme la lingerie en burelle, comme les draps amidonnés de la résidence universitaire, comme un pull tricoté l'automne durant avec des fibres synthétiques pour tapis. L'énorme ampoule de soixante watts faisait office de soleil. Lorsqu'on quittait l'école, il faisait déjà sombre, puis encore plus sombre et encore plus sombre. Les magasins vides, vaguement éclairés, projetaient des taches jaunâtres sur les trottoirs humides. Demi-obscurité dans les tramways, demi-obscurité derrière les rideaux tirés des logements de la rue Nowotko. C'était début décembre 1981. À Varsovie.

J'avais froid en permanence. Aux arrêts de bus, je rêvais d'une doudoune matelassée en duvet, mais cela n'existait pas en Pologne communiste. Pareils vêtements venaient du cosmos, de l'étranger, d'un monde qu'il m'était difficile d'imaginer. Dans le bar à laitages près de l'université, un bar que tout le monde appelait *Le Cafard*, je commandais une demi-part de légumes et une crêpe. Après cela, je me sentais confuse d'avoir trop mangé. Allais-je encore me ruiner pour acheter un beignet, un de ces *pączek* ? Je rêvais que lorsque je travaillerais, lorsque je serais une femme mûre avec une position dans la vie, je m'achèterais tout un plateau de *pączek* rue Marchlewski, parce que c'est là qu'ils sont les meilleurs. Je les mangerais lentement, avec méthode. Je commencerais par celui qui se trouve au sommet de la pyramide.

À l'une de nos assemblées en amphi, les volontaires pour les missions de suivi psychologique reçurent des laissez-passer. Je pouvais donc quitter un moment la grève d'occupation, j'étais une privilégiée. Je ramassais fièrement mes affaires sur la table qui me servait de lit, avant de descendre au rez-de-chaussée où l'étudiant de garde vérifiait mon nom sur sa liste puis m'ouvrait la porte avec sa clé. Je me retrouvais dans l'air glacé, le brusque silence, la lumière indécise qui protégeait les secrets du parc de l'Institut. Le brouhaha des conversations, les rebonds des balles de ping-pong sur les tables en stratifié, les notes étouffées d'une guitare derrière un mur avaient disparu. Mais aussi la boule d'air desséchée, incrustée de poussière, que nous avions tous dans la gorge. Je respirais la froidure. Mes patients étaient mes sauveurs, ils me libéraient. Loin du quartier de Praga, ils me donnaient l'absolution qui, telle une missive angélique, volait au-dessus de la Vistule, de la ville, pour atterrir rue Stawki sur ma tête. La petite flamme du Saint-Esprit. J'étais une élue.

Je marchais jusqu'à l'arrêt du bus 111. Je n'avais pas atteint le Monument que j'étais déjà frigorifiée. Ensuite, quand l'autobus arrivait, j'y prenais mes aises. J'appuyais mes pieds sur la barre, sous le siège de devant, j'entourais très étroitement mes jambes et mes hanches de mon manteau, je relevais mon col et, douillettement, grâce à ma respiration qui me réchauffait, je traversais la ville en n'étant plus qu'un regard, une pure pupille sombre.

Dès que l'autobus quittait la place du Théâtre pour gagner la rue Krakowskie Przedmieście, la grève à l'Université était annoncée par des banderoles, avec des inscriptions en rouge, accrochées en travers du portail principal et du bâtiment de philosophie. Il y avait du mouvement, de l'excitation, une étrange euphorie, des petits cercles de silhouettes sombres, des échoppes où l'on vendait les publications *samizdat* et, devant la philo, deux étudiants avec une boîte dans laquelle les passants déposaient des cigarettes, rarement un paquet entier, généralement juste une ou deux. Nous, rue Stawki, dans notre Institut de psychologie, nous étions éloignés de cet enthousiasme, de ce brouhaha, de cette luminosité et de cette chaleur. Nous étions confinés dans un bâtiment sinistre, nous moisissions. Nous menions une grève provinciale. Bob Marley, qu'on y passait en boucle comme une sorte d'orgue de Barbarie révolutionnaire, de moulin à prières, ne nous était d'aucune aide. L'Histoire avec un grand « H » se jouait à Krakowskie Przedmieście, sur le campus central.

Par les fenêtres de l'autobus, je voyais l'agitation de l'après-midi dans la rue Nowy Świat. Les gens ont toujours ceci à régler, cela à voir, l'instinct grégaire s'intensifie toujours lors des crises historiques. Je descendais parfois rue Nowy Świat, d'autres fois, je restais dans le bus pour traverser la Vistule sombre et indifférente jusqu'à Saska Kępa. Là, la ville devenait silencieuse, la neige crissait plus franchement, comme à la campagne. On s'avançait dans une ruelle comme entre les bras d'une femme affectueuse.

Je m'occupais de trois personnes adultes. Mon chef, M., les appelait nos « clients ». Moi aussi je disais « client ». Parler de « patients » aurait été une traîtrise, cela aurait signifié que l'on se plaçait de l'autre côté, celui du conformisme, des hypocrites, du côté du système. M. disait également « les cinglés », « les fous », et cela me convenait tout particulièrement. C'était rustique et familier, comme si, avec ces mots, l'on revenait aux sources, au lin, au coton ou au simple pain noir ; aucune tromperie ne s'y cachait, loin de la prétention langagière de termes comme « psychose maniaco-dépressive » ou « schizophrénie paranoïde » ou « borderline ». On pouvait faire confiance aux mots simples. « La vérité, c'est que les gens sombrent dans la folie, depuis l'aube des temps, affirmait M. Pourquoi en est-il ainsi ? Vos études sont là pour y répondre. Est-ce une affaire de gènes, d'éducation, de subtiles modifications de molécules, d'enzymes, s'agit-il de forces démoniaques ou est-ce l'effet d'un rituel séculaire ? Vous en déciderez lors de vos séminaires. Les gens deviennent fous, il n'y a pas à tortiller. Il en a toujours été ainsi. Il y a toujours eu des fous et des gens normaux, et quelque part entre les uns et les autres, il y a nous, les aidants pleins de patience ».

Du deuxième étage de l'immeuble de la rue Tamka, M. nous supervisait, mais je le voyais rarement. J'étais en relation avec les volontaires séniors qui veillaient sur nous. Il y avait une hiérarchie, j'appartenais à un réseau. Chaque après-midi, nous nous dispersions tels les membres d'une confrérie secrète, comme un SAMU ésotérique ou des commis voyageurs de la santé psychique. Quand parfois je perdais la tête, j'imaginais ce que M. ferait à ma place. Grand, barbu, toujours vêtu d'une chemise à carreaux en flanelle, il était appuyé au rebord de la fenêtre depuis laquelle il voyait toute la ville. Penser à lui me calmait. Son message était clair quoique jamais exprimé directement, pas même lorsque nous prenions un verre chez lui après une réunion : « Les gens souffrent parce que le monde est ainsi conçu. Mais parfois leur souffrance n'a aucun sens, ils se livrent en sacrifice, alors que personne ne l'exige d'eux et que nul ne le comprend. Notre devoir consiste juste à être auprès d'eux. Nous voulons croire que cela les aide. Nous ne savons pas exactement comment. »

J'avais mes deux secteurs de rencontres. Dans le quartier Saska Kępa, quelques rues assombries par des arbres, et à Nowy Świat, juste à côté de l'avenue Jerozolimskie, au bar Amatorska. Dans celui-ci, enfumé et sombre, y compris durant les après-midi d'hiver, qui sont brèves comme un clin d'œil, j'attendais Che Guevara en grillant des cigarettes et en buvant du thé. Je m'installais habituellement à la table d'angle près de la fenêtre, d'où je pouvais voir une partie de la rue et un bout du magasin de vêtements aux rayonnages toujours vides. Des femmes en manteaux difformes à carreaux, un filet de courses à la main, guettaient le prochain arrivage de marchandises. Mon patient entrait dans le bar en tapant bruyamment des pieds, en lançant des regards intenses, prêt à se donner en spectacle ; il portait un *szynel* – long manteau militaire russe en laine – et un casque sous lequel il avait un bonnet chaud, mais il s'était également entouré de ceintures qui imitaient des bandes de munitions et auxquelles des gamelles pendouillaient. « Heil, Hitler ! » criait-il sur le seuil. Ou bien : « Salut camarades, vive la parade ! », ou autre chose de tout aussi inapproprié. Les gens tournaient lentement la tête sur son passage avec des sourires mi-railleurs mi-bienveillants, plus ou moins chaleureux. Parfois quelqu'un lançait : « Salut, Che Guevara ! » Ensuite, le brouhaha des conversations reprenait.

Avant qu'il n'arrive jusqu'à moi, il interpellait encore plusieurs personnes pour leur réciter un poème. Il plaisantait avec la serveuse, qui lui faisait un thé très léger sans citron mais sucré à faire tenir une cuillère debout.

— Elle m'attend, annonçait-il à tout le monde en me montrant du doigt.

Quand finalement, il s'asseyait et retirait casque et bonnet, sa tête grise aux cheveux coupés très court apparaissait, et moi j'avais l'impression qu'il avait quitté la scène, éteint la lumière, regagné la loge de son théâtre, et qu'il poussait un soupir de soulagement.

— Il fait froid, disait-il d'une voix calme et il entourait le verre à thé de ses mains pour les réchauffer.

Il souriait. Son visage glabre, pâle, enfantin, ne connaissait pas les grimaces.

— Eh bien ? demandais-je.

Il répondait « ça va » ou « ça ne va pas », mais cela n'avait sans doute aucune importance, car que voulait dire « ça va, ça ne va pas » ? Dans son existence, toute appréciation résultait de raisonnements qui lui étaient propres, élaborés selon des schémas personnels. Il était tout aussi vain de vouloir le convaincre de prendre les médicaments qui lui étaient prescrits, étant donné qu'il ne voulait pas le faire.

— Je ne suis pas moi-même quand j'avale des comprimés, disait-il.

M. affirmait que la folie est une adaptation personnelle et saugrenue au monde. Rien de mal en soi. Et il ajoutait sa phrase favorite : « Il faut juste éviter la souffrance quand elle n'a aucun sens. » Pour notre part, nous nous demandions ensuite quand la souffrance pouvait avoir un sens. Une autre de ses sentences préférées était : « Surtout, ne pas se laisser aliéner, ne pas se laisser soumettre par la peur. »

Il s'agissait donc de veiller à reconduire Che Guevara à l'hôpital au moment opportun ; autrement dit, quand le bassin de rétention de sa souffrance rompait brusquement, et que cette souffrance, devenant absolument insupportable, menaçait la vie même de Che. Quand le monde montrait ses crocs, devenait monstrueux, dévoilait sa véritable nature qui était toujours de s'en prendre aux êtres humains. Il s'agissait alors de fermer la maison de Che Guevara, de garder ses clés, puis de lui rendre visite à l'hôpital ; et lorsqu'il pouvait en sortir, l'installer de nouveau dans la vie. Ensuite, je devais me joindre à nouveau aux spectateurs de Che Guevara, l'observer quand il interpellait les gens dans la rue, quand son déguisement suscitait l'intérêt de familles entières, de vieilles dames en chapeau et gants au crochet qui s'arrêtaient pour le regarder, ou d'hommes venus dans la capitale pour leur travail qui le fuyaient en se servant de leur attaché-case comme repoussoir. Il arrivait que, lui ayant dit au revoir, je le suive encore dans les rues Nowy Świat et Rutkowski tandis que les gamelles accrochées à sa ceinture tintaient et effrayaient les pigeons. Certaines personnes traitaient Che Guevara comme un clochard et lui fourraient dans les mains quelques sous. Il s'en saisissait sans paraître gêné. Je l'ai également vu rejoindre une manifestation. Il y déconnait, marchait au pas cadencé, criait « Hände hoch ! » ou bien « Gestapo ! », faisant ainsi entendre des paroles enregistrées par son esprit durant la guerre et dont sa tête était saturée. Sa mémoire n'allait pas au-delà de 1945. Il ignorait les années qui avaient suivi tout autant que le présent, et sans doute était-ce ce qui lui permettait de se sentir en sécurité : il était obsolète. Malgré cela, je craignais qu'il ne lui arrive malheur. Les révolutions n'aiment pas les fous puisque, pour leur part, elles sont mortellement sérieuses.

— Nous pouvons aller au Club, lui proposai-je en pensant à la laverie transformée en salle d'accueil où nous recevions nos patients pour un thé, pour jouer aux dames ou au ping-pong.

— Je n'aime pas aller là-bas.

— Pourquoi ?

— Parce qu'ils me prennent pour un fou.

— Tu fais tout pour qu'on te prenne pour un fou.

— Je sais.

— Tu te déguises en résistant de la dernière guerre, tu cries dans les rues, tu interpelles les gens, tu dis des conneries…
— Je sais.
— Dis-moi pourquoi. Pourquoi fais-tu cela ?
— Je ne sais pas. Peut-être que je suis fou.
— Peut-être que tu l'es.

Le soir, dans la fac occupée, les deux téléphones étaient assiégés, une longue queue se formait devant les cabines. Maman me répétait toujours, comme ensorcelée : « Rentre à la maison. Prends le train et rentre à la maison. » Mon père lui arrachait l'écouteur des mains pour me dire : « Rapporte-moi un peu de documentation ! » Je me glissais dans mon sac de couchage pour lire, allongée sur ma table, près d'un radiateur. À côté de moi, sur la table voisine, vivait un couple qui était dans l'année au-dessus de la mienne, mais je ne savais pas comment lier connaissance avec eux. Ils étaient complètement occupés l'un par l'autre.

Des réunions sans fin en amphi, des motions à voter, un président du Comité de grève dont les sabots en bois claquaient sur le sol en béton qui datait du temps où le bâtiment de psycho était le siège de la Gestapo[1]. D'une minute à l'autre, j'étais gagnée par l'ambiance élevée de la révolution ! Le sentiment

---

1. À partir de 1973, le département de psychologie occupe l'ancien siège de la *Kommandantur*, l'un des deux immeubles du ghetto de Varsovie restés intacts. Au cours des travaux de rénovation, des inscriptions en de nombreuses langues laissées par les détenus ont été découvertes sur les murs des caves. (*N.d.T.*)

délicieux de n'être qu'un rouage de la machine, un grain de sable, un petit fractale, un flocon de neige conscient d'être un élément de la tempête de neige ! Le soulagement de participer à une existence collective, de ne plus s'appartenir, de se dépasser, ne serait-ce qu'un instant ! Dans les couloirs menant aux amphis, nous fumions des cigarettes près des cendriers remplis à ras bord de mégots. Le cercle de fumeurs fluctuait, changeait, à chaque instant quelqu'un venait, quelqu'un s'en allait. Après cela, j'étais brusquement gagnée par la fatigue et mon besoin de m'isoler était tellement intense que je m'enfermais dans les toilettes du second étage pour y rester assise à regarder les plaques de peinture du plafond lépreux. Je retenais mon souffle quand quelqu'un agitait violemment la poignée de porte avant de gagner le W.-C. voisin. Je finissais par retourner honteuse à ma table pour y lire *Marelle* de Julio Cortázar, une fois de plus, mais selon un autre ordre de lecture des chapitres. Découvrir que les événements ne devaient pas nécessairement se suivre à l'identique de façon immuable et qu'il pouvait en être également ainsi dans la vraie vie où les faits, telles des cartes, étaient battus et rebattus devant mes yeux pour constituer des configurations aléatoires, me bouleversa. Ne descendais-je pas d'un étage pour faire la queue devant le téléphone, mais aussitôt laisser tomber et me rendre au buffet, puis de nouveau faire la queue, et recommencer cette séquence d'événements autrement ? Gagner ma table puis les toilettes, puis l'amphi et le téléphone, et la table, et le buffet... Ensuite, j'eus l'impression que les autres faisaient de même, qu'ils éprouvaient l'ordre et le chaos, et que l'animation fébrile qui régnait dans le bâtiment venait de là, tout comme celle de ces petits groupes de gens dans la rue. L'expérimentation était à l'origine de ces drapeaux claquant au vent, accrochés partout où c'était possible, comme de cette soudaine obscurité en milieu de journée.

Derrière la vitre, la ville s'assombrissait, la froidure rutilait. De ma place près du radiateur, de mon sac de couchage étendu sur la table, elle semblait désormais dépourvue de tout espace bienveillant pour les êtres humains, comme si le temps qui était le nôtre avait arraché l'ensemble des douces tapisseries du monde pour laisser apparaître son horrible et dur squelette. Expérience sur de très jeunes singes : on leur donne à choisir entre deux mannequins aux dimensions de leur mère. Le premier est douillet, moelleux, mais sans lait, le second en fil de fer n'est que froideur, mais avec des mamelles artificielles d'où la nourriture coule à volonté. Les petits singes choisissent la délicieuse douceur de mourir de faim. Tout faibles, ils se blottissent contre la fourrure artificielle. Avant de dormir, je priais pour tous les êtres soumis aux expériences. Y compris les êtres humains.

J'avais alors besoin de douceur. Mes mains se portaient malgré elles vers les rideaux en peluche des cinémas et des restaurants, rêvaient d'improbables étoffes en panne de velours et en chenille de laine, caressaient à les élimer les pantalons en velours côtelé, chiffonnaient mon foulard en soie délavé. La douce légèreté de l'air humide du printemps, le soleil, le sable, un vrai café, le savon sentant bon me manquaient. J'étais courbatue à force de dormir sur une table, et le col roulé rêche de mon pull laissait sur ma peau un cercle rouge.

Je m'occupais également d'Igor. Il avait plus ou moins mon âge et habitait un appartement encombré de bibelots, rue Szaserów, avec son père et sa mère. Il fuguait de chez eux, prenait un train après l'autre sans billet, restait toujours humble, calme et de bonne humeur. Il se débrouillait au cours de ses voyages, les gens lui offraient, qui un sandwich, qui une pomme ou un bonbon acidulé. Il savait faire bonne impression. Il disparaissait pour des mois, rentrait sale et fatigué. Sa mère, dans une sorte de fureur, le conduisait alors à l'hôpital, mais on le laissait rapidement sortir. Le facteur lui apportait sa pension d'invalidité et Igor repartait pour une série de déplacements en train. Ivre de voyages, de fuite en avant où que ce fût, il ne donnait pas signe de vie jusqu'à ce que, au bout d'un certain temps, la milice ou une ambulance des villes de Ełk ou de Suwałki le ramène chez ses parents. Nous cherchions à le fixer, à l'enraciner tel un buisson, nous essayions de le retenir. Je l'accompagnais au Club pour y faire des mots croisés, jouer aux cartes ou aux petits chevaux, le tout de façon monotone et non sans ennui. Nous lui présentions sur un plateau des passions possibles : collectionner les timbres ou les pierres, construire des maquettes d'avion, prendre soin de poissons tropicaux en aquarium. Il souriait aimablement puis revenait aux trains. Il demandait à aller en promenade jusqu'à la gare en passant par le pont, l'avenue Jerozolimskie, et ainsi nous arpentions les quais en regardant changer les noms des destinations sur les panneaux d'affichage.

Il s'arrêtait juste à la ligne rouge pour observer attentivement le train entrant. Il savait que dans un tel il y aurait un wagon-lit et dans tel autre des couchettes. Il comptait les wagons.

— Oh, un wagon-restaurant Wars, disait-il avec dévotion.

— Tu ne peux pas traîner à travers toute la Pologne, lui répétais-je comme s'il était un enfant et moi l'une de ces mères lambda.

— Je sais, répondait-il comme un adulte.

— C'est dangereux, on ne peut pas vivre de la sorte. Tu te retrouveras de nouveau à l'hôpital.

— Est-ce qu'il ne serait pas possible d'arranger les choses pour que je devienne cheminot ?

— Ce serait possible, mais tu devras faire des études.

— Sans études, c'est pas possible ? demandait-il déçu.

Il m'appelait « Reine de Pologne ».

Quelques années plus tard, il rendit visite à mes parents. Au fil de nos conversations, il avait dû retenir le nom de la petite ville qu'ils habitaient. Il arriva chez eux un matin, bien habillé, poli. Il leur dit qu'il était de mes amis. Maman l'invita au petit déjeuner et, avec mon père et lui, ils s'étaient mis à bavarder. Dès qu'Igor se sentit en confiance, il développa devant mes parents sa vision cosmogonique des correspondances entre les lignes de chemin de fer, les locomotives, les gares et leurs agents, de l'univers en réseaux, de la hâte éternelle des changements de train dans les bouffées de vapeur, des grincements d'aiguillage, des coups de sifflet et du martèlement, des bruits monotones, des bielles en plein effort, des foules traversant les nefs de verre jusqu'aux estrades des quais et aux autels des guichets pour acheter leurs billets, là où la communauté sacerdotale des agents de chemin de fer accomplissait ses rituels, tandis que les chefs de train se présentaient en uniforme pour leur retraite spirituelle. Il parla des saintes stations, de la mystique des lieux de destination, du salut par le voyage, et des voyages et encore des voyages.

— Et votre fille, Madame, Monsieur, la Reine de Pologne, la Tsarine de la Psychologie, la Déesse de Drewnica[1], qu'elle soit bénie ici-bas et que sa vie soit heureuse maintenant comme par la suite, dans sa vie d'après, dans la mort et après la mort, j'en conjure tous les saints !

Le soleil de mai brillait au-dessus de la ville, les branches du mélèze regardaient dans la cuisine à travers la fenêtre. Le voisin balayait le trottoir devant sa maison. La bouchée que ma mère venait d'avaler se bloqua brusquement dans sa gorge. La cigarette s'immobilisa soudain entre les lèvres de mon père.

Cyryl participait à la grève d'occupation. Un drôle de gars, grand, au visage boutonneux parsemé de touffes irrégulières de barbe. Autiste remarquablement doué, il avait été autorisé à s'inscrire à l'université à titre exceptionnel. Sombre d'apparence, il hantait les couloirs, et les personnes qu'il croisait

---

1. Hôpital psychiatrique de Mazovie dont la devise est : « Ce qui est le plus précieux pour l'esprit, c'est la puissance du cœur. » (*N.d.T.*)

se taisaient, aussitôt confuses, gênées de leurs papotages. Elles détournaient le regard vers les murs recouverts de peinture à l'huile, elles éteignaient leur cigarette ou se mettaient à lire brusquement les petites annonces. Au cours des réunions d'amphi orageuses, il restait debout dans un coin à regarder un point du sol, à quelques mètres du bout de ses chaussures. Nous suivions son regard malgré nous, à la recherche d'un défaut, d'un morceau de papier, d'une pièce de monnaie. Mais lui regardait dans le vide. B., adorée par les étudiants, veillait sur lui de loin. Elle nous rappelait régulièrement qu'il fallait être tolérant, que nous étions exceptionnels, que nous allions soigner les gens qui se trouvaient à l'extérieur, que nous allions changer le monde, que tous les êtres humains étaient égaux entre eux et dignes d'amour, que la notion de maladie psychique relevait du système répressif. Lorsque Cyryl prenait la parole, il s'exprimait en termes précis et avec logique, quoique lentement ; nous l'écoutions, tendus, appréhendant une explosion de bizarrerie, de singularité, d'infirmité. Lorsqu'il terminait, un silence se faisait. Nous avions besoin d'un peu de temps pour nous remettre. Le brouhaha ordinaire reprenait en intensité lentement.

En apparence, rien n'avait changé. Tout aurait pu durer et durer encore, roule la vie au point mort ! Il se peut que la grève soit un état normal du monde, un état évident, le plus proche peut-être entre tous de la nature humaine. Rien à voir avec la touffeur agglutinante de l'autre ordre des choses. Et pourtant, par en dessous, tout devenait insupportable.

Un soir, Cyryl devint fou. Il courait dans le couloir, se cognait à un mur pour rebondir jusqu'à l'autre, poussait des hurlements terribles, inhumains. Dans le silence soudain de l'ancien siège de la Gestapo, sur les paliers mal éclairés, sa voix monstrueuse avait des sonorités de mauvais augure ; elle nous tira brutalement de notre rêverie de votes, des listes de revendications et des projets de grèves tournantes. Effrayés, nous nous confondîmes avec les murs.

B. courait derrière Cyryl, cherchait à le calmer, à le prendre dans ses bras, à le rassurer. Il s'échappait. « Cyryl, Cyryl », répétait-elle sur un ton monocorde, comme si elle voulait l'endormir. Finalement, il se laissa stopper, et elle, aidée de plusieurs cliniciens, l'emmena dans une salle. Notre professeur de psychologie générale nous demanda de nous disperser. Nous avons donc essayé de nous égailler dans les couloirs sans fin et dans les salles de cours où, pourtant, l'épouvantable hurlement nous parvenait toujours. J'entendais des coups sourds, Cyryl se cognait la tête contre les murs.

Finalement, on appela une ambulance. Un moment plus tard, nous avons vu que l'on emmenait Cyryl en camisole de force.

Par la suite, nous avons commenté l'incident entre nous : dans ces couloirs étouffants, pleins de poussière et de fumée de cigarette, avec pour toute vue, par les fenêtres, des cubes gris d'immeubles entre des arbres dénudés, n'importe qui peut devenir fou. La terre semble porter une tenue de camouflage militaire aux taches irrégulières marron et blanc. Qu'on en finisse ! Rentrons chez nous.

Parmi mes protégés, Anna était celle qui habitait le plus près. Rue Nowy Świat, après le salon de thé Blikle, le premier portail ouvrait sur une grande cour entourée d'immeubles en un carré discontinu, avec un bac à sable, deux bancs, des poubelles en béton, plusieurs érables et des buissons de symphorine blanche. L'appartement d'Anna était au quatrième, très haut, et, de ce fait, elle ne sortait pas volontiers. Un petit couloir, une pièce et une petite cuisine. La fenêtre du balcon donnait sur la rue Nowy Świat. Anna la regardait toujours à travers ses rideaux, elle ne pouvait donc la voir que brumeuse, floue et marquée de motifs géométriques. Anna descendait deux fois par semaine, faisait de modestes courses dans l'épicerie fine aux étagères quasiment vides, puis allait prendre un verre de cognac au bar Amatorska. Elle ne buvait plus de café depuis longtemps. Je lui donnais parfois rendez-vous là-bas. Il arrivait que nous restions assises quelque temps à la même table que Che Guevara, mais cela ne lui plaisait pas. Elle le regardait faire ses mines et se livrer à ses facéties avec désapprobation.

— Essayez de vous dominer, monsieur ! lui sifflait-elle.

Elle portait le verre à ses lèvres. Ce n'était que lorsque Che s'en allait en faisant tinter les gamelles et les douilles enfilées sur des cordons, qu'elle disait :

— Cela va de plus en plus mal. Je bois du lait chaud, je me réchauffe les pieds avec une bouillotte, mais je n'y arrive pas pour autant. Je ne dors pas de la nuit. Parfois je sombre un quart d'heure dans un cauchemar, un demi-sommeil vaseux, dénué de sens, épuisant. Ah ! mon enfant, que faire ? Qu'est-ce que je peux faire ? me demandait-elle sur un ton dramatique en serrant ma main entre ses maigres doigts.

— Vous manquez peut-être d'air frais ? disais-je innocemment (nous jouions à ce jeu depuis longtemps).

— Oh non, ma chère enfant, j'aère chaque soir pendant au moins une demi-heure, me répondait-elle.

— Vous mangez peut-être quelque chose de peu digeste ? tentais-je.

— Non, non, ma chère, je prends mon dernier repas à dix-sept heures.

— Nous pouvons demander des somnifères, finissais-je par dire.

Elle éloignait alors sa chaise de la table pour se figer un moment dans une posture fâchée.

— Cela, je m'y refuse ! Jamais ! finissait-elle enfin par dire avec difficulté. Une chose terrible arriverait alors. Je ne sais pas laquelle, mais ce serait terrible.

— Allons promener, Anna.

C'était la seule chose que je pouvais lui proposer.

Nous marchions rue Foksal et rue Kopernik, puis rue Świętokrzyska, pour revenir par la rue Nowy Świat. Ou bien dans l'autre direction, vers le fleuve. Au-delà de celui-ci s'ouvraient des espaces qui nous attiraient sans doute toutes les deux, même si nous n'en parlions jamais. Aller jusqu'à la jonchaie des berges du fleuve, suivre son tracé millénaire, quitter la ville, gagner les étendues de champs gelés, traverser les chemins agrestes, suivre les sentes jalonnées de saules pleureurs. Atteindre la mer, peut-être ; ou, au contraire, marcher vers le sud, les montagnes, puis la grande plaine. Nous défaire de nos bonnets d'abord, puis de nos gants et enfin, à la lisière des vignobles, abandonner nos manteaux d'hiver. Nous immerger dans des journées de plus en plus longues, nous laisser inonder de lumière.

Anna tremblait quel que fût le temps. Se mordant les lèvres, elle observait attentivement chaque mètre de trottoir, rambarde, escalier, vérifiait de la pointe de ses chaussures les bordures de trottoir. Parfois, quand elle découvrait un trou, une imperfection, un peu de rouille, elle me regardait d'un air entendu et triste. Nous marchions l'une à côté de l'autre, emmitouflées.

Elle me disait de regarder attentivement. Je voyais la ville toujours grise, dans ses diverses nuances de gris ; une ville désagréable au toucher, froide, gercée, avec en son milieu la blessure du fleuve. De rares autobus traversaient silencieusement les ponts pour revenir aussitôt. Les gens se doublaient de leurs reflets dans les grandes vitres assombries des devantures. Pareille à une âme indécise, leur respiration blanche s'échappait de leurs bouches. Un jour, Anna me demanda où j'habitais et, entendant que c'était rue Zamenhof, elle se couvrit la bouche d'effroi.

— Ils n'auraient pas dû construire des immeubles sur un cimetière. Ils auraient dû isoler les ruines du ghetto du reste du pays pour en faire un vrai cimetière, un musée. D'ailleurs, il aurait fallu faire ça avec toute la ville. Ils auraient pu reconstruire Varsovie du côté de Częstochowa, près de la Sainte Vierge, ou encore sur la rivière Narew. C'est si beau par là-bas. Tire-toi d'ici, mon enfant !

Je lui promis maintes fois de le faire. Après notre promenade, je la reconduisais jusqu'à son appartement, étroit comme un nichoir d'oiseau, avec de hauts plafonds. Je secouais la neige de son manteau, lui faisais du thé Madras dans une théière en porcelaine blanche et lui préparais des pommes de terre à l'eau. Elle me houspillait :

— Parle-moi, interroge-moi, raconte, fatigue-moi pour que je m'endorme à coup sûr quand tu t'en iras.

Je parlotais donc. Je lui racontais la grève, les changements qui devaient intervenir, les gens, mais en fait, c'était un discours étrange. De l'appartement d'Anna, le monde semblait irréel, inquiétant par son absence de vie. En bas, il ne se passait rien, les slogans étaient illisibles de son étage, la clameur des manifestations se perdait dans le labyrinthe des cours intérieures pour se répercuter en une phrase privée de signification. La ville était faite de toitures, d'antennes et de cheminées, juste pour les oiseaux et les nuages, pour un ciel nuageux en permanence, pour l'obscurité. Pas pour les êtres humains.

— Tu vois mon enfant, c'est la fin. Tu vois comme l'image se dilue à l'horizon, tu le vois ?

— C'est toujours ainsi par ce temps-là, la rassurais-je.

À cette époque, sans le vouloir, nous prenions probablement tous part à une guerre cosmique. Des influences planétaires s'opposaient-elles ? Oui, ce devait être quelque chose de ce genre. Les gens se sautaient à la gorge, se tiraient dessus à bout portant. Attentat contre le pape, contre Reagan, assassinat de John Lennon. Tout semblait sur le point de changer radicalement en quelque chose qui n'était pas encore identifié. La réalité ondoyait. Illusion et désillusion se faisaient des politesses sur le seuil, clapotaient dans l'air ensoleillé des voiles de la Māyā[1].

— Je rêve le monde, disait Anna en lavant sous un filet d'eau les tasses dans lesquelles nous avions bu du thé et en essuyant soigneusement les petites cuillères avec un torchon. Je le rêve, mais le sommeil me donne du mal. Tu n'es pas en mesure de m'aider, ajoutait-elle. Personne ne le peut. Tu viens juste ici et nous parlons. Le monde est en train de disparaître, c'est la fin.

Je n'accordais pas foi à ses paroles, mais j'abandonnai l'idée de la ramener sur terre. Pourquoi devrions-nous avoir les pieds sur terre, me disais-je. Il n'y a aucun mal à penser que l'on est celui qui maintient l'existence du monde, qu'on le porte sur ses épaules, tel Atlas. Qu'on le sauve, qu'on meurt pour lui. En un sens, c'est exact. Quand on y regarde d'une certaine façon, c'est une vérité majeure.

La philosophie première d'Anna était que le rêve sauvait le monde. Que tandis qu'elle dormait, le monde déjà corrompu, abîmé, usé, se régénérait. En rêvant, elle sauvait toute chose de la mort. Personne ne savait cela, évidemment, les gens sont si pitoyablement bidimensionnels (« comme une feuille de papier », disait-elle) ; il n'y avait qu'elle, son médecin

---

1. Philosophie hindoue. L'illusion de la Māyā tiendrait à ce qu'on la croit éternelle alors qu'elle est déjà passée au moment où le spectateur la perçoit. Le salut, pour l'homme, est donc de reconnaître la pérennité de la Nature par-delà ses transformations. (*N.d.T.*)

et moi, qui connaissions la vérité. La fille d'Anna, visage célèbre de la télévision polonaise, ne s'en doutait nullement, elle non plus. Elle ne faisait qu'accompagner Anna à l'hôpital quand l'accablement et l'insomnie plongeaient celle-ci dans une dépression de plusieurs mois.

— Pourquoi vous ? lui avais-je demandé à notre première rencontre.

Elle me demanda alors de découper des grilles de mots croisés remplies pour en faire des carrés de lettres, lesquels entraient ensuite dans de gigantesques puzzles. Ce ne fut qu'après un moment qu'elle leva le doigt avec un air mystérieux pour montrer le ciel du geste de saint Jean-Baptiste.

Mais comment pouvait-elle sauver le monde en souffrant d'insomnie ? Elle m'indiqua du regard les gens agglutinés dans les files d'attente, les bannières de la grève à l'université, autrement dit tout ce qui arrivait à cause des insomnies de Madame Anna Topiel, professeur de langue polonaise qui habitait depuis toujours rue Nowy Świat.

Elle disait – tandis que nous buvions ce mauvais thé Madras dans ses magnifiques tasses avec dorure – que le monde nécessitait environ huit heures de son sommeil. Ce n'était pas excessif. Elle disait également qu'elle ne dormait qu'une heure ou deux, et encore d'un sommeil agité, vers le matin. Au cours de ce sommeil léger, elle entendait le monde grincer dans ses fondations. À vrai dire, le médecin lui avait prescrit des somnifères et des comprimés pour avoir meilleur moral, mais elle ne pouvait pas les prendre. On ne saurait manipuler les lois de la réalité avec une pharmacologie rudimentaire ! Je lui donnais raison. Je distribuais les cartes du whist, jeu ennuyeux entre tous. Je veillais à lui appliquer des doses d'ennui, à lui brancher un goutte-à-goutte de tranquillité ; élonger les mots, ne jamais atteindre le trait d'esprit final, souffler sur les braises du silence, diluer le thé avec de l'eau, comme s'il s'agissait d'un médicament homéopathique, et chantonner doucement des berceuses. Tels étaient mes sortilèges.

Un jour, je la vis s'endormir. Elle était dans son fauteuil, la tête penchée de côté, le visage paisible et beau. Malgré moi, j'allai à la fenêtre, je devais vérifier. Des nuages bas d'automne filaient vite, le soleil se montrait pour se diluer sur les toits des immeubles.

J'arrivai chez lui le samedi après-midi en tramway, juste pour m'assurer que tout allait bien. La grève était devenue tournante, le lendemain devait avoir lieu un grand rassemblement à l'université, et ce jour-là, une réunion était prévue dans la soirée.

Un long moment, Che Guevara ne voulut pas m'ouvrir. J'entendais sa respiration derrière la porte tapissée de journaux, l'effleurement par ses cils du judas.

— Mot de passe ? dit-il.

Je prononçai lentement le premier mot qui me vint à l'esprit, je ne me souviens plus ce que c'était – ciel, feuille, gamelle – et après un bref moment, la serrure grinça, la porte s'ouvrit.

Il n'avait pas l'air d'aller bien. Sans ses attributs fantasques – grenades à la ceinture, casque et insignes militaires –, juste en jogging polyester gris, il semblait nu. Il tremblait de tout son corps. Pauvre vieillard négligé qui apparaissait désormais dans sa vérité nue. Il n'était en aucune manière un enfant, pas même un jeune homme turbulent. Il était un vieillard précoce et maigrichon qui n'avait pas eu d'enfance ni connu la maturité. De nourrisson, il s'était mué en vieillard. Désormais, il devait rattraper le temps perdu. Traînant des pieds dans ses charentaises trop grandes, il me conduisit au fond de sa garçonnière remplie de journaux. Les fenêtres étaient obturées par de vieilles couvertures, et, en sus, par des serviettes de toilette accrochées aux tringles à rideaux. Il claquait des dents de peur ou de froid. Semblable aux bulles des bandes dessinées, de la vapeur s'échappait de nos bouches.

Il me dit être observé depuis le matin. Il affirma que ça avait d'abord été depuis la rue, et désormais du haut de l'arbre, et avec des jumelles et des télescopes dirigés directement vers ses fenêtres. Voilà pourquoi il les avait voilées. J'étais sur le point de lui demander qui l'observait, lui, le pauvre fou, qui en voulait à sa vie, mais je ne le fis pas. J'avalai ma langue. Chaque explication serait venue s'ajouter à son délire ; chaque parole, chaque effort pour identifier son persécuteur aurait donné plus de force à sa vision. En conséquence, je me tus ; je préparai un borchtch blanc en sachet. Il me regardait dans l'espoir que je dirais quelque chose. Il tremblait de plus en plus. J'allumai le soleil artificiel.

— Veux-tu aller à l'hôpital ? lui demandai-je tandis que nous buvions la soupe chaude dans des mugs.

Il me répondit qu'il était trop tard.

— Je vais téléphoner pour demander de l'aide, dis-je.

Il se précipita vers la porte contre laquelle il se colla.

— Pas question. Tu ne peux pas sortir d'ici. Tu es tombée dans une souricière. Ils sont sur le point de venir cogner à la porte.

Je fis un pas indécis vers lui, mais je compris que cela entraînerait une lutte. Il ne me laisserait pas sortir.

Il savait lire dans mes pensées. Il me saisit la main et la serra. Nos doigts en devinrent blancs. Dans un réflexe de soudaine et intense panique, je me dis que je ne savais pas ce qu'il fallait faire, que je devais agir seule, que je devais devenir un repère serein et sûr pour cet homme fou de peur. Dominer sa nervosité, bloquer son effroi, le calmer. Je posai une main sur son dos, je l'entourai d'une couverture, je le serrai contre moi. Je sentis ma propre peur se dissoudre comme de la fumée dans le ciel. Je devenais une plaine vaste et uniforme, un morceau de paysage insensible. Entendu, lui promis-je. Je ne partirais pas tant qu'il ne le voudrait pas. Je songeai à Anna, au fait qu'elle ne pouvait pas dormir et que l'unique chance de salut pour le monde reposait sur le sommeil, le sien et le nôtre. Il n'y a en effet que grâce au sommeil que nous pouvons nous en sortir. Notre sommeil ravaude tous les trous par lesquels le Mal remonte à la surface, des ténèbres impossibles à percer.

— Dormir. Che Guevara, il faut dormir. Nous allons dormir, répétais-je.

J'énumérai avec monotonie les objets qui se préparaient à dormir comme si je récitais une litanie particulière. Les arrêts de bus et les poteaux indicateurs s'endorment ; les réverbères et les marches à l'entrée des magasins, les voitures et les cheminées sur les toits, les arbres, les trottoirs, les vélos, les rambardes des ponts, les rails des tramways, les poubelles, les papiers de bonbon, les mégots, les billets usagés, les bouteilles de bière vides, aussi. Et toutes les rues du quartier Saska Kępa – les rues Francuska, Obrońców, Walecznych, Ateńska et Saska –, mais également celles des autres quartiers, et pour finir tous les quartiers de la ville, et les villes elles-mêmes. Katowice et Gdańsk, Wałbrzych et Lublin, Białystok et Mrągowo. Le sommeil vole au ras de la terre comme un roulement de tonnerre, comme une fumée sombre et chaude. Il emmitoufle le pays d'un étrange engourdissement. Partout les gens portent les mains à leur visage pour frotter leurs yeux ensommeillés. Sur la route près de Kalisz, les voitures s'arrêtent sur le bas-côté et leurs conducteurs s'allongent sur le sol pour dormir, à même la neige. Les trains stoppent et somnolent dans les champs, les navires tanguent avec monotonie dans leur rade, la corne de brume portuaire appelle à dormir. Les chantiers navals s'endorment, les chaînes des usines nocturnes s'arrêtent. À la télévision, le présentateur bâille et se prépare à dormir devant les spectateurs à la surprise somnolente.

Je le blottissais contre moi comme on le fait avec un enfant et il n'y avait en cela rien d'indécent, rien de contraire aux règles, parce que tous les deux nous étions pareillement frêles, pareillement petits. Nous nous sommes mis à flotter dans cette modeste garçonnière, encombrée de paperasses, dotée de son propre soleil électrique, comme un univers décroché, aux parois transparentes et friables, une bulle de savon planant au-dessus de la grande ville glacée. Lents tournoiements autour d'un centre invisible. Je sentis le corps de Che devenir mou et lourd comme s'il mûrissait et qu'il lui fallait tomber à terre afin d'y puiser une force positive qui ne permettrait plus qu'il soit emporté par le vent tel un papier de bonbon. Il me semblait que des écluses, que de grandes portes fluviales s'étaient ouvertes entre nous, dans un grincement, avec onction, et que, par notre bercement, nous avions mis en branle un mécanisme puissant. Nous avions appuyé sur une commande. Désormais, c'était impossible à stopper. Les rivières confluaient – la sienne et la mienne –, elles se rencontraient pour s'unir, se mélanger et, un instant, j'eus l'impression joyeuse qu'il devait précisément en être ainsi, que je prendrais sur moi son effroi pour le dissoudre en moi comme un glaçon dans l'eau chaude ; qu'au fond, si tout cela pouvait être pesé, comptabilisé pour connaître l'amplitude de sa peur et celui de mon calme, je l'emporterais ; j'étais plus vaste que lui, quantitativement plus importante. Ma rivière était plus chaude, nourrie par les plaines, chauffée par le soleil. Lui était à peine un ruisseau, glacé et turbulent. Mais aussitôt après avoir pensé cela, j'eus peur parce que mes contours s'estompaient. Le petit ruisseau gonflait, bouillonnait, fonçait avec une puissance qui rabotait mes profondeurs. Il charriait avec lui de la vase, devenait trouble, attaquait avec une fureur croissante. Mais tout cela se passait par en dessous et ne pouvait être visible. Che Guevara ferma les yeux et soupira. J'avais l'impression qu'il était sur le point de s'endormir. Or, par en dessous, une lutte avait commencé, une succession d'assauts, une invasion violente. Par en dessous, ce vieillard innocent cherchait à gagner du terrain en m'obligeant à respirer avec son rythme paniqué. Du centre, des vagues de panique venaient vers moi telles les ondes à la surface de l'eau. Des petites brisures glacées se transformèrent en un tremblement qui lentement s'empara de tout mon corps. J'essayai encore de fuir devant cette monstruosité terrible et grimaçante, mais je savais déjà qu'aucune échappatoire n'était possible. C'était un état terminal, un état élémentaire. Tout le reste n'était qu'apparence. Je compris soudain que lui, Che Guevara, avait raison. Comment était-il possible que cela ne me fût pas venu à l'esprit plus tôt ? Ils nous observaient, ils s'étaient installés dans l'arbre, ils préparaient pour nous les pires des salles de torture, ils savaient tout de nous. Des êtres troubles, de sombres personnages mâtinés d'ombre mais reliés par leurs cordons ombilicaux gluants au centre obscur de la terre. Justement. Pourquoi ne pourraient-ils s'être installés dans les arbres, puisque, comme on le sait, ils sont capables de tout ? Pourquoi ne nous observeraient-ils pas avec des jumelles du peuplier devant la fenêtre ? Comment cela avait-il pu me sembler tellement absurde ? Des dizaines d'hommes en trench-coat noir se faufilant dans les ruelles. Des paniers à salade de la milice dissimulés dans les cours. Le grésillement en sourdine de leur radio. Les yeux pédonculés des appareils de vision nocturne pointés sur chaque fenêtre. Ils ont dans leurs sites secrets des tonnes de matériel dont nous n'imaginons même pas l'existence. Ils prennent le pouls de chacun de nous.

Ils dirigent l'histoire, tirent les ficelles, nous font subir des lavages de cerveau, nous contraignent à voir ce qu'ils veulent que nous voyions. Et nous nous y plions ! Ils nous soufflent des phrases toutes faites et nous les prononçons. Ils impriment des journaux fallacieux dans lesquels ils décrivent le monde selon leur bon vouloir. Ils nous obligent à croire à ce qui n'existe pas et à nier ce qui est évident. Et nous le faisons ! Ils se font passer pour nos amis et même – oui, vraiment ! – je ne peux jamais être certaine que la personne que je vois dans le miroir, c'est bien moi.

Je m'arrachai brusquement au divan pour parfaire l'obturation des fenêtres avec les serviettes de toilette ; puis, par précaution, je fermai l'arrivée de gaz principale. Sur la pointe des pieds, j'allai m'assurer que toutes les serrures de la porte étaient bien fermées. Che me suivait du regard avec l'air de quelqu'un qui sait.

— Tu vois ! Tu vois bien ! Je te l'avais bien dit, non ? marmonnait-il.

Nous restâmes assis sur la couche de journaux, blottis l'un contre l'autre jusqu'au petit matin. Toute la nuit, dans ma tête, apparaissaient d'étranges idées semblables à ces feuillages d'un blanc laiteux qui croissent les nuits de givre sur les vitres. Je les effaçais, mais elles continuaient à pousser, même si elles étaient d'heure en heure plus faibles. L'aube qui arrivait les chassait peut-être. Finalement, je dus m'endormir, parce que la voix de Che et le gargouillis de l'eau dans la bouilloire me réveillèrent.

Che était près du réchaud à gaz en train d'attacher à sa ceinture son holster en carton sans pistolet.

Les rideaux étaient déjà ôtés, une lumière hivernale, métallique, pénétrait par la fenêtre.

J'étais étourdie comme si j'avais fumé un paquet de cigarettes, comme si je m'étais évanouie et que l'on m'avait fait reprendre mes esprits. Je regardai l'appartement avec circonspection. Je scrutai les branches des arbres. Je lus les titres des journaux dispersés un peu partout. « Je suis en proie à une crise d'angoisse, je fais un épisode psychotique », me dis-je. Il m'avait contaminée, je m'étais laissée infecter, gagner par ses fantasmes, il m'avait hypnotisée.

— Che, tu vas à l'hôpital. Je sors téléphoner.

Il ne protesta pas et commença à préparer ses affaires. Une fois dans la rue, mes pensées reprirent peu à peu leur cours normal. Elles s'ébrouèrent à la manière d'un chien mouillé, se rassemblèrent, accoururent pour tenir réunion. Elles se rangèrent en ordre serré, formèrent des colonnes, se recomptèrent. Les rues étaient vides, c'était un dimanche, pourtant. Un rassemblement politique était prévu, ce jour-là.

Faire le numéro des urgences. Anna, l'appeler pour lui demander si elle au moins avait bien dormi.

J'entrai dans une cabine, je composai plusieurs fois le numéro, mais le téléphone devait être cassé. Aucun tramway ne passa. J'étais en train de traverser le pont vers l'autre côté de la ville quand je vis une colonne de véhicules blindés rouler en grondant dans l'avenue[1].

---

1. Le 13 décembre 1981, la loi martiale vient d'être proclamée en Pologne. Ce sera l'état de siège (ou « état de guerre ») jusqu'au 22 juillet 1983. (*N.d.T.*)

LE CAVALIER

Ce fut elle qui se démena d'abord avec les serrures, mais manifestement celles-ci n'étaient pas coordonnées, car, quand elle parvenait à tourner la clé dans l'une, l'autre se bloquait. Et ainsi de suite. Des rafales de vent soufflaient de la mer, elles agitaient le cache-nez en laine autour de son visage. Finalement, l'homme posa les deux sacs dans l'allée pour lui prendre les clés des mains d'un geste impatient. Lui, il parvint à ouvrir du premier coup.

La maisonnette, qu'ils louaient depuis des années, se trouvait en bord de mer parmi d'autres locations estivales similaires, en été bruyantes, pleines de courants d'air, entourées de parasols et de chaises en plastique, de petites tables avec des postes de radio et des journaux. À présent, elles étaient fermées à double tour, plongées dans un coma hivernal. La leur était un peu plus cossue, elle avait une cheminée et une grande terrasse qui donnait directement sur la plage. Cette terrasse était envahie de sable. Dès qu'ils entrèrent, la femme s'en occupa, elle se mit à la balayer.

— Pourquoi fais-tu cela ? À cette époque de l'année, nous n'allons pas passer de temps sur la terrasse !

Il sortit la nourriture du sac pour la ranger dans le réfrigérateur. Après quoi, il alluma la télévision. La femme protesta.

— Oh non, je t'en prie, pas la télévision !

Elle voulut ajouter quelque chose, mais se retint.

Une chienne fox-terrier, remuante, agitée, indisciplinée, les accompagnait. Alors qu'il faisait du feu dans la cheminée, elle tirait des bouts de bois du panier à bûches qu'elle jetait en l'air pour les attraper quand ils retombaient.

Il lui cria dessus.

— Elle a froid, elle fait ça pour se réchauffer, dit la femme.

— Bien sûr. Et moi je vais devoir nettoyer !

— Ce n'est qu'un chien.

— Tu m'énerves à dire « ce n'est qu'un chien ». Elle n'arrête pas de bouger ! Elle est trop excitée. Il faudrait peut-être lui filer quelque chose avec sa nourriture. Du bromure, du gardénal ou un truc dans ce genre-là.

— Autrefois, elle ne t'énervait pas.

— Maintenant, elle m'énerve.

La femme monta son sac de voyage dans la petite chambre glacée. Elle s'assit sur le lit recouvert d'une courtepointe. L'animal, qui avait nom Renata, la suivit et sauta sur la couverture. La femme regarda la chienne dans ses yeux marron et brillants. Sa gorge se serra. Une soudaine douleur s'empara de tout son corps. Un bref élancement la transperça.

Il se passe quelque chose de mauvais avec le temps, songea la femme, il se délite, se désagrège. Deux vastes plaques tectoniques temporelles s'éloignaient l'une de l'autre avec un grondement sinistre, créant une scission entre un « autrefois » et un « maintenant » pour les millions d'années suivantes. Le « maintenant » était rugueux, blessant et silencieux – un lourd sommeil durant la nuit, des vestiges de colère au réveil, comme si des guerres avaient été menées en rêve. Et l'« autrefois » semblait désormais invariable et rythmé, comme le son d'une balle de ping-pong, très légère, lorsqu'elle rebondit sur une table lisse, comme un tissu à motifs, une toile faite d'instants dont chacun est une partie du suivant.

Elle réalisa que le plus facile était de commencer une conversation par « Tu te rappelles… », parce qu'il y avait là quelque chose de mécanique comme le geste de la main qui calme un enfant, comme l'écoute d'une station-radio qui diffuse de la musique apaisante, tous ces chants de baleines, ces échos de cascade, ces trilles d'oiseau. « Tu te rappelles… » les ramenaient à nouveau en un même endroit, ensemble. C'était toujours un moment émouvant, comme lorsqu'on invite l'autre à danser et que la réponse vient par le regard qui s'illumine. Oui, nous allons danser. Il était clair qu'ils se racontaient une version du passé établie depuis longtemps, un récit bien connu, maintes fois rappelé, absolument sans risque. Le passé était établi et ne pouvait pas être modifié. Le passé, mantra appris par cœur, fondement de la mémoire sur lequel se greffaient les petites anecdotes des souvenirs. Par exemple celle du jour où il avait cassé des noix pour elle et les avait laissées sur des feuilles dans le jardin. Ou quand ils s'étaient acheté tous deux un jean blanc. C'était il y ongtemps ; désormais, les pantalons seraient de deux ou trois tailles trop étroits. Ou ses cheveux roux, quand la mode était aux coiffures hirsutes. Ou sa façon d'attraper le train au vol, lorsqu'il partait de chez elle. Plus ces histoires remontaient dans le temps, plus il y avait d'anecdotes. Manifestement, leur couple perdait peu à peu la capacité de rendre mythiques les petits incidents, ce qui condamnait la réalité à être aussi banale que triviale.

Quand les bûches flambèrent, ils se mirent à préparer le dîner tel un duo bien rodé. Elle coupait l'ail, lui lavait la salade et s'occupait de la sauce. Elle dressa la table, il ouvrit une bouteille de vin. Cela rappelait une danse, une danse parfaite dont les gestes du partenaire sont si bien connus qu'on cesse d'y prêter attention. Dans pareille danse, l'autre disparaît, on danse avec soi-même.

Après cela, Renata s'endormit devant la cheminée, les reflets orange du feu rampaient sur son pelage ébouriffé. La longueur de la soirée leur sembla brusquement insupportable, lourde comme un repas copieux juste avant de dormir. L'homme dirigea son regard malgré lui vers le téléviseur ; la femme, quant à elle, eut soudainement envie de prendre un bain, mais dans la mesure où c'était leur première soirée, ils avaient encore des réserves intactes de bonne volonté. L'homme, pourtant, était inattentif.

— J'ouvre encore une bouteille de vin ? demanda-t-il, mais il réalisa aussitôt que celle-ci pourrait perturber le statu quo qui s'installait lentement.

Une fois bue, elle ramènerait le découragement qu'ils connaissaient bien, le sentiment de pesanteur, de touffeur, d'inutilité des paroles, le désir de fuir. Le besoin d'une conversation qui, au bout de quelques phrases, perdrait tout sens parce qu'il faudrait définir à nouveau tous les mots utilisés. Comme si leurs langues les avaient également séparés.

— Peut-être que cela suffit ? répondit-elle avec une gaîté peu naturelle.

Il sortit donc le jeu d'échecs. Il avait été soulagé de remarquer sa présence sur l'étagère, près du téléviseur, entre quelques vieux livres. Les échecs faisaient également partie des mantras « Tu te rappelles… »

Ils jouaient toujours en silence, avec réflexion, sans hâte, faisant parfois durer une partie plusieurs jours. Il prit les noirs – il les prenait toujours –, elle alluma une cigarette et cela éveilla chez lui une colère aussi vive qu'une piqûre d'aiguille. Il détestait qu'elle fume dans la maison. Il ne dit rien. Il ne se passa rien.

L'ouverture. Premiers coups habituels, mécaniques parce que l'on est certain de ce que sera le coup suivant. La femme songea qu'elle savait comment il pensait et cela l'effraya. Elle ressentit une légère nausée, le vin était très sec, râpeux. Elle laissa gagner l'homme et, lui, il savait qu'elle l'avait laissé gagner. Il bâilla.

— Essayons encore une fois, mais correctement, avec concentration. Tu te rappelles quand nous jouions toute une semaine ? fit-elle en replaçant les pions.

— Le premier Noël, en vacances chez tes parents. Nous ne pouvions pas repartir parce qu'il avait énormément neigé et que tout était bloqué.

Elle se rappela l'odeur de la pièce froide où, pour les fêtes, sa mère conservait les gâteaux recouverts de petites serviettes.

Ils jouèrent deux ou trois coups chacun et le jeu s'arrêta. C'était à lui, aussi alla-t-elle fumer sur la terrasse. Par la vitre, il apercevait son dos frêle entouré d'un châle en laine. L'homme ne bougea pas quand elle revint.

— On laisse peut-être tomber pour aujourd'hui ? dit-elle.

Il fut d'accord.

— On va dormir ?

De nouveau, il perçut le manque de naturel dans la question comme si elle s'efforçait de ne pas paraître trop indifférente.

— Je regarde la météo de demain et ensuite je ferai le lit.

Il alluma la télévision, la normalité sembla revenir. La tension retombait quand chacun d'eux faisait ce que bon lui semblait. Il ouvrit encore une canette de bière. Il passa d'une chaîne à l'autre. Il n'était plus là.

Elle alla se laver.

Le radiateur électrique d'appoint réchauffa rapidement la petite salle de bains. La femme posa des produits de beauté sur la tablette du lavabo. Elle approcha son visage de la glace pour regarder attentivement les délicates veinules rouges sur ses joues. Puis elle examina avec soin la peau de son cou et de son décolleté. En se regardant dans les yeux, elle se démaquilla avec un disque de coton. Ce ne fut qu'après s'être déshabillée qu'elle réalisa qu'il n'y avait pas de baignoire. Il y en avait une en ville. Dans cette location, il fallait se contenter d'une douche désagréable, isolée du reste de la pièce par un rideau en plastique décoré de coquillages. Elle eut envie de pleurer, ce qui la fâcha contre elle-même. Elle se dit que c'était de l'hystérie. On ne pleure pas parce qu'il n'y a pas de baignoire !

Elle se dirigea en silence vers la chambre à coucher et vit que le lit n'était pas fait. Les draps étaient sur une chaise, soigneusement pliés, froids, glissants. Ronronnement du téléviseur en bas. Avec une rage qui gonflait comme une avalanche, elle commença à enfiler les parures, elle se démena avec les coins de la couette, et l'effort physique fit écho à sa colère à la manière d'un chant à deux voix. Il lui semblait que c'était une colère globale, sans objet, comme la fureur ; mais brusquement, à sa surprise, en un instant – comme dans un dessin animé –, cette rage devint une lame dirigée vers l'étage du dessous, vers le fauteuil où était assis un homme avec une canette de bière vide, et tel un essaim d'abeilles furieuses, sa colère dévala l'escalier en bois jusque dans le salon. Elle s'arrêta sur le seuil et vit la tête de l'homme, son profil, et un instant elle eut l'impression que sa rage concrétisée le frapperait à la tempe de toutes ses forces et qu'il commencerait par s'immobiliser, puis retomberait inconscient contre le dossier. Mort.

— Hé ho, tu pourrais m'aider ? lui cria-t-elle d'en haut.

— J'arrive, répondit-il, et il se leva avec réticence en regardant toujours l'écran.

Avant qu'il n'arrive à l'étage, elle s'était calmée. Elle inspira profondément.

— Tu ne vas pas te laver ? demanda-t-elle tout à fait calmement.

— J'ai pris un bain avant de venir.

Elle était allongée sur le dos dans les draps désagréablement froids et qui semblaient humides. Il alla éteindre les lumières. Elle l'entendit fermer la porte de la terrasse, mettre un sac en plastique neuf dans la poubelle. Ensuite, il se déshabilla avant de se coucher de son côté du lit. Ils restèrent ainsi étendus l'un à côté de l'autre, puis elle s'approcha de lui pour poser la tête sur sa poitrine. Il caressa son épaule nue avec une tendresse paternelle, mais au second frôlement, la tendresse avait complètement disparu. Le frôlement n'était qu'un frôlement, rien de plus. Il se tourna sur le ventre, et elle posa la main sur son dos comme si elle le retenait. Ils s'endormaient ainsi depuis des années. Renata se coucha à leurs pieds avec un gémissement.

Il se leva le premier pour faire sortir la chienne. Un souffle d'air glacé pénétra dans le petit salon. L'homme regarda Renata courir vers la mer, effrayer deux mouettes, se soulager et revenir. De violentes rafales arrivaient de la mer. Il mit de l'eau à chauffer pour faire du café et attendit qu'elle bouille. Il jeta un regard à l'échiquier, vérifia s'il restait un peu de braise dans la cheminée, mais le feu était complètement éteint. Il fit passer le café, ajouta du lait et du sucre pour elle. Il remonta avec les tasses et se glissa dans la chaleur des draps. Il but assis, appuyé contre la tête de lit.

— J'ai rêvé d'un avion rempli de gâteaux, de mille-feuilles, dit-elle d'une voix encore rauque de sommeil. Il y avait de la neige, mais elle était rose.

Il ne savait que répondre. Lui, il lui arrivait rarement de rêver, mais quand c'était le cas, ce n'était jamais racontable. Les mots lui manquaient.

Après le petit déjeuner, il sortit son appareil photo, essuya les deux objectifs. Elle et lui avaient prévu d'aller se promener.

Ils enfilèrent tous les vêtements chauds qu'ils avaient apportés : veste polaire, bottes, cache-nez et gants. Ils prirent par la plage vers les dunes, là où les maisons en bois disparaissaient et où commençait le royaume des herbes frémissant au vent. L'homme s'accroupit et prit la photo d'un tas de bouts de bois rejetés par la mer qui avaient l'air d'être les ossements d'un animal. Ensuite, il regarda à travers l'objectif en tournant sur lui-même. Elle le dépassa pour longer le bord de l'eau, ses pas laissaient de légers renfoncements que les vagues effaçaient immédiatement. La chienne rapporta un bâton jusque dans ses jambes. Quand elle voulut s'en saisir, Renata grogna et ne voulut pas le donner.

— Comment veux-tu que je te le lance si tu ne le lâches pas, cabot idiot que tu es, lui dit-elle.

Renata céda son trésor. Le bâton vola très haut, pour revenir aussitôt entre les dents de la chienne.

La femme se rendit compte que l'œil rond de l'objectif la regardait. Un bref instant, elle se vit telle que l'homme l'observait, petite figurine sombre sur fond de variations blanches et grises, silhouette anguleuse aux contours nets. Il la prenait sur le fait. Faisait-elle quelque chose de mal ? L'homme cacha son visage derrière l'appareil et la visa comme avec un révolver. Elle aurait déjà dû s'habituer, il faisait toujours des photos, mais là, de nouveau, comme la veille en préparant le lit, une colère la gagna. Elle se retourna. Il la rejoignit et ils marchèrent en silence. Le vent les disculpait de leur mutisme, il s'engouffrait dans les bouches, faisait cligner les yeux. Plus ils restaient silencieux, moins ils avaient de paroles à prononcer, plus le silence les soulageait. Ses pensées à lui couraient quelque part vers la gauche, vers la mer, au-dessus des coques de barques de pêche, pour atterrir sur des îles, des pays étrangers, peu importait où. Ses pensées à elle retournaient au foyer, aux tiroirs, au contenu des sacs à main, jetaient un œil au calendrier, faisaient les comptes. Le silence n'était pas douloureux, il est bon d'avoir quelqu'un avec qui faire silence. Non sans une certaine exaltation, elle songea : « Se taire ainsi est un art ! » Elle se répéta cette phrase en pensée plusieurs fois. Cela lui plut.

— Regarde, lui dit-il en indiquant un nuage sombre qui filait le long de la berge, tellement bas qu'il frôlait presque les cimes des pins.

Soudain, il eut envie d'avoir une photo de ce nuage et de cette femme, tous deux hargneux, porteurs d'un grondement qui jamais ne se ferait entendre, ni ne se déchargerait par un éclair.

— Arrête-toi là, lui cria-t-il en reculant jusqu'au bord de l'eau, et il regarda par le viseur de trop près.

Il vit uniquement le visage de la femme que le vent faisait grimacer, le front était barré d'une ride verticale, les lèvres bleuies de froid. Les bourrasques ramenaient des mèches par-devant, elle cherchait maladroitement à les repousser, à faire quelque chose avec sa figure, mais il était trop tard. L'appareil avait fait entendre un déclic. Elle se détourna mécontente.

— Attends un instant. C'est très bien, là – il recula encore de quelques pas jusqu'à ce que l'eau pénètre dans ses chaussures.

Elle était fâchée contre elle-même de chercher à poser, d'accorder de l'importance au fait de bien paraître. Derrière l'appareil, il avait une emprise sur elle inacceptable. Il lui semblait qu'il la jaugeait, la jugeait, la rabaissait, la réduisait à l'état d'objet. En somme, elle n'avait jamais aimé qu'il la prenne en photo. Face à cet œil de verre qui le dissimulait comme un masque, elle était vulnérable, elle avait l'impression qu'il la transperçait du regard, qu'il lui promettait une sorte d'immortalité, d'éternité, dont le prix à payer était qu'elle perdait ses forces pour lui être d'autant plus soumise. Elle s'étonnait des femmes qui travaillaient comme mannequins, qui avançaient les lèvres quand il les photographiait, qui penchaient la tête, conscientes qu'elles avaient quelque chose à vendre à l'exemple des harengères. Des marchandises. Rien d'étonnant qu'il couche avec elles ! Connaissait-il le pouvoir qu'il détenait grâce à cet appareil ? Ce n'était qu'avec celui-ci que son visage semblait s'animer. En pensée, elle le vit de nouveau avec sa bière devant le téléviseur. Le vide se manifestait alors sur sa figure comme si, en lui, il n'y avait rien.

— Ne fais pas de photos de moi, dit-elle sombrement.

Il tourna alors l'appareil vers Renata sans un mot et courut un moment derrière elle ; la chienne fuyait le cadre, zigzaguait, louvoyait.

Elle l'avait blessé. Parfois, elle pouvait prononcer des paroles absolument neutres, mais c'était comme si elle le giflait. Comment faisait-elle cela ? À ses côtés, il avait l'impression d'être un petit garçon, un enfant.

Il ne savait jamais quand elle le blesserait. Il n'avait trouvé qu'un moyen de la contrer, c'était de cacher son roi derrière les autres pièces du jeu. Quant à elle, cette femme imprévisible, il avait appris à l'ignorer, à l'éviter, à faire celui qui ne la remarquait pas, à ne pas parler, ne pas regarder, laisser tomber, prendre de la distance comme pour faire une photographie, et ainsi mettre en échec cette figurine anguleuse sur fond de toutes les variantes de gris. C'est alors que se produisait chez elle une volte-face incompréhensible, elle s'abandonnait entre les mains de l'homme, elle rapetissait, devenait une petite fille à cheveux gris, solitaire et perdue. Elle baissait d'un ton, devenait malléable. Elle cherchait ses caresses comme Renata.

Il courut derrière la chienne. Renata avait trouvé un assez grand bâton, elle le serrait entre les dents, voulait jouer. Il en attrapa une extrémité pour la soulever ainsi accrochée. Renata connaissait ce jeu. Le jeu de la mâchoire serrée. Le jeu de l'entêtement. L'homme tourna avec la chienne suspendue au bâton, elle volait à la hauteur de la ceinture de l'homme. Ce dernier entendit alors un cri et vit la femme courir vers lui. Il ralentit et Renata atterrit en toute sécurité sur le sable. La femme les rejoignit, le visage tordu de rage.

— Qu'est-ce que tu fabriques ? T'es devenu fou ? Tu lui fais du mal ! criait-elle, non mais, réfléchis un peu ! Espèce de crétin ! Attardé mental ! T'es qu'un sale enfoiré.

Pareille bordée d'injures le sidéra. Il crut qu'elle allait le frapper. Renata, toujours avec son bâton dans la gueule, vacillait quelque peu.

— Va te faire foutre, espèce de folle ! répondit-il tout bas avant de se diriger vers la maison.

Il eut envie de pleurer. Un sanglot chargé de ressentiment gonflait en lui comme quelque chose qu'il fallait expulser. Il pensa rentrer, faire sa valise et partir. Non, il ne ferait pas ses bagages, il laisserait tout. Il prendrait la voiture et s'en irait. Il rentrerait en ville. C'était fini. Elle se débrouillerait sans lui. Elle était encore jeune, qu'elle se trouve quelqu'un d'autre, qu'elle fasse ce qu'elle veut ! Il se dit qu'il avait fourni assez d'efforts et cela le bouleversa. Il avait fourni assez d'efforts.

Quand elle rentra, il était assis devant la télévision et buvait une bière. Elle enleva sa veste et mit de l'eau à bouillir.
— Tu veux un thé ?
— Non, grogna-t-il.
— Excuse-moi, dit-elle et elle se sentit soudain prise de faiblesse comme si elle marchait sur du sable et que ses pieds s'enfonçaient.

Il n'avait jamais, ô jamais demandé pardon le premier. Elle alluma une cigarette.
— Est-ce que tu pourrais ne pas fumer ici ? dit-il.
Elle alla sur la terrasse. La bouilloire siffla, elle ne l'entendit pas. Il se leva pour fermer le gaz. Un programme sur l'agriculture passait à la télévision. La chienne sortait du panier des bûchettes qu'elle jetait en l'air pour les rattraper.
— Comment crois-tu que ça va se terminer ? demanda-t-elle quand elle s'assit ensuite dans le fauteuil à côté de lui.

— Qu'est-ce qui va se terminer ?
— Tout ça, nous.

Il haussa les épaules. Il leva les yeux vers elle, mais ne soutint pas le regard qui l'interrogeait avec insistance.

— Je vais faire un feu.

Il chiffonna des journaux, les posa en tas, puis les couvrit de petit bois. Elle lui tendit les allumettes. Il sentait qu'elle était sur le point de lui dire quelque chose, mais elle se tut. Il voulait entendre un mot d'elle, mais craignait en même temps que ses paroles échappent une nouvelle fois à tout contrôle. Il savait comment la punir et il le fit. Il monta au premier pour se coucher sur le lit défait et chercha à lire un vieux magazine. Il fut soulagé de trouver un article sur les ordinateurs, mais il n'y comprenait pas grand-chose. Ensuite, il jeta un œil à une publicité de vacances en Turquie et se souvint que leur dernier voyage avait eu lieu en Grèce. Tout était surexposé, flou, comme des photographies ratées. Son corps à elle, bronzé et presque nu. L'amour dans une chambre d'hôtel, leur dernière fois. La surprise de sa propre gêne. Il se rendit compte qu'il ne se souvenait pas d'elle autrement, que ces vacances d'il y a quelques mois était son plus ancien souvenir. Que dans les « Tu te rappelles... », il voyait des personnes qui lui étaient complètement étrangères. Étonné, il s'endormit.

Quand il se réveilla, elle n'était plus là. La chienne non plus. Il pensa donc qu'elles étaient allées dans les dunes. Il vérifia néanmoins si la voiture était là. Elle était là. Il alluma le téléviseur et écouta distraitement les informations. Il se fit une omelette qu'il mangea à même la poêle devant l'écran. Ensuite, il ouvrit une bière et écouta les nouvelles sur son téléphone portable. Rien d'intéressant. Il la vit alors qu'elle entrait, le visage rougi par le vent. Renata se jeta sur lui pour le fêter comme s'ils ne s'étaient pas vus depuis un an. La femme regarda la poêle vide.

— Tu as déjà mangé ? demanda-t-elle, désagréablement surprise. Tu as mangé ?

Il se rendit compte qu'il aurait dû l'attendre.

— Juste un en-cas. On pourrait peut-être aller au chinois du village ?

— Je n'ai pas faim, dit-elle, et elle accrocha sa veste.

Pourquoi tu demandes, alors ? l'interrogea-t-il dans sa tête avec colère. Il savait pourquoi. Pour avoir une raison de lui en vouloir. Maintenant, elle va faire la gueule. Mange pas, si tu veux pas. J'en ai rien à foutre, lui dit-il en pensée. Ce dialogue imaginaire lui faisait plaisir. Il changea de chaîne, mais l'image était mauvaise, neigeuse, il chercha autre chose. Il n'y avait que deux programmes. Aucune échappatoire possible.

Elle revint de la salle de bains un moment plus tard, coiffée, son maquillage sans doute retouché. Elle sentait la fumée de cigarette, elle avait dû fumer dans les toilettes comme une gamine.

— On termine notre partie ? demanda-t-elle.

Il accepta. La vue d'une symétrie idéale sur l'échiquier le calma agréablement. Joie de l'existence des règles ! Douce possibilité de réfléchir chaque coup. Des surprises prévisibles. Un sentiment de contrôle comme une subtile caresse intellectuelle. Il remettait du bois dans la cheminée quand elle dit :

— Hum, il manque un cavalier blanc.

Ils se penchèrent tous les deux sous la table, puis repoussèrent les fauteuils, fouillèrent les recoins de ceux-ci. Il vérifia dans le panier à bûches.

— Renata. C'est elle qui l'a pris, dit-il. Regarde dans son panier.

Elle secoua la couverture du chien, il en tomba plusieurs bouts de bois, le bouchon en caoutchouc de l'évier, mais la pièce n'était pas là.

— Elle l'a peut-être emporté dans l'entrée ? dit-il avec espoir.

Il regarda dans la poubelle, elle sortit sur la terrasse. Ils repoussèrent la table.

— Quand tu es sortie, le cavalier était là ?

Elle ne se rappelait pas.

— Qu'est-ce que tu as fait avec le cheval, petite sotte ? dit-elle en se penchant vers la chienne.

— Elle l'a peut-être bouffé.

Il versa de la bière dans deux verres. Ils s'assirent près de l'échiquier inutilisable. Au bout d'un moment, il eut l'idée de mettre un bâtonnet à la place du cavalier. Il cassa un petit morceau de bois qu'il posa sur une case noire. La femme hésita.

— Je ne vais pas jouer avec ce bout de bois.

— En ce cas, je vais prendre les blancs.

— Mais alors il faut reprendre la partie au début, non ?

— Non. Je n'ai plus envie de jouer.

Elle songea que le mieux serait qu'ils se lèvent, ramassent leurs affaires et rentrent chez eux, mais elle n'osa pas le dire. Elle envisagea également que ce pouvait être lui qui avait pris la pièce. Ou que, sans le vouloir, il l'avait fait tomber. Elle ne dit rien, mais s'enfonça dans les coussins du divan.

Elle savait que, là, il allait la laisser, qu'il l'abandonnerait, qu'il plongerait les yeux dans l'écran, ou monterait dormir à nouveau, ou commencerait à s'occuper de son appareil photo (grâce à Dieu, il faisait trop sombre pour prendre des photos), ou se mettrait à lire, ou à téléphoner, ou à envoyer des textos à tout le monde. C'était inévitable. Sa chemise à carreaux bleue : elle voudrait s'y blottir, mais elle n'avait pas la force de se lever du divan. Il ramassait les pièces pour les remettre dans leur boîte. Fins petits poils sombres sur le dos de ses mains.

Il lui jeta un regard.

— Pourquoi pleures-tu ? À cause des échecs, de ce cavalier ?

Il s'assit à ses côtés et l'entoura d'un bras. L'autre bras hésita un moment, mais finit par rester là où il était, sur le dos du fauteuil.

— Mieux vaut être abandonné qu'être celui qui abandonne, dit-elle brusquement. Être abandonné donne des forces.

— C'est sans doute l'inverse, dit-il.

— Tu ne comprends pas.

— Je ne comprends jamais rien.

Il se leva pour aller à la cuisine. Il lui demanda si elle boirait du vin avec lui. Elle répondit que oui.

Elle avait en tête tout qu'elle allait lui dire l'instant d'après. Phrase après phrase et chacune avec un commentaire. Et une explication en sus. Il devra répondre. Elle ne se laissera pas refouler dans le silence. Quand il revint, il lui tendit un verre et s'assit sur le divan. Il devait probablement savoir ce qu'elle pensait. Qu'ils allaient parler et que cela se terminerait par une dispute. C'est alors que Renata, cette chienne providentielle, se mit à geindre devant la porte. Il se leva pour la faire sortir.

— Va-t'en, idiot de chien, dit-il. Qu'as-tu fait avec le cavalier ?

Renata bondit dans la nuit en aboyant. Par la porte ouverte, un violent coup de vent fit entrer un filet de sable. L'homme entendit la télévision derrière lui et se sentit soulagé. Ainsi, elle avait branché la télévision.

— Dommage que nous n'ayons pas le programme. Il y a peut-être un film, dit-il.

Elle remplit à nouveau les verres alors qu'ils n'étaient pas encore complètement vides. Soudain, la fatigue s'empara d'elle.

Elle étendit les jambes comme il le faisait et appuya les pieds sur la table basse. Assis l'un à côté de l'autre, ils restèrent à siffler du vin jusqu'à la fin du film policier, ancien et drôle, où une vieille dame assassinait ses ennemis à l'arsenic. Ella vacilla légèrement en montant l'escalier.

— J'arrive tout de suite, dit-il, mais elle savait qu'il ne viendrait pas.

Il resterait assis comme tant de fois, jusqu'au matin. Baignant dans la lumière cauchemardesque de l'écran, absent, le regard fixé sur les images changeantes, tel un chat, parce qu'il coupait toujours le son. Elle savait ce qui se passerait et c'était parfait. C'était paisible. Une certitude sans accrocs. Lisse comme une boule en verre dans la main. La femme glissa dans l'inconscience du sommeil.

Il s'allongea sur elle comme sur de l'herbe, de tout son corps, lourdement. Il huma son odeur familière, retrouva sa mollesse. Elle soupira. Par réflexe, son corps à lui réagit par le désir. Elle l'entoura de ses bras comme si elle le retenait. Elle dit quelque chose, mais il ne comprit pas. Il passa la main sur sa hanche.

— Tu m'écrases, murmura-t-elle.

Il hésita. Il s'arrêta. Il comprit qu'il avait sous lui non pas une femme, une épouse, un corps de femme, mais un être humain. Qu'il n'était pas couché sur une femme, mais sur un individu semblable à lui, quelqu'un de concret, d'indépendant, d'inaliénable. Ce quelqu'un avait des frontières clairement définies, mais restait vulnérable au-delà, aisé à détruire. Cresson délicat, fine gaufrette. Le sexe avait disparu, ce n'était plus important que ce fût une femme et son épouse : elle était comme un frère, un camarade de souffrance, un compagnon de douleur, un voisin quand pèse une menace imminente. Quelqu'un d'étranger, mais de proche à la fois. Quelqu'un qui était à proximité, qui se tenait de l'autre côté de la palissade et qui vous regardait, quelqu'un que l'on salue d'un signe en rentrant à la maison.

Pareille découverte était tellement inattendue qu'il en eut honte. Son désir s'envola. Il glissa de sa femme sur le côté, l'attira à lui par les épaules, tira la couverture sur elle. Elle pleurait. Elle parla du cavalier, de sa disparition. Il se dit qu'elle avait trop bu.

Elle avait mal à la tête. Elle se leva en silence, descendit au rez-de-chaussée pour faire sortir Renata. Lui, il dormait, la tête cachée dans les coussins comme dans un cocon, loin d'elle, au bord du lit. Elle prit des cachets de vitamines et de l'aspirine. Elle se sentait flétrie, chiffonnée. Elle commença par se brosser longuement les dents. Ses cheveux écrasés durant le sommeil partaient dans tous les sens. Ses yeux étaient gonflés. Avait-elle pleuré ? Elle avait pleuré. Hystérie. Elle se pinça très fort la peau du ventre. La douleur la détendit en ouvrant les vannes de cette haine de soi qui la soulageait tellement. Dans son enfance, elle avait entendu que les pincements faisaient pénétrer le cancer dans le corps. Un adulte avait dit cela à propos des garçons qui pinçaient les seins de filles, elle ne se rappelait plus qui c'était.

Quand elle sortit de la salle de bains, il était assis sur le divan dans la même chemise que la veille, sans pantalon, et il lisait le journal. Il lui avait fait du café.

— Salut, dit-elle.
— Salut, répondit-il.
— Qu'est qu'on va faire aujourd'hui ?
— Il faut faire quelque chose ?
— Cet après-midi, il faudra se préparer à rentrer.

Il tourna une page.

— Tu vas bien ? demanda-t-elle.
— Bien, répondit-il.

Après un moment, il ajouta :

— Et toi ?

Elle n'avait plus envie de parler. Elle feuilleta un magazine. Soudain, le ciel s'éclaircit et un océan de lumière aveuglante se déversa dans la pièce. Elle prit une cigarette avant de sortir sur la terrasse, même si, à l'idée de fumer, elle avait la nausée. Elle se força. Elle voyait la chienne au loin. Renata, cette folle, se jetait dans l'eau du bord de mer et cherchait à mordre les vagues. « Quelle idiote, celle-là ! » songea-t-elle. Elle tremblait de froid.

Il monta enfiler un pantalon. Il aurait très volontiers fait ses bagages sur-le-champ pour partir. Tant d'affaires urgentes l'attendaient. Cette idée le revigora. En passant près du lit, il aperçut le pyjama de sa femme, avec un ourson sur la poitrine. Un bref instant, un instant plus fin que la glace sur une flaque en novembre, il retrouva cette tendresse qu'il avait eue pour elle au temps où il dormait en serrant sa chemise de nuit quand elle s'absentait. Tout comme le désir qu'il avait éprouvé la nuit dernière, la tendresse se rappelait également à lui par habitude. Il fit non de la tête. La colère, la vague de colère qu'il connaissait si bien désormais, venait ralentir ses gestes. Il devenait un animal prêt à se battre, aux aguets, tendu. Il mit son pantalon et serra très fort sa ceinture. Il ne s'agissait plus d'elle, qu'elle fasse ce qu'elle veut ; il s'agissait de lui. Jamais, plus jamais, il ne se laisserait atteindre. Il se rappela la douleur ressentie, mais désormais grâce à celle-ci, il se sentait plus fort, comme s'il était allé à la guerre et avait eu la chance d'en revenir. En descendant, il la vit d'en haut, roulée en boule sur le divan, pas maquillée, les yeux gonflés. Une étrange idée lui passa par la tête : « Je souhaitais sa mort, voilà pourquoi elle est devenue si laide. »

— Je sors faire quelques photos, dit-il.

Elle lui dit qu'elle sortait avec lui. Il attendit sur la terrasse qu'elle s'habille. Ils prirent la direction opposée à celle de la veille.

— Regarde, lui cria-t-elle à travers le vent en lui montrant ce qu'il voyait déjà : une bande blanche de ciel au-dessus de la mer bleu marine, avec des vagues à crêtes blanches qui auraient pu être dessinées de la main d'un peintre chinois.

Puis un bref rayon de soleil pareil à un éclair.

— Il a dû y avoir une tempête cette nuit, dit-elle.

La plage était couverte de détritus : une bande d'algues, de branchages, de bâtons parsemés çà et là de plastiques aux couleurs intenses. La femme marchait derrière l'homme et se disait que, de dos, il avait l'air d'être comme par le passé, mais elle savait que c'était une illusion. Rien ne peut revenir. Ce qui est arrivé ne peut plus arriver. Jamais. Elle se sentit brusquement étourdie par cette phrase banale : ce qui a eu lieu n'arrivera plus jamais. Il n'y a rien à faire. Un instant, elle eut envie de courir vers lui, de le tirer par la veste, de le tourner vers elle, et alors, cela révélerait quoi ? Que se passerait-il ? Elle ralentit tandis qu'il avançait rapidement. Il s'éloignait avec le chien et toujours son appareil photo. Alors elle cessa de le poursuivre et s'assit sur le sable. Non sans difficulté à cause du vent, elle parvint à allumer une cigarette et elle resta ainsi, à inventorier tristement en pensée ce qui n'arriverait plus jamais : se sentir électrisée par un frôlement de main, qu'il soit fortuit ou ardent ; être excitée par l'odeur de l'autre, se blottir dans cette senteur ; s'entendre d'un regard par lequel chacun pénètre la pensée de l'autre ; avoir les mêmes idées que l'autre au même moment ; être proches en toute certitude et sérénité ; se tenir la main, comme s'il n'y avait pas de geste plus naturel ; être émerveillée par la forme de l'oreille de l'autre ; se lover contre le corps de l'autre la nuit comme s'il était l'étui du sien. Faire traîner une matinée en longueur. Manger un borchtch rouge dans la même assiette. Sentir monter une vague de désir pendant une promenade au parc... Dans la valise avec laquelle l'on vient au monde, il y a des choses qui ne peuvent servir qu'une fois, comme les feux d'artifice. Les charmes dans les contes. Une fois qu'ils s'illuminent, s'enflamment, il devient impossible de les retrouver dans les cendres. C'est fini.

Elle se dit qu'elle allait lui en parler quand il reviendrait, mais lorsqu'ils prirent le chemin de retour vers la maison, elle comprit que c'était une découverte banale, qu'il serait gênant de vouloir la partager. Un peu comme si elle lui chantait les paroles d'un vieux tube, il ne ferait qu'en sourire. Rien de plus. Oui, son désespoir était simplement ordinaire ; et il semblait que le désespoir aussi ne pouvait être vécu qu'une fois. Toutes les fois suivantes ne seraient que des photocopies. Peut-être y a-t-il un point mystérieux dans la vie que l'on dépasse sans le savoir, et à partir duquel tout n'est plus qu'un jeu quelconque, une répétition sans intérêt de ce qui a déjà eu lieu, déjà existé à l'état neuf, avec fraîcheur, quelque part dans le monde ; et dès lors, rien ne peut plus arriver que comme pastiche ou paraphrase pitoyable. Il est même possible que ce point limite, à partir duquel la vie ne fait que décliner, se trouve là, aujourd'hui, sur cette plage, songea-t-elle, et, qu'à partir de maintenant, de cet instant, il ne s'y produira plus que de pâles copies, des décalques imprécis, des remakes grossiers, des ersatz d'une qualité peu satisfaisante.

Ils regagnèrent la maisonnette dans un silence qui, comme la veille, était excusé par le vent. L'homme marchait devant avec Renata, la femme suivait, le visage rougi par les rafales.

Renata chercha à entrer dans la maison avec quelque chose dans la gueule. Il la stoppa du pied.

— Tu as quoi là, méchante chienne ? Tu as trouvé quoi ? Un os puant ? Un poisson crevé ?

Il lui desserra les mâchoires pour en tirer un morceau clair de bois tourné. Ce n'est que peu après qu'il comprit ce que c'était.

— Regarde ce qu'elle a apporté, s'écria-t-il étonné.

La femme approcha, prit dans la main la pièce couverte de bave qu'elle essuya sur le paillasson. C'était le cavalier du jeu d'échecs, un petit cheval blanc, mais pas celui de leur jeu. Il était plus petit, plus élégant, plus rebondi, sans doute sculpté à la main. Son museau ouvert était retroussé vers le haut. Il était fissuré sur toute sa hauteur.

— C'est invraisemblable, dit-il. Renata, où es-tu allée chercher ça ?

— Cela vient de la mer, répondit la femme. C'est la mer qui l'a rejeté.

— C'est invraisemblable, répéta-t-il et il la regarda très vite, nerveusement, pour aussitôt détourner le regard. Comment pourrait-il y avoir dans l'eau un cavalier pareil ? Blanc qui plus est, comme celui que nous avons perdu. C'est invraisemblable.

Ils approchèrent tous deux du robinet de la cuisine. Elle lava doucement le cavalier avant de l'essuyer avec un torchon.

Ils le posèrent sur la table, l'observèrent comme un insecte rare. Renata également ; elle semblait contente d'elle. Après cela, l'homme plaça le cavalier sur la case où se trouvait encore l'indésirable bout de bois. Le cheval avait une allure bizarre auprès des autres pièces. Un mutant.

— On joue ? demanda-t-il.

— Maintenant ? Nous devons partir, répondit-elle, mais, dans le doute, elle enleva sa veste et s'assit.

— C'était à qui de jouer ?

Elle l'ignorait. Ils restèrent assis encore un moment au-dessus de l'échiquier, puis il dit sans la regarder :

— Je plaisantais.

Le professeur Andrews à Varsovie

Le professeur Andrews était le représentant de l'une des écoles de psychologie les plus importantes, les plus efficientes et qui avaient un bel avenir devant elles. Comme presque toutes ces écoles, elle était issue de la psychanalyse, mais elle avait rompu avec ses origines pour élaborer sa propre méthode, ses propres théories, sa propre histoire, sa manière d'être, de rêver ou d'élever les enfants. Le professeur Andrews se rendait en Pologne par avion, avec un sac de livres, mais aussi une valise de vêtements chauds. On lui avait dit que décembre était particulièrement glacial et désagréable dans ce pays.

Tout se passait le plus naturellement du monde : les avions décollaient, les gens parlaient entre eux dans diverses langues, de lourds nuages se préparaient à leur communion hivernale, à l'envoi sur terre de millions de petits flocons de neige, un pour chaque existence.

Une heure plus tôt, à Heathrow, il s'était regardé dans les miroirs et il lui avait semblé avoir l'air d'un commis voyageur, de ceux dont il se souvenait du temps de son enfance, et qui allaient vendre la Bible de maison en maison. L'école de psychologie qu'il représentait valait pourtant pareille expédition. La Pologne était un pays de gens intelligents. Il s'agissait de semer la graine du savoir parmi eux, puis de rentrer après une semaine. Les livres leur resteraient, ils lisaient l'anglais, n'est-ce pas, et donc ils ne pourraient pas résister à l'autorité du Fondateur.

Le professeur, sirotant le drink que lui avait préparé l'hôtesse avec la fameuse vodka polonaise, se rappelait non sans satisfaction le rêve qu'il avait fait la veille de son départ – dans son école, les rêves étaient la pierre de touche de la réalité. Et donc, il avait rêvé d'un corbeau, il jouait dans ce rêve avec le grand oiseau noir. On pourrait dire – et il eut la témérité de se l'avouer – qu'il échangeait des câlins avec le corbeau comme avec un chiot. Le corbeau, dans le système des significations oniriques de son école, symbolisait le changement, une chose nouvelle et bonne allait lui arriver. Il demanda donc un deuxième verre.

L'aéroport de Varsovie était surprenant par sa petite taille et ses courants d'air. Le professeur se félicita d'avoir emporté son bonnet cache-oreilles, un souvenir de ses voyages en Asie. Il aperçut immédiatement sa Béatrice. Elle était à la sortie, tenant un écriteau avec ses nom et prénom. Pas très grande, jolie. Ils montèrent dans une voiture délabrée, la jeune femme conduisait vivement à travers les tristes étendues de la ville, tout en lui présentant son emploi du temps de la semaine. Aujourd'hui, samedi, on ne travaillait pas. Ils dîneraient ensemble, puis il irait se reposer. Le lendemain, dimanche, rencontre avec les étudiants à l'université. Oui, dit-elle soudain, ici, la situation est un peu tendue. Il regarda par la fenêtre, mais ne remarqua rien de particulier. Ensuite, entretien pour une revue de psychologie, puis dîner. Lundi, s'il le souhaitait, il pourrait visiter la ville. Mardi, rencontre avec les psychiatres dans un institut (il ne parvint pas à retenir le nom bruissant). Mercredi, ils se rendraient à Cracovie, à l'université. L'école du professeur Andrews y jouissait d'un grand renom. Jeudi, Auschwitz, il l'avait demandé. Le soir, retour à Varsovie. Vendredi et samedi, ateliers avec les psychologues praticiens toute la journée. Dimanche, l'avion du retour.

Ce ne fut qu'à ce moment-là qu'il réalisa qu'il n'avait pas son sac avec les livres et son linge de corps. Ils firent immédiatement demi-tour, mais le bagage avait disparu. La jeune femme, prénommée Gosha, se rendit quelque part et fut absente une demi-heure. Elle revint les mains vides. Il se pouvait que le sac fût reparti à Londres. Ce n'était rien, dit-elle, elle reviendrait chercher le sac le lendemain. On l'aurait certainement retrouvé. Regardant par la vitre de la voiture, le professeur n'écoutait pas le bavardage excité de Gosha, il se demandait ce que contenait encore son sac, outre les livres et les photocopies d'articles.

Ils dînèrent agréablement avec le fiancé de Gosha. Celui-ci parut un peu sombre au professeur, du fait qu'il ne parlait pas l'anglais. Il avait le visage recouvert d'une barbe touffue et portait des lunettes. Le professeur Andrews mangea une soupe de betteraves rouges avec des petits pirojkis et pensa que ce devait être le célèbre « borchtch » dont parlait toujours son grand-père qui était né à Lodz. À chaque fois, la jeune femme corrigeait sa prononciation en riant. Elle lui répétait comme à un enfant « barszcz », « Łódź », « Gosia ». La langue du professeur était impuissante face à ces mots.

Il se sentait très éméché quand ils finirent par arriver dans un quartier avec de grands immeubles. Ils gagnèrent en ascenseur le dernier étage de l'un d'eux, et la jeune femme lui indiqua son logement. C'était un studio avec une kitchenette coincée entre la chambre et la salle de bains. Le couloir était tellement petit qu'ils n'y tenaient pas à trois. Ils se mirent encore bruyamment d'accord pour le lendemain. La jeune femme lui promettait de lui rapporter son bagage. Son fiancé parlait avec quelqu'un au téléphone à mi-voix, sur un ton mystérieux. Finalement, ils partirent. Le professeur, épuisé par le *barszcz* et l'alcool, se jeta sur le lit et s'endormit. Son sommeil fut agité, il avait soif, mais n'avait pas la force de se lever. Il entendit du bruit dans la cage d'escalier, des portes qui claquaient, des pas. Mais peut-être était-ce juste une impression.

Il se réveilla pour constater avec effroi qu'il était onze heures. Il lança un regard contrarié à son costume fripé, prit une douche dans la petite salle de bains sinistre, puis, hélas, dut remettre le linge de corps de la veille. Après quoi, il ouvrit les placards à la recherche de café. Il en trouva un reste dans un pot de confiture. Il n'y avait pas de cafetière, il l'infusa donc dans le mug. Le café était éventé, avec un goût de décoction d'écorce. Le téléphone restait silencieux, Gosha devait être en train de récupérer son sac. Le café à la main, le professeur regarda les livres sur les étagères. Tous en polonais, dans de vilaines couvertures désagréables à l'œil.

Gosha n'appelait pas, le temps s'écoulait lentement dans l'air dense, surchauffé, soporifique. Le professeur Andrews alla à la fenêtre, d'où il vit un espace délimité par des blocs d'immeubles semblables. Ils étaient tous de la même couleur, un gris de ciel délavé. La neige, elle aussi, semblait grisâtre. Le soleil brillait sans certitude.

Dans la rue, il y avait un char blindé[1]. Le professeur Andrews ouvrit la fenêtre tant le spectacle lui sembla inouï. L'air glacé lui fouetta le visage. Des petites silhouettes circulaient autour du véhicule militaire, des soldats à l'évidence. Andrews fut soudain pris d'angoisse, le café devait être trop fort. Il chercha dans sa poche le bout de papier avec le numéro de téléphone de Gosha et tourna une question aimable mais ferme pour lui demander pourquoi elle ne s'était pas encore manifestée et ce qu'il en était du sac. Il n'y avait pas de tonalité dans l'écouteur. Il refit le numéro plusieurs fois. Ensuite, il voulut appeler l'Angleterre. Pareil. Il tenta tous les numéros qui lui passaient par la tête. Le téléphone était en panne, pourtant il se souvenait bien que le fiancé barbu s'en était servi la veille. Le professeur Andrews fut gagné par la fureur. Il s'habilla rapidement et prit l'ascenseur pour descendre. Après avoir erré une heure entre les immeubles (tous lui semblaient identiques), il trouva enfin un autre téléphone, mais réalisa qu'il

---

1. Voir p. 236, note 1. (*N.d.T.*)

n'avait pas de monnaie polonaise, juste deux billets dont il ignorait si c'était beaucoup ou peu. Il se mit à chercher un endroit où il pourrait les changer, mais la seule petite échoppe qu'il trouva semblait complètement abandonnée. Somme toute, c'était un dimanche. Il songea avec effroi qu'il avait été déraisonnable en quittant son logement, Gosha essayait sans doute de le retrouver, elle l'attendait peut-être. Il décida de rentrer, mais comprit qu'il s'était perdu. Il ne savait pas lequel des bâtiments était le bon. Il ne se souvenait pas de l'adresse. Quelle désinvolture ! Quel pays ! Il aperçut un couple de vieillards qui se tenaient par le bras, il se dirigea vers eux. Mais qu'allait-il leur demander et dans quelle langue ? Ils le dépassèrent en regardant ailleurs.

Il erra entre les immeubles, il avait de plus en plus froid, il était de plus en plus désespéré. La nuit était tombée sans qu'il s'en aperçoive. Par hasard, il se retrouva devant le char auprès duquel, à présent, un feu brûlait joyeusement dans un panier en fer. Des soldats, l'arme au dos, s'y réchauffaient les mains. Il ressentit une peur atavique qui le poussa à reculer rapidement dans l'obscurité du parc, mais la présence du blindé lui avait permis d'identifier son immeuble. Il se souvenait de la vue par la fenêtre. Ce fut avec soulagement qu'il regagna son appartement d'emprunt et qu'il referma derrière lui la porte à clé. Il était dix-huit heures, sa conférence commençait. Sans lui. Mais peut-être y était-il, peut-être était-ce un rêve, un de ces états de conscience étranges provoqués par la fatigue, le vol en avion, le temps ou allez savoir quoi. Son école de psychologie identifiait pareils phénomènes.

Il jeta un œil dans le réfrigérateur où il trouva un morceau de fromage jaune desséché, une boîte de pâté, du beurre et deux œufs. À la vue de la nourriture, son estomac prit les rênes de son système nerveux. Un moment plus tard, une omelette grésillait joyeusement. Le plus grand cadeau que fit la vie en cette journée insolite au professeur Andrews fut la bouteille de Johnnie Walker qu'il avait achetée à Heathrow. Il s'en servit la moitié d'un verre qu'il but presque d'un trait.

Le lendemain, il se réveilla tôt, la nuit s'estompait à peine. Allongé nu dans le lit – il avait décidé d'épargner ses sous-vêtements, de ne pas dormir avec, car qui savait combien de temps cela durerait –, il attendit sept heures, puis il souleva l'écouteur avec précaution. Rien. Le téléphone n'était pas réparé, alors que le professeur en avait eu le puéril espoir. Parfois, il se produit des choses bizarres avec la réalité, qui, par ailleurs, n'est qu'une projection du psychisme (c'était ce qu'affirmait son école de psychologie). Le professeur fit couler de l'eau dans la baignoire, puis, allongé dans l'agréable chaleur, il élabora un projet d'action. Il achèterait un plan de la ville et trouverait son ambassade. Tout deviendrait simple, ensuite. Faire des courses aussi, il devait se sustenter correctement. Revigoré, il s'habilla et gagna l'ascenseur. Il prit la direction du char, qui stationnait sans doute sur une voie importante. Il avait disparu. En revanche, des voitures blindées passèrent par-là, à la queue leu leu, dans un grondement n'augurant rien de bon. Le regard des passants avait une expression bizarre. Le professeur interpella l'un d'eux, un homme de son âge qui tenait un filet de courses rempli. Au premier regard, il vit que l'homme ne le comprendrait pas. Il acheva néanmoins sa phrase. L'homme haussa les épaules avec impuissance. Le professeur présenta des excuses polies, puis poursuivit son chemin vers ce qui lui semblait être le vrombissement de nombreuses voitures. Il se retrouva sur un boulevard à deux voies. Des autos passaient de temps à autre, ainsi que des autobus rouges, rarement. Il ignorait où ils s'arrêtaient, où ils allaient, et si lui se trouvait au centre de Varsovie ou en périphérie.

Il décida d'écouter son instinct, telle était l'une des approches majeures de l'école de psychologie dont il était le représentant. Écouter son instinct, son intuition, ses pressentiments. Il marcha le long du trottoir – il avait de plus en plus froid – jusqu'à ce qu'il arrive à une place dont les rues partaient en étoile. Un vide suspect régnait, comme si c'était jour de fête, et pourtant ce devait être lundi ou mardi ! Parmi les rares enseignes, il trouva un mot connu, BAR ; et très excité, il en ouvrit la porte. Durant un instant, il ne vit rien, les verres de ses lunettes s'étaient couverts d'une fine couche de buée laiteuse. Il les essuya avec son mouchoir. Il se trouvait dans une pièce glauque avec quelques tables lugubres. Une vieille femme édentée était assise à l'une d'elles. Elle ne mangeait pas. Elle était juste assise à regarder la vitre. Derrière le comptoir se tenait une jeune fille robuste, en tablier grisâtre. Nulle trace de nourriture. Il se dit que BAR devait avoir, en polonais, un sens différent de l'anglais. Il se racla la gorge, indécis. La jeune fille lui dit quelque chose. Il demanda s'il pouvait avoir à manger. Elle le regarda avec étonnement. Elle ne comprenait pas. Après un moment de silence embarrassé, il pointa son doigt vers sa bouche ouverte, non sans ressentir une certaine gêne à faire ce geste. « *Eat, eat, food* », dit-il. La jeune fille réfléchit un moment avant de disparaître par la porte entrouverte. Elle revint accompagnée d'une femme plus âgée. Embarrassé, il répéta néanmoins son geste. Les deux femmes se parlèrent vite et fort. Elles lui indiquèrent une table et, l'instant d'après, elles y posèrent l'une une soupe, l'autre une assiette avec des pâtes bizarres.

Elles restèrent debout à côté de lui un moment, jusqu'à ce qu'elles s'assurent que la nourriture disparaissait dans sa bouche. C'était mauvais, sans goût, la faim du professeur s'envola. Il tritura les pâtes de sa fourchette, s'essuya la bouche avec la serviette en papier, alla au comptoir et tendit à la jeune fille un billet. Elle lui rendit la monnaie, il y en avait beaucoup, du moins en eut-il l'impression, beaucoup de billets et beaucoup de pièces. Il sortit dans la rue, désireux d'oublier rapidement ce BAR. Il se sentait ridiculisé, il se sentait accablé. Il avait envie de se retrouver au onzième étage, chez lui, où le téléphone remarchait certainement. Il aperçut un autobus qui arrivait en sens inverse et s'arrêtait à quelques mètres de lui. Les gens se bousculaient pour descendre et monter. Pris d'une soudaine impulsion, le professeur y grimpa. Ils démarrèrent. Brusquement, il eut un coup de chaud parce que le bus ne se dirigeait pas du tout là où le professeur l'avait supposé. Il venait de tourner sur la place pour passer brièvement sous un tunnel et se retrouver sur un pont, en contrebas duquel le professeur Andrews vit un fleuve où flottaient paresseusement des blocs de glace. Le savant avait l'impression que les gens le regardaient avec animosité. Il essaya donc de recouvrer son calme, de ne pas laisser voir que le brusque changement de direction de l'autobus l'avait effrayé. Par ailleurs, il n'avait de billet. Dans la mesure où des soldats étaient dans les rues, pour un tel délit, ce pouvait être la prison ! Oui, il avait entendu des histoires similaires où les gens, en Asie, disparaissaient à jamais dans les prisons. Il sauta avec soulagement hors de l'autobus à l'arrêt suivant, pour aussitôt revenir sur ses pas. Le vent soufflait terriblement. Le professeur dut attacher sous son menton les couvre-oreilles du bonnet, son nez glacé menaçait de casser. Il finit par arriver à la place qu'il connaissait, puis à retrouver le chemin de chez lui. Il ne sentait plus ses orteils de froid, il courait presque. Dans la rue, il aperçut une vitrine mieux éclairée que les autres. Il s'en approcha, plus par nostalgie de la lumière et des couleurs que par curiosité. C'était un magasin, un magasin normal, avec des étagères chargées de marchandises bariolées. Par la vitre que protégeait une grille de fer, il voyait des alcools aux étiquettes connues, des boîtes de conserve, des sucreries, des vêtements, des jouets. Il n'était pas tard, mais le magasin était fermé. Il tenta de déchiffrer les horaires d'ouverture affichés, comprit que ça aurait dû être ouvert, mais restait fermé. Il regardait la vitrine, déçu. Tandis qu'il était ainsi immobile, un homme passa près de lui avec un misérable sapin. Il dit quelque chose au professeur et se mit à rire. Le professeur lui répondit par un sourire, mais l'homme s'éloigna et disparut.

Un homme portant un arbre de Noël. C'était un présage, mais le professeur ne savait pas de quoi, parce que soudain son esprit avait cessé de réfléchir de façon claire, d'avoir recours à la pensée symbolique, psychologique, élaborée. Des émotions échevelées et parcellaires le traversaient au galop. De la colère, par exemple, qui aussitôt se muait en désespoir infantile. Après cela, un rire intérieur et silencieux s'emparait brusquement de lui. Un rire démoniaque. Le professeur était passé maître dans l'observation de ses propres émotions, il avait longuement pratiqué cet exercice. Là, cette capacité lui sembla parfaitement superflue. Il eut encore conscience que, depuis deux jours, il n'avait pas prononcé une phrase sensée à l'exception de celle adressée à un passant et de son pitoyable « *Eat, eat, food* ».

Le lendemain, après avoir vérifié que le téléphone ne fonctionnait toujours pas, il trouva un petit magasin ouvert dans son quartier. Celui-ci était particulier. Il n'y avait que des bouteilles remplies d'un liquide transparent – de la vodka, peut-être – et des pots de moutarde. On plaçait justement sur les étagères des bocaux avec quelque chose de rouge. Il décida qu'il devait acheter ce qu'il trouverait. Au moment où il approchait, il y eut une livraison de pain, et le magasin s'emplit de monde en quelques minutes. Le professeur rejoignit la file et la vendeuse lui tendit un pain sans un mot. Il paya et sortit. À l'évidence, il se sentait attiré par les gens, par la chaleur de ces foules de personnes rangées en longs serpentins, tant il n'avait pas envie de rentrer immédiatement dans son petit studio vide. Il s'arrêta devant les tables en fer qui se trouvaient à même le trottoir et auprès desquelles les gens faisaient sagement la queue. Il observait leurs visages, cherchait celui de Gosha, elle était peut-être là, quelque part. Tous ces individus gardaient un silence menaçant. Ils étaient sérieux et tendus comme s'ils avaient mal dormi.

Ils piétinaient sur place. Le peuple le plus sinistre du monde ! Et pourtant, il restait à leur côté. Non, pas qu'il en ait eu besoin, mais parce qu'émanait d'eux de la simple chaleur humaine. L'air glacé fondait sous leurs souffles. Il regardait les vendeuses emmitouflées qui pêchaient de magnifiques carpes grises dans de grands tonneaux[1]. Elles les jetaient directement sur la balance. Les poissons gigotaient au froid. Les vendeuses interrogeaient chaque acheteur : c'était un refrain, un mantra. L'oreille du professeur Andrews capta la mélodie de ce cantique qui, désormais, résonnait dans sa tête : « *Żywą czy na miejscu ?* » Il ne pouvait qu'en imaginer le sens : « Vivante ou sur place ? » Quand l'acheteur hochait la tête, la vendeuse donnait un coup sur celle du poisson avec un gros poids de la balance. Les carpes trouvaient ensuite leur repos éternel dans les filets de courses.

---

1. La carpe est l'un des plats traditionnels de la veillée de Noël. Elle est parfois achetée vivante pour être gardée dans la baignoire jusqu'au moment de sa cuisson. (*N.d.T.*)

Il frissonna. Il avait l'impression de prendre part à un rituel religieux. L'immolation du poisson. « *Żywą czy na miejscu ?* », ces paroles répétées avaient sur lui un effet hypnotique. Il fut soudain désireux de se joindre à cette réitération cruelle pour repartir avec une carpe morte dans un filet, comme tout le monde. Sans s'en rendre compte, il rejoignit la file d'attente, mais quand il aperçut une patrouille de quatre soldats avec un chien, il reprit ses esprits. Il eut honte, même. En silence, les gens détournèrent les yeux des militaires. Ils regardaient leurs pieds ou quelque chose en l'air. Le professeur songea avec désespoir à son bureau de Londres, à ses livres et à la chaleur de sa cheminée électrique.

En bas de son immeuble, sur le parking, on vendait des sapins de Noël. Une file s'était formée, mais moins longue que l'autre. Il acheta donc un sapin. Il rentrerait en le portant dans ses bras et ressemblerait à tout un chacun. Cela lui procura une joie instantanée. Il sifflotait. Il prit l'ascenseur jusqu'à son appartement qui n'était pas le sien, s'assit en manteau et bonnet à la table et ouvrit la bouteille de liquide transparent. C'était du vinaigre. « Mon Dieu, songea-t-il, impossible que cela m'arrive pour de vrai ! Je traverse un épisode psychotique. J'ai dû vivre quelque chose de toxique. » Il essaya de déterminer le moment où cela avait pu commencer, mais son esprit se refusait à penser. Tout ce dont il se souvenait, c'était des sandwichs appétissants servis dans l'avion.

Il s'étonnait lui-même de songer autant à la nourriture. Son esprit accueillait ses pensées gauchement, alors qu'il était habitué à ce qu'elles prennent leurs aises en lui comme dans des fauteuils confortables, sous la forme d'idées structurées ou de concepts abstraits. Or là, sa mémoire était tout entière occupée par l'image du magasin derrière sa grille, avec ses étagères remplies de marchandises. « Ridicule, invraisemblable ! » se disait-il à son habitude avec un peu d'humour, mais il fut aussitôt gagné par un véritable effroi. Il posa le sapin contre le mur pour regarder ses ramures fines et délicates. Le professeur comprit non sans déplaisir qu'il devait agir, faire quelque chose.

Il mit ses affaires dans sa valise, éteignit la lumière, jeta un dernier regard au studio, puis claqua la porte. Il descendit en ascenseur et s'efforça de glisser les clés de l'appartement dans la boîte à lettres. Il était prêt à tout. Il devait trouver son ambassade. Il n'y avait aucune autre issue.

Devant l'immeuble, il tomba sur un homme corpulent au visage rougi et qui, malgré le froid, déblayait la neige à la pelle. L'homme le salua imperceptiblement et dit quelque chose, un bonjour sans doute. Le professeur Andrews eut un afflux d'énergie inattendu et, surpris lui-même, se mit à raconter ses deux dernières journées sans aucune retenue. Qu'il habitait en haut de l'immeuble parce qu'il était arrivé de Londres pour donner des conférences, que sa guide devait lui téléphoner, mais que le téléphone était tombé en panne ; il y avait un char, les magasins étaient fermés ; il parla de l'autobus et du vinaigre dans le verre. L'homme resta debout à fixer attentivement ses lèvres. Son visage n'exprimait rien.

Peu après, le professeur se retrouva dans un petit appartement bourré de meubles. On s'y déplaçait avec difficulté. Il était assis à une table basse, il buvait du thé dans un verre avec anse en plastique et, coup sur coup, il levait un autre petit verre régulièrement rempli. La vodka avait un étrange goût fruité. Elle était tellement forte qu'à chaque gorgée son larynx se serrait douloureusement. Le professeur s'entendait parler à l'homme et à sa femme (elle était immédiatement apparue, corpulente et rose, avec de la saucisse chaude appétissante présentée sur une assiette) de son école de psychologie, du fondateur de celle-ci, des pressentiments, de la manière dont fonctionnait la conscience humaine. Ensuite, il fut brusquement repris par son inquiétude, il venait de se rappeler l'ambassade, aussi bafouilla-t-il le mot « *embassy* » de façon répétitive. « *British embassy*. » « *War* », lui répondit l'homme en saisissant l'air entre ses deux bras de telle manière qu'un fusil se matérialisa presque. Il s'assit, cligna des yeux et émit un son qui imitait une fusillade. Il tira sur les murs où étaient suspendus des pots de fougères. « *War* », répéta-t-il. Le professeur se dirigea en vacillant vers les toilettes, mais se retrouva à la porte de la cuisine. Sur la table, il y avait un appareil de chimie complexe avec des tuyaux et des petits robinets. L'odeur puissante qui s'en dégageait le fit se sentir mal. Son hôte le dirigea d'un mouvement discret vers la salle de bains. Le professeur ferma la porte derrière lui, et quand il se retourna, il vit un grand poisson nager dans la baignoire. Vivant. Le professeur n'en croyait pas ses yeux. Il tenait entre ses doigts le bouton de son pantalon et regardait droit dans l'œil de la carpe dans l'eau. Il était prisonnier de cet œil. Le poisson remuait paresseusement sa queue. Du linge séchait au-dessus de la baignoire. Le professeur resta ainsi debout au moins un quart d'heure, incapable de bouger, jusqu'à ce qu'à la porte le maître de maison, inquiet, se mette à tambouriner. « Chut ! Chut !… » voulut le calmer le professeur. Ils se regardaient dans les yeux, la carpe et lui. C'était effrayant et agréable à la fois, sensé tout en étant absurde. Il avait peur mais se sentait étrangement heureux. Le poisson était vivant, il bougeait, ses grosses lèvres prononçaient des paroles inaudibles. Le professeur Andrews s'appuya contre le mur et ferma les yeux. Ah, rester dans cette petite salle de bains, dans le ventre de ce grand immeuble, au centre de cette grande ville glacée ! Être privé de paroles, ne rien comprendre, ne pas être compris ! Ne faire que regarder dans l'œil plat, merveilleusement rond de la carpe ! Ne plus bouger de là.

La porte s'ouvrit avec fracas et le professeur tomba dans les bras chaleureux et puissants de son hôte. Il se blottit contre lui comme un enfant. Il sanglota.

Un moment plus tard, en taxi, les deux hommes traversaient la ville inondée de la lumière froide du soleil. Le professeur Andrews gardait sa valise sur ses genoux. Puis, à la grille de l'ambassade, quand il fit ses adieux à l'homme corpulent, celui-ci l'embrassa sur ses deux joues non rasées. Que pouvait lui dire le professeur en guise d'au revoir ? Il parvint à dominer sa langue ivre et désobéissante, puis, en hésitant, il murmura : « *Zivo tchi na miéstou ?* » Le Polonais le regarda surpris. « *Żywo* », répondit-il. « Vivant. »

Ariane à Naxos

à Anna Bolecka

Dès que les jumeaux étaient couchés, elle repliait le coin du tapis puis s'allongeait, l'oreille collée au sol. C'était ainsi qu'elle écoutait. La voix lui arrivait étouffée, assourdie par les épaisseurs d'isolant, de laine minérale ou de quoi que ce fût, posé sous le plancher, dans les constructions en béton préfabriqué. Mais la voix conservait toujours sa force. Les tonalités aiguës pénétraient dans l'oreille de B. avec toute leur puissance ; en revanche, les plus graves, celles précisément qui lui donnaient des frissons, devenaient parfois inaudibles. Elle fermait les yeux, écoutait jusqu'au moment où les petits pas surpris des jumeaux pieds nus la ramenaient à la réalité. Les garçonnets se tenaient tous les deux sur le seuil, encore un peu ensommeillés, les paupières gonflées, un filet de salive aux lèvres, les joues rougies, mais avec le regard conscient, sûr de lui des enfants. Ses gardiens. Elle se relevait alors, toujours un peu gênée, pour leur essuyer le nez et déboutonner leurs grenouillères avant de les asseoir sur le pot. La soupe de légumes se réchauffait déjà. Le yaourt se préparait.

Deux bouches désabusées goûtaient aux saveurs du monde.

Elle ne savait jamais comment faire pour habiller les enfants avant la promenade. Devait-elle commencer par se préparer elle ou les enfants ? Si c'était les petits en premier, ils retiraient leurs bonnets, dénouaient leurs lacets tandis qu'elle s'habillait. Si elle se préparait d'abord, le temps qu'elle remonte les fermetures éclair des anoraks et boutonne le reste, son maquillage, aussi léger fût-il, avait coulé. Il n'y avait pas de bonne solution. Aller se promener devenait soudain le véritable moment stratégique de la journée, une épreuve de vitesse et d'intelligence, une conquête tactique du monde, l'affirmation de sa mise sous contrôle.

Elle aurait préféré descendre directement en ascenseur avec la poussette, c'était évident, mais alors elle ne serait pas passée devant la porte de l'autre. À l'étage en dessous du sien, il n'y avait rien à voir, en réalité, juste une porte comme les autres, les dizaines d'autres, peintes en gris, avec un judas dirigé droit sur l'escalier. Elle ralentissait devant cet œil de verre, se tendait et écoutait si les sonorités familières, la douce ligne mélodique, pure comme un diamant, étaient audibles. L'heure de la promenade n'était pas vraiment celle du chant. À ce moment-là, l'autre prenait peut-être son bain ou téléphonait à des amis ou faisait la vaisselle.

Ce n'était qu'à cet étage, près de la porte de la cantatrice, qu'elle appelait l'ascenseur pour aller jusqu'en bas. Elle installait alors les garçons dans la poussette pour se diriger vers la place au bout de la rue, puis faire deux fois le tour de la fontaine et rejoindre le parc, s'arrêter à l'aire de jeux, au bac à sable, ou simplement poursuivre la promenade. Trotter autour des parterres, ramasser des marrons, faire des bouquets avec les grandes feuilles échancrées, adresser aux enfants des paroles décousues, somnolentes, alogiques ; puis venait le plaisir du silence quand, peu assurés sur leurs jambes, les garçons s'éloignaient d'elle pour s'occuper seuls, d'eux-mêmes, un moment. Ensuite, le retour à la maison, le long d'une série de magasins. Elle en connaissait la succession par cœur : chausseur, droguerie, bar *Kolor*, épicerie fine. Elle, elle ne faisait ses courses que dans la toute petite boutique remplie de marchandises jusqu'au plafond. Précisément dans celle-là pour ne pas se laisser aller à la débauche de l'épicerie fine, pour n'acheter que ce qui était indispensable dans l'immédiat, le tout en une seule fois. Les sacs avec ses achats étaient suspendus à la poignée de la poussette, au point de la déséquilibrer parfois dangereusement. B. devait alors faire attention aux rebords de trottoir. Au retour, la poussette double des jumeaux avec les sacs de courses allait devoir entrer dans l'ascenseur pour atteindre le neuvième étage, où le grincement de la clé éveillerait dans l'appartement des odeurs familières, celles des enfants, de la poudre à lessive et des légumes cuits.

À ce moment-là, dans le logement du dessous, le silence régnait également le plus souvent. L'immeuble dans son entier était paisible comme si les quelques personnes qui, le matin, ne devaient pas sortir de chez elles, passaient leur début d'après-midi à dormir. Dans ce gigantesque Rubik's Cube, B. imaginait ces voisins les uns au-dessus des autres, mais aussi à droite et à gauche, coincés dans leurs petites cuisines, les coudes appuyés sur les tables pliantes, au-dessus d'une assiette de soupe réchauffée, avant de se retirer pour digérer en faisant une courte sieste. Celle-ci segmenterait leurs pensées en petits morceaux anguleux et grossiers, impossibles à assembler d'aucune façon. Il y avait également des appartements vides ; difficile de se les représenter, libérés tôt le matin dans le désordre de la hâte matinale, surchauffés par les radiateurs, et où le seul mouvement possible serait celui des particules de poussière voletant avec indolence.

Les garçons mangeaient, puis elle les mettait sur le pot. Ensuite, elle s'allongeait avec eux sur le divan et, d'une voix monotone, leur lisait une histoire qu'ils connaissaient par cœur. Ils écoutaient en regardant le plafond. Ils pénétraient dans le conte, leurs regards erraient de plus en plus lentement le long des fissures de la peinture, finalement leurs yeux se fermaient, mais jamais complètement. Sous leurs paupières, les pupilles luisaient de façon inquiétante.

C'était alors que l'autre femme se mettait à chanter.

Elles étaient donc synchronisées d'une certaine manière, leurs rythmes s'alignaient mystérieusement en se soumettant aux invisibles volutes du temps. B. se levait avec prudence du divan pour aller dans la pièce d'à côté sur la pointe des pieds, elle y repliait le tapis pour s'allonger sur le sol et écouter le chant de l'autre.

L'autre commençait par des vocalises. Parfois longuement, d'autres fois brièvement, juste pour s'échauffer. Sa voix s'élevait et descendait. Les passages d'un son à l'autre avaient la douceur et l'arrondi des maillons d'une chaînette. On pouvait croire que là, quelque part sous le plancher, ils se matérialisaient en petites balles de caoutchouc, souples et rebondissantes. Ensuite, avec fluidité, elle entamait un nouvel air et c'était comme si elle déployait de grands rouleaux d'étoffes colorées, de soie ou de velours, de mousseline fluide ou de taffetas miroitant. La mélodie s'élevait sans peine, enveloppait plusieurs appartements voisins de son ombre subtile. B., qui avait l'oreille contre le sol, sentait davantage qu'elle n'entendait, car son oreille n'était qu'une infime partie de son corps. Son ventre, ses mains ou ses pieds n'écoutaient pas moins. Ses nerfs vibraient doucement sous sa peau. Son corps n'était plus que sensibilité.

B. reconnaissait presque tout. C'est-à-dire que, dès les premières notes, elle savait qu'il s'agissait de tel ou tel air. Elle ne pouvait pas l'exprimer autrement. Elle se disait « ceci est magnifique », « ceci est triste » ou encore « ceci est étrange ». Parfois, l'autre s'interrompait brusquement après une phrase pour la répéter plusieurs fois, l'extraire de l'ensemble, la séparer du reste. Elle le faisait avec insistance. À n'en plus pouvoir ! Ainsi interrompait-elle le cours du temps pour dupliquer encore et encore le même instant. B. ne percevait aucune différence dans les répétitions. C'était comme si l'autre s'était enrayée, comme si elle était une femme mécanique. Peut-être était-ce le cas. Une femme à la voix angélique que faisait s'animer une manivelle dissimulée sous sa robe.

Finalement, les ascenseurs entamaient leurs allers-retours, l'immeuble s'éveillait de sa sieste en milieu de journée. Des portes claquaient, l'action péristaltique des vide-ordures se mettait en marche. Les cages d'escalier résonnaient d'écoliers bruyants de retour de l'école. Une alarme de voiture se déclenchait devant l'immeuble. Un téléphone émettait une sonnerie étouffée. Des clés grinçaient dans les serrures. Les jumeaux se réveillaient une fois de plus, à présent pour manger des boudoirs avec de la pomme râpée ou des carottes confites ou de la mousse de pêches ou une omelette. Là, il fallait allumer les lampes, lentement, l'une après l'autre, d'abord dans la cuisine, puis dans les autres pièces. La machine à laver réclamait son quota de langes sales. La femme d'en dessous se taisait, troublée par l'animation de la fin de journée. Le quotidien retrouvait ses ornières ; à partir de là, son déroulement se faisait régulier, rythmé, quart d'heure après quart d'heure, heure après heure, par le grand métronome qui battait la mesure de la soirée.

D'ailleurs, c'était le moment où l'homme rentrait. Il accrochait son long manteau bleu marine dans l'entrée, allait se laver les mains, puis prenait les garçons sur ses genoux. À elle, il donnait un baiser sur les lèvres. Sans crier gare, la télévision s'allumait : ils dînaient dans la cuisine à la petite table. L'homme disait que si tout allait bien, dans leur prochain logement, ils auraient une belle salle à manger.

Une fois par semaine, ils allaient au cinéma. Là encore, le métronome était maître. Ils recouraient alors à une baby-sitter. Les jumeaux se laissaient quitter sans protester. Ils ne pleuraient pas quand leurs parents partaient et dormaient quand ceux-ci rentraient. Après le film, B. et son mari cherchaient un endroit où dîner, mais cela posait toujours problème car tout était déjà fermé, de sorte qu'ils se retrouvaient habituellement dans une gargote turque à manger un kebab servi dans une barquette en plastique.

Ce n'était pas de l'espionnage. Le terme serait trop fort. B. connaissait simplement l'emploi du temps de la cantatrice. Le matin, celle-ci restait chez elle. Silencieuse durant la matinée, elle commençait à chanter vers midi, puis à nouveau on ne l'entendait plus. Après quoi, elle s'animait une nouvelle fois vers quinze heures, pour une heure ou deux. Puis le silence retombait. Ensuite, elle sortait, et B., qui l'avait écoutée l'oreille collée au sol, allait attendre à sa fenêtre pour l'apercevoir d'en haut, de son neuvième étage. L'autre marchait d'un pas énergique, les pieds un peu vers l'extérieur telle une danseuse chevronnée. Sa belle chevelure noire ondoyante, avec des pinces fantaisies, tombait sur ses épaules. Elle portait de longs manteaux amples sous lesquels il y avait toujours quelque chose d'ajusté, près du corps. Les couleurs étaient soutenues et froides : framboise, indigo, violet. Elle montait dans une petite voiture noire qui disparaissait derrière les immeubles. La mère des jumeaux ne la voyait jamais rentrer. Ce devait être très tard.

Bientôt, B. parvint à modifier l'organisation de ses journées pour être précisément au square devant l'immeuble quand l'autre sortait. Les garçons jouaient au bac à sable, et elle, sur son banc, scrutait l'espace au-dessus de leurs têtes en direction de la cage d'escalier. Elle la happait. Elle la voyait chantonner, sortir des clés de son sac à main, les tripoter un moment, puis appuyer sur la télécommande. La voiture lui répondait par une douce sonorité et un clignotement des phares. La femme jetait son sac sur le siège arrière. Elle disparaissait.

B. appelait les enfants pour rentrer.

Par la suite, elle parvint à déterminer le moment avec précision. Ce n'était pas toujours efficace, l'autre ne devait pas être des plus ponctuelles. Mais lorsque tout allait bien, elles se croisaient sur le trottoir. D'abord avec indifférence. Il y a tant d'inconnus que l'on croise durant une journée, tant de visages, de manteaux, de chaussures, d'attachés-cases ou de sacs à main. Puis, elles se regardèrent. Avec des esquisses de sourire. Un jour enfin, l'autre dit « Bonjour », et elle, elle rougit et répondit timidement à son salut. Après que l'autre était passée, majestueuse, persistait un filet de parfum, léger et fleuri.

Il en fut ainsi pendant deux saisons qui ne se distinguaient guère, entre les immeubles où la couleur dominante était celle du blanc sale des crépis.

L'été, B. s'inquiéta que l'autre ne parte brusquement et que c'en soit fini des mélodies écoutées l'oreille plaquée au sol. Il faudrait bien que ce moment arrive, tôt ou tard. On n'habite pas dans un endroit pareil toute sa vie, surtout lorsqu'on est une cantatrice. Une fois déjà, elle avait disparu un mois, et l'immeuble abandonné par elle, en dépit de tous ses éclats de voix, de tous ses bruits, chuintements d'ascenseur, plaintes de vide-ordure, applaudissements de portes, arpèges des cavalcades d'enfants dans l'escalier, se dressait effroyablement vide et sourd. Il était devenu invivable. Aussi B. avait-elle alors exigé de son mari qu'il la rassure doublement quant à leur future chaumière entre les arbres, avec la grande salle à manger, la sortie sur la terrasse et le jardin. Il acquiesçait, mais par quelque artifice cela signifiait « en aucun cas ». Il se blottissait ensuite contre sa poitrine encore récemment gorgée de lait – et alors elle se sentait forte, elle se sentait comme un lieu de stabilité, un petit pont sur un cours d'eau gonflé ou même un grand navire transatlantique, et c'était indéniablement un sentiment positif. Mais elle s'endormait étonnée de ne pas pouvoir se blottir contre elle-même, ni se bercer seule, et alors elle avait l'impression d'être un poids pour elle-même ; elle se sentait emprisonnée en elle-même. Dans une cage faite de ses propres côtes.

Les samedis, lorsque son mari restait avec les enfants, elle allait faire des courses plus importantes. Elle tirait son chariot sur les dalles irrégulières du trottoir où les roulettes jouaient un air rythmé, et elle, elle chantonnait pour l'accompagner, inventait une deuxième voix. Le passage par la rue asphaltée modifiait le tempo, le diluait, l'effaçait, mais le rythme revenait lorsque le chariot roulait sur les pavés, à proximité de la série de magasins. Le cabas à roulettes joue le rôle d'une aiguille de tourne-disque qui, des surfaces silencieuses, fait entendre la musique cachée, songeait B. Il y avait encore les rampes bétonnées aux sonorités pareilles à celles d'un archet délicat sur des cordes, les tambourinements nerveux sur les dos-d'âne de l'ancienne rue près du maraîcher, les trompettes assourdies dans les parages des boutiques, le doux velours des bassons sur les raccourcis tracés par les marcheurs. Le sol sous toutes ses formes – sable, gravillons, pierres, asphalte ou béton – chantait sous les roues du chariot de courses. Des milliers d'accompagnements qui réclamaient sa voix, ou plutôt la voix de l'autre femme, car elle, elle ne savait tirer d'elle-même que des fredonnements, des murmures rugueux. Mais peut-être, tout comme on ne peut pas se blottir contre sa propre poitrine, songeait-elle, on ne peut pas entendre sa propre voix de l'extérieur. Et de même, il n'est donné à personne de se voir avec les yeux du monde, de s'entendre avec les oreilles du monde, de se toucher avec les mains du monde, ne serait-ce qu'une fois.

— Regarde, dit-elle en rentrant à son époux, j'ai acheté des aubergines, j'ai acheté du chou, j'ai acheté des pommes et des prunes.

Et elle répéta cela plusieurs fois. Comme une phrase musicale. Comme un refrain. Les jumeaux, fascinés, observaient le maïs montrer ses quenottes innombrables et jaunes.

Un après-midi, après de longues hésitations, elle s'aventura à frapper à la porte de l'appartement en dessous du sien. La cantatrice lui ouvrit sans paraître étonnée. Elle ne dit rien. La visiteuse articula lentement chaque mot des phrases qu'elle avait répétées longuement. Elle dit :

— Je m'appelle B. Je vous entends chanter. J'habite l'appartement au-dessus du vôtre.

La femme l'invita à entrer.

L'appartement était tout à fait différent, même s'il était distribué de façon identique. Il n'y avait pas de cloison entre la cuisine et le salon. Aussi l'acoustique était-elle complètement modifiée. Les boules en papier des suspensions diffusaient une lumière douce et laiteuse. Une grande toile blanche était accrochée au mur comme un tableau. Le sol parqueté était très luisant, les feuilles argentées des plantes couvertes de duvet. L'autre rectifia son ample chevelure bouclée, qui était attachée. Elle regarda attentivement B., et sans doute évalua-t-elle son âge car aussitôt elle passa au tutoiement :

— Ainsi, tu es la voisine du dessus. Avec les jumeaux. Identiques.

— Ils ne sont pas identiques, protesta B.

— Seules les mères savent cela.

Elles se taisaient, embarrassées. B. promenait les yeux sur les meubles légers et simples. Elle s'était attendue à des draperies en velours et de lourds sofas. Elle avait pensé trouver un tapis épais, voire une peau de bête tendue sur un mur.

— Un verre de sel, de sucre ? Deux œufs, peut-être ? demanda la femme du huitième avant de partir d'un rire qui semblait sortir des profondeurs de son être.

Ne pas être gagnée par ce rire était impossible et B. se mit à rire.

— Non, je ne veux rien t'emprunter. Je suis venue te dire que je t'écoute.

— Tout s'entend si fort ? s'inquiéta alors l'autre.

— C'est magnifique. Tant ta voix que ce que tu chantes.

Elle la remercia pour les concerts gratuits. L'autre s'excusa du fait que, sans doute, elle réveillait les enfants. B. fit non de la tête.

— C'est magnifique, dit-elle avant de reculer vers la porte.

L'autre lui proposa un thé. B. songea un instant aux enfants qui dormiraient tout au plus encore une demi-heure. Elle accepta. Elle s'installa sur un haut tabouret devant le petit bar. L'autre mit l'eau à bouillir, puis d'un sachet noir et brillant, elle fit glisser de longues feuilles entortillées dans la théière. Elle interrogea B. sur les garçons, leurs prénoms, et sur sa vie dans le quartier. B. scrutait chacun de ses gestes. Tintement maîtrisé des tasses. Bruissement de la cellophane, murmure appétissant et subtil des petits gâteaux déposés sur l'assiette. Les mains de l'autre, grandes et puissantes, aux ongles roses avec un liseré blanc, laiteux. French manucure. Crissement d'un ongle sur la porcelaine. Frémissement de l'eau qui bout. Elle était plus grande, mieux faite que B. ne le pensait.

Elle avait un beau et large décolleté, avec quelques taches de rousseur, une poitrine abondante sous un corsage gris et souple. Des chaussettes en laine blanche aux pieds. Vêtements taille 42, chaussures 40, pensa B., puis elle interrogea son hôtesse sur la mélodie qu'elle chantait le plus souvent, ces temps derniers. Elle voulait la lui chantonner, elle l'avait en tête. Déjà, elle inspirait, mais sa propre main se plaqua sur sa bouche pour l'en empêcher.

— Vas-y, l'encouragea la cantatrice avec un sourire d'enfant. Allez ! Chante !

Mais B. ne pouvait pas. Elle tapota le rythme du doigt sur la table.

— Ah, je crois deviner, c'est Albinoni.

B. pensait qu'elle allait chanter. Mais non, elle buvait son thé. B. eut quelque étonnement à penser que la gorge qui chantait était la même que celle qui avalait le thé.

— C'est Albinoni, répéta l'autre.

D'une longue rangée, elle tira deux CD qu'elle lui remit. Son visage illustrait la pochette de l'un d'eux. B. y lut que c'était du Schubert, du Mozart et du Vivaldi. Sur l'autre, on pouvait lire : *Ariane à Naxos*, Joseph Haydn. Elle fit glisser son index sur le boîtier plastique.

— C'est précisément ce que je travaille en ce moment.

Mais B. préféra de beaucoup le disque d'arias. Elle l'avait écouté dès qu'elle avait regagné son appartement. Les jumeaux mal réveillés la regardaient à travers les barreaux de leurs lits. Yaourts aux fruits. Biscuit cuillère dont elle ramassa ensuite les miettes humides tombées sur le tapis.

— *Sposa son disprezzata*, chantait l'autre sur le disque.

Le soir, elles se firent un signe de la main. L'une à son balcon, l'autre près de sa voiture.

Dès lors, chaque nuit, B. attendait le retour de la chanteuse lyrique. Les concerts se terminaient tard, et ensuite – comme cette dernière le lui avait confié – elle allait prendre un verre avec des amis, car, disait-elle, on ne mange jamais si tard. Il ne s'agissait donc que d'un verre de vin, et cela durait parfois jusqu'à minuit ou plus. Pendant ce temps, B. restait allongée au côté de son époux – lui, il rêvait sans doute d'une maison avec une vaste salle à manger. Enfin, sur la pointe des pieds, B. allait dans le couloir pour écouter les bruits de la cage d'escalier. Plusieurs fois, elle s'y trouva au retour de l'autre femme. Ascenseur, grincement d'ouverture, son discret des clés prises dans le sac à main, tintement gauche quand elles se logeaient dans la main puis dans les serrures. Grincements, cliquetis du pêne, entrebâillement silencieux, secondes de silence, et la porte claquait en se refermant. Certaines fois, tout se passait à l'identique, mais surfilé d'une voix masculine. Rires étouffés brièvement avant que la porte ne fût fermée. Silence absolu. Tentation de rouler le tapis pour mieux coller l'oreille au sol.

B. connaissait le disque de l'autre par cœur. Elle chantait dans sa tête avec l'autre et c'était comme si l'autre s'exprimait désormais à travers elle. Comme si la voix de l'autre tirait la mélodie de la gorge de B. Quand elle s'absorbait dans une tâche comme le repassage ou le nettoyage des sanitaires, sa propre voix se manifestait de façon intempestive, même si ce n'était que pour altérer les sonorités, les écraser, les rendre rauques. B. se taisait ensuite, désagréablement surprise. C'est moi qui ai chanté, songeait-elle.

— Chante pour moi, dit-elle un jour à l'autre, alors qu'elle lui avait apporté des aubergines farcies dans une assiette, sous une cloche en aluminium. En guise d'offrande, peut-être.

L'autre sembla amusée par cette idée. Sa voix prit son envol, d'abord sourde, délicate, veloutée, puis de plus en plus décidée. B. fixa alors le décolleté de sa voisine, erra sur la fine peau aux discrètes taches de rousseur, légèrement ridée entre les seins, discrète et frêle frontière sous laquelle pulsait une autre existence, vibrante de sonorités dans les labyrinthes humides du corps. Et quand l'autre baissa les paupières pour disparaître sous les sonorités qui inondaient ses lèvres, B. eut l'impression d'apercevoir son cœur, ce grand et puissant agrégat de chair donnant le tempo, battant la mesure. Un muscle plein de force mais fragile, un peu comme si ses contractions si assurées, ses puissantes pulsations avaient, de fait, pour origine un tremblement, un frémissement, et que ses palpitations incessantes témoignaient davantage du travail de la mort que celui de la vie. B. eut l'impression d'avoir découvert le grand secret, et que, lorsque l'autre ouvrirait les yeux, elle ne saurait pas lui cacher qu'elle avait compris. Elle aurait donc préféré ne pas connaître la vérité, elle aurait souhaité détourner la tête, regarder quelque chose de lisse, de droit, quelque chose d'artificiel, comme le plateau de la table ou la matérialité mesurable et rythmée du radiateur. Elle avait découvert que c'était le corps qui chantait, avec ses muscles tendus – segments de chair vibrante, placés selon un ordre éternel dans les profondeurs du corps –, avec un larynx particulier, des espaces génétiquement programmés, des sifflets charnels. Avec le cœur, agglomérat de matière intime et timide qui véhicule le sang. Toute l'intériorité du corps, ce velours prodigieux du secret, cette imagination inquiète du toucher, ce frôlement du bout des doigts de ce qui est hors de portée : les artères toniques, les solides cartilages pleins de vie, les recoins mobiles. La conscience d'un miracle ténu. Et, allez savoir pourquoi, l'existence du cœur de la cantatrice, le fait de son indéniable corporéité était émouvant et insupportable à la fois. Imaginer que la moindre douleur pourrait perturber le travail d'un tel métronome, sous cette peau à taches de rousseur, fit souffrir B. Ses yeux furent inondés de larmes qu'elle chercha à dissimuler par des battements de paupières. Dès lors, B. décida de protéger ce cœur, de le cacher à tous, de l'enterrer dans un jardin aux périphéries de la cité pour que rien ne puisse l'atteindre. Elle serait sa gardienne. Les pensées de B. étaient chaotiques et elle savait qu'elle était en train de délirer. La faute à la musique ! Comment un être humain pourrait-il vivre sans cœur ?

L'autre terminait, légèrement penchée en avant, ne cachant guère son effort. Elle fronça les sourcils quand de ses lèvres sortirent de subtils sons veloutés. Elle porta les mains à sa bouche comme si elle voulait veiller à la perfection absolue de l'extinction des notes. L'air se fondit imperceptiblement dans le silence. La cantatrice se figea, ouvrit les yeux et eut un large sourire. Après cela, elle lava l'assiette des aubergines qu'elle rendit à B. sur le seuil de sa porte.

B. entraînait désormais son époux à l'opéra plutôt qu'au cinéma. Mais tout comme lui, elle s'y sentait perdue. Elle voyait l'autre de loin. Et en dépit de cela, la chanteuse lui semblait plus grande drapée dans ses robes, avec son maquillage prononcé qui transformait son visage en une constellation d'yeux, de sourcils et de lèvres, autant de taches parfaitement indépendantes, pareilles à celles d'un masque. Sa voix lui était volée par tous ces gens aux mines attentives. Elle devenait pareille à celle des journaux qui s'adressent à de nombreux lecteurs, et donc à personne en particulier.

À la fin, comme toujours, B. et son mari se retrouvaient à la gargote turque. Puis, en voiture, ils traversaient les quartiers endormis de la ville pour rentrer chez eux. Ensuite, à son habitude, B. épiait les bruits de l'ascenseur.

Le lendemain, elle repliait un coin du tapis. Elle préférait cette écoute, l'oreille contre le plancher, à celle dans la salle d'opéra. Désormais, B. connaissait les paroles : « *Teseo mio ben ! Ove sei ? Ove sei tu ?* », ou plus tristement : « *Ah, di vederti, o caro, già mi stringe il desio.* » Représentation d'une femme qui se lamente sur le rivage. Parfois, B. avait l'impression qu'à l'étage du dessous il n'y avait pas un logement. Juste des falaises et des navires qui, furtivement, quittaient la baie. Qu'un soleil aveuglant y brillait et que le mugissement des flots donnait le mal de mer. Mais lorsque l'autre lui ouvrait la porte, elle avait retrouvé l'allure banale d'une femme imposante en corsage de coton gris. Des feuilles de papier jonchaient le sol.

« Je t'ai apporté des crêpes aux épinards », disait B., mais ses yeux exprimaient une prière qu'il lui aurait été difficile de dissimuler : Chante pour moi ! Montre-moi comment tu chantes ! Comment se fait-il que tu chantes ? Pourquoi est-ce que tu chantes et moi pas ? D'où te vient cette voix ? Pourquoi je n'y arrive pas, pourquoi suis-je morte alors que tu es vivante ?

La cantatrice parlait de la première d'*Ariane* tout en mangeant. Elle disait que l'on était déjà en train de coudre son costume, une tunique blanche comme neige, cintrée sous la poitrine par un ruban or. Que sa coiffure serait haute, à la grecque, toute de petites boucles comme chez les déesses des statues en pierre. Qu'elle aurait des bracelets en cuivre. Et Thésée, cet ingrat, la quitterait désormais des dizaines ou peut-être des centaines de fois. Son épée couverte par le sang du Minotaure, le labyrinthe frappé d'infamie. Puis tout reviendrait au point de départ, ils vivraient encore et encore sur la scène généreusement éclairée comme si, à chaque fois, ils avaient perdu la mémoire, et que ce qui allait arriver se ferait seul, inexorablement, sans effort et sans la moindre possibilité de se voir modifier. Que ce serait ensorcelant de prendre sur soi tous les délaissements, les départs furtifs, les abandons en catimini, les disparitions sans un mot. Que bientôt Ariane s'en irait dans le monde, dans les grandes villes pour jouer sur des scènes d'opéra encore plus renommées, où, chaque soir, elle se laisserait abandonner par l'homme à l'épée ensanglantée.

— Bien sûr, je vais te le chanter.

Elle mit la cassette avec l'accompagnement musical, puis, du divan, sa tasse de thé devant elle, elle entama l'aria. Mais pour le *forte*, elle se mit debout et marcha dans la pièce. Elle leva les bras, les inflexions vibrèrent, transperçant tout ce qui l'entourait de petites pointes. Elle ferma les yeux et sa voix devint mate comme si elle s'était muée en la souplesse d'un pinceau qui balaie les objets couverts de la poussière invisible du silence. B. voyait les muscles de son cou se tendre, le décolleté (peau fine à taches de rousseur) s'élever et retomber tandis que le souffle modulait la voix avec affectation. Alors B. réalisa, presque avec désespoir, que jamais elle ne comprendrait cette relation enivrante entre la peau, le cœur, les muscles et la voix. Qu'entre eux, entre la chair et tout ce qui était incorporel, béait un énorme gouffre. Béance dans l'existence. Qu'il y avait là deux réalités indépendantes qui ne se rencontraient qu'en des moments comme celui-ci. Jamais ils ne seraient en état de s'unir ou de se toucher, ni même de se frôler parce qu'il n'y avait aucune ressemblance entre eux, parce que leurs natures étaient contraires. Feu et eau. Matière et antimatière. Et que pour peu que l'on ait assisté, ne fût-ce qu'une fois, à pareille tentative désespérée de rapprochement, dès lors tout devenait désir comme si l'on connaissait, d'on ne sait où, cette union improbable. B. sentait que l'autre, penchée en arrière, chantant les yeux fermés, devait également souffrir de cet état de fait : une petite ride entre les sourcils, les sillons parallèles du cou. Tout était séparé, chaque chose isolée, tout comme B. et la cantatrice. Elles deux. Aux deux extrémités du monde.

L'autre termina, mais n'ouvrit pas les yeux. Elle était debout, immobile, avec la cuisine en fond, comme surprise par le silence dont elle était responsable, et alors B. s'approcha d'elle presque sur la pointe des pieds pour poser sa tête sur la poitrine tachetée de rousseurs. Sous la peau, elle put encore entendre les sons décliner, se briser en brèves respirations, ondoyer dans le corps et s'évaporer. Elle sentit l'odeur chaude, rassurante et douce de la peau féminine. L'autre ne bougea pas, puis, hésitante, toucha le visage de B. et le caressa doucement.

Voilà tout. Ensuite B. vit Ariane à la première, inondée de lumière, irréelle. Et aussi dans les journaux, car, en effet, le succès était immense. Puis commença la grande tournée. Le silence régnait dans l'appartement du dessous.

Après son départ, l'automne fut interminable. Un air chaud flottait au-dessus de la ville, de sorte que les feuilles jaunissaient lentement et se refusaient à tomber. Chaque jour, le soleil se montrait, mais de plus en plus faible, somnolent et comme étonné par cette anomalie. Ce serait peut-être la seule année de l'histoire – en conformité avec les règles de la vraisemblance – où l'hiver n'arriverait pas. Il se contenterait d'une halte aux limites de l'aurore, au-delà de l'horizon du jour, et, pour éviter toute discussion, gèlerait juste quelques pointes d'herbe. Tout resterait en suspens dans l'incertitude de savoir si cela avait déjà eu lieu ou devait encore arriver.

LA GLYCINE

À l'étage, j'entendais chacun de leurs pas. Depuis qu'elle s'était mariée, l'écoute était devenue mon occupation. Je les suivais à la trace, elle et Oleg, je comptais leurs pas et je m'en élaborais des représentations précises. De la cuisine au salon, puis à la salle de bains, de nouveau à la cuisine, encore au salon, à la chambre à coucher, grincement du grand lit qui avait été celui de ma mère et donc de sa grand-mère. Un lit large de deux mètres, avec encore un matelas à ressorts. Évidemment, je distinguais ses pas (plus rapides, plus légers) de ceux d'Oleg (parfois, il traînait les pieds, lui aurait-elle acheté des chaussons trop grands ?). Les pas se séparaient et se rapprochaient, se rencontraient et se croisaient. J'allais jusqu'à fermer les fenêtres pour mieux les entendre. Même lointaines, les sonneries des tramways qui regagnaient leur dépôt me dérangeaient. Nous habitions à la périphérie d'un respectable vieux quartier de villas, de maisons d'avant-guerre couvertes de plantes grimpantes, comme l'était la nôtre précisément. Une cage d'escalier fraîche, un rez-de-chaussée et un étage. Moi au rez-de-chaussée, eux à l'étage que je leur avais cédé.

À l'entrée, une grande glycine poussait près des marches, une plante magnifique, mais envahissante. Elle fleurissait chaque été, les grappes allongées de ses fleurs pendaient comme des tétons. Chacun de ses rameaux poussait d'un mètre par an. L'été, il fallait donc veiller à ne pas laisser ouvertes les fenêtres ou les portes du balcon ; les vrilles s'y précipitaient, elles cherchaient à pénétrer les petits trous dans la structure ondulante des voilages, et j'avais l'impression qu'elles voulaient s'en prendre aux meubles, s'installer à table en occupant les chaises… Ah, j'offrirais volontiers du thé dans mes meilleures tasses à cette plante, je lui proposerais de petits gâteaux turcs bien gras.

Je prenais pourtant le thé seule, je levais les yeux vers le plafond et, à partir de leurs pas, je recréais toute leur vie. Ennuyeuse, uniforme. Ma fille ne savait pas procurer de distractions à son époux. Quand le silence régnait longuement, quand il n'y avait aucun mouvement, cela voulait dire qu'ils regardaient la télévision, assis sur le canapé. Il passait son bras autour de ses épaules, cuisse contre cuisse. Une bière était posée sur la table à côté d'un verre de jus d'orange, le journal était ouvert sur le programme télévisé. Elle, elle se limait certainement les ongles (elle avait toujours été obsédée par ses ongles), et lui lisait. Le silence dans la cuisine indiquait qu'ils mangeaient. Il y avait tout au plus le crissement d'une chaise repoussée quand l'un d'eux se levait pour aller chercher du sel. Bruits d'eau dans la salle de bains, l'un d'eux se baignait. J'avais appris à distinguer lequel des deux. Elle se lavait plus brièvement, lui restait sous la douche bien plus qu'il n'était nécessaire. Que pouvait-il y faire, vulnérable, soluble comme un savon lisse sous le jet d'eau brûlant ? Il se brossait le dos ? Se lavait les cheveux ? Méditait-il, immobile, l'itinéraire d'une goutte sur son corps nu ? Ensuite, silence, le murmure de l'eau s'arrêtait, Oleg devait se raser devant le miroir. J'avais appris à en avoir une vision précise. Il enduisait son beau visage de mousse qu'il retirait ensuite soigneusement avec le rasoir en faisant apparaître sa peau glabre et fraîche. Une serviette sur les hanches, pieds nus, avec des gouttelettes d'eau dans le dos, il était renouvelable. Je m'imaginais alors que je me blottissais un instant contre lui, par-derrière, j'étais incorporelle. Je le sentais, lui ne me sentait pas. Lui était innocent, et moi, je posais les mains sur ses hanches. Mais ensuite, après qu'il s'était rasé, elle arrivait toujours, elle l'enduisait tendrement de crème, elle devait le taquiner alors, glisser la main sous sa serviette, et, à ce moment-là, les pas menaient à la chambre à coucher pour se transformer insidieusement en doux grincement de vieux ressorts. Après tout, ils étaient mariés. C'était normal, me disais-je. J'allais dans le jardin. J'enfilais mes gants en caoutchouc et je sarclais les plates-bandes. Du doigt, je creusais un trou dans la terre puis je crachais dedans. Je palpais les racines grasses et tendineuses des dahlias. La tête me tournait lorsque je me redressais trop brusquement.

Ma fille était une belle jeune femme brune avec une touche orientale, son apparence à elle seule semblait diffuser de la phéromone. Elle avait de longs cheveux raides, absolument noirs, des yeux bridés (son père). Ma fille avait vingt-six ans, mais moi je savais que ce n'était qu'une apparence. En réalité, elle était plus jeune. Je pouvais témoigner qu'elle s'était arrêtée dans sa maturation à l'âge de dix-sept ans. Il y avait eu une nuit, il y avait eu un jour où elle avait atteint le sommet à partir duquel elle avait glissé comme à ski sur un plateau vers l'avenir. Depuis, elle avait toujours dix-sept ans, et elle allait mourir jeune femme de dix-sept ans.

Dès qu'elle apprit qu'elle était enceinte, elle descendit régulièrement me voir, le ventre à l'air comme le voulait la mode du moment. Elle gonflait les lèvres, prenait la pose caractéristique des femmes enceintes, puis, les mains sur les hanches, elle déclarait : « J'ai la nausée. » Je lui faisais du thé ou j'infusais de la camomille. Elle disait : « Oleg s'inquiète tellement pour moi, il m'aime tant. » Elle n'en fit pas moins une fausse couche. Il la conduisit à l'hôpital, revint et resta suspendu au téléphone. Ensuite, il fit tinter des bouteilles dans l'escalier et but de la bière en regardant la télévision. Je lui portai à dîner, je mélangeai du doigt le sucre dans son thé puis je léchai mon doigt. Ensuite, je couchai Oleg sur le canapé pour la nuit. Il me regardait d'en bas, de loin. Je revins pour lui desserrer sa ceinture en cuir, il bafouilla un « merci » et s'endormit. Ce soir-là, je farfouillai dans leur appartement. J'examinai le linge soigneusement rangé dans l'armoire, les produits de beauté dans la salle de bains, les traces de doigt sur le miroir, les poils dans la baignoire, le tas de linge sale dans la panière en osier, le portefeuille en cuir noir qui s'était doucement modelé sur la fesse de mon gendre.

Mon corps me gênait, mon corps me fatiguait. Incorporelle, je me serais volontiers couchée à côté de lui. Mon corps se distendait quand nous nous croisions sur les marches de l'entrée. Mon gendre me parlait de trop près, à une distance trop dangereuse parce que chargée d'odeurs. Le corset tissé de belles fragrances de l'air s'ouvrait comme une fermeture éclair, tandis que tous les gestes possibles se mettaient en branle, depuis les innocentes tapes consolatrices dans le dos jusqu'à sa main entre mes jambes. Je lui disais de fermer les fenêtres pour la nuit à cause de la glycine, de vider régulièrement sa boîte à lettres. Je lui disais de faire ceci, de faire cela.

Je l'ai désiré dès que je l'ai vu. Qu'y avait-il de mal à ça ? Les filles ne sont-elles pas fusionnelles avec leur mère, tout comme les mères le sont avec leurs filles, il n'y a donc rien d'étonnant à ce que le désir gagne mère et fille comme un fleuve en crue dont les eaux inondent tous les terrains situés en contrebas. À l'âge que j'avais, je savais qu'on ne lutte pas avec la soif. Il faut savoir se livrer à un subtil drainage du désir, lui permettre de couler, de se laisser porter, car il n'est possible ni de le combler ni de le stopper. Quiconque pense autrement se trompe. Lui, il pensait autrement.

Ma fille rentra de la clinique et, dans ma cuisine, nous nous livrâmes à notre triste danse dans les bras l'une de l'autre, nous nous balançâmes d'un pied sur l'autre, en un ballet monotone à travers la pièce, de la fenêtre à la porte. Nous étions redevenues une seule personne, comme avant notre séparation acrimonieuse. Nous nous caressions les cheveux, nous baignions dans nos parfums, entre mon col claudine et sa capuche. Je sentais ses seins et son ventre à nouveau vide. Mais lorsque Oleg apparut sur le seuil, nous nous écartâmes l'une de l'autre, gênées, et il la reprit. Ensuite, j'entendis de nouveau leurs pas à l'étage du dessus.

J'apprenais à ma fille à déterrer les rhizomes des plantes vivaces et à mettre les housses de couette en un tournemain. Lui, il descendait me voir la nuit et je crois qu'il me craignait parce qu'il sentait toujours la bière. J'entourais ses hanches de mes jambes comme si j'étais une jeune fille. J'entendais sa douche matinale, encore plus longue, encore plus immobile qu'auparavant.

Comme tous les hommes, il devait probablement penser que tout désir peut être assouvi, toute appétence comblée, toute faim apaisée.

Nous avions fermé les fenêtres pour l'hiver. Il fallait de nouveau émonder au couteau la glycine. Au rythme des premiers vents d'automne, ses moignons cognaient encore aux vitres, mais ses chances d'entrer étaient nulles. Désormais privée de ses feuilles, impuissante, elle nous observait des rebords de fenêtre. Les radiateurs faisaient frémir l'air.

Est-ce qu'elle savait, est-ce que ma fille savait ? Si elle faisait partie de moi comme je faisais partie d'elle, elle devait connaître la vérité. Je l'entendais parfois se réveiller la nuit et crier « Maman ! », mais ce n'était pas un appel, je ne devais pas bondir du lit pour courir la voir. Elle criait « Maman ! » tout comme elle aurait pu crier « Ahaa ! » ou « Ooooh ! ». C'était lui qui la câlinait. Il disait : « Tout va bien, dors, dors. »

L'hiver s'installait lentement, il assombrissait inexorablement le monde. Longues nuits gémissantes, brèves journées émiettées en bruits de pas au-dessus de moi. Elle ne me parlait pas, aussi ne disais-je rien. Par la fenêtre, je regardais sa nuque lorsqu'elle quittait la maison. Je sentais son regard sur mon dos quand je sortais de la maison. Tandis qu'elle se dirigeait vers l'arrêt de bus, je la voyais faire des trous avec son parapluie dans le sol, comme si de rien n'était, puis cracher dedans. J'entendais les violentes secousses de la parure de lit enfilée sur la couette.

Souvent, quand elle était absente, je le recevais pour un café. J'ajoutais deux cuillères de sucre dans sa tasse et je mélangeais jusqu'à ce que la douceur adoucisse l'amertume. Il buvait avidement sans lever les yeux, il buvait tout. Je faisais toujours le premier pas, un pas discret, à peine perceptible, nullement parce que c'était moi qui en avais le plus envie, mais pour le libérer de sa culpabilité, lui offrir le luxe de se sentir victime, lui donner l'absolution avant même que le péché ne fût commis. J'entourais ses hanches de mes jambes et je retenais son attrait sans limites. Je ne voulais pas qu'il soit faible, je le voulais fort.

Ensuite, elle revenait et c'est elle qui lui faisait du café. Elle y ajoutait deux cuillères de sucre et mélangeait jusqu'à ce que la boisson devienne velouteuse.

Cela dura jusqu'au printemps, jusqu'à ce que l'immuabilité de cet ordre des choses devienne insupportable. Un jour, dans le café qu'elle lui servit la seconde cuillère ne versa pas de sucre. Il en avait été de même chez moi. Étant donné que cela arriva le même jour, il devint clair pour nous que les filles font partie de leur mère et les mères de leurs filles. Pas d'autre explication possible. Il devait donc mourir deux fois. Il mourut une fois pour elle, une fois pour moi.

Pieds nus, elle dévala l'escalier pour se jeter dans mes bras. Nous pleurâmes et sanglotâmes. Blotties l'une contre l'autre, en pyjama et chemise de nuit, nous tanguâmes d'un pied sur l'autre, un deux, un deux. Elle ne faisait que murmurer : « Il est mort, il est mort. » Moi, je disais : « Il s'est éteint, il s'est éteint. »

Nous savions pourtant une chose qu'il avait ignorée de son vivant comme désormais qu'il était mort : la vie après la mort est un rêve similaire à celui de la vie avant la mort. La mort est en réalité une illusion et il est possible de poursuivre le jeu sans problème. Ce que je fis, tout à fait par réflexe, comme si je connaissais depuis toujours ce rituel difficile, et elle, elle m'imita. Elle comprit vite ce dont il s'agissait, et, le visage levé vers le plafond, nous chuchotions à son mari de revenir. Que nous regardions vers le haut m'interpella, car ni le haut ni le bas, ni l'au-dessous ni l'au-dessus n'ont rien à voir avec la mort. Elle n'est ni à gauche ni à droite, ni à l'extérieur ni à l'intérieur. Je décrétai que nous devions nous ressaisir, d'accepter les règles communes et de nous adresser à la mort là où elle se trouvait, autrement dit partout. Nous martelions les murs et le sol de nos poings, nous hurlions au lieu de murmurer. Je me concentrais pour que nos paroles lui parviennent, pour qu'il en comprenne le sens. De plus, j'étais certaine que, comme beaucoup de gens, il pensait que mourir, c'était simplement cesser d'être. « Oleg, répétais-je lentement et clairement. Oleg, la situation est de loin plus compliquée. » Mais comment convaincre quelqu'un qui n'est plus là qu'il devrait avoir l'audace d'exister à nouveau ? Et elle, ma fille tellement jolie, à la beauté orientale, comprenait ce problème étonnamment métaphysique. Elle savait que tout était possible, que dans nos têtes, les rhizomes de la réalité se mobilisaient déjà, prêts à pousser. N'existe que ce à l'existence de quoi l'on croit. Il n'est d'autre principe envisageable. Telles des furies, nous martelions de nos poings les murs de la maison en hurlant et appelant. Elle en appelait à son bon sens, elle lui répétait comme à un enfant : « Ça suffit, Oleg, réveille-toi, il n'est pas vrai que tu es mort, réfléchis un peu, fais preuve de logique. » Et moi, je disais : « Oleg, je t'en supplie, vois les choses sous un autre angle, fais un petit effort. »

Et finalement, il s'est montré ! Ses contours étaient encore légèrement flous, un peu comme s'il avait quitté d'un bond l'écran du téléviseur. Sa silhouette trémulait. Il était fâché et perdu. Je l'aperçus la première – à mon âge, c'était bien naturel –, et elle, l'instant d'après. Je le touchai immédiatement pour m'assurer qu'il n'avait pas oublié son corps, son désir. Non, tout allait bien. Son contour se stabilisait, la vibration cessait. À ce moment-là, comme à vouloir saisir ma récompense, je l'allongeai sur le sol pour l'embrasser très fort sur la bouche, et lui, il me rendit passionnément mon baiser. Ses lèvres se matérialisaient au contact des miennes. Ensuite, elle fit le pas suivant et il devint clair qu'il était vivant.

Le temps était précisément venu d'ouvrir les fenêtres pour éveiller, chez les pousses nouvelles et fragiles de la glycine, la tentation de pénétrer dans l'intérieur sombre.

La danseuse

Il semblerait que, cette maison délabrée, ils l'aient acquise fortuitement. Ils auraient eu une panne d'essence en revenant d'un voyage ; or, le soir tombait. Aussi passèrent-ils la nuit dans ce village du nom de Dusznica, un nom aussi désagréable qu'insolite puisqu'il signifiait « étouffoir » ou « angine de poitrine ». Jadis, l'endroit avait été un petit lieu de cure thermale, il y avait un parc avec une fontaine et deux pensions. L'une n'existait plus, ne restait que l'autre, celle précisément qu'ils louèrent à la commune pour deux fois rien, en se promettant d'en faire un théâtre. Le Théâtre de Danse de Dusznica.

Ce qui lui plut à elle, c'était que la bicoque avait une scène.

Le bâtiment à façades prussiennes – colombages de bois et briques rouges – n'était pas très imposant. Au rez-de-chaussée, il y avait eu un espace d'accueil, une cuisine et une petite salle à manger dans la véranda. Côté nord se trouvait une salle de bal, comme il y en avait dans chaque hôtel de province qui se respectait. Ses parois, lambrissées de bois jusqu'à mi-hauteur, étaient désormais dévastées, les planches pourries se détachaient. La scène, en bois elle aussi, n'était pas très grande, mais elle était là, avec une entrée côté cour, une autre côté jardin, et un semblant de coulisses.

À l'étage, il y avait plusieurs chambres et deux salles de bains. C'était tout.

Elle, elle était mince, ou même davantage : maigre comme un bâton, elle semblait desséchée. Tout en elle était vertical, pointu : un visage allongé, un long nez, de longs cheveux gris qu'elle portait libres, ce qui lui donnait un peu l'apparence d'une sorcière. À son âge, les femmes se font des boucles bien sages ou un chignon modeste. Elle avait des mains fines avec de longs doigts et des jambes élancées toujours habillées d'un pantalon. De dos, son allure était celle d'une jeune fille, mais son visage était marqué par les années, un filet de rides en retenait les traits principaux, qui, sans cela, se seraient probablement dissous, effacés. Elle avait dû être une belle femme.

Après trois mois à s'occuper de ce théâtre, son mari, son compagnon ou quoi qu'il ait été pour elle, disparut. Il était plus jeune qu'elle, à moins qu'il en ait juste eu l'air. Sa moustache pouvait être teinte et donc trompeuse, ses chemises rouges ou bleu azur, qui le faisaient se démarquer violemment des teintes roussâtres et des verts éteints de la région, pouvaient induire en erreur. Il disait à son épouse ou compagne : « Ferme-la, chérie », lorsqu'elle avait ses attaques de mauvaise humeur, de colère que rien ne justifiait. Elle en voulait au monde entier. Le soir aussi, quand son mal de dos, pour lequel il n'y avait plus vraiment de remède, la faisait gémir, il se tournait sur le côté opposé et disait : « Ferme-la, chérie. »

Les circonstances dans lesquelles il la quitta sont inconnues. Peut-être s'étaient-ils disputés, sérieusement et définitivement cette fois. Peut-être en avait-il eu assez de cette masure qui penchait déjà nettement, avec un toit qui fuyait et une véranda aux vitres cassées. En tout cas, l'homme disparut.

Elle se conduisait comme si le fait avait échappé à son attention. Parfois seulement, elle demandait à un fermier du village, qui était le seul à posséder une voiture, de lui rapporter quelque chose de la ville, de poster un courrier pour elle ou de payer au guichet ses factures d'électricité. Elle recevait régulièrement de l'argent, une retraite ou une rente. D'autres fois, elle se rendait elle-même en ville pour acheter des crèmes, des comprimés ou des onguents à la pharmacie. Uniquement des bonnes marques d'Europe occidentale.

Quelle chose désagréable que d'avoir une peau sèche ! Il faut s'enduire de pommades grasses. Le mieux, c'est le beurre de cacao, dont l'odeur fade provoque ensuite un mal de tête. Il faut hydrater, graisser, tapoter pour faire pénétrer les baumes réparateurs. Il arrive que les meilleures crèmes, les plus chères, déçoivent, et que seule soit efficace la simple huile d'olive. La danseuse était née avec une peau sèche. Elle avait ce geste de se passer la pulpe des doigts sur le visage, le décolleté, les épaules. Sa peau déshydratée, tendue, semblait crisser à ce frôlement. Si les êtres humains pouvaient brûler comme les forêts lors des canicules, la danseuse s'enflammerait à la façon d'une torche. Sèche et brûlante, elle avait rarement froid. Elle se mettait aussi sur la pointe des pieds – geste de danseuse – pour lever les mains et happer de l'air dans ses poumons, puis avancer lentement d'un pas élégant, comme si elle dansait.

Elle ne fit pas vraiment de travaux dans cette maison. De temps à autre, elle embauchait quelqu'un du village pour le ménage, le plus souvent une jeune fille qui était mère célibataire et ne travaillait pas. Elle la payait correctement et celle-ci veillait à maintenir l'ordre, même s'il y avait peu à faire parce que les déplacements de la propriétaire étaient comme ceux d'un fantôme, légers et silencieux. La danseuse mangeait peu – quand elle mangeait ! – et elle ne créait aucun désordre. Elle habitait une pièce à l'étage et n'entrait pas dans les autres. Elle faisait elle-même son lit et, de temps à autre, une petite lessive. Elle ne cuisinait pas, mais se nourrissait de fruits, de carottes, de pain noir ou de muesli au lait. Pour le lait, elle allait au village. Elle le buvait directement au pis, ce qui provoquait du dégoût chez la fermière qui trayait la vache auprès d'elle. La danseuse était à un âge où il faut veiller à ses os. Il y a l'ostéoporose et d'autres risques. L'être humain devient fragile comme une tige sèche et vide à l'intérieur.

La danseuse ne changea rien dans la maison. Derrière le comptoir de la réception, il y avait toujours un tableau avec plusieurs clés auxquelles avaient été accrochés de vilains bouts de bois allongés portant des numéros. En automne, le vent faisait pénétrer des feuilles mortes, dans l'ancienne salle à manger, par les vitres cassées. Des grenouilles sautaient à l'intérieur. Aussi ferma-t-elle la porte de la véranda à clé et n'y entra plus jamais.

Évidemment, elle passait surtout du temps dans la salle avec la scène. Là, elle fit de l'ordre, elle suspendit de jolis lampions colorés au plafond et peignit les boiseries en bleu. Elle fit laver à grande eau les lames du plancher, puis s'assura de leur résistance à coups de talon. Ou elle faisait des claquettes et toute la maison résonnait alors du rythme joyeux de ses clap, clap, clap, clap, clap, clap ! Le tourne-disque faisait souvent entendre de la musique symphonique, laquelle gagnait le parc puis le village tel un parfum exotique. Le soir, la danseuse s'installait à la petite table de sa chambre à coucher pour écrire des lettres qui toutes commençaient par « Cher Papounet ». Elle ne les terminait jamais. Elle les glissait dans sa vieille valise en cuir. Celle-ci en renfermait déjà beaucoup, des milliers sans doute. Elles se ressemblaient toutes : à peine une moitié de page, de sa petite écriture ronde. Mille débuts d'une même lettre. Dans la valise fermée, l'encre violette pâlissait.

Elle écrivait par exemple : « Cher Papounet, imaginez-vous la nouvelle que j'ai pour vous ? J'ai acheté un théâtre ! Un bel immeuble ancien du début du siècle avec des chambres d'hôtes, une immense salle à manger dans une verrière et, ce qui est le plus important, une scène. Imaginez-vous cela, Papounet ? Désormais, je vais enfin pouvoir travailler pour moi et danser tous les rôles qui me plairont. Il est vrai qu'à mon âge la carrière d'une danseuse est terminée, j'en suis absolument consciente, mais l'âme d'une danseuse reste toujours jeune ! J'ai une foule de projets ! De temps à autre, je danserai encore moi-même. Je regrette infiniment notre dispute et je pense, cher Papounet, que nous devrions nous réconcilier au seuil de la vieillesse. Mon plus grand regret est que vous n'ayez jamais pu me voir danser, Papounet. Ce n'étaient peut-être pas des rôles majeurs, et ma colonne vertébrale m'a empêchée d'être une étoile, mais j'étais connue et applaudie avec le corps de ballet sur bien des scènes. Vous n'aviez pas raison, Papounet, de me dire dans votre colère, lorsque nous nous vîmes pour la dernière fois, que je n'avais aucun talent. C'était injuste... »

Et la lettre atterrissait dans la valise.

Les habitants de Dusznica reçurent leur première invitation au spectacle de danse deux ou trois mois après l'emménagement du couple. Le mari était encore là. Sur les petits cartons couleur céladon, il était écrit à l'encre violette : « Entrée à 19 heures. Extraits du ballet *Le Lac des cygnes* de Piotr Tchaïkovski, dansés par l'étoile... » Le conjoint de la danseuse les porta en personne dans chaque maison, avec, en outre, des chocolats dans une boîte en forme de cœur. Les villageois vinrent tous, y compris la jeune femme avec le bébé. La salle où était la scène avait changé au point qu'il était difficile de la reconnaître. Deux projecteurs l'éclairaient ; l'un recouvert d'une feuille de gélatine bleue donnait un reflet aquatique, voilé, tandis que l'autre envoyait d'en haut une lumière qui formait sur la scène un ovale clair. Le plancher était recouvert d'un papier bleu métallisé, avec des mottes de mousse et de gazon apportées du jardin qui symbolisaient les bords d'un lac. La jeune femme à l'enfant poussa un cri d'admiration.

Quand tous furent assis sur les chaises, une magnifique musique douce leur parvint de derrière la scène et, un moment après, apparut une mince silhouette à longues jambes, en tulle blanc et chaussons satins moirés.

Elle dansait avec hardiesse, tous furent inquiets en voyant l'amplitude de ses mouvements, la témérité de ses gestes, la rapidité de ses sauts, comme s'ils craignaient qu'elle ne perde l'équilibre et ne s'effondre sur les planches. Sa jupe en tulle retombait sur ses maigres cuisses, suivait le mouvement de son corps avec, à chaque fois, un retard d'une fraction de seconde. Elle flottait autour d'elle comme un nuage d'une blancheur éclatante. Ses jambes, gainées de collants blancs, semblaient dénuées de pieds ordinaires, comme si la danseuse appartenait à une espèce nullement destinée à la marche. Les extrémités curieuses de ses membres inférieurs, petits moignons emprisonnés dans les ballerines luisantes, ne faisaient qu'effleurer les planches du sol, les tapoter d'une façon qui n'avait rien d'humain, mais faisait songer à un chat courant sur la scène. Elle avait les cheveux retenus très haut en un chignon argenté, piqué de petites fleurs. Un abondant maquillage, en harmonie avec le tulle et la musique, changeait son visage au point de le rendre méconnaissable. Mais lorsqu'on regardait la figure seule, elle faisait l'impression cauchemardesque d'un masque. Voilà à quoi cela ressemblait.

Neuf personnes dont le mari applaudirent et la danseuse salua avec grâce. À la fin, tout le monde eut droit à du jus d'orange, du raisin et des biscuits. Les villageois rentrèrent chez eux contents. Est-ce bien certain ? Qui peut savoir ?

« Cher Papounet, si vous pouviez imaginer ce qui s'est passé ici aujourd'hui, vous seriez très étonné. Pour la première fois depuis plus d'une dizaine d'années, j'ai dansé pour un public ! J'ai dansé mon morceaux choisis du *Lac des cygnes*. Quel dommage que vous n'ayez jamais eu l'occasion, Papounet, de me voir dans ce ballet ! Je sais, Papounet, ce que vous pensez de ma danse. Néanmoins, est-il juste d'avoir mauvaise opinion de moi sans m'avoir jamais vue danser ? Je rêve d'une rencontre, je rêve que vous puissiez venir ici, Papounet, même si je le pense impossible car ce serait pour vous une expédition trop pénible. Pourtant j'aime imaginer que vous soyez dans le public, Papounet... Je danserais sans doute quelque chose de spécial, je ne sais pas encore quoi. Je me demande ce que vous ressentiriez. La première chose que vous m'avez reprochée, alors que je n'étais qu'une enfant, c'était de ne pas avoir du tout d'oreille. Mes leçons de piano vous énervaient. Vous disiez que je « tambourinais ». Comment une enfant pourrait-elle mieux jouer ? Vous avez renvoyé mon professeur, Papounet, et moi je pianotais sur les rebords de fenêtre, sur les tables. Quant à mes leçons de danse, vous en avez ri. Alors, maman et moi les avons gardées secrètes. Maman vous disait que je prenais des leçons de soutien en français et j'emportais même un manuel. Vous ne vous êtes aperçu de rien ! Il m'est maintes fois venu à l'esprit que vous pouviez ne pas m'aimer. Mais pourquoi ? Parce que j'étais une fille ? Est-ce que cela peut être une raison suffisante ? Se peut-il qu'un père n'aime pas sa fille ? Je devais me tromper ; votre amour, Papounet, devait être différent, vous vouliez pour moi ce qu'il y avait de mieux, que je n'aie pas à me fatiguer, que j'aie une belle vie, et, tout simplement, vous pensiez sans doute qu'un artiste ne peut pas être heureux. Et pourtant, les gens aspirent tellement à être artistes, afin d'être aimés. Il ne s'agit de rien d'autre. Pour quelque raison, tout le monde aime plus les chanteurs, les danseuses, les écrivains, que les cordonniers ou les relieurs, seraient-ils les personnes les meilleures du monde... »

Le mari de la danseuse, ou qui qu'il fût. La dernière nuit, celle précédant le jour où il lui dit qu'il rentrait en ville, elle le retrouva loin d'elle, sur l'extrême bord de leur grand lit double. Elle vint se blottir contre son dos doux, brûlant et duveteux. Il avait la peau vivante et douce au toucher, doublée d'une couche de gras qui rappelait la souplesse d'une fourrure. Cette peau réchauffait. Mais lui, il grommela et se tourna sur le dos. La danseuse ne parvenait pas à s'endormir, elle entendit donc les concerts nocturnes des scolytes, des souris, des papillons de nuit qui se cognaient aux vitres. Elle entendit des petits pas de l'autre côté de la fenêtre, un cri lointain de hibou. Elle n'arrivait pas à s'endormir à cause de ses pieds glacés et de son mal au dos. Le matelas était trop mou et son corps maigre et desséché s'y enfonçait comme un poids mort. Sa colonne vertébrale diffusait en rythme des élancements prémonitoires. Le matin, elle vit que son compagnon dormait à l'autre extrémité du lit et elle tout près de lui. Une itinérance avait dû avoir lieu durant la nuit, pareille à celle qui s'effectuait le jour : il s'éloignait, elle le suivait. Pour finir, il s'en alla.

« Cher Papounet, écrivit-elle ce jour-là, je dois vous dire que ces paroles m'ont fait très mal, elles résonnent toujours dans mes oreilles. Pourtant, les pères aiment leurs enfants – quoi de plus naturel –, c'est pourquoi je sais que vous ne vouliez pas me faire souffrir, Papounet, mais me mettre en garde contre la pénibilité d'une vie d'artiste. En un sens, je ne peux que vous donner raison, Papounet, parce que si, aujourd'hui, je devais choisir à nouveau, j'ignore ce que je ferais. Je ne sais pas. »

Ensuite, l'hiver arriva, mais il fut étrangement clément. Les radiateurs électriques suffirent à chauffer les chambres à coucher et la cuisine. Pour les répétitions dans la salle avec la scène, la danseuse branchait deux petits appareils soufflants et il faisait chaud dix minutes plus tard. Elle s'entraînait. Évidemment, elle remarquait que, l'âge venant, la musique précédait ses mouvements, que l'ampleur de ses gestes, la hauteur de ses sauts ou la force de ses appuis étaient diminués.

Elle ne pesait guère plus qu'autrefois, mais quand on a dépassé soixante ans, on ne peut espérer conserver sa vélocité d'antan ni son ancienne légèreté.

« Cher Papounet, je voulais vous offrir un cadeau d'anniversaire, mais je ne sais vraiment pas quoi. Il est vraiment étrange que vous et moi, nous ayons tous deux perdu notre jeunesse, que nous avancions pareillement dans le temps. D'un même pas, pourrait-on dire. Vous allez avoir quatre-vingt-dix ans, Papounet, et moi j'aurai soixante-quatre ans dans un mois. Je n'oublie pas que vingt-six ans nous séparent et je me souhaite d'être en aussi bonne forme que, je l'espère, vous l'êtes. Nous ne nous sommes pas vus depuis tellement longtemps. Presque trente-cinq ans… »

Évidemment, cette lettre, elle ne la termina pas non plus. Interrompue au milieu d'une phrase, celle-ci alla rejoindre les autres dans la valise en cuir.

En décembre, elle prépara un spectacle pour Noël. Elle allait danser *Casse-Noisette* et y travaillait plusieurs heures par jour. Elle rédigea des invitations qu'elle envoya par la poste. Autrement dit, elle les glissa dans la boîte aux lettres en ville. Elle ne manqua pas d'adresser également une invitation aux maires de la ville et du village, à la pharmacienne chez laquelle elle achetait ses crèmes, et au corps enseignant. Hélas, seules quatre personnes se présentèrent, un fermier et sa femme, ainsi que deux petites vieilles, toutes grises et rabougries, voûtées jusqu'à terre, avides de voir du mouvement. Les autres craignaient peut-être que la danseuse tombe en dansant, se casse comme une baguette, les contraignant à être témoins d'une chose déplaisante. Les gens ne souhaitent participer qu'à des choses agréables.

Ce soir-là, elle s'autorisa à pleurer. Elle était couchée sur le dos, sa peau aussi sèche que le désert aspirait les larmes, de sorte qu'aucune ne tomba sur le drap.

Pour Noël, elle reçut quelques cartes de vœux dont une de son mari ou compagnon ou quoi qu'il ait été, le type aux chemises rouges.

En février, le village fut recouvert de neige deux semaines durant. Elle laissa tomber les répétitions pour passer ses journées, recroquevillée sous la couette, à regarder par la fenêtre l'uniformité du paysage enneigé. Au bout d'une semaine, on frappa à sa porte. C'était un fermier du village qui lui demanda avec humeur si elle n'était pas morte. « Vous ne donnez aucun signe de vie, Madame. Il n'y a aucune trace de pas devant chez vous. Aucune fumée ne sort de votre cheminée. C'est quoi ces manières ? Ça ne se fait pas ! Je vais à la ville en traîneau, vous voulez que je vous rapporte quoi ? » Elle lui répondit d'acheter du raisin, de l'huile d'olive, beaucoup de salades et de tomates. Il haussa les épaules et, le soir, lui rapporta un sac en plastique avec du pain, un sachet de choucroute, du salami et du chocolat. Elle mangea tout ! Il revint la voir chaque jour pour allumer le grand poêle en céramique qui chauffait tout le rez-de-chaussée. Il lui disait qu'en hiver il fallait manger du *bigos* – choucroute en sauce, à la viande et aux champignons –, mais aussi avaler absolument un verre de vodka. Le fermier ne manquait pas de le faire, et cela se voyait !

« Mon Papounet chéri, savez-vous comment se sent une personne qui n'est pas aimée ? Elle a l'impression que tout ce qu'elle fait est nul et, arrêterait-elle de le faire, que ce serait mal également. Tout en elle est sans intérêt. Elle est un chiffon, un papier jeté à terre. Une telle personne ne connaît jamais la paix. Elle fera tout pour devenir digne d'amour sans jamais y parvenir. Il se peut que tous les perfectionnistes ne soient, au départ, que des êtres en manque d'amour qu'aucun résultat ne satisfait jamais ; ils travaillent comme des dératés, sans la possibilité de se réaliser, d'être récompensés. Ils mènent une vie de Sisyphe, ils écopent l'eau avec des passoires. »

Une fois que les neiges eurent un peu fondu et que la route redevint praticable, elle accompagna le fermier à la petite ville pour y acheter de la peinture et des pinceaux. De gros pots et de plus petits, de gros tubes et de plus petits. « Je vois que vous allez faire des travaux, lui lança en souriant le fermier, mais je vous dirai que ça vaut pas la peine parce que la bicoque tombe en ruines. C'est de l'argent gâché. » La danseuse annonça qu'elle donnerait de nouvelles représentations à Pâques. Différentes, cette fois. Mais lui eut un sourire triste et ne répondit rien.

Désormais, elle passait des journées entières à peindre dans la pièce où se trouvait la scène. Au village, on entendait la musique diffusée par son tourne-disque, semblable à celle de la radio nationale, ennuyeuse. S'y mêlaient les choucas et corneilles, qui, cette année-là, s'étaient installés dans les arbres du parc abandonné. En fin d'après-midi, elle mettait de l'eau à chauffer pour se laver de ces peintures, avant de se salir à nouveau le lendemain. Ensuite, elle se faisait des infusions de plantes et écrivait ses lettres.

Elle s'élevait de véritables échafaudages avec les vieilles tables dont la véranda était remplie. Elle préparait la peinture dans de vieux seaux en plastique, mélangeait les couleurs dans des pots. Quand, en mars, il commença à faire plus chaud – certaines journées étaient quasi printanières – elle ouvrit complètement la fenêtre et alors on entendit même qu'elle chantonnait. Lorsqu'elle se rendait à la poste ou à la banque de la petite ville, elle s'achetait une bouteille de vin ! Les jours étaient semblables, sinon que la nature rompait ce rythme monotone et répétitif parce qu'il ne gelait plus et que de grandes masses d'air humide planaient, immobiles au-dessus du village. L'écorce des arbres était devenue luisante, veloutée ; les feuilles de l'année précédente étaient entourées d'un nuage invisible d'odeurs de moisissure. Les perce-neige fleurirent enfin dans le parc.

Lorsque, juste avant Pâques, qui, cette année-là, tombait début avril, elle envoya à tout le village de nouvelles invitations à ses spectacles, le fermier alla de maison en maison pour inciter les gens à s'y rendre, ne serait-ce que par charité. Deux heures n'étaient rien et ils feraient tellement plaisir à la danseuse qui s'était entraînée tout l'hiver. Ce n'était pas une mauvaise personne, juste un peu dérangée peut-être, mais gentiment dérangée puisqu'elle ne faisait aucun mal à personne et se contentait de danser. Ce fut ainsi que le dimanche de Pâques, après des déjeuners copieux, neuf personnes du village, ainsi que trois invités de la petite ville, vinrent au spectacle. Tous entrèrent intimidés dans la salle sombre en suivant les flèches peintes sur les murs. Ils se trouvèrent des places dans la pénombre au son d'une musique douce.

Ensuite, quand les lampes s'allumèrent, ils furent sidérés de se retrouver dans un véritable grand théâtre, comme ceux que l'on montre au cinéma, avec un parterre, un balcon et des loges ; il leur sembla entendre le bourdonnement d'un millier de voix humaines. Ce n'était plus la triste salle aux murs lépreux. Ceux-ci étaient couverts du sol au plafond de rangées de visages épanouis. Dans une loge à droite, on apercevait même des têtes couronnées et quelqu'un avec une écharpe présidentielle pourpre lui barrant la poitrine. Il y avait aussi des femmes en chapeau et des messieurs en haut-de-forme, mais également des visages tout à fait communs. Ceux du parterre étaient peints grossièrement, ils se ressemblaient tous, mais ceux des loges étaient différents les uns des autres et, quand on y regardait de plus près, on pouvait reconnaître les cheveux blonds de Marilyn Monroe et, bien sûr, la coiffure d'Elvis. Oh ! et les spectateurs se montraient déjà d'un geste de la main le visage moustachu du maréchal Piłsudzki, à moins que ce ne fût celui de Lech Wałęsa ? Il y avait des figures barbues ou couleur chocolat, des figures rondouillettes et d'autres allongées. Des vieillards et des enfants. Dans les rangées du fond, les têtes finissaient par se ressembler, puis elles n'étaient que les deux points des yeux et deux traits perpendiculaires, pour le nez et la bouche. Mais ce n'était pas gênant. À la vue de tout cela, le fermier se mit à rire à gorge déployée. « Ah ! la vache, elle en a du talent », dit-il. Le petit enfant rit également, avant de se mettre à pleurer sans doute parce que pareille diversité et pareil nombre de visages étaient trop pour sa petite tête. Aussi quand la musique tonna, tous applaudirent joyeusement, et elle, la femme en tutu blanc, salua gracieusement sans qu'il fût possible de deviner son âge. Elle dansa devant eux avec une légèreté exceptionnelle, et à présent, ils avaient suffisamment confiance en elle pour savoir qu'elle ne leur ferait pas d'entourloupe, ne tomberait pas, ne partirait pas en mille morceaux, ne s'envolerait pas brusquement, emportée par le tulle comme par un ballon. La musique était de celles qui imitent le bourdonnement des insectes, et la danseuse se transforma vraiment en bourdon ou en abeille, elle battit des bras et un étrange double diadème dans ses cheveux donna l'impression qu'elle avait là deux grands yeux. Oh, tout cela plut beaucoup à son public, qui applaudit et cria : bis !

Le lendemain matin, tout le village avait entendu parler des peintures, et très vite toute la région. Lors d'un long week-end de mai, plusieurs personnes vinrent y jeter un œil. La danseuse était aimable, mais ferme. Qu'elles laissent leurs adresses, elles seraient invitées au prochain spectacle.

Pendant le dernier été, chaque dimanche, elle donna régulièrement des représentations pour les touristes, abasourdis par sa danse et les décorations murales. On alla jusqu'à tourner un film sur elle pour la télévision locale. La caméra la montrait en alternance avec les personnages peints et, bien sûr, les spectateurs assis sur quelques rangées. Quand elle reçut la cassette du tournage, elle la regarda de nombreuses fois, presque chaque soir sur l'écran de la télévision qu'elle s'était achetée pour la circonstance. Ensuite, elle écrivit la première lettre qu'elle termina.

« Mon Papounet chéri, je vous envoie une cassette de mon spectacle en solo. J'aimerais que vous la regardiez sans a priori. Je pense que nous devrions enfin nous réconcilier. Je vous ai toujours aimé, et je peux le dire maintenant, je vous ai écrit presque chaque jour. J'ai toujours ces lettres. Si vous souhaitiez un jour les feuilleter, Papounet chéri, je les mettrais dans un carton pour vous les envoyer. Il y en a un certain nombre. Vous n'aviez pas raison, Papounet. J'ai du talent, mais vous n'avez pas su le voir. J'étais appliquée et, aujourd'hui, il vient beaucoup de gens à mes représentations. La salle de mon théâtre est vraiment pleine à craquer. Je vous vois déjà sourire, Papounet, c'est de l'ironie, je sais. J'ai toujours redouté ce sourire. Je brûlais de honte d'être telle que j'étais, d'exister tout court. Mais tout sentiment a ses limites, je suis trop vieille désormais pour avoir honte, et vous, Papounet, vous êtes trop âgé pour me mépriser. À présent, tout pourra peut-être s'arranger entre nous et nous oublierons nos blessures. Nous deviendrons un père et sa fille. »

Le jour même où elle porta sa lettre à la poste, elle reçut un télégramme dans la soirée. Son père était mort. Elle chiffonna le papier bleu, le jeta à terre, puis le piétina pour le déchirer du talon. Elle était hors d'elle. Cette nuit-là, elle alluma toutes les lumières, prit ses tubes de peinture et rajouta un visage dans la salle de spectacle, au quatrième rang du parterre. Après cela, elle fit un signe de croix en le regardant et se remit à danser.

LA DIVINATION PAR LES HARICOTS SECS

Piotrowski le conduisait dans le quartier varsovien de Saska Kępa. Il ne s'arrêtait jamais devant sa destination, mais deux transversales plus loin, rue Francuska. La limousine noire, rutilante d'avoir été briquée, se coulait dans l'ombre dense des arbres. Il n'en demeurait pas moins que toutes les personnes qui la dépassaient, ralentissaient le pas pour observer avec suspicion sa carrosserie brillante. Il n'y avait pas beaucoup de ces voitures en Pologne stalinienne.

Il partait seul, à pied. Piotrowski l'attendait dans la voiture, étalé sur le siège, à fumer. S. savait ce qu'il pensait en fumant cigarette sur cigarette et en soufflant la fumée par la fenêtre. Piotrowski devait penser que S. avait une maîtresse et que c'était chez elle qu'il se faisait conduire, et que les petits paquets emballés dans du papier grossier pour tromper le monde devaient être pour elle. Une maîtresse, c'était risqué, pensait S., mais dans le fond assez acceptable, les camarades comprendraient facilement. La plupart d'entre eux avaient des maîtresses plus ou moins officielles. S. enfonçait son chapeau profondément, jusqu'aux yeux, et relevait le col de son manteau pour que son visage fût le moins visible possible. Il dépassait le petit magasin à l'angle, puis tournait à gauche le long d'une clôture métallique qui se transformait brusquement en portail. Il s'arrêtait alors pour lancer un regard discret autour de lui. Ce qui pouvait également attirer l'attention, c'était comme s'il craignait d'être surveillé. Il entrait par un passage bétonné et usé dans une cour herbeuse, et de là pénétrait dans une étroite cage d'escalier.

La fratrie habitait un vaste trois-pièces au premier étage. Les deux sœurs et le frère savaient toujours quand il viendrait, ou, du moins, en avait-il l'impression. Ils étaient toujours prêts. La table ronde était couverte de papier kraft, avec, sur le côté, le même crayon de bois, mais plus court à chaque fois. Dans l'air flottait une odeur de cire à parquet et de nourriture – sauce, chou, saindoux chauffé dans une poêle. Parfois, de la chambre des petites vieilles sortait la musique d'un tourne-disque, un de ces tangos d'avant-guerre. S. posait le sac en papier avec les cadeaux sur le guéridon devant le miroir. C'était le plus souvent du café, du chocolat américain, un pot de caviar, une conserve de jambon, parfois une bouteille d'authentique vin français, toute chose qu'il pouvait acheter au réfectoire du comité central du Parti communiste polonais.

Jadwiga, fluette et sèche comment un sarment, déballait ces trésors avec des soupirs d'extase, tandis qu'Urszula – grande, aux joues rosées – regardait par-dessus son épaule. Leur frère contemplait également les présents, il était le plus jeune des trois, même s'il avait soixante-dix ans et quelques. Elles l'appelaient Génia, à la russe, et elles étaient toujours exagérément maternelles en tant qu'aînées à l'égard de leur petit frère. Génia était heureux de la visite de S. Urszula sortait du buffet une bouteille pour verser un verre de vodka à chacun des deux hommes. Les dames ne buvaient pas. Peut-être était-ce la raison de la joie du vieil homme. Génia buvait joyeusement la vodka d'un trait, se frottait les mains, qu'il avait sèches, couvertes de taches de vieillesse, avec des ongles blancs, pâles au point qu'ils semblaient recouverts d'une fine membrane. Les femmes s'asseyaient sur le canapé où leur ressemblance devenait flagrante. Grises, desséchées, elles portaient toutes deux une broche au cou. Les bijoux ternis aspiraient le peu de clarté qui subsistait dans leurs visages tellement pâles qu'ils semblaient poudrés.

« Quoi de neuf dans le grand monde ? » demandait rituellement Génia, et S. répondait : « Rien de bien, mais c'est sur le point de s'arranger. » Et ainsi s'ouvrait une conversation décousue sur le temps, les rumeurs de la ville, les potins des rues ou les plants de tomates qui bourgeonnaient sur les rebords de fenêtre et n'étaient jamais repiqués dans les jardins. Ensuite, Urszula servait le thé, qu'il fallait boire dans un silence relatif et en le savourant, même si ce n'était presque jamais du bon thé. Jadwiga proposait des petits biscuits saupoudrés de sucre qu'elle achetait au marché, mais en les disposant sur l'assiette, elle les malmenait de ses longs doigts fins et cela ôtait toute envie de les manger. S. avait l'impression que c'étaient toujours les mêmes gâteaux, posés sur une assiette, puis rangés dans la boîte en fer d'avant-guerre pour être reproposés à sa prochaine visite.

Il est vrai qu'il était impossible de converser avec Génia. Celui-ci ricanait au moment le moins opportun. Brusquement excité, il se levait puis se rasseyait aussitôt. Sa frange coupée court faisait penser qu'il était un enfant qui aurait vieilli prématurément, un vieillissement dû à une maladie mystérieuse. Malgré tout, S. se sentait particulièrement bien avec cet homme et ses deux sœurs. Dès le moment du thé, S. se détendait, déboutonnait le col de sa chemise, ôtait même sa veste qu'il mettait sur un dos de chaise comme s'il était venu faire une partie de cartes, un bridge avec de vieux amis. Le bridge le plus banal du monde. Jadwiga poussait devant lui un énorme cendrier en cristal et, dès qu'il fumait sa première cigarette, il se sentait traversé par un mystérieux processus régénératif, comme s'il redevenait l'autre lui-même, celui d'avant-guerre, jeune et plein de projets d'avenir, léger, sans contraintes, un homme-bouchon de liège, toujours capable de surnager, et ce, quoi qu'il arrive.

Ensuite, ils s'installaient à la table ronde couverte de papier. En fait, seuls S. et Génia s'y asseyaient. Les femmes apportaient un sachet de haricots qu'elles posaient devant leur frère avant de retourner s'asseoir sur le canapé. Et là, cela commençait. Génie devenait sérieux, concentré. Il frottait à nouveau ses mains sèches, puis les serrait l'une dans l'autre au point qu'elles émettaient un craquement désagréable, comme à vouloir prouver aux personnes présentes que le corps de Génia était composé d'osselets qui, désormais, étaient juste maintenus ensemble par une fine membrane de peau. Ensuite, Génia vidait le sachet en silence sur le papier, puis écartait les fayots deux par deux, du tas vers les bords de la table. Il faisait cela maintes fois, jusqu'à ce que S. se sente gagné par une torpeur soporifique. Ses pensées le ramenaient alors à son bureau, il recréait vaguement sa journée de travail, les cabinets de travail où régnait une sécheresse étouffante, le motif du tapis persan près de sa table, un visage aperçu par hasard dans l'escalier, des documents à signer, la silhouette de Rita occupée à résoudre les mots croisés de la revue *Przekrój*. Le marmonnement du vieillard le faisait dériver à travers ces tableaux léthargiques. Les doigts de Génia triaient les grains de haricot secs, le bruit discret qu'ils faisaient en se heurtant les uns aux autres était agréable à l'oreille. Et à chaque fois, S. se disait qu'il était fatigué, qu'il travaillait trop et, que le pire, c'était que ses efforts n'étaient pas tant inutiles que suspects, comme d'ailleurs tout ce qui se faisait autour de lui. Il se détendait et devenait somnolent. Génia, quant à lui, traçait au crayon de bois des lignes qui semblaient aléatoires autour des fayots. Et il se mettait à parler. « Stagnation, stagnation », répétait-il par exemple. Ou encore : « L'homme à ta droite a une idée qui va devenir le début d'un changement dangereux pour toi. C'est inévitable. Il te faudrait découvrir ses projets pour pouvoir te préparer. L'homme à ta gauche est malade et risque de mourir. Oui, c'est sûr, il va mourir. » « Tout le monde meurt, se sentait obligée d'ajouter Urszula. L'information manque de rigueur. Tu dois préciser quand il va mourir. » Génia, courroucé par cette intervention, se penchait au-dessus des haricots, l'effort le faisait battre des paupières. « Comment je pourrais savoir quand ? Si tu es si maligne, tu n'as qu'à prendre ma place ! » Lors de pareils échanges de propos, S. se demandait qui pouvait bien être « l'homme à sa gauche ». S'agissait-il de la répartition des cabinets de travail, ou Génia utilisait-il des métaphores opaques ? Qui était « à gauche » et qui « à droite » ? S'agissait-il d'un courant de pensée, d'une option politique ou peut-être d'un jugement moral ? Gauche – droite.

Or justement, cette prédiction de décès se réalisa d'emblée. Le camarade Kasprzyk, supérieur hiérarchique de S., eut subitement une pneumonie qui l'emporta en deux semaines. Après les faits, S. admit que « gauche », dans le sens large du terme en polonais – « lèche-bottes », « illégalement en poste », « homosexuel », « idiot » –, s'appliquait à Kasprzyk. Il le rapporta à ses amis à la première occasion. Génia fut ravi : « Ne l'avais-je pas dit ? Ne l'avais-je pas dit ? » répéta-t-il tout excité.

Oui, Génia disait des choses vagues, mystérieuses, qui se vérifiaient avec le temps d'une manière surprenante. Presque jamais littéralement. Il annonçait de petites choses banales. Que S. « perdrait les clés de chez lui », que « quelqu'un de la voiture se dédoublerait ». Son chauffeur Piotrowski eut des jumeaux. Ou que S. se transformerait brièvement en serpent. Sa femme Rita lui lança lors d'une de leurs disputes : « Tu es froid comme un serpent ! » Et d'autres divinations similaires. S. se demandait comment cela pouvait fonctionner, quel pouvait être le principe de ces convergences. Avec la résistance qui est celle d'un réaliste né, il supputait que les prédictions par les fayots étaient la semence de tous les événements possibles qui auraient lieu dans le futur, même si jusqu'au bout l'on ne savait pas comment. Les haricots secs connaissaient la nature des autres semences, autrement dit de ces événements qui n'ont pas encore eu lieu. Les potentialités étaient en mesure de se reconnaître et de s'interpénétrer. C'était ainsi qu'il se l'expliquait. À cause de cela, tout ne pouvait pas être clair. Une prédiction précise serait suspecte. Dans la mesure où l'avenir n'est pas encore là, il n'y a pas de langage pour le nommer. Telle était la raison de l'imprécision des métaphores dans la bouche de Génia. Quand, en février, ou même fin janvier de l'année 1953, le vieillard parla de « la grande mort qui rendra le monde meilleur pour toi », S. pensa à un lointain parent dont il hériterait. Ce fut la première chose qui lui vint à l'esprit, mais depuis, le fait accompli, il était clair qu'il s'agissait de la mort de Staline. Une année plus tard, S. déménagea de son bureau du quatrième étage pour s'installer au premier et il circula en limousine noire. Quant à Rita, elle connut aussitôt le bonheur, étant donné qu'avec la promotion de son époux, elle obtenait un grand appartement. Mais quel intérêt, puisque tout ne devenait clair qu'une fois les choses réalisées, et que ce n'était que le temps passant qu'il était possible de comprendre les affirmations bizarres de Génia ?

S. se disait : « À quoi me sert pareil savoir ? À quoi bon cette connaissance de l'avenir qui ne se confirme qu'avec sa réalisation et dont on ne peut rien faire ? » Un jour, en sirotant du cognac avec Rita dans la cuisine (elle, dans son peignoir exotique à motifs de paons, en pantoufles à pompons, toujours comédienne, et ce, même dans la cuisine), il comprit que ce n'était pas du tout l'avenir qui l'intéressait. Au fond, ce n'était pas ce qui arriverait qui lui importait, mais le sens des choses, la direction qu'elles prendraient. L'ordre. « Y a-t-il un ordre dans tout cela ? » demanda-t-il à Rita, et elle lui répondit en allumant une cigarette : « Il y a l'ordre que tu y mets toi-même. » Mais cela ne lui suffisait pas. « Et un ordre plus général, qui nous dépasse ? » demanda-t-il. « Évidemment, grommela-t-elle en avalant une gorgée de bon cognac acheté au réfectoire du comité central du Parti communiste polonais. Évidemment. Le matérialisme historique, la dialectique, la lutte des classes… Tu joues au con ou quoi ? »

Il ne pouvait pas lui parler de Génia. Elle ne savait rien. Génia devait rester le secret de S., son secret honteux, caché au fond d'un tiroir telle une pile de photographies pornographiques.

S. offrait régulièrement du champagne ou un demi-kilo de café à son chauffeur Piotrowski. Il le faisait apparemment sans raison, sans rien dire. Il se rendait bien compte que ses expéditions à Saska Kępa étaient de nature à briser sa carrière : il pourrait être accusé d'espionnage, de rencontrer un agent des services étrangers, peu importait que celui-ci fût sénile. S. se verrait accusé de lui transmettre des données secrètes au moyen des haricots, toute cette divination n'étant rien d'autre qu'une activité hostile à l'égard de la Pologne populaire.

En rentrant chez lui après une nouvelle visite, S. songea que, s'il était possible de jeter ne serait-ce qu'un œil à l'avenir... mais c'était peu vraisemblable, impossible en fait, parce que le temps suivait une seule voie qui allait de A à B dans un espace tridimensionnel, tandis que la réalité existe objectivement. Objectivement. Objectivement. S. triturait ce mot dans sa tête, car, tout à coup, ses pensées s'enfuyaient. Et donc, même si l'on admettait que l'avenir est prévisible, une vérité terrible en découlerait. Soudain concentré, effrayé, S. prenait conscience qu'il existait un ordre rigide, un ordre extérieur sur lequel aucune influence ne s'exerçait ; nous étions mus par des mouvements plus importants que nous, et nous ne savons pas ce qui est important ou ce qui ne l'est pas. Pourquoi perdre les clés de sa maison devrait être moins important qu'une promotion ou un voyage à l'étranger ? Est-ce que les jumeaux de Piotrowski étaient moins essentiels pour le monde que le remaniement des membres du comité central après un plénum ? Et cette exclamation de Rita, à l'aveugle, son invective absurde – « froid comme un serpent ! » – avait-elle une signification moindre que les bouleversements après la mort de Staline ? Peut-être en est-il ainsi, nous ne connaissons pas la véritable hiérarchie des valeurs, mais alors comment vivre ? Comment décider de nos choix ?

Et si connaître l'avenir était impossible et que Génia le trompait, et que lui, tel un enfant, il se laissait mener par le bout du nez par un vieillard fou ? S'il n'y avait aucun avenir, aucun regard possible au-delà du temps. Il n'y aurait que les conséquences de l'activité en cours. Dès lors, ses visites à Saska Kępa n'étaient qu'un rituel psychologique, la recherche d'un semblant de sécurité, un peu comme ce que l'on fait en allant à l'église. Cette approche était pire que la précédente, parce qu'alors nous serions les otages de l'ici et maintenant, la chair à canon du chaos, des victimes de l'illusion d'autrui, un troupeau de campagnols courant à l'aveuglette.

Il ne voulait pas y penser. Dès que la limousine quittait Saska Kępa pour rejoindre l'autre rive de la Vistule, il devait oublier Génia et ses sœurs. Parfois, en rentrant par le pont Poniatowski, il se promettait, sans grande conviction, qu'il ne retournerait plus voir Génia. Mais après une ou deux semaines, un mois, il en ressentait de nouveau le désir comme s'il s'agissait de boire de la vodka, d'alléger la discipline en vigueur jusque-là, et alors il lançait juste à Piotrowski : « Saska Kępa », et ils s'y rendaient le soir pour une énième dose de désespoir. « Qu'est-ce que j'en attends, merde, j'en attends quoi ? »

Le lendemain, il était dans l'immeuble du Parti, grimpait très vite le large escalier en marbre jusqu'à son bureau, les yeux baissés, se contentant de saluer d'un mouvement de tête discret les hommes en uniforme bleu marine qu'il dépassait. Une fois la porte refermée, il s'affalait aussitôt dans son fauteuil avec la sensation insupportable de ne pas être la bonne personne au bon endroit. Chaque matin, il devait faire un effort pour mettre en branle une partie spéciale de lui-même afin de supporter sa fonction. Finalement, son magnifique cabinet de travail suscitait chez lui un réflexe de bâillement nerveux, un sentiment psychologiquement ingérable, contradictoire en soi, celui d'un ennui mortel associé à un effroi animal. Cette étrange confusion faisait que, la première heure, il transpirait et devait souvent changer de chemise – toujours pour une identique, soigneusement pliée par Rita, qu'il apportait dans son cartable –, évidemment, il le faisait à l'abri des regards de sa secrétaire. Elle était la personne dont il se méfiait le plus. Ensuite, lui et son corps, dans une complicité qui se stabilisait de minute en minute, se retrouvaient à tâtons, non sans le soutien d'un verre de cognac et de quelques cigarettes. Il soupçonnait qu'il souffrait d'une banale neurasthénie ou de surmenage. « Cela passera, cela passera tout seul », se répétait-il. Et cela passait.

Rafraîchi, calmé, il allait à la fenêtre pour jeter un œil au rond-point devant le siège du Parti avec un sentiment croissant de triomphe. De là, on pouvait voir les règles simples de la circulation, et il en était pareillement du monde, des lumières vertes et rouges qui alternaient selon un ordre merveilleusement rythmé, et, au centre même de ce chaos, un milicien debout indiquait aux gens la bonne direction avec la grâce d'un archange.

LE CONSOMMÉ DE NOËL

— Fallait prendre la poussette, dit l'une des femmes à l'autre lorsqu'elles se retrouvèrent sur la route, non déneigée depuis longtemps, qui menait à l'arrêt d'autobus.

La plus âgée portait l'enfant dans une couverture qui, dans le crépuscule de plus en plus sombre, devenait grise comme si elle était sale. La plus jeune marchait derrière, posant les pieds dans les traces de sa mère parce qu'ainsi, c'était plus facile d'avancer.

— Fallait y aller de jour, pas de nuit, dit encore la plus âgée.

— Fallait, fallait, fit la plus jeune. J'ai pas eu le temps.

— Fallait pas te pomponner comme ça.

— Toi aussi, tu t'es pomponnée.

— Pas du tout ! Je trouvais pas mon bonnet.

Elles attrapèrent l'autobus de justesse. Il arriva couvert de buée, presque vide, une bulle de métal. Sur la banquette arrière s'entassait un groupe d'adolescents. Ils allaient sans doute en boîte. La plus jeune des deux femmes les regardait par en dessous, mais avec envie. Elle fixait les jeunes filles, surtout l'une d'elles en veste de cuir et jean serré. La mère demanda quelque chose tout bas à sa fille, mais celle-ci ne lui répondit que par un grommellement. Ensuite, elle essuya la vitre embuée pour scruter l'obscurité où clignotaient des lumières. Les jeunes poursuivirent leur trajet quand les deux femmes descendirent au deuxième arrêt, là où une transversale rejoignait une route à deux voies sur laquelle filaient de gros poids lourds vrombissants.

Elles dépassèrent un motel décoré pour les fêtes, allèrent jusqu'à un snack de poissons frits. Elles s'arrêtèrent un instant devant le panneau « Toujours Coca-Cola » qui, telle une énorme lune rouge, éclairait la façade d'un immeuble récemment rénové.

— On l'appelle d'ici ou on fait quoi ? demanda la mère.

— Vas-y toi, moi j'vais attendre ici avec l'enfant.

L'aînée des deux femmes entra pour revenir peu après.

— Il n'y est pas là. Il est chez lui.

Elles échangèrent un regard rapide puis pénétrèrent dans la cour.

Un chien attaché à sa niche aboya. Une lumière automatique éclaira la cour. Par compassion, la neige avait recouvert tout le fatras des travaux, un tas de planches, des paquets de polystyrène sous plastique, des pyramides de parpaings. Monsieur Władysław construisait un garage.

Il sortit au-devant d'elles. C'était un homme roux, imposant, dans un pull fait main dont les manches se détricotaient impitoyablement. Il regarda les deux femmes, surpris.

— Vous faites quoi ici à c't'heure ? demanda-t-il sans les saluer.

— On a à faire, répondit la plus vieille.

— Oui ? dit-il d'une façon traînante, encore plus étonné.

— On peut entrer ?

Il hésita, mais à peine, le temps d'une seconde imperceptible. Il les fit entrer dans le couloir fraîchement crépi, au sol parsemé d'éclats de ciment qui crissaient sous les chaussures. Les deux femmes allèrent à la cuisine où le désordre régnait en maître. L'homme devait être en train de bricoler sa plomberie parce que le placard sous évier avait été écarté du mur pour faire apparaître les circonvolutions mystérieuses des tuyaux et des coudes.

— On peut s'asseoir ? demanda la plus âgée.

Władysław plaça deux chaises presque au centre de la pièce, il alluma une cigarette et s'appuya au placard. Ce n'est qu'alors qu'il remarqua l'enfant et sourit.

— Un garçon ou une fille ?

— Un garçon, un garçon, répondit la plus jeune et elle retira la couverture.

Elle ôta également le bonnet bleu en laine qui descendait jusqu'aux yeux de l'enfant. Le nourrisson dormait. En voyant la petite tête chiffonnée, Władysław se dit qu'elle rappelait une noix dont on venait d'enlever la coquille. Elle était laide.

— Très beau, dit-il. Et il s'appelle comment ?

— On ne sait pas encore, dit la plus jeune gaiement.

— Władysław, intervint vite la plus âgée.

— Władysław ? s'étonna l'homme. Qui donne un prénom pareil aux enfants de nos jours ?

Il grimaça, tira sur sa cigarette.

— Eh bien, c'est quoi l'affaire ?

— Tu t'appelles Władysław et lui Władysław... poursuivit la plus âgée.

— Pourquoi pas Władysław après tout, j'ai rien contre.

Ils se turent. L'homme faisait tomber la cendre de sa cigarette par terre.

— Eh bien ?

La femme tourna rapidement les yeux vers la pointe de la tringle appuyée contre un mur et dit dans cette direction :

— C'est ton enfant, Władysław. Les fêtes arrivent, on veut le baptiser.

Le visage de l'homme se crispa.

— Tu es devenue folle, Halina. Comment ça pourrait être mon enfant ? Enfin, Iwonka, dit-il en se tournant vers la jeune fille, comment ça pourrait être mon enfant, qu'est-ce que vous racontez ?

Iwonka se mordit les lèvres et se mit à bercer rapidement l'enfant qui se réveilla et pleura brièvement.

— Qui est le père ? demanda-t-il.

— Tu es le père. C'est ton enfant.

L'homme se leva et écrasa sa cigarette du pied.

— Sortez d'ici tout de suite, toutes les deux !

Elles se levèrent très lentement. Iwonka remit le bonnet bleu sur la tête du nourrisson.

— Allez, allez, les pressa-t-il.

— D'accord, Władysław. Dans ce cas, le père, c'est ton fils, Jacek, déclara soudain la mère déjà sur le seuil, sans se retourner.

— Il était là pour Pâques, ajouta Iwonka, provocatrice.

— Foutez le camp !

La porte se referma derrière elles. Elles restèrent silencieuses dans la neige piétinée et sale. L'instant d'après la lumière s'éteignit.

— Et maintenant ? demanda Iwonka à sa mère.

— Et maintenant quoi ? Rien.

Il leur fallait attendre l'autobus une heure. Aussi décidèrent-elles de rentrer à pied.

— J'avais dit de prendre la poussette. On va marcher une heure.

— Mieux vaut marcher qu'attendre à se geler.

Cette nuit-là, l'enfant fut nerveux. Iwonka dormit comme une souche. Sa mère trempa un coin de lange dans de l'eau chaude pour le donner à téter au petit. Il remuait maladroitement les lèvres. Le feu rutilait à travers les fentes de la cuisinière.

Le matin, elles étaient toutes deux au magasin. Iwonka s'acheta une glace Magnum. Ça coûtait une fortune. Sa mère le lui reprocha. Non seulement à cause du prix, mais surtout parce qu'elle prendrait froid et ne pourrait plus allaiter ! Iwonka mangea tranquillement la glace et haussa les épaules. L'enfant dormait dans sa poussette bleu pâle.

— Quel joli petit garçon, s'exclama la vendeuse, sortie sur les marches devant le magasin, avec un tablier blanc infroissable enfilé sur son pull. Oh, ce qu'il fait froid ! ajouta-t-elle.

Un moment plus tard, il y eut une file d'attente au magasin comme cela se passait habituellement vers midi. Cette fois, ce n'était pas les hommes du coin qui voulaient acheter de la piquette ou des gens de passage en quête de Coca-Cola et de cacahuètes pour la route. Ce jour-là, c'était des ménagères ayant besoin d'arômes naturels, de sucre vanillé, de margarine et de raisins secs pour faire des gâteaux. Avec une précision d'apothicaire, la vendeuse pesait les chocolats fourrés, les pâtes de fruits enrobées de chocolat ou les friandises de Noël, dont le plus important était l'emballage, un papier brillant or et violet. Ces belles sucreries seraient suspendues aux sapins. Les gens n'étaient nullement pressés de voir la file avancer vite. Non, pas du tout. Quand venait leur tour, ils se mettaient à discuter avec la vendeuse et celle-ci, abandonnant ses colonnes de chiffres et ses levures en sachet, s'appuyait au comptoir pour écouter les dernières nouvelles. On aurait pu croire que les gens ne payaient pas avec de l'argent, comme si les pièces n'étaient que des petits cailloux rituels. Pour les raisins secs, les levures et le vin bon marché, on payait avec une historiette, une question, une réplique amusante. Voilà pourquoi cela durait si longtemps.

Devant le magasin, une élégante voiture vert sombre s'arrêta, des plus récentes, qui ont un coffre haut d'une grande contenance. Sur son toit, il y avait des skis. Un homme en vêtements polaires et Goretex, avec un bonnet cocasse, en sortit. Il dit quelque chose à la femme qui était restée dans la voiture avec deux adolescents, puis entra d'un pas souple dans le magasin pour rejoindre la queue derrière Matuszek.

— Est-ce qu'il y a du *żurek* ? demanda-t-il en se frottant les mains avant d'ajouter sans la moindre relation : Ce qu'il fait froid !

La question à propos de la soupe interrompit le brouhaha. La vendeuse, rappelée à l'ordre en plein milieu d'un monologue, lança un regard noir à l'arrivant.

— Du *żurek*, celui en bouteille, reprit ce dernier. Ou en bocal, je ne sais quelles sont vos habitudes par ici, bouteille ou bocal.

— Du *żurek*, répéta à la vendeuse Madame Matwiejukowa qui mettait ses petites courses dans un sachet en plastique.

L'assemblée examina discrètement l'inconnu des pieds à la tête. La neige fondait sur ses bottillons d'une couleur à la mode. L'inscription jaune sur son anorak clamait une vérité lumineuse dans une langue étrangère. La vendeuse jeta un œil à l'étagère du bas.

— Il y en a, dit-elle. C'est la dernière bouteille.

— En bouteille donc. Chez nous, dans le nord, c'est en bocal, expliqua l'homme en regardant joyeusement les visages des gens. Nous partons en Autriche faire du ski et ma femme s'obstine à prétendre qu'on doit avoir du *żurek* pour la veillée de Noël, et c'est le dernier magasin avant la frontière, dit-il en baissant la voix à la fin, et, allez savoir pourquoi, il se tourna vers Matuszek.

Matuszek tourna la tête pour regarder tranquillement les marques de cigarettes présentées dans la vitrine. La queue avança d'une personne. Madame Matwiejukowa comptait sa monnaie à la porte.

— Des fêtes sans notre traditionnel *żurek*, c'est impensable, dit de nouveau l'homme, dont la voix assurée, sonore, forte, irritait les oreilles. C'est notre spécialité polonaise que ce consommé fermenté de légumes avec de l'ail et de la saucisse. J'ai déjà été dans tellement pays d'Europe et du monde, mais nulle part on ne connaît le *żurek*. Bien sûr, ils ont leurs spécialités, mais pas de *żurek*. Je me suis donc dit en route que si je n'en achetais pas ici, je n'en trouverais plus. En Tchécoslovaquie, ils n'ont pas de *żurek*.

Personne ne réagit. L'homme se mit à piétiner sur place et à souffler sur ses mains. La vendeuse, cette vendeuse si bavarde, embarrassée par la présence de l'inconnu, effectuait son travail avec efficacité et honnêteté. La file avançait vite, trop vite car personne n'était pressé.

— Il fait vraiment froid, dit l'étranger à Matuszek et, une nouvelle fois, il se frotta les mains avec ostentation.

Matuszek le regarda et, par politesse, eut un sourire presque imperceptible, puis il tourna la tête vers les cigarettes derrière la vitre.

— Nous avons réservé un appartement dans les Alpes. Ah, monsieur, ils ont de ces remonte-pentes et une de ces stations, je ne vous dis que ça ! On peut descendre pendant une heure ou plus. Et à l'hôtel, en bas, un bar et une piscine. Les repas, on les fait nous-mêmes. Dans chaque appartement, il y a une cuisine, c'est pourquoi ma femme pourra nous préparer ce *żurek*. Je vais prendre aussi de la saucisse, mais de la bonne. Est-ce que vous avez de la bonne saucisse, ici ? s'inquiéta-t-il, brusquement.

Une femme de plus quitta le comptoir, mécontente. La vendeuse ouvrit la fermeture éclair de son pull à la hauteur du cou.

— Je vois qu'il y a de la saucisse, mais quand elle coûte six zlotys, elle ne peut pas être bonne, déclara l'homme.

Il y eut un coup de klaxon. L'homme alla à la porte et fit entrer un grand courant d'air glacé. Il cria quelque chose vers la voiture, puis reprit sa place dans la file.

— Ma femme s'énerve parce que nous devons être dans les Alpes ce soir. Et voilà que j'ai envie de *żurek*.

Matuszek acheta des cigarettes, de l'arôme d'orange, un demi-litre de vodka et du pain. La vendeuse fit rapidement l'addition sur une feuille de papier, puis elle emballa la vodka dans ce même papier.

— Et du *żurek*, une bouteille de *żurek*, ajouta Matuszek.

Le magasin devint complètement silencieux. La vendeuse lui tendit la bouteille avec componction. Matuszek paya rapidement.

— Monsieur... fit l'homme en polaire, abasourdi.

Matuszek ramassa ses achats en un tournemain et sortit.

Devant le magasin, il aperçut Halina avec sa fille un-peu-zinzin et il lui tendit la bouteille.

— Prends. Chez nous, pour le réveillon, on ne mange pas de *żurek*, mais du borchtch, dit-il, et il lui rappela aussi qu'elle devait passer le soir chez lui prendre la couette promise depuis longtemps.

Iwonka n'osait pas entrer. Elle restait près de la palissade et claquait des dents. Allez savoir si c'était de froid ou de peur.

— De quoi qu't'as peur, idiote. Y vont pas t'manger ! C'est avant qu'y fallait avoir peur, pas maintenant, lui dit sa mère.

— Y a des gars. Vas-y toi, moi j'attends ici avec le petit.

— Tant mieux qu'y a des gars, on pourra peut-être régler notre affaire maintenant. Devant témoins, allez viens !

La jeune fille avança à contrecœur.

Quatre hommes étaient assis à table dans la cuisine. Matuszek venait justement de leur verser une dernière tournée. Madame Matuszek, grande et bien en chair, était en train de filtrer le lait de la traite. Sur le bahut, un gâteau crumble au levain refroidissait. Il faisait bon et chaud dans la pièce.

— La mère, les filles sont venues chercher la couette, déclara Matuszek.

Il leur avança une chaise libre. Halina s'assit au bord et Iwonka avec l'enfant resta à la porte.

— Eh bien, santé ! dit Góral et il avala le verre.

Les autres firent de même en silence. Ils se raclèrent la gorge et avalèrent une gorgée de limonade.

Madame Matuszek sortit de la pièce pour revenir aussitôt avec la couette emballée dans du plastique et attachée par de la ficelle. Elle gazouilla au-dessus de l'enfant.

— C'est quoi ton prénom ?

— Il en a pas encore, répondit rapidement Halina. Iwonka piétinait nerveusement sur place.

— À quand le baptême ?

Halina haussa les épaules.

— C'est une bonne couette, dit Madame Matuszek. Je l'ai aérée tout l'été au grenier. Tu as une parure ?

— C'est lui le père, lança soudain sombrement Iwonka depuis la porte et elle désigna Góral d'un mouvement de tête.

Un silence gêné tomba.

— Eh bien, Iwonka ? l'encouragea sa mère.

— C'est toi qu'es le père, dit la jeune fille, et là, elle le regarda droit dans les yeux.

Madame Matuszek repoussa le bonnet du front de l'enfant pour le regarder attentivement.

— Moi, j'en ai déjà quatre à moi, finit par dire Góral. Fous-moi la paix, la fille, tu dois savoir avec qui t'as couché.

— Que oui ! dit Halina d'un ton acerbe.

— Moi j'suis allé au pieu avec elle, s'écria Kawka.

Sa langue était pâteuse et ses yeux brillaient d'ivrognerie. Il supportait mal l'alcool.

— Ouais, j'suis allé au pieu avec elle, répéta-t-il avec lenteur, mais j'étais tellement rond que j'ai dor-mi, je m'suis en-dor-mi aussitôt. Du coup, c'est pas moi !

— Elle est déjà allée chez Władysław pour essayer de le coincer. Qui sait, le gosse de qui il est…

— Un enfant est un enfant, dit Madame Matuszek.

— Elle a aussi traîné avec un soldat de la frontière. Tout le monde a pu l'voir, ajouta Góral. C'est comme chercher une aiguille dans une meule de foin.

Il se leva, prit son bonnet à la patère, puis se dirigea vers la porte.

— Mon Dieu, gémit Madame Matuszek. Pourquoi tu l'as pas surveillée ? Halina, c'est ta faute, ta faute à toi.

— C'est ce que vous pensez ? Qu'est-ce que je pouvais faire, lui accrocher un fil à la patte ? Je serais curieuse de savoir ce que vous auriez fait, vous. C'est que c'est une enfant avec un corps de vraie femme !

— Jerzyk ? dit la femme tout à coup suspicieuse en s'adressant au plus jeune des hommes, son neveu.

Góral s'arrêta sur le seuil.

Jerzyk rougit jusqu'au bout des oreilles, ses yeux incroyablement bleus de montagnard brillèrent.

— C'est pas moi, ma tante. Moi, j'ai fait attention.

Kawka éclata d'un rire grailleux et saccadé.

— Impossible à démêler sans être soûl. Eh, Madame Matuszek, faut nous verser encore un coup.

Debout au centre de la cuisine, impuissante, Madame Matuszkowa regardait tour à tour Jerzyk, Góral et son mari. Elle semblait encore plus grosse, lourde comme une armoire à glace. Tous attendaient qu'elle dise quelque chose, elle remuait légèrement les lèvres comme si elle élaborait spécialement une parole pour tout qualifier d'emblée, du début à la fin. Manifestement, elle n'y parvint pas, parce qu'elle s'approcha de la table, claqua la main sur la toile cirée et dit :

— Fini de boire ! Rentrez chez vous, demain c'est la Veillée de Noël, vous avez du boulot à la maison.

Elle attrapa le baluchon qu'elle fourra dans les mains de Halina. Celle-ci s'en empara comme d'un grand et monstrueux couffin, colla son visage au plastique et éclata en sanglots. Madame Matuszkowa se mit fébrilement à nettoyer la table. Les invités se levèrent pour se diriger vers la porte.

Ce fut alors que son mari prit la parole.

— Un moment, dit-il, un moment.

Il se tut comme s'il réfléchissait encore, comme s'il était en train de prendre une décision, et ses doigts tambourinaient sur la table.

— C'est moi le père de ce petit.

Un long silence s'installa. Il était assis. Sa femme était debout au milieu de la cuisine et les autres s'agglutinaient sur le seuil dans une flaque de neige fondue. Puis, Madame Matuszkowa cria à vous rompre les tympans.

— T'es devenu fou ? Tu peux pas avoir d'enfant. Depuis vingt ans qu'on n'a pas d'enfant et tout le monde sait que tu peux pas avoir d'enfant depuis ton accident.

— Tais-toi, femme. Ferme-la. C'est mon enfant.

Kawka vacilla jusqu'à la chaise et s'assit.

— Bon, alors c'est bon. Puisque c'est comme ça, faut boire un coup...

Iwonka, se balançant d'un pied à l'autre, berçait l'enfant avec indifférence.

— Mais... commença Madame Matuszkowa.

Ses grosses mains trouvèrent un coin de tablier qu'elle pressa contre ses yeux. Puis elle sortit en courant et en claquant la porte.

Matuszek alla au bahut pour en sortir une bouteille. Il prit des verres dans l'évier et versa de la vodka pour six.

— Pas elle, dit Halina. Elle a pas encore dix-huit ans. Et elle nourrit au sein, ajouta-t-elle en montrant Iwonka.

Ils burent tous dans un silence cérémonieux.

— Alors, le baptême, c'est pour quand ?

— Le curé a dit que ça pourrait être au Nouvel An.

— Eh bien au baptême du Nouvel An, bafouilla Kawka et il s'envoya cul sec le verre avant tout le monde.

Ensuite, Matuszek leur ordonna à tous de rentrer chez eux. Il leur dit que le lendemain, c'était la veillée de Noël et qu'ils avaient à faire. À la porte, Halina essuya ses larmes dans son revers de manche et regarda Matuszek avec un sourire.

— Merci pour le *żurek*, monsieur Matuszek, dit-elle.

Elles rentrèrent chez elles à travers champs, dans la neige vierge. Iwonka posait les pieds dans les traces de sa mère.

L'ENVIE DE SABINA

Là, il sera question de Sabina qui fait le ménage une fois par semaine chez le docteur M., sa femme Yola et leur fille Kazia. Elle le fait depuis plusieurs années ; il y a donc déjà eu plusieurs centaines de ménages qui se ressemblaient tous. Elle commence par le bureau du médecin, la salle d'attente des patientes, les toilettes. Puis le salon, la salle à manger, la grande cuisine et, au premier, les chambres à coucher, celle du docteur et de Madame, celle de Kazia. Parfois, plus rarement, la chambre d'amis, surtout après les fêtes, les longs week-ends ou les anniversaires. Il y a également deux terrasses, l'une à l'arrière, l'autre sur le devant. Toutes les deux doivent être balayées puis le carrelage lisse est lavé.

Sur une année, plus d'une cinquantaine de ménages. Cinq ou six fois par an, il faut laver toutes les fenêtres ; une vingtaine de fois par an, dépoussiérer et cirer le sol en terracotta, mais aussi, trois ou quatre fois par an, sortir les tapis pour les battre. Sabina ne connaît que trop bien chaque surface, chaque objet. Elle en aime bien certains (le plateau de la table en bois, la lampe avec l'abat-jour vitrail), elle en déteste d'autres (les casseroles en cuivre dont toute la cheminée est entourée, la plaque de cuisson sale en permanence), et d'autres qu'elle adore (le tapis rose dans la chambre de Kazia, les carrelages d'une blancheur impeccable dans la salle de bains).

Sabina vient le vendredi, le jour où, chez elle, ses garçons se réchauffent les crêpes du jeudi. Chez le docteur, il y a du poisson ; ensuite elle récure les taches de brûlé sur la poêle. Elle arrive le matin. Elle fait le trajet en autobus urbain rouge, du quartier Podgórze où elle vit, jusqu'à l'élégante villa du médecin. Elle se sent merveilleusement bien tandis qu'elle traverse toute la ville de Wałbrzych ; elle a l'impression de partir en excursion. Elle regrette toujours que ce déplacement de son triste quartier, puant et aux murs lépreux, à celui de Szczawna, ombragé, plein de jasmins, dure si peu de temps. Sabina s'assied près de la fenêtre ou, s'il y a foule, d'emblée sur une place réservée. Elle est enceinte. Elle l'est la plupart du temps, elle a cinq fils après tout – rien que des garçons ! – et la grossesse est sa caractéristique spécifique et naturelle. Elle n'a jamais de nausée, de vertiges, de changements d'humeurs soudains, d'envies gourmandes perverses. Elle ne grossit pas particulièrement, ni ne maigrit. Elle ne s'inquiète pas de son corps. Elle le fourre dès le matin dans un jogging en molleton ou dans une robe en cretonne, puis elle trotte ainsi toute la journée jusqu'au soir. Quelque part à l'intérieur, sous la couche de cretonne, son corps fait ce qu'il a à faire. Pas la peine de s'en inquiéter.

Pourtant, rarement mais tout de même, Sabina inspecte désormais son corps dans la grande glace de la chambre de ses employeurs, et elle regarde si son ventre est différent de celui de ses grossesses antérieures. Il est bien connu que, si c'est une fille, le ventre se fait large, arrondi et souple. Pour un garçon, au contraire, il est protubérant, il pointe en avant, vers le monde, et il est dur comme un ballon. Lorsque récemment, la maîtresse de maison, Yola, la surprit alors qu'elle s'observait, Sabina se sentit embarrassée. Elle rougit et fit semblant de nettoyer le miroir. « La grossesse te va bien, lui dit Yola. Tu es très belle. »

Sabina plie avec soin et application les vêtements de l'épouse du docteur qui traînent sur le fauteuil. Elle attrape les corsages et les robes aux épaules comme s'il s'agissait de vraies créatures, d'animaux domestiques, pour les suspendre sur des cintres en bois dans l'armoire. Elle hume l'odeur qui s'y trouve et imprègne toute la garde-robe. C'est une senteur de fleurs écloses, elle ignore lesquelles. L'émanation de la féminité de Yola : délicate, agaçante, distante. Elle range avec moins de plaisir les costumes du docteur. Apparemment, les tissus des chemises et des vestons sont tout aussi souples que ceux des robes et des tailleurs de Madame, mais avant de les toucher, la main de Sabine s'arrête toujours un bref instant en l'air, elle hésite. Rien ne saurait justifier pareille hésitation, vraiment, aussi Sabina fait-elle ce qu'elle doit faire. Comment qualifier cette fraction de seconde où ses doigts refusent le contact ? Est-ce de songer à une joue masculine rêche ? À des mains d'homme anguleuses ? À la dureté des sourcils ? Aux pas pesants et égaux qui résonnent dans l'escalier ? Au léger effluve d'alcool ?

Une fois que tout est rangé, Sabina ferme l'armoire en évitant son reflet dans la glace fixée à la porte coulissante.

Quand elle termine la chambre à coucher, la petite Kazia rentre de l'école. On l'entend dans le hall. Sabina, tout comme la mère de Kazia, court accueillir la fillette au rez-de-chaussée. Pour un moment, elle oublie le reste.

Kazia est assise sur le sol en train de dénouer ses lacets. Elle répond aux questions de sa mère. Elle sourit à Sabina. Kazia a des cheveux clairs qui lui descendent jusqu'aux épaules avec le léger torsadé de boucles imparfaites ; elle a un visage couvert de taches de rousseur, des yeux clairs et purs. Ses lèvres sont fines et pâles, elles ne semblent guère destinées à manger, mais à gazouiller comme un oisillon. Elle a de grandes dents émouvantes, pense Sabina. Elle lui prend son cartable pour le monter. Elle commence à nettoyer la chambre de Kazia en mettant le cartable à sa place. Pendant ce temps, Kazia prend son goûter, ensuite arrivera le professeur d'anglais, deux autres fillettes du voisinage, et le cours aura lieu. En bas, au salon. Sabina entendra juste les voix de l'homme et des fillettes, mais parfois aussi des dialogues hachés dans le téléviseur, des sons gutturaux complètement incompréhensibles. Sabina ne capte que le « *yes* » avec satisfaction.

Le moment le plus agréable de la journée pour Sabina arrive à ce moment-là. La chambre de Kazia, la chambre de Kazia, ces mots mêmes résonnent comme « chamallow » ou « loukoum ». La chambre est rose, toute rose. Le tapis soyeux suscite chez Sabina un respect religieux. Elle n'aurait jamais osé poser un pied chaussé dessus. Elle ramasse à genoux les petits Lego et les miettes de gâteau. Ensuite, elle passe l'aspirateur deux, trois fois. Dans des moments de faiblesse, ou de tristesse, ou quel que soit le nom qu'on leur donne – Sabina n'est pas habile à nommer ces choses – surtout quand… Ah, mieux vaut ne pas y penser ! Donc, en pareille circonstance, il arrive à Sabina de se coucher sur ce tapis rose, sur le côté pour que son ventre ne la gêne pas, et de rester allongée un petit moment. Vue du sol, la pièce lui semble garantir encore plus de sécurité, être encore plus douillette. Sabina pourrait rester étendue ainsi à farfouiller indéfiniment du bout des doigts dans le doux duvet rose. À rêvasser, à se réchauffer intérieurement, à sombrer dans un léger sommeil avec des pensées qui jouent à saute-mouton et échangent leurs places. « *Yes, yes* », disent les voix des fillettes au rez-de-chaussée. Sabina se relève, parce qu'elle ne doit pas se mettre en retard. Elle change les draps du lit de la fillette, des draps propres, innocents. Elle triture longuement le coussin pour qu'il soit le plus confortable possible pour la tête de Kazia. Elle secoue la couette afin de répartir le duvet de façon égale.

Ensuite, elle choisit avec plaisir et réflexion la couleur des parures. Dans l'armoire de Kazia, il y en a plusieurs, une rose avec des parapluies, une bleu clair avec des petits éléphants, une blanche, une rose en satin lisse comme de la glace, et enfin une en coton gaufré avec des impressions de branches de lilas. Ensuite, sur le bureau de la petite, Sabina met de l'ordre dans les crayons de couleur, taille-crayon et cahiers remplis d'une écriture malhabile. Elle ramasse les trognons de pomme, les papiers de bonbon, les écorces d'orange. Elle fait la poussière. Elle range correctement les poupées dans leurs lits et leurs poussettes. Elle veille à ce que les poupées aient leurs deux chaussures et leurs robes boutonnées dans le dos. Et c'est également, chaque vendredi, un moment magnifique pour Sabina que de toucher aux poupées, arranger leurs coiffures, les faire asseoir sur les étagères ! Elle ne sait pas ce qu'elle doit penser de tout cela, mais elle sourit discrètement. Elle voit bien pourtant que ses doigts durs et légèrement enflés ont du mal avec les petits nœuds et les fermetures des vêtements de poupée. La maîtresse de maison finit toujours par arriver. Elle semble chercher quelque chose, mais en fait, le temps que passe Sabina dans la chambre de Kazia l'inquiète.

« Elle est infantile, notre Sabina, dit-elle un jour à son mari. Je crois qu'elle joue à la poupée. — Tu plaisantes ! » lui répondit-il peu intéressé, avant d'ajouter : « Dis-lui qu'elle devrait faire une prise de sang et que je peux l'ausculter la semaine prochaine. » Yola rétorqua : « Tu devrais lui mettre un stérilet. » À cela, le médecin répondit : « Tu vois bien que je n'y arrive jamais, elle tombe toujours enceinte avant que ce soit possible. Dis-lui de venir pour une échographie. »

L'ordre du jour est fixe. Sabina boit à présent du thé et mange des petits gâteaux à la cuisine. Ils sont parfois au sucre, parfois à la noix de coco. Yola, en leggins étroits, ne fait que grignoter, elle est toujours au régime. Elles discutent de ceci ou de cela. Sabina parle de ses garçons, l'aîné est déjà au collège technique, le dernier commence à marcher. Yola confond leurs prénoms, mais fait semblant de s'en souvenir. Elle veille aussi à ne jamais demander de nouvelles du mari de Sabina. Elle sait qu'alors Sabina mentirait, elle dirait que tout va bien, qu'il travaille, qu'il lui a installé des tringles à rideaux, qu'il a même fait un gâteau, mis des tuteurs aux tomates dans leur jardin ouvrier près de la voie ferrée, qu'ils sont allés à la messe dimanche, qu'ils ont pris l'autobus pour aller aux étangs afin que les gosses puissent se baigner. Qu'il ne boit pas. Non, elle ne dira pas qu'il ne boit pas. Elle ne fera aucune allusion à la boisson ou à ces choses-là. Ce dont on ne parle pas n'existe pas. C'est tout un entraînement que de ne pas nommer les choses. C'est une capacité rare que de ravaler ses paroles avant même qu'elles n'atteignent le bout de la langue, prêtes à être prononcées. Dans ces cas-là, Yola lance un regard en biais à sa femme de ménage, celle-ci porte le verre de thé à ses lèvres. Ses épaules paraissent alors singulièrement étroites et fragiles.

Après le thé, il y a le repassage. Une pile de vêtements propres, raides après le lavage. Torchons et serviettes. Draps. Retrouver les paires de chaussettes et en faire une boule souple. Étirer les draps. Coudre les boutons arrachés durant la lessive. La planche à repasser est un comptoir derrière lequel Sabina observe la soirée.

Les fillettes disent au revoir à leur professeur puis montent dans la chambre de Kazia. L'une des petites amies a des cheveux foncés et de grands yeux, l'autre des cheveux clairs, elle est joufflue avec un teint rose pâle. Elles décident des règles du jeu dans l'escalier. Elles se partagent le monde. « Moi, je prends Blanka et la Gitane aujourd'hui. Toi, la Princesse et Zuzanna. Toi, tu seras l'institutrice ; moi, le médecin. Toi, tu viens me voir avec les enfants. Non, jouons au papa et à la maman. Chacune de nous a sa maison et ses enfants. Nous allons nous inviter pour un barbecue. Aller en vacances en Tunisie. »

Sabina les voit en permanence du coin de l'œil. Le fer à repasser laisse une trace lisse, il corrige ce qui est froissé.

Les fillettes disposent leurs jouets, elles délimitent les espaces avec leurs bras. Là, en dépassant une ligne virtuelle, il faut dire « bonjour » et ajouter « Madame » avant le nom.

Sabina les voit déposer les poupées sur le tapis rose, défaire les attaches de leurs robes, celles-là mêmes qu'elle a remises en place peu avant, les poupées sont nues. Ah non ! pas nues, une poupée ne doit jamais être nue. Peau tendue des filiformes Barbie à corps d'insecte. Elles ne peuvent pas rester nues parce qu'elles n'ont ni intériorité ni extériorité, et c'est en cela que réside leur perfection. Ce sont des merveilles.

Les fillettes n'arrêtent pas de parler entre elles, mais Sabina ne les écoute pas. En fait, elle n'écoute pas leurs paroles, juste la musique de leur babil d'oiseaux au rythme affectueux. Le fer à repasser ralentit ses déplacements, devient machinal. Sous lui, le drap blanc s'ennuie.

Que se passerait-il si Sabina abandonnait brusquement son repassage pour sauter joyeusement et rejoindre les trois fillettes ? Si elle s'asseyait avec elles sur le tapis rose pour se laisser aller à la tendresse de plastique, à l'amour maternel convenu et sécurisant ? Si elle se mettait à préparer un dîner dans les petites casseroles pour le servir sur des assiettes de la taille d'un bouton ? Que se passerait-il ? Serait-ce la fin du monde ? Oups, Sabina doit se concentrer, elle a failli brûler le col d'une chemise du docteur.

Au cours de chaque repassage, Sabina s'amuse à un jeu, une distraction innocente. Personne ne peut le remarquer, car c'est dans son imagination, en pensée et, en outre, difficile à mettre en mots. Mais je vais essayer de le raconter. Donc, Sabina imagine qu'elle est la poupée couchée sur le tapis. Elle sait déjà comment c'est d'être allongée, aussi il lui est facile de se rappeler la couche rose, moelleuse mais ferme sous le dos. Elle en connaît l'odeur, aussi sait-elle reconstituer cette senteur synthétique. Elle sait ce que l'on aperçoit lorsque l'on est étendu sur le tapis, elle peut donc visualiser le monde géant des pieds de chaise et de bureau ou des boîtes sous l'armoire. Elle voit au-dessus d'elle les visages doux des fillettes penchées et entend leur bavardage, des fragments non pas de conversations, mais de parlotes, d'aimables courroux, de soupirs veloutés dans les effluves à la pomme de leurs bouches. Le plus important reste qu'elle sent le toucher de leurs mains, leurs menottes, les frôlements de leurs petits doigts pareils aux traces que laissent les pattes d'un oiseau ou celles d'une hermine en train de courir. Ces doigts boutonnent et déboutonnent son tablier, attachent son col dans le cou. Elle sent alors que le monde entier s'exprime en diminutifs. Tout devient virtuel, fluide, tout goutte pour se manifester comme l'eau d'un robinet cassé, tantôt d'une manière tantôt d'une autre. Tout peut arriver même si rien ne se passe vraiment. C'est sans doute cela, le bonheur.

L'intensité de ces minuscules frôlements fait que Sabina sent brusquement son corps, elle le sent comme s'il était une mappemonde avec des fleuves, des lacs et des montagnes, comme si des troupeaux d'antilopes ou d'éléphants s'y déplaçaient ; elle y perçoit la canicule des déserts et les vents glaciaux des continents Arctique et Antarctique. Sa peau s'anime, elle réagit par un agréable frisson. La main qui tient le fer à repasser se relâche, s'amollit – Sabina repose alors le fer par prudence – et les cheveux au-dessus de son front semblent se raidir ; en tout cas, elle les sent et s'en étonne : comment peut-on sentir ses cheveux ? Les mains des trois fillettes habillent la poupée.

Le repassage est la dernière activité. On entend le générique des informations. La famille M. va dîner. Un coup de sonnette à la porte annonce que les mamans sont venues chercher leurs deux fillettes. Les voisines parlent sur le seuil.

Sabina glisse l'argent dans la poche de son jogging, elle prend son sac en plastique, elle va faire ses courses à la supérette Biedronka. Elle achètera un poulet pour le déjeuner de samedi, de la margarine et quelques pains. « Ah, ce qu'ils peuvent manger comme pain ! » dit-elle en riant à Yola en la quittant, et l'instant d'après ses pieds crissent sur le gravier de l'allée.

« Sabina ! » lance Yola. Elle hésite un instant. « Sabina… Bientôt, tu ne pourras plus travailler (Sabina fronce le front). Nous avons pensé, avec mon mari… te demander de faire un souhait, pour les fêtes ou juste comme ça. Et nous l'exaucerons. Dis-nous ce qui te ferait plaisir. Une chose concrète », ajoute-t-elle à la hâte.

Sabina ne comprend pas, elle incline la tête et regarde Yola avec suspicion.

« Il doit y avoir quelque chose que tu voudrais, juste pour toi, pas pour tes hommes, juste pour toi », précise Yola, et Sabina rit, elle devient toute rouge. Heureusement qu'il fait déjà noir et que cela ne se voit pas. Elle est rouge comme une tomate.

Je ne raconterai pas ce qui se passa ce soir-là. Je dirai juste que le repas fut rapide. Après les crêpes, la poêle fut lavée, les cartables vérifiés au cas où y traîneraient des restes de tartine. Les garçons se chamaillèrent sur le plancher. Ils se bombardèrent avec des fourchettes comme catapultes. Du lait fut renversé sur la table couverte d'une toile cirée.

Voilà qui suffit.

La semaine suivante, Sabina arrive dans une nouvelle robe de grossesse. Elle est toute fraîche et sent bon. Elle s'est teint les cheveux en roux et en a fait un petit chignon relâché. Yola lui ouvre la porte avec un brin de cérémonie. Elle s'étonne de son apparence. Elle lui verse un verre de jus d'orange et dit :

« Alors ? Ton souhait, quel est-il ? » Mais Sabina tergiverse. Elle répondra plus tard, quand elle aura fait le ménage. Le docteur M. fait lui aussi son apparition à la porte, un verre à la main.

« Nous savons déjà ce que sera le bébé, la taquine Yola quand Sabina charge le lave-vaisselle. Je m'étonne que tu ne veuilles pas savoir. Moi, je voudrais », poursuit Yola, et elle se met à raconter sa grossesse, lorsqu'elle attendait Kazia. Sabina connaît cette histoire. Toutes les femmes se racontent tôt ou tard leur grossesse et leur accouchement. C'est ainsi. Sabina nettoie la salle de bains et, quand enfin Yola s'éclipse, quand son histoire s'estompe dans les vastes espaces de la maison, Sabina lève les bras pour vérifier l'odeur de ses aisselles. Ensuite, elle regarde son visage dans la glace, puis, avec du papier hygiénique ultra-doux, elle s'essuie le front pour qu'il ne luise pas. Elle se dépêche, sans apprécier longuement chaque activité comme elle le fait toujours. Elle lave la baignoire sans même s'en rendre compte. Elle range la chambre de Kazia avec l'habituelle tendresse, mais elle a l'impression de la préparer pour elle-même. C'est comme si elle y enfilait, pour elle seule, une parure rose invisible. Le repassage file vite aussi, pschitt, pschitt, schuss et schuss ! Sabina chantonne en aspergeant d'eau les chemises du docteur. Ksss, ksss, se plaignent les cols.

Elle réussit donc à tout terminer comme elle l'avait prévu. À leur habitude, les fillettes décident de leurs rôles, fixent les règles de leur monde. Sabina voit le sommet de leurs têtes dans l'escalier. Angelots, petites cailles, chatons printaniers du noisetier, graines duveteuses des peupliers.

Ce n'est qu'alors qu'elle descend à la cuisine. Yola fume et lit un magazine. Elle semble attendre Sabina comme le ferait une bonne fée. L'instant d'après, son mari apparaît. « Eh bien ? Le moment est venu ? » demande Yola. Sabina parle. Avec témérité, avec plus d'assurance d'instant en instant, elle se sent grande et robuste. Les souris, pense Yola en l'écoutant, on ne refuse rien à une femme enceinte, car quiconque le ferait, selon l'adage, verrait tous ses biens dévorés par les souris.

Le souhait de Sabina. Elle voudrait jouer avec les fillettes, elle voudrait être une poupée, se coucher sur le tapis pour qu'elles la coiffent, la manipulent, lui dénouent les cheveux, lui attachent des rubans et des écharpes au cou, l'habillent et la déshabillent – là, elle a un pull, elle l'a pris exprès –, qu'elles lui caressent les mains et posent l'oreille sur son ventre pour écouter comment le bébé respire. « Je sais que ce sera encore un garçon », dit-elle au docteur M. Sabina veut des câlins de fillettes, elle veut entendre leur gazouillement non pas à distance, mais à son oreille ; elle veut être leur poupée, leur grande poupée Barbie ventrue, même si on n'en trouve pas de pareilles dans les magasins de jouets. Il y a plus encore, parce que Sabina a l'impression d'avoir connu cela dans le passé – elle ne sait pas vraiment l'exprimer –, elle aurait déjà été un petit objet inoffensif, et que pour continuer à vivre, elle devait y revenir, le répéter à la manière de la communion dans les églises. Une seule fois n'assure pas le salut.

Il faut intégrer sa plus grande faiblesse pour être fort. C'est pourquoi je veux m'allonger sur le tapis rose, regarder les meubles par le bas, voir le dessous du divan et du bureau, permettre aux objets de grandir jusqu'au ciel, ne plus voir des gens que deux pieds dans des pantoufles, à nouveau ne pas comprendre ce qu'ils disent. À la fin, Sabina voudrait encore que personne ne s'étonne de son souhait, que personne ne se moque, et si ce souhait était un souci, elle l'oublierait vite et se contenterait d'un déodorant Impuls ou de nouveaux collants épais ou d'une bague en argent ou d'une robe achetée chez India Shop.

Le docteur M. (son verre à la main) éclate de rire. Yola le calme, fâchée. Elle regarde Sabina longuement, d'un air mortellement sérieux. Ses lèvres à peine étirées semblent frémir. Elle prend Sabina par la main pour monter à l'étage sans un mot. Ce n'est que là que Sabina devient rouge comme une pivoine, comme une rose, comme un coquelicot, comme du vin, comme sa propre langue, comme l'intérieur de son corps.

LA RÉPÉTITION GÉNÉRALE

Le dernier communiqué qu'ils entendirent à la radio était qu'il fallait obturer soigneusement les fenêtres. Ensuite, plus rien. Malgré cela, il prit le transistor dans la cuisine, tira complètement l'antenne et, de temps à autre, plein d'espoir, il tourna le bouton. Parfois, il lui arrivait de capter la même station lointaine. En dépit des crachouillis et des bourdonnements, du haut-parleur grillagé s'échappait une voix qui parlait une langue étrangère, ils ne comprenaient rien. Ensuite, elle mourait, pour soudain se faire entendre inopinément, mais de plus en plus faible, de moins en moins assurée.

— Comme lors de l'état de guerre de 1981, chuchota-t-il pour lui-même.

— Laisse cette radio, idiot, lui dit-elle. Il faut colmater les fenêtres, tu n'as pas entendu ? Tu n'es bon à rien, y compris dans des moments pareils. Tu traînes dans la maison comme une mouche empoisonnée. Je n'ai que du souci avec toi.

Elle grimpa sur une chaise pour coincer les coins d'une vieille couverture dans le chambranle de la porte du balcon. La couverture glissait. Du dehors, une lumière marron s'infiltrait alors jusqu'à eux. Déplaisante comme de l'eau de vaisselle.

— Donne-moi le marteau, reste pas à bayer aux corneilles comme ça, tu vois pas que je vais avoir des crampes aux mains ?

— Tu pourrais la fermer, dit-il en sourdine, tandis qu'il sortait dans le couloir pour chercher le marteau de la boîte à outils rangée dans le petit meuble sous le téléphone.

— Dépêche-toi, tu vois bien que j'en peux plus d'être là à attendre.

Il la toucha du bout du marteau comme si elle était un grand animal désobéissant, lui dit de se pousser. Elle le regarda donc clouer maladroitement la couverture au chambranle avec des petits clous. Il était conscient de son regard glacial et critique.

— Ils ont parlé d'abris. C'est ce que j'ai compris, dit-il avec un clou à la bouche, juste pour qu'elle détourne son attention de ses mains.

— Ça, je l'ai entendu moi aussi. Quels abris ? Où ça, des abris par ici ? Les gens sont devenus fous.

— En Suisse, ils ont un abri sous chaque immeuble. Au cas où, seuls les Suisses survivront. Noé sera suisse. Tu imagines, un monde nouveau peuplé de Suisses. Tu vois ça ? Des banques, des fromages et des montres. De temps à autre, du chocolat Milka.

Il ricana et descendit de la chaise. Elle le regarda avec mépris.

— Tu es désespérément con, dit-elle. Tu t'es arrêté dans ton évolution. Comme tous les mecs.

Il l'ignora, alla au meuble du téléphone et prit l'écouteur.

— Il ne fonctionne pas.

Il dit cela, mais, en réalité, il eut l'impression d'avoir entendu quelque chose. Une multitude de voix qui se chevauchaient, un bourdonnement de salle d'attente. Les unes impatientes, les autres ensommeillées, racontant avec monotonie une histoire du commencement à la fin. Oui, et même des pleurs d'enfant, un lointain aboiement de chien. Il regarda l'écouteur étonné, comme s'il s'attendait à y trouver une explication. L'écran du téléviseur. La télévision dans le téléphone. Il ricana à nouveau. Sa femme dut capter son regard étonné, parce qu'elle s'approcha pour lui prendre l'écouteur des mains et le coller à sa propre oreille.

— Ça grésille, dit-elle.

Ils s'installèrent dans les fauteuils en skaï et il eut peur qu'elle se lamente, qu'elle reparle de leur fille qui la veille, avant que tout cela n'arrive, avait pris le plus sereinement du monde l'autobus pour Varsovie. Elle était partie avant que le ciel vire au marron, que les gens se mettent réciproquement en garde, se réfèrent aux communiqués, se réfugient dans leurs maisons. Ils couraient le col relevé comme sous la pluie.

— Comme l'état de guerre, dit-il tout bas, pour lui-même.

Il regretta de n'avoir l'expérience d'aucun conflit armé (il ne se rappelait rien de la Seconde Guerre mondiale, il était enfant), d'aucun cataclysme (certes, il y avait eu une inondation, mais ce n'était pas pareil). Il ne se souvenait que de ce succédané de guerre en 1981.

— Qu'est-ce que tu dis ?

— Rien.

— J'ai bien entendu que tu disais quelque chose.

— Que ça rappelait l'état de guerre. Que je regrette de n'avoir connu aucune guerre, je serais peut-être plus fort.

Elle leva la tête et il aperçut sa gorge blanche, grasse, barrée de rides humides pareilles à de fins colliers. Il connaissait ce geste. Elle allait dire : « Ne me faites pas rire ! »

— Ne me faites pas rire ! dit-elle. Tu voudrais la guerre ? Ah, j'avais vu juste, tu es infantile, tu n'es jamais devenu adulte. Vous les hommes, vous ne devenez jamais adultes. Une fois vieux, vous avez en plus un Alzheimer, et voilà tout. Triste caricature de l'être humain.

Satisfaite de sa repartie, elle se tut un moment. Assouvie comme après un orgasme. Il fut gagné par une vague de dégoût.

Elle se remit à parler. Sa voix, au bord des larmes, semblait sortir d'un puits.

— Pourquoi tu ne penses pas à notre enfant ? Seigneur, pourquoi est-ce qu'elle est partie justement maintenant ? Pourquoi on l'a laissée faire ? Elle est peut-être dans un fossé, blessée parce que...

— Ce n'est plus une enfant... dit-il dans l'espoir de bloquer le premier accès d'hystérie qui s'annonçait.

Pour lui, elle était un animal stupide mais dangereux, il savait ce qu'il devait faire. Il alluma une cigarette.

— Il faut que tu fumes ? Tu ne vois pas qu'on n'a déjà plus d'air pour respirer sans ça ? Tu es vraiment complètement con ? cria-t-elle.

Il éteignit sa cigarette pour aller dans sa chambre où il la ralluma. Il s'assit sur le petit divan, rectifia la couverture sur la fenêtre puis regarda ses deux aquariums, l'un avec des scalaires, l'autre plein de guppys. Tous les poissons étaient morts. Les scalaires, délavés, mats, flottaient immobiles sous la surface de l'eau. Les guppys se heurtaient à la surface, ventres en l'air.

— Un holocauste, se dit-il.

Il tira sur sa cigarette. Il songea qu'il ne parlerait pas des poissons à sa femme et cette décision lui plut.

Dans l'autre pièce, celle-ci disait :

— Puisque c'est arrivé hier vers midi, cette obscurité, et que notre fille est partie tôt le matin, elle est peut-être arrivée quelque part. Peut-être qu'on les a évacués de l'autobus ; dans les gares, il y aurait des abris, à ce qu'on dit. Par exemple à Wrocław, sous la gare, il y a paraît-il de vastes abris. Tu as entendu ? Seigneur, Seigneur, comment on va traverser ça ? On va mourir, mon Dieu. Si c'est des radiations, on ne survivra pas, personne ne survivra.

Il entendit sa voix se muer imperceptiblement en sanglot.

— Arrête, lui cria-t-il et il éteignit sa cigarette.

Il se pencha de manière à la voir. Elle s'était reprise. Elle s'enfonçait le poing dans la bouche. Une larme s'était arrêtée sur sa main et pénétrait sa peau. Elle s'essuya discrètement les yeux d'un doigt. Il fut ému par ce geste. Il aimait bien quand brusquement, elle devenait fragile. Il prit son journal, la *Gazeta Wyborcza* de la veille, et s'installa dans le fauteuil près d'elle. Il jeta un œil aux titres, comme pour chercher une annonce de la catastrophe. Il trouva les résultats des sondages en vue des élections.

— Pourquoi lis-tu le journal en un moment pareil ? demanda-t-elle. Tu n'as donc aucune sensibilité ?

L'hystérie pointait à nouveau dans sa voix.

— Fous-moi la paix !

— Tu sais que, chez toi, c'est l'Alzheimer ?

— Et toi, c'est la maladie de la vache folle.

Elle joignit les mains sur sa poitrine et se détourna de lui. Il connaissait déjà la première page du journal par cœur. Il commençait à apprendre la deuxième. Première information : mort d'un pianiste célèbre. La suivante : remise des Oscars. Puis l'avis de décès d'une femme à deux noms. Du coin de l'œil, il vit que sa femme se levait pour aller à la fenêtre. Il remarqua que sa jupe était retroussée. Il vit ses cheveux raréfiés à l'arrière de la tête.

— Je serais curieuse de savoir ce qui s'est passé. Qu'est-ce qui a pu se passer ? Tu as compris quelque chose à ce qu'ils ont dit hier ? demanda-t-elle.

Il baissa les yeux sur la rubrique nécrologique du journal.

— Une catastrophe, la guerre, une comète, Dieu seul le sait.

— Tu sais, je me suis dit que nous n'avons rien vécu de vraiment... de vraiment terrible. Aucune guerre...

— L'état de guerre... la révolte étudiante de mars 1968... la révolte ouvrière de décembre 1970...

— C'est pas comparable.

Il ne répondit pas. Il pensa aux poissons, il n'allait pas lui dire. D'ailleurs, c'étaient ses poissons. Il devrait les prendre et les jeter aux toilettes.

— Qu'est-ce qu'il se dit dans la cage d'escalier ? demanda-t-elle à nouveau.

— Personne ne sait rien. Le type d'en bas affirme qu'ils ont utilisé une arme.

Les traits du visage de sa femme se creusèrent. Les plis autour de ses lèvres lui donnaient l'aspect bouffi d'un visage de noyé. Il pensa de nouveau à ses poissons et qu'il ne lui dirait pas.

— Une arme ? Qui ?

— Les Russes sûrement. Ou alors un autre Tchernobyl.

Les poissons.

— On pourrait peut-être aller chez eux, passer un moment.

Les poissons.

— Chez qui ?

— Les voisins du bas.

Il chercha à se rappeler leur nom. Un couple à peu près de leur âge. Lui, un plouc, elle une belle femme. Il lisait les nouvelles de la Bourse, il n'avait aucune envie de sortir.

— On ne sait même pas comment ils s'appellent.

— Aucun intérêt. Je vois pas pourquoi on aurait besoin de savoir comment ils s'appellent. Tu es drôle.

Les poissons. Il ne lui dirait pas.

— Et tu vas parler de quoi, avec eux, tout est clair, point barre. C'est arrivé. Quelqu'un a fini par craquer. Mesdames, messieurs, c'est la fin du monde.

— Ils savent peut-être quelque chose… dit-elle, pleine d'espoir. Je les connais de vue. Lui est tout à fait bien ; elle, elle est frêle comme du mimosa.

— Vas-y, si tu veux.

Ni l'un ni l'autre ne bougea. S'il n'y avait eu ces fenêtres couvertes, tout serait comme d'habitude, songea-t-il. Non, quelque chose manquait pourtant, quelque chose n'allait pas. Il s'agita, inquiet. Il faisait plus sombre, la lumière de la lampe ne traversait pas complètement l'obscurité. Était-ce cela ? La mort des scalaires ? Les voix dans le téléphone ? Puis brusquement, pendant une seconde, il fut pris de terreur. Une douleur brève et violente comme une attaque cardiaque. Il regarda le tableau des actions en Bourse. Elles chutaient. Il sentait qu'il glissait avec les actions, avec tout ce qui tombait. Elle toussa. Soulagé, il réalisa qu'il s'agissait de la télévision, qu'elle était éteinte. C'était ce qui manquait. C'était ce qui n'allait pas. La télévision. Il bondit de son fauteuil pour allumer le téléviseur. Neige à l'écran. Il n'y avait rien. Il changea les chaînes avec la télécommande. Pareil partout. Il baissa juste le son pour éviter le bourdonnement, et il retrouva peu à peu son calme.

— Pourquoi tu l'as branchée ? Tu sais bien qu'il n'y a plus rien depuis hier soir. On a déjà vérifié. Pourquoi tu fais ça ?

Il ne répondit pas. Il s'assit à sa place. Sa panique se dissolvait dans le clignotement argenté.

— Les poissons. Mes poissons ont crevé, dit-il après un temps.

— Eh bien, voilà. Eux d'abord, nous après.

Il savait que ça lui avait fait plaisir.

— J'ai faim.

Elle le regarda avec une haine saturée d'incrédulité.

— Comment peux-tu avoir faim, comment peut-on penser à la nourriture dans un moment pareil. Qu'est-ce qui t'est arrivé ? Un légume, tu es devenu un légume. Alzheimer.

— Vieille vache !

Il se leva pour aller à la cuisine. Il prit un cornichon en saumure dans le frigidaire puis commença à couper du pain. Il s'interrompit, le couteau au-dessus du pain, et l'instant d'après il cherchait quelque chose dans le tiroir du bas. Il avait à la main un puukko, son vieux couteau de scout au manche fissuré. Cela l'émut. Le puukko était émoussé, mais il parvint à couper deux tranches de pain. Il les posa sur une assiette avec le cornichon, puis emporta celle-ci au salon.

— On n'a pas d'autre pain, ne me mange pas tout… Il faudra finir par sortir, ne serait-ce que pour aller au magasin, dit-elle au téléviseur neigeux, sans bouger.

Il hésita un moment au-dessus de son assiette avant de couper le pain et le cornichon en petits morceaux. Il en fit glisser une partie sur une autre assiette qu'il lui mit dans la main. Docile, elle accepta. Quand ils commencèrent à manger lentement, une sirène se fit entendre au loin. Sa femme se leva pour aller à la fenêtre, soulever doucement la couverture et regarder. Il vit un ruban de ciel marron entre les immeubles au-dessus de la tête de son épouse.

— On ne voit rien, dit-elle à la vitre, et lui en profita pour lui voler plusieurs morceaux de cornichons dans son assiette.

Ils mangeaient en silence. Elle, comme si cela lui était indifférent, ce qui agaça son mari. Lui, il prenait des morceaux de nourriture avec la pointe de son puukko pour les porter à sa bouche et les mastiquer soigneusement. Il se rappela le camp scout, des années plus tôt. Un cornichon en saumure de choix avec du pain est meilleur qu'un dîner dans un restaurant cher.

— La faim est le meilleur des cuisiniers, dit-il la bouche pleine.

— Je pense qu'elle est bien arrivée. Avec un peu de chance, elle a pu arriver sans problème. Elle doit être chez lui, maintenant. Ils sont sûrement dans un abri, parce que, à Varsovie, il doit y en avoir une quantité datant de la dernière guerre, ils sont en sécurité. Je t'assure.

Il acquiesça.

— Il aurait mieux valu ne pas vivre ça. Mourir avant. Tu sais ce qui va se passer quand les gens vont se mettre à tomber comme des mouches ? Qui va les enterrer ?

— Oui.

— Oui, quoi ?

— Rien.

— Tu lis les journaux tous les jours, tu regardes la télévision, et tu ne savais rien ? Rien n'annonçait un malheur pareil ? Peut-être que d'autres gens savaient ? Il n'y a peut-être que nous qui ne savions pas ? Les autres ont peut-être eu le temps de se préparer ? Et toi, tu n'as rien lu dans tes journaux débiles. Ce que tu peux être con !

Elle soupira et posa son assiette vide. D'un doigt humecté de salive, elle collecta encore quelques miettes.

— Nous devons économiser la nourriture, se justifia-t-elle.

Il la suivit du regard quand elle se glissa derrière la table pour chercher quelque chose sur les murs couverts de kilims et de paysages rustiques. Finalement, elle trouva un bout de mur nu, s'agenouilla devant et joignit les mains dans un geste de prière.

— Tu fais quoi ? demanda-t-il avec un sourire ironique parce qu'il savait ce qu'elle allait faire.

— Merde ! dit-elle fermant les yeux, et elle commença à prier : Oh mon ange gardien, reste toujours auprès de moi, de jour et de nuit, viens-moi toujours en aide…

— Folle, elle est folle, maugréa-t-il en portant les assiettes à la cuisine.

Il hésita à les laver. Il se rappela qu'au camp scout, par manque d'eau, on nettoyait les casseroles avec du sable.

— Protège mon corps et mon âme et conduis-moi à la vie éternelle, amen.

Elle se leva, essuya ses genoux, puis s'empara de la télécommande pour chercher une chaîne. L'écran restait neigeux partout. À la porte, son mari demanda :

— Tu sais à quoi ressemblent les tomates dans ces ténèbres ?

— À quoi ?

— Elles sont bizarres. Hier, quand je suis allé au jardin ouvrier – on ne savait pas encore qu'il était interdit de sortir –, j'y suis resté à rien faire d'autre que regarder.

Il devint songeur, un sourire flottait sur ses lèvres.

— Eh bien ? demanda-t-elle en s'asseyant dans son fauteuil.

— Elles étaient magnifiques... cette étrange lumière les irradiait, elles avaient l'air de briller, des plants couverts de tomates... magnifiques et pas comestibles.

— Tu aurais dû les cueillir, celles d'hier n'étaient peut-être pas encore imprégnées, dit-elle tranquillement.

— Oui, en effet. Elles éclaireraient la maison, maintenant. Et si on les mangeait, est-ce qu'elles éclaireraient nos entrailles ? Tu vois ça, nous marchons tous les deux et la lumière brille sous nos vêtements, nos corps sont éclairés de l'intérieur, tout notre ventre est lumineux... et ensuite aux toilettes...

Ils se mirent à rire tous les deux. Jusqu'aux larmes. Il s'essuyait les yeux de sa manche et le rire revenait encore et encore par spasmes. Après cela, épuisés, ils s'étalèrent dans leurs fauteuils en silence.

— Tu crois que ces couvertures vont servir à quelque chose, ce sont de vieilles couvertures... demanda-t-il un moment plus tard.

— Tout le monde a mis des couvertures à ses fenêtres, tout l'immeuble là-bas. Il paraît que certaines villes ont des abris. Tu as entendu parler d'abris ?...

Il leva les yeux au ciel.

— On en a déjà parlé.
— De quoi n'avons-nous pas parlé ?
— De rien.

— Tu sais ce qui me torture ? dit-il brusquement. De ne pas lui avoir dit au revoir. Peut-être qu'on ne se reverra pas.

Elle se mit à pleurer. Elle aspirait des bouffées d'air par le nez et sanglotait de plus belle. Elle se plia en deux dans son fauteuil. Il s'en fallait de peu qu'elle glisse à terre.

— Arrête ! lui dit-il, et il songea qu'il n'avait pas prévu pareille réaction de sa part.

— Toi, arrête ! éructa-t-elle dans un sanglot.

— Tu étais méchante avec elle. Vous vous disputiez tout le temps, comme si vous n'aviez rien d'autre à faire.

— Toi, bien sûr, tu étais gentil. Tu dois toujours être meilleur en tout... Un bon papa... Espèce d'empoté !

Il se leva et sortit pour allumer une cigarette. Il entendait au salon ses interminables sanglots, inconsolables comme ceux d'un enfant. Elle parlait, il s'approcha de la porte pour écouter sans qu'elle le voie.

— ... quand elle est née, elle pleurait tout le temps. J'avais demandé à la sage-femme si c'était normal. Comme si elle avait mal partout. Elle pleurait et pleurait encore. Les autres enfants dormaient, et elle,

elle pleurait… Mon Dieu, comme nous sommes tous malheureux, si vulnérables.

Il s'appuya au mur, regarda le plafond. Ses yeux s'emplirent de larmes qui glissèrent l'une à la suite de l'autre, rebondissant sur son gilet en laine pour tomber au sol et imprégner le tapis. La cendre de cigarette tomba au même endroit, mais sans pénétrer la laine. L'homme humidifia un doigt et la cendre s'y colla. Il la jeta dans l'aquarium. Puis, il revint pour tourner le bouton de la radio, mais il n'y eut que des grésillements. Ils étaient comme un murmure qui eut un effet apaisant sur la femme. Une station se manifesta une fraction de seconde, les deux époux écoutèrent, tendus, mais c'était dans une langue étrangère. Puis tout redevint silencieux. L'homme retourna à sa place dans le fauteuil près de sa femme.

— Tu te rappelles Bobik ? Ça fait combien de temps qu'il est mort ? demanda-t-il.

Elle compta dans sa tête.

— Quatre, cinq ? Ce chien m'énervait.

— Tu te souviens quand il apportait des tas de trucs dans son panier ? Quand il t'avait piqué une de tes nouvelles chaussures ? ricana-t-il.

— Oui. Il n'était pas fute-fute. Il volait n'importe quoi…

Elle croisa les bras et devint rêveuse.

— Ce qui me plaisait le plus, c'était qu'il fallait se lever tôt parce qu'il voulait sortir. Tu partais avec le chien, tu achetais le journal et du pain frais à l'épicerie fine. Celui de la boulangerie n'était pas bon. Ensuite, après déjeuner, et après le film… Incroyable, ce chien décidait de notre emploi du temps ! Son ordre du jour était fixe, il n'en changeait jamais. Après sa promenade du matin, il lui fallait sa biscotte. Une fois, il n'y en avait plus au magasin, on n'en avait pas livré, et j'ai dû lui en faire, les sécher aussitôt au four... Ce que j'étais sotte. Faire des biscottes pour un chien ! Tu imagines ?

Il faillit lui couper la parole, surexcité.

— Tu te souviens de ce qu'a dit le vétérinaire quand Bobik s'est jeté sous une voiture ? s'écria-t-il.

— Qu'on devrait le piquer, répondit-elle.

Il s'affaissa dans le fauteuil, son bouleversement le rassérénait, le calmait.

— Pourquoi dit-on « piquer » pour un animal ? On le met à mort, dit-elle, mécontente.

— Un homme meurt, un animal crève. J'ignore pourquoi.

— Des poissons crevés.

Il se dit à nouveau qu'il devrait enlever les poissons de l'aquarium, mais il n'avait pas envie de les voir. Ensuite, il se mit à réfléchir.

— Les chiens ont leurs rituels, dit-il.

— Comme les gens.

— Les chiens, un peu plus. Le psychisme humain sait dépasser ses propres rituels. L'animal y est condamné.

Il était content d'avoir si bien exprimé la chose.

— Condamné, répéta-t-il donc en s'enivrant du terme.

Ils restèrent silencieux, assis dans les fauteuils marron, à côté l'un de l'autre, le visage tourné vers la fenêtre occultée par une couverture à carreaux. Au bout d'un moment, la femme dit :

— Comme c'était bien... Tu te souviens quand Bobik s'allongeait sur le clic-clac alors qu'il savait que c'était interdit. Mais il ne le faisait que quand on se disputait, comme s'il voulait attirer notre attention...

— Il s'y allongeait aussi quand tu sortais, ajouta-t-il avec satisfaction.

— Ah oui ? C'est vrai ?

Elle n'en croyait rien.

— Je fumais au salon, oui, une cigarette après l'autre, et tu ne t'en es jamais aperçue. Je fumais, je buvais de la bière, et Bobik était étendu sur le clic-clac.

— Parce que tu crois que je ne sentais pas que tu avais bu ? Évidemment que je le sentais ! Je laissais passer. Je faisais comme si je ne remarquais rien. Et les cigarettes aussi. J'ignorais juste que le chien s'installait sur le clic-clac.

Il se leva brusquement.

— On a de la bière dans le bar.

— Oh que non ! Pas ça ! dit-elle, et elle le fit se rasseoir d'un geste de la main. (Obéissant, il reprit sa place.) Plus tard, ajouta-t-elle.

La colère le gagna.

— Quel plus tard ? Est-ce que tu es complètement abrutie ? Il n'y a pas de plus tard.

Elle ne dut pas remarquer son irritation, car elle poursuivit calmement :

— C'est elle qui l'avait rapporté. Elle avait dit : « Ou c'est moi et le chien, ou je déménage. » Tu te souviens ?

Encore vexé, il se tut une minute, mais finit par dire avec satisfaction :

— Tu ne savais ni que faire, ni que dire. Elle, elle pouvait parfois faire preuve de caractère.

— Pourquoi tu en parles au passé ? Tu crois que quoi ? Tu crois quoi ?

— Laisse-moi tranquille, dit-il, et il se leva pour aller dans sa chambre. (Il écarta à peine la couverture pour regarder dehors.) Partout c'est pareil. Personne dans les rues.

— Referme ça tout de suite, espèce d'idiot, tu n'apprendras donc jamais rien... Tu veux te brûler les yeux ? dit-elle en passant la tête dans sa chambre.

— C'est mes yeux, c'est ma chambre.

Elle sortit. Avec une épuisette fabriquée avec un bas, il retira les poissons de l'eau. Au bout d'un moment, cela fit un petit tas.

Les grands yeux des scalaires regardaient droit au plafond. Quand leurs délicates queues s'accrochaient aux mailles de l'épuisette, les mains de l'homme tremblaient. Il ferma les yeux au moment de jeter les poissons aux toilettes.

— Un volcan a peut-être explosé et ce sont ses poussières qui se répandent dans l'atmosphère, dit-elle du salon. C'est pour ça que tout est si sombre. Mais alors, il n'y aurait pas de contamination et on pourrait sortir. Il paraît que les dinosaures ont disparu comme ça.

Il grommela.

— Plus rien ne poussait, ils n'avaient rien à manger et crevaient.

Soudain, ils entendirent un bruit de vitres brisées. Ils s'immobilisèrent. Lui penché au-dessus des toilettes, elle devant son fauteuil.

— C'était quoi ? chuchota-t-elle.

— Sans doute que tout le monde ne s'est pas enfermé chez soi. Peut-être qu'on dévalise notre magasin.

— Ils vont voler la nourriture. Les voyous ! Appelle la police.

Il la regarda et se frappa le front.

— Le téléphone ne marche pas.

Malgré tout, il alla à la porte donnant sur la cage d'escalier pour regarder par le judas. Au bout d'un moment, il l'entrebâilla. Des voix portées par l'écho des étages lui arrivèrent.

— Je sors me renseigner, lui murmura-t-il, mais elle l'attrapa par la manche et grimaça pour le retenir.

Il se dégagea et disparut dans le rectangle sombre. Sa femme y passa la tête pour tendre l'oreille. Puis, elle revint au salon et rangea les assiettes qui étaient restées sur la table. Elle sortit du pot un cornichon qu'elle se dépêcha de manger. Elle s'assit près de la table basse et resta ainsi, immobile comme une statue.

Il revint très excité.

— J'ai invité ceux d'en dessous, dit-il.

Elle se prit la tête entre les mains.

— Pourquoi ? De quoi veux-tu qu'on parle avec eux ?

— Ils arrivent tout de suite.

Elle ramassa les miettes de la table et remit en place le napperon.

— Dieu soit loué, il y a encore du gaz. Mets de l'eau à chauffer !

Un moment plus tard, ils entendirent un bruissement sur le seuil, les invités frappèrent discrètement à la porte ouverte. Le voisin laissa passer sa femme devant lui. Ils se dirent bonjour et se présentèrent.

— Nous habitons depuis tant d'années l'étage d'en dessous et nous ne sommes jamais montés chez vous. Enchanté, dit le voisin.

— Je vous en prie, entrez, dit la maîtresse de maison. Mieux vaut fermer la porte.

Les voisins hésitèrent dans le couloir avant de gagner le salon. Ils prirent place dans les deux fauteuils. Un silence embarrassé régna un moment.

— Prendrez-vous un café ? demanda-t-elle debout, un torchon à la main.

— Nous ne voudrions pas vous déranger... fit le voisin.

La voisine, si fluette, était assise au bord du fauteuil. Le maître de maison approcha une chaise et s'assit à côté.

— Cela ferait du bien de prendre un café. On ne sait pas combien de temps encore il y aura du gaz... Ce sera peut-être le dernier café de notre vie... dit-il en essayant de plaisanter.

— Arrête, enfin, lui dit sa femme avec une gaîté qui sonnait faux. Du moulu ou du soluble ?

— Du vrai, si c'est possible.

Elle disparut dans la cuisine. Il demanda avec impatience :

— Savez-vous quelque chose ? C'était quoi ? Et d'une manière générale ?

— On dit qu'il y aurait eu un terrible tremblement de terre, partout, la moitié de l'Europe aurait disparu, les Pays-Bas seraient sous les eaux, les États-Unis et le Japon n'existeraient plus.

— Mais nous n'avons rien ressenti, dit-elle, debout sur le seuil, un paquet de café à la main.

— Parce que nous nous trouvons en zone non sismique, la rabroua-t-il brièvement.

Le voisin poursuivit :

— Tout explosait, les centrales atomiques... C'est pourquoi on parle de contamination.

— Des volcans également, sans doute. C'est pourquoi, il fait si sombre. Je te l'avais dit, commenta-t-il en s'adressant à sa femme qui apportait déjà un plateau avec les cafés.

— C'était une hypothèse de mon mari, dit-elle en disposant les tasses sur la table basse. Il arrive ce qui était arrivé aux dinosaures...

À ce moment-là, la très fluette voisine se mit à pleurer en se cachant le visage dans un mouchoir. Le voisin lui caressa la main.

— Les femmes s'émeuvent toujours beaucoup plus, expliqua-t-il. Nous avons des enfants aux États-Unis. Deux. Ils devaient venir pour Noël.

— Il n'y aura pas de Noël... pleurnicha confusément la femme fluette.

Elle avait l'air si pitoyable qu'ils en eurent tous la gorge serrée. Un silence tomba, uniquement perturbé par le tintement synchrone des quatre petites cuillères dans les tasses.

— Notre fille est partie hier précisément, pour rejoindre son... fiancé, dit la maîtresse de maison. Le matin, justement, et c'est arrivé quelques heures plus tard. On se fait donc du souci, nous aussi.

— Pourquoi est-ce qu'on s'inquiète toujours pour nos enfants, y compris quand ils sont adultes, et pas pour nous ? demanda avec philosophie son mari.

— Comment oses-tu ? Parfois, tu dis de ces choses…

Tous mélangeaient de nouveau le sucre dans leur café, cette fois furieusement. Le voisin dit :

— Pourquoi est-ce que la radio et la télévision ne marchent pas ? Ce pourrait être les radiations qui bloquent les ondes radio et l'électronique en général. Des rayonnements ne permettent pas le passage… Il s'arrêta perdu dans ses conjectures.

— Il ne nous reste donc que le gaz… dit tout bas sa femme en portant la tasse à ses lèvres.

— Mais il faut craindre qu'il soit coupé.

La maîtresse de maison s'offusqua.

— Il se passera quoi, alors ? Vous sentez ? Il y a déjà des relents de canalisations. Et quand ça se bouchera ?

— Vous faites quoi dans la vie ? demanda le maître de maison pour changer de sujet.

— On est à la retraite, tout simplement, répondit le voisin évasivement. J'étais employé de bureau. Je vous ai souvent vu dans l'autobus. Vous preniez le treize, n'est-ce pas ?

— Oui, le treize, je descendais à l'Hôtel de Ville. Je travaillais à l'école…

Sa femme le coupa :

— Il paraît qu'il y aurait des abris sous l'Hôtel de Ville et que tous les employés s'y sont réfugiés. Ils auraient des réserves d'eau potable et de la nourriture en boîte pour un an par personne. Une salle de cinéma, même.

Le maître de maison la regarda, étonné.

— Qui t'a raconté des bêtises pareilles ?

— Je l'ai entendu.

Il l'ignora et se tourna de nouveau vers le voisin.

— Vous pensez que ces couvertures servent à quelque chose ? Ce ne sont que de simples couvertures... On devrait nous donner des instructions sur ce qu'il faut faire.

— Il paraît que des hommes en combinaison de protection sont passés pour distribuer des tracts. Ils sont allés dans l'autre immeuble, dit-il en indiquant une direction indéterminée. Ils ne sont pas encore arrivés chez nous. Ils viendront peut-être.

— Vous ne pensez pas que nous devrions nous organiser, ne serait-ce que nous, dans cette cage d'escalier ? Vous avez fait partie d'un mouvement scout ?

— Quand j'étais jeune, il n'y avait pas de scoutisme, juste les Jeunesses communistes.

— Vous étiez donc organisés, fit le maître de maison non sans une pointe de persiflage.

— Je me rappelle qu'en cas d'explosion atomique, il fallait se coucher sous la fenêtre et se cacher la tête sous les bras.

— Voilà qui serait d'un grand secours ! Autant que ces couvertures !

Il approcha de la fenêtre pour en soulever une légèrement.

— Je serais curieux de connaître l'odeur de cet air marron. Il devrait en avoir une. Ça sent l'ozone ? le brûlé ?

— La cendre volcanique, peut-être, répondit le voisin.

Le maître de maison s'arrêta devant l'étagère murale, où il s'intéressa au rayonnage de livres. Il en tira un album illustré. Il le feuilleta un moment comme s'il voulait se rappeler un élément ou vérifier si ce qu'il cherchait s'y trouvait. Il s'arrêta sur une page qu'il leur montra en disant :

— *Le Jugement dernier* de Memling. Les gens quittent leurs tombes, l'archange Gabriel lève son épée de feu. L'enfer, des individus sont jetés dans les flammes. Le ciel au-dessus de l'enfer est rouge, des ruines noires se hérissent.

— Pourquoi nous montres-tu cela ? Tu débloques ? demanda-t-elle avant de se tourner vers ses invités. Je ne sais pas pourquoi mon mari vous montre ceci.

— Moi, je n'ai peur ni des diables ni des esprits. Je ne redoute que les hommes, réagit vivement le voisin. Quelqu'un a bien dû provoquer ça, être à l'origine de la décision.

— Mais non ! Vous avez parlé d'un tremblement de terre…

— Peu importe, les tremblements de terre n'arrivent pas sans raison… Le réchauffement et ainsi de suite.

La maîtresse de maison reposa sa tasse.

— Il arrive parfois des événements sur lesquels l'être humain n'a aucune influence. Très souvent, en fait. L'homme ne sait rien, ne comprend rien, ne peut rien planifier, car de toute manière, les choses suivent leur cours. L'homme ne se comprend pas lui-même, il est en proie aux émotions, aux instincts… Les tomates, nous avons planté des tomates dans notre jardin ouvrier, et maintenant elles sont mûres, elles sont précisément à point pour être cueillies et nous ne pouvons pas le faire. Tout est différent de ce que ce qui était prévu.

Tandis qu'elle parlait, la voisine fixait d'un regard hypnotisé et épouvanté la reproduction posée sur la table. Elle devait être souffrante, son front se couvrit de gouttes de sueur. Elle ne toucha pas à son café.

— Je ne me sens pas bien, dit-elle à son mari. On y va ?

Il sembla reprendre ses esprits.

— Il est quelle heure ? demanda-t-il.

— Sept heures... répondit la maîtresse de maison, et, après une hésitation elle ajouta : du soir...

Les deux invités se levèrent.

— Je pense que nous allons y aller. Une première visite ne doit pas... ah, qu'est-ce que je raconte. Demain, vous viendrez un moment chez nous ?

À la porte, alors qu'ils se disaient au revoir, d'ultimes phrases furent prononcées.

— Si vous appreniez quelque chose...

— On reste en contact.

Ils regagnèrent tous les deux leurs fauteuils pour s'y vautrer à leurs places habituelles. Ils repoussèrent les tasses des voisins.

— Pourquoi est-ce que tu les as fait venir ?

Mais il ne répondit pas. Il feuilletait avec intérêt un vieux journal.

— Aujourd'hui, après les informations, il devait y avoir un film.

— Ils sont sans intérêt. Ils sont comme nous, effrayés et ennuyeux. Tu as vu dans quel état elle s'est mise ?

Il continua à ne pas répondre. Elle se leva donc pour remettre le livre en place.

— Je n'ai pas peur tant que je ne me mets pas à penser, dit-elle. Si au moins il y avait la télévision. C'était quoi le titre de ce film ?

Il posa le journal, appuya la tête au dossier du fauteuil et ferma les yeux.

— Je ne sais pas.

— Dis quelque chose.

Il ne bougea pas.

Elle se leva et, de nouveau, elle chercha un endroit où prier. Elle s'agenouilla à la même place qu'avant, le visage tourné vers la fenêtre occultée. Il l'observait, les paupières mi-closes, en douce.

— Ange du Seigneur, commença-t-elle et elle regarda son mari (il ferma vite les yeux). Anges du Seigneur et nos gardiens, restez toujours à nos côtés. Soir et matin, jour et nuit, venez-nous en aide…

— Tu pries qui exactement ? Les tapis kilims ? dit-il tout bas.

— Veillez sur nous, protégez nos âmes et nos corps, et conduisez-nous…

— Il n'y a ni anges ni Dieu. Les gens viennent de la poussière et retournent à la poussière.

— … à la vie éternelle. Amen.

Elle se releva, épousseta par réflexe ses genoux, puis regagna son fauteuil.

— Je viens de penser que les anges doivent être pour nous ce que nous sommes pour nos chiens. Ils s'occupent de nous. Ils savent ce qui est mieux pour nous. Bobik ne savait pas ce qui était bon pour lui. Il ne voulait pas avaler ses cachets vermifuges... Peut-être est-ce la même chose maintenant... Il nous fait subir un traitement salutaire...

— Qui ? dit-il ouvrant les yeux.
— Dieu.
— Tu as pris un coup sur la tête...

Elle se leva, ramassa les tasses et alla à la cuisine.

— Tu es un homme minable et mauvais. Un serpent visqueux, dit-elle.

Ils étaient assis dans leurs fauteuils, presque dans le noir. Seule la petite lampe du couloir était allumée. La femme était vêtue d'une chemise de nuit délavée et difforme, lui d'un pyjama rayé. Il apporta une petite bougie qu'il alluma sur la table basse. Elle le regarda étonnée, en se mettant de la crème sur les mains.

— Il faut économiser l'électricité, dit-il sur un ton de comploteur.

— Quand il commençait à faire sombre, je me sentais toujours bizarre. Dans l'obscurité tout semble pire, plus terrible. Ensuite, le matin, j'étais toujours étonnée d'avoir aussi peur la nuit... maintenant, il fait sombre tout le temps. Tu penses qu'il lui est arrivé quelque chose ?

— Je pense que non.

À la lumière de la bougie, il faisait trois petits tas de cachets qu'il mettait dans le pilulier pour le lendemain.

— Qui d'autre est-ce que nous aimons ? demanda-t-elle après un moment.

D'étonnement, il s'immobilisa, les pilules entre les doigts.

— Je ne comprends pas.

— Pour qui d'autre pouvons-nous nous faire du souci ?

— Ça ne te suffit pas ? dit-il avant de reprendre son activité.

Elle ferma le tube de crème puis alla à la fenêtre. Elle écarta un bout de couverture.

— Une voiture passe ! s'écria-t-elle soudain.

Il bondit de son fauteuil jusqu'à la fenêtre.

— Où ça ?

Ils se bousculèrent près de l'interstice.

— Je pense que les gens ne vont pas rester chez eux, ils vont sortir. C'est inhumain de se laisser ainsi enfermer. Mieux vaut mourir tout de suite.

— Je pense que les magasins vont être pillés. La nourriture sera volée.

Elle le regarda.

— Nous aussi nous devons sortir pour en trouver. Qu'est-ce qu'on va manger si ça dure plus longtemps ?

— Et si ça devait être tout le temps comme ça maintenant, tu y as pensé ? demanda-t-il.

Il retourna à la table basse pour ramasser ses médicaments. Elle, elle rapporta la crème dans la salle de bains. Ils étaient l'un en face de l'autre, dans le couloir.

— Tu pourrais peut-être venir dormir avec moi cette nuit ? demanda-t-elle. Ce serait rassurant…

— Tu ronfles... Je ne pourrai pas m'endormir.

Ils gagnèrent leurs chambres, mais, la main sur la poignée, elle s'arrêta encore.

— Est-ce que tu penses que Bobik sera sauvé ? demanda-t-elle.

— Folle, elle est folle, dit-il tout bas, et chacun d'eux ferma sa porte.

Jeu sur tambours et tambourins

Voici à quoi je ressemble : je ne suis ni grande ni petite, ni trop grosse ni trop maigre, mes cheveux ne sont ni clairs ni foncés. Mes yeux sont d'une couleur indéterminée. Je ne suis pas encore vieille, mais je ne suis plus jeune. Je m'habille de façon banale. Je disparais facilement dans la foule. Quand je reste assise un peu longuement au café du coin, des gens s'assoient à ma table, mais ne me prêtent aucune attention. Je ne les interpelle ni ne les regarde. Je termine ma bière ou mon café et je m'en vais.

Pourtant, il m'avait toujours semblé que j'étais quelqu'un de particulier et d'unique.

Au moment de mon arrivée en ville, mes valises avaient des étiquettes avec mes nom et prénom. Dans mon agenda, j'avais un grand nombre de cartes de crédit, de numéros et de codes pin. Les pages du répertoire étaient remplies des prénoms et des noms d'autres personnes, avec leurs adresses et téléphones. J'avais également mon parfum, le même depuis des années. Je portais des vêtements de mes marques préférées et j'utilisais des produits de beauté connus. En trajet depuis l'aéroport, dans le métro, je parlai avec un homme et, au cours de cette conversation impromptue, tous deux nous répétions : « J'aime ceci, je n'aime pas cela. Ça, ça me plaît, mais pas ça. » Oubliant la subjectivité agaçante de nos jugements, il nous est même arrivé de dire : « Ça, c'est génial, alors que ça, c'est idiot et intolérable. » Cette conversation était agréable, parce que le simple fait d'exister ne nous suffisait pas, nous voulions être des personnes définies, absolument uniques.

À première vue, mon appartement pouvait sembler lugubre. De hauts plafonds à peine éclairés par la faible lumière des veilleuses et une absence de symétrie dans la disposition des pièces faisaient que, au début, je m'égarais la nuit en voulant me rendre à la salle de bains. Le sol taché gardait le souvenir des propriétaires précédents, probablement des artistes avec des pinceaux dont la peinture gouttait abondamment. La blancheur crayeuse des murs, qui éveillait en moi de l'inquiétude, nécessitait des ponctuations de couleurs. Chez une personne plus fragile que moi, regarder par les fenêtres aurait pu provoquer l'accablement. En effet, d'un côté celles-ci donnaient sur une place vide entourée d'arbres encore dépourvus de feuilles, un terrain où les chiens couraient chercher les bâtons lancés au loin par leurs maîtres, un espace pour crottes de chien et pies curieuses. Dans la journée, des adolescents y jouaient. Des filles en hijab y tapaient le ballon avec la même agilité que les garçons aux cheveux clairs. Le jour de l'équinoxe de printemps, des hommes au teint bis et aux moustaches imposantes allumèrent un feu de joie, puis, dans une danse en groupe serré, plusieurs rangs de danseurs, l'un derrière l'autre comme dans un exercice de sport scolaire, piétinèrent l'herbe.

De l'autre côté de mon appartement, les fenêtres donnaient sur une église à deux clochers, chacun surmonté d'un bel ange. Chaque matin, je frayais avec ces silhouettes angéliques, exaltées et généreuses, jusqu'à ce que, en mai, les arbres chargés de nids de choucas me les dissimulent. De leurs trompettes, ils sonnaient silencieusement les mâtines pour toute la ville.

J'étais jalouse ! Je jalousais l'attention que ces anges accordaient aux gens indifférents. Je me promenais nue dans la pièce pour attirer vers moi leurs yeux blancs. Une fois par semaine, le dimanche, dans mon église, les cloches sonnaient, mais elles avaient beau retentir très fort et hystériquement, leur enthousiasme religieux ne remportait guère le succès espéré. À peine quelques personnes empruntaient le chemin à travers la place vers le lieu de culte. L'église tentait de se fondre dans la verdure, comme si, gênée par sa grandeur excessive, elle reculait embarrassée vers la rivière, vers l'est de la ville où elle se serait sans doute volontiers accroupie entre les gratte-ciel.

Quant aux fenêtres de la cuisine, elles ouvraient sur une vaste cour séparée du reste du monde par un mur d'immeubles en brique ; l'endroit était paisible, ombragé, une oasis en centre-ville. Entre les vieux érables et les tilleuls se trouvaient des roulottes et des bicoques peintes en couleur, aux parois soutenues par des squelettes de vélos, des cageots ayant contenu des fruits exotiques, des clubs de golf et des pneus. Dès mon arrivée, leurs occupants me fascinèrent. Aussi passais-je la plupart de mon temps dans la cuisine. Je leur consacrais des repas entiers ; j'avais poussé la table vers la fenêtre, et désormais, en mangeant lentement mes petits déjeuners et déjeuners, je les avais toujours à l'œil, je suivais leurs rares déplacements entre les baraques. Chez eux, il n'y avait ni l'habituelle activité, ni aucune forme d'empressement. Ils sortaient dès que le soleil brillait et s'asseyaient sur les marches pour se hâler le visage. Leurs enfants jouaient tranquillement, sans pousser le moindre cri. Jusqu'à leur chien qui semblait silencieux, un chien philosophe qui, d'une terrasse fabriquée à la va-vite, contemplait les déplacements chaotiques des oiseaux.

Certains après-midi, ces personnages hauts en couleur s'offraient des concerts. Ils sortaient d'imposants haut-parleurs pour écouter des blues passés de mode ou du Pavarotti – avec lequel, malheureusement, ils tentaient de chanter –, et quand le crépuscule tombait, une techno monotone, ténébreuse et douloureusement triste remplaçait l'opéra. Comme la fumée, les sons s'échappaient de la cour par le haut pour inquiéter les anges sur les clochers.

J'apprenais lentement à connaître ces gens en les observant de chez moi. Toutes les heures, je me levais de la table où j'écrivais pour m'étirer. J'allais à la fenêtre et je les regardais. J'ai appris à les connaître en croquant des radis frais, puis des fraises et les premières mirabelles. J'ai appris à les connaître en mangeant des prunes, des pommes et finalement du maïs cuit dans de l'eau salée et tartiné de beurre. Quand il fit chaud, leur vie se déroula hors des bicoques. Tels des nomades, ils cuisaient leurs repas sur des réchauds à alcool ou directement sur des brasiers allumés dans des chaudrons en fer. Ils buvaient de la bière, fumaient de la marijuana, expulsant la fumée vers le haut pour qu'elle monte au ciel. Quand il faisait complètement sombre, ils sortaient leurs tambours, des grands, des petits, et d'absolument énormes, pareils à ceux d'un orchestre philharmonique, qui tonnent deux ou trois fois au cours d'un concert, et leur résonance étreint les cœurs brièvement comme dans un étau de fer pour ensuite se desserrer doucement.

Ils tambourinaient pendant mon dîner. Je mettais ma chaise face à la fenêtre. Je plaçais une serviette et des couverts sur la table, je me versais un verre de vin et je mangeais très droite comme si j'étais dans un restaurant exotique. Lentement, jour après jour, je réalisais que ce tambourinement ne s'arrêtait nullement le jour, mais se retirait simplement à l'intérieur des baraques, se réduisait à un seul instrument, asséché par la lumière du soleil. La nuit, exactement comme le célèbre cactus d'Amérique centrale, le son des tambours s'épanouissait en un orchestre complet.

Je voyais les tambours former toujours un cercle, on aurait dit un self-service d'instruments : quand un tambourinaire se lassait, reculait dans le noir entre les bicoques, un autre le remplaçait, frais, dispos, en mesure de se joindre au rythme vibrant ou, au contraire, de chercher à le modifier. À ce moment-là, j'étais encore une personne d'une cohésion parfaite. Avant de dormir, je me tapotais le visage de crème. J'ouvrais les fenêtres pour la nuit. Je rêvais. Le matin, je notais mes rêves et buvais du café. Ensuite, je me mettais au travail, je lisais, je prenais des notes, je rédigeais des lettres que je signais toujours à l'identique.

J'avais des projets et une liste de courses. Je la suivais point par point. Néanmoins, quand chaque soir on entend des tambourinements pareils, on commence à tout voir différemment. Tambours battant l'alarme. Tambours mettant en garde. Tambours annonçant le réveil.

Je trouvai une école à la périphérie de la ville, une personne de connaissance me l'avait recommandée. Ce n'est pas plus mal que ce soit aussi loin, disais-je, puisque rouler à travers la ville me calme toujours, m'apaise. Là, depuis le train, on ne voyait pas une ville, mais des immeubles distincts et distants les uns des autres, toujours en rénovation totale, dans le fatras que cela suppose de grues ou de palissades colorées pour les isoler de la chaussée. Parfois, l'on apercevait quelques rues qui, précisément, venaient d'être terminées, dont on venait à peine de nettoyer les traces blanches du mortier ou du béton, mais qui restaient inoccupées, comme si personne ne trouvait suffisamment de hardiesse pour emménager dans ces espaces complètement modernes. La ville se dépeuplerait peut-être entièrement à l'avenir, plus il y aurait de nouveaux bâtiments et moins de gens voudraient les habiter : davantage d'immeubles, moins d'habitants, un principe simple et mystérieux à la fois que ne devraient pas ignorer les bâtisseurs. Ou encore, les gens s'agglutineraient dans les bicoques délabrées, les squats ou les cahutes installés discrètement dans les parcs, tandis qu'il ne resterait aux tours argentées, vides, qu'à refléter avec mélancolie le ciel et ses danses glissées de nuages, aux déplacements fugaces et inhumains.

Quand je traversai la ville en train pour la première fois, j'eus le sentiment étrange que le voyage, l'observation par les fenêtres, le doux murmure des roues sur les rails me dissolvaient. À travers les vitres du wagon, la ville semblait particulièrement difforme, indécise, et, en conséquence, je perdais également mes contours. La ville était un immense zeppelin gonflé qui glissait dans le ciel et se laissait modifier par les configurations passagères de nuages ou de souffles d'air. Elle semblait rester la même, mais ensuite, chaque jour, je lui remarquais de nouveaux détails. Sur les places vides, au cours de la nuit poussaient des immeubles en verre. De même, il arrivait que les stations de métro ne défilent pas dans l'ordre. Certaines se hâtaient pour prendre la place de celles qui les précédaient ou, à l'inverse, retardaient le moment d'entrer en scène. Les magasins. Ils se déplaçaient de façon flagrante. Quant à leurs heures d'ouverture, elles étaient pour moi absolument imprévisibles. Dans ma rue, nul ne pouvait jamais être assuré d'y retrouver une échoppe qui y était la veille. Et si c'était le cas, cela ne voulait pas dire que j'y pourrais acheter le même vin ou genre de pain que la semaine précédente. Il semblait par ailleurs que les gens se lassaient très vite. On pouvait voir en permanence de grands camions pleins de meubles. C'étaient des habitants qui déménageaient d'un quartier à l'autre. Les collections des musées se déplaçaient, elles aussi ; les touristes en étaient particulièrement ennuyés, parce qu'ils avaient appris à considérer les musées comme les lieux les plus immuables et solides du monde. Ailleurs peut-être, mais pas dans cette ville.

Il me fallait donc être très attentive. Je devais regarder. Regarder. Observer la ville, pour qu'elle n'échappe pas à mon contrôle. Dans le train, en passant par les banlieues sans fin, les secteurs de garages, de tristes blocs d'immeubles peints à la va-vite, je me rendais lentement compte que je me sentais heureuse. Ce devait être la manière la plus naturelle de mon mode d'existence : observer à distance, confusément, ne pas participer à la vie mais juste suivre ses manifestations, passer, jeter un œil simplement. En me déplaçant en train à travers la ville, j'étais comme ces touristes d'un âge avancé qui louent un autocar climatisé pour se mouvoir tels des esprits motorisés, flous derrière les vitres teintées, témoins furtifs des événements. Il en était précisément ainsi avec moi. J'observais par la vitre les tableaux fuyants qui n'étaient que quelques gestes d'une scène de genre, seul mode de communication interpersonnelle visible de ma place. Des arbres partout, des parcs réunis en une coulée verte unique. Le fait de ne pas pouvoir accrocher mon regard sur quoi que ce soit obérait doucement le « je » surdimensionné, éternellement sur le qui-vive, qui était le mien. Je m'en remettais à la labilité qui unifiait tout ce qui était extérieur à moi. Par la fenêtre du train, le détail s'amenuisait jusqu'à s'annuler.

Sans doute était-ce pourquoi, lorsque je descendais dans la lointaine station depuis laquelle je devais encore marcher un quart d'heure, je ressentais fréquemment une faim spécifique du détail. Instinctivement, je me dirigeais donc vers le kiosque à journaux – la gazette imprimée est toujours un véritable triomphe du détail – ou j'allais regarder une simple échoppe de fleuriste. Là, mon regard, distendu par le voyage, se reprenait, se recentrait sur les veinules violettes des frésias, s'apaisait à la vue des pétales de rose tachetés de blanc cassé.

La ville, depuis la fenêtre du train, n'avait pas l'air d'une cité mais plutôt d'un espace rempli de façon chaotique par des bâtiments, une collection de points organisés autour des bouches du métro souterrain. Je m'inquiétais évidemment de ne pas voir les mêmes choses que les autres gens. Tous, en effet, répétaient avec extase : la ville, la ville ; ils avaient visiblement à l'esprit un concept unifiant qui, pour moi, absolument étrangère en ce lieu, était incompréhensible. Étais-je aveugle à ce qui, pour eux, était une évidence, aux liens mystérieux entre des endroits dispersés n'importe comment, enfilés les uns derrière les autres sur les tracés emmêlés du métro comme le seraient des perles aux contours irréguliers ? La ville, répétaient-ils avec fierté, avec excitation, et ils participaient en commun à un culte mystérieux qui m'échappait. De nouveaux venus se joignaient à eux, pourtant, et ces derniers étaient encore plus enthousiastes. Ils examinaient la ville sur des cartes étalées dans les parcs, suivaient du doigt ses artères, se promenaient sur le fond des canaux desséchés. Pourquoi pas ! Ils allaient jusqu'à acheter des fragments friables de bâtiments détruits des années plus tôt. Y en avait-il qui étaient comme moi ? Perdus, mais pleins de bonne volonté pour saisir un aspect de ce rêve extérieur appelé ville.

J'avais trois changements pour arriver à l'école. Chemin faisant, je mangeais des sandwichs. Chemin faisant, j'observais les voyageurs. Je constatais avec étonnement qu'aucun d'eux n'était quelconque, qu'aucun n'était banal. Chacun avait une particularité qui le singularisait – assurément pour que sa mère ne puisse le confondre avec un étranger –, et c'était tout. Le reste était vague, indéterminé. L'Homme-à-peau-sombre, le Gamin-aux-beaux-cils, la Femme-au-visage-épaté, le Vieillard-aux-yeux-d'un-bleu-lacustre. Les gens ne seraient-ils qu'un bouquet de caractéristiques ? Un lieu que traverse le temps flamboyant de couleurs ?

Si, depuis le ciel, quelqu'un avait pu surveiller le schéma de mes déambulations à travers la ville, ou me filocher pour reporter son dessin compliqué sur papier, ou encore me baguer comme on le fait avec les oiseaux, pendant mon sommeil sans que je le sente, et si ensuite, sur son ordinateur, il avait observé l'étrange trace que je laissais derrière moi, il aurait vu que celle-ci était dépourvue d'éléments masculins. En effet, je rencontrais exclusivement des femmes. Comment était-ce possible ? Où étaient passés les hommes de la ville ? Pourquoi y en avait-il moins, si peu ? Et quand je les croisais enfin, ils semblaient furtifs, distraits, incertains, en fac-similé comme s'ils avaient été esquissés seulement d'un léger coup de crayon ? Je les soupçonnais d'avoir leurs propres quartiers, quelque part à la périphérie de la ville, ou de se trouver attelés à la tâche – mais oui, mais oui ! – dans les immeubles de l'État, de solides bâtisses en briques rouges, depuis lesquelles ils devaient gérer la ville. Leurs voix basses vibraient, et c'était peut-être de là que montait ce chuintement permanent de la ville. Peut-être se préparaient-ils à la guerre suivante ? Je les soupçonnais à tort. La ville n'était pas divisée en secteurs féminins et masculins par des lignes invisibles, des rubans de signalisation qu'une police volante placerait en l'air. Évidemment, il n'en était rien. Le flou ne concernait pas seulement les visages, les individus pris séparément, mais aussi les deux sexes. J'ai vu des hommes-danseuses, des hommes-vamps, des hommes-divas d'opéra. Accrochés aux murs, recouvrant partiellement les chantiers de construction. Ils avaient des visages maquillés, des robes en tulle sur des hanches étroites, des poitrines plates, et étaient plus féminins que les femmes. Je les ai observés à maintes reprises et j'ai fini par perdre toute certitude. Peut-être était-ce en réalité des femmes qui faisaient semblant d'être des hommes-danseuses ? Peut-être étaient-ce des danseuses qui jouaient des hommes féminisés ou des femmes viriles ? Par la suite, je dus le constater une fois pour toutes : la ville était par essence fondamentalement androgyne, elle gommait allègrement la distinction vulgaire entre les deux sexes qui n'y étaient pour rien, une différentiation que seuls révéraient encore les parvenus des lisières du monde.

L'école, qui était située dans un quartier pavillonnaire, me rappelait ma ville par sa quiétude architecturale. Je traversais les squares dans la joie.

Les cours avaient lieu dans la salle d'un sous-sol semi-enterré, de sorte qu'on voyait les troncs des arbres et les gens qui passaient devant les fenestrons, mais seulement jusqu'à la taille, juste les jambes. Seuls les enfants pouvaient nous jeter un regard lorsque nous étions assis devant les longues tables lisses en train d'apprendre quelque chose sous le regard vigilant de Kornelia.

Kornelia, mon enseignante, parlait deux langues à tour de rôle. Je n'en comprenais bien aucune, et elle-même les mélangeait avec charme pour finalement recourir au latin. Je scrutais ses yeux gris, le mouvement de ses lèvres – comme si j'étais sourde-muette – et, de cette manière, je décryptais le sens de ses consignes et de son enseignement. Au début, je craignais que les deux significations, la sienne et la mienne, ne se rejoignent pas plus que si elles se trouvaient sur des droites parallèles, dont il paraît qu'elles filent à travers l'infini pour les siècles des siècles, sans jamais se toucher, sans même se désirer.

Je ne savais jamais ce que Koralia allait nous enseigner. Telle était précisément sa méthode : surprendre, de sorte que le savoir transmis se grave mieux dans la mémoire. Le fait est que, au tout début, elle nous avait appris la chanson du petit joueur de tambour :

> *Le petit tambour nous avait dit*
> *par une froide nuit*
> *d'hiver : je n'apporte céans*
> *ni or ni diamants*
> *mais le chant d'un enfant*
> *Pa-ram pam-pam*

Une autre fois, sur le tableau, elle avait écrit les formes irrégulières des verbes d'une langue étrangère. L'une de ses premières leçons m'avait donné beaucoup à penser : après nous avoir distribué une boule de glaise de la taille du poing, elle nous avait noué nos écharpes sur les yeux et nous avait demandé de modeler une chose bonne, qui nous tenait à cœur. J'avais voulu faire un petit animal – les bêtes me manquaient tellement en ville ! – un faon, ou au moins un chien. Lorsque mon foulard me fut retiré, je vis que j'avais modelé un visage inconnu.

C'étaient précisément les visages qui ordonnançaient la ville. Lentement, je découvris – peut-être était-ce justement l'objectif de Kornelia – que la ville ne se composait nullement de bâtiments, de voies transversales, ni même de bouches de métro, mais qu'elle était un continuum de visages qui s'interpénétraient comme dans les fameuses simulations informatiques. La ville se composait de visages mélangés, dispersés dans les quartiers ; mais parfois, par un concours de circonstances, les visages se reflétaient l'un dans l'autre très brièvement, par exemple sur des escalators, quand un visage descendait et qu'un autre montait, ou au croisement de deux trains, un visage allant vers la droite et l'autre vers la gauche ; ou encore dans une porte tournante en verre, quand un visage avançait tandis que l'autre reculait.

Le continuum des visages était une chose fascinante parce que tous étaient semblables. Il serait intéressant de savoir si ce principe suivait une courbe de Gauss ou s'étalait avec une monotonie uniforme, ou s'il serait possible de le convertir en langage mathématique simple, toujours plus convaincant que la littérature ?

Koralia attirait souvent notre attention sur l'existence généralisée des ressemblances. Tout se ressemble, ce n'est qu'une question de perspective. Les ressemblances relient les choses en une résille sophistiquée qui maintient la coiffure compliquée du monde dans un ordre paisible.

« On pourrait penser, disait Korynna, que notre expérience correspond au modèle généralement admis des relations de cause à effet. Celles-ci se succèdent pour ceinturer la réalité d'une chaînette harmonieuse, agréable à l'œil. Or, il n'y a rien de plus trompeur, poursuivait-elle en levant le doigt. Le lien de cause à effet n'est qu'une béquille de l'esprit. Pour le dire de façon métaphorique, il est un escalier roulant qui, certes, nous fait monter quelque part, mais, simultanément, nous prive de l'effort de marcher. De faire un pas après l'autre. Est-ce que le mouvement du pied gauche est la cause du pas que fera le pied droit ? Est-ce que le pas du pied droit est la conséquence du pas du pied gauche ? demandait-elle. Bien sûr que non ! répondait-elle immédiatement. Les pas coexistent pour permettre la marche parce qu'ils se ressemblent. Les ressemblances s'attirent. Autant que les contraires. Mais le contraire est également une ressemblance inversée, n'est-ce pas ? »

Nous ne savions pas que rétorquer à cela.

Elle nous avait tous dans son carnet. Prénom, nom, âge, couleur des yeux. Elle connaissait nos succès et nos échecs. Elle nous interrogeait en se servant de ce calepin. « *Corinne, je suis fatiguée*[1], *I am tired*, *Ich bin müde*, disais-je. Je ne me sens pas bien. Je ne suis pas moi-même, aujourd'hui. » Dans des moments pareils, elle pouvait poser sur mon front un thermomètre électronique pour constater avec satisfaction que je n'avais pas de fièvre. Ensuite, elle me regardait droit dans les yeux – les siens étaient gris, les miens sans

---

[1]. En français dans le texte. (*N.d.T.*)

teinte – et répétait : « Il faut être quelqu'un, il n'y a pas d'issue. On est toujours quelqu'un de défini, même si c'est fatigant. L'absence de toute qualité est, elle aussi, une qualité. Sans vêtements, tu continues à être "toi-nue". Inconsciente, tu restes "toi-sans-conscience" ; jusqu'à la mort qui ne te libérera pas, parce qu'alors tu seras "toi-morte". »

Absurde, songeai-je, tandis que je roulais en métro en essayant de me dissoudre parmi les immenses chantiers de l'autre côté de la vitre. Une issue existe, il est possible de s'ignorer soi-même, d'ignorer notre propre répétitivité, notre prévisibilité, de transférer les points décisionnels de l'intérieur vers l'extérieur, hors de soi, dans le monde, dans le parc, et de s'en remettre au hasard. Pareille démarche doit être difficile, elle nécessite de ne plus tout rapporter à soi, d'éviter les réactions simplistes, de se traiter soi-même comme si l'on était un objet parmi d'autres. Abandonner la stabilité des opinions, exprimer des jugements aléatoires, ceux qui vous viennent à l'esprit spontanément, ne plus avoir ni habitudes ni addictions ; répéter en permanence : « Je ne sais pas, je ne sais pas, je n'ai pas d'opinion. »

D'où me venait ce désir étrange ? Je soupçonnais la ville d'en être responsable. La science a établi l'existence d'une relation entre l'homme et l'endroit où il se trouve, le fait que les villes exercent une influence sur l'être humain. Paris nous rendrait plus frivoles et plus raffinés, New York, plus concrets, en nous ramenant sur terre. À ce qu'on dit. Or la ville où j'étais se trouvait en soi dépourvue de limites, elle était indécise, changeante. Elle s'écoulait. Elle voguait près de moi tel un bateau à vapeur enjoué. Elle était sans qualités et c'était ce qui la rendait tellement attirante. Elle nous capturait tous dans ses filets. Dans la mesure où elle était indéterminée, elle promettait l'accomplissement de chaque désir, serait-il des plus étranges. Dans la mesure où elle était informe, elle invitait à la réalisation de toute éventualité imaginable. Dans la mesure où elle n'avait ni centre ni périphéries, elle pouvait rendre les gens libres et égaux.

Souvent, le verbiage de Korynna me fatiguait ; j'allais de plus en plus rarement à ses cours, ou bien j'y arrivais en retard. Le temps me donnait du souci depuis l'enfance, il m'échappait et m'inquiétait. Un jour, il s'était mué en douleur lorsque, en un bref instant, j'avais brusquement pris conscience de ce que signifie « maintenant ». « Maintenant » équivaut à « plus jamais ». « Maintenant » veut dire que ce qui est, cesse précisément d'être, s'effondre comme une marche d'escalier vermoulue. Le concept du « maintenant » est effrayant, accablant, il met à nu la vérité dans toute sa cruauté.

Je n'avais alors que quelques années et je mangeais une tomate devant chez moi. C'était un après-midi qui se glissait déjà sous le crépuscule ombragé du parc pour finalement s'éparpiller en des millions de particules. Irréversiblement. « Maintenant », ce sont les neiges d'antan, le croassement du corbeau, la cruauté des mois d'avril. Le lilas fleuri devant ma maison du parc des Cabots – dont, une fois de plus, je n'étais pas parvenue à saisir la floraison dans son entier, car lorsque ses petits boutons mauves s'ouvraient, ils commençaient déjà à se faner. L'éclipse de soleil, il y a deux ans, ressemblait, elle aussi, à la défleuraison du lilas, le cercle noir de la lune ne pouvait que recouvrir « presque » entièrement le soleil, ou venir « juste » de le faire. Le moment de l'accomplissement n'était que le passage d'un état à l'autre, une abstraction, un mensonge calculé mathématiquement. Il s'agissait d'une convention sociale, d'une nomenclature, d'une approximation, d'un *pop-fact* créé pour la paix de l'esprit et l'ordre général.

Je confiai mes doutes à Kora. Pourquoi ne parlerions-nous pas de nous uniquement au passé ou au futur ? Ne serait-ce pas conforme à la vérité, ne serait-ce pas honnête à tout point de vue, si tant est que nous ayons quelque chose à dire ? Mais elle, elle avait ses opinions à ce sujet, très affirmées, à son habitude. Elle disait que c'était le plus grand privilège de l'être humain que d'avoir un « maintenant », et que c'était la seule chose que nous pouvions avoir. Ainsi a-t-on inventé le langage pour contrôler le passage des événements du passé vers le futur, et donc pour avoir un pouvoir sur le temps, stopper le temps, ne serait-ce que pour le bref instant où, avec le plus grand sérieux, l'homme dit : « Je suis. » Posséder un « maintenant » signifie avoir conscience de sa propre existence, être dans l'œil tranquille du cyclone, s'y tenir et observer les événements qui tournoient, découvrir leur ordre circulaire, qui revient toujours et encore. Elle disait également que ce savoir particulier se payait au prix fort, car, en nous situant à l'épicentre, nous cessons de nous voir nous-mêmes ; en fait, nous disparaissons pour nous-mêmes.

Ce fut, je pense, notre dernière conversation. Je disparus pour elle également. Je fis l'école buissonnière. Je partais le matin avec un objectif en tête, vers lequel je me dirigeais, mais après quelques carrefours, j'oubliais où j'allais. J'étais détournée de mon chemin par des jambes féminines aux collants fantastiquement colorés, des chiens traversant le passage pour piétons vers le square le plus proche, des poussettes doubles pour jumeaux, des pompiers se frayant difficilement un passage dans la circulation urbaine, ou par un clochard et le tintement de ses bouteilles. Et quand le soir je rentrais chez moi, place des Cabots, le résonnement familier des tambours m'appelait déjà. Mes voisins veillaient.

Un soir, alors qu'il faisait déjà complètement sombre, je m'habillai de noir afin d'attirer l'attention le moins possible et je descendis dans la cour. Mes voisins étaient assis autour d'un tonneau dans lequel brûlaient des déchets. La plupart d'entre eux parlaient à mi-voix, certains buvaient de la bière et lançaient leurs canettes vides dans la nuit devant eux. Plusieurs frappaient de leurs paumes la membrane tendue des tambours. Quand la fatigue les gagnait, d'autres les remplaçaient aussitôt et, de ce fait, le rythme changeait constamment. Les tambours se cherchaient dans les ténèbres. À mesure que le temps s'imprégnait d'obscurité, davantage de mains s'associaient aux tambourinements et le rythme se précisait. Il y avait également de petits tambours, de ceux qui trouvent aisément leur place sur les genoux ou même dans la main, et ceux-là brisaient volontiers le rythme, exigeant qu'on leur prêtât attention, tels des enfants surexcités ou des moineaux. Cette nuit-là, je n'osai pas encore jouer. Je restai assise au bout d'un long banc ; j'étais sans doute à peine visible dans le noir où seul mon visage devait se démarquer, tache plus claire qui apparaissait et disparaissait au gré des flammes du brasier. Lors d'une pause, tandis qu'un timbre unique montait la garde, je leur parlai de Žižka, je leur racontai que, dans ma région natale, il y avait longtemps de cela, un dément avait déclaré la guerre au monde entier. Il était même parvenu à réunir une armée tout à fait substantielle, mais finalement ses ennemis l'attaquèrent et le tuèrent. Mais il avait eu le temps de demander que, après sa mort, on se serve de sa peau pour faire un grand tambour au son duquel encourager au combat les derniers soldats. Boum… boum… boum… tout doucement, un battement simple se fit entendre. Mes compagnons me regardaient avec attention. Mon bref récit devint une chose concrète, il me semblait qu'il était posé devant eux comme un cadeau. Vers l'aube, quelqu'un m'apporta un tambour. Une jeune femme en minijupe et collants résille me l'attacha autour du cou et me montra comment le faire résonner en cadence. Dès lors, je rejoignis les tambourinaires presque chaque soir, et eux m'appelaient Žižka.

Cette jeune femme se prénommait Karla. Dans la journée, elle avait toujours un enfant au sein, ou alors elle le portait sur le dos dans un châle de couleur. Elle aimait laisser voir ses longues jambes graciles autant qu'elle le pouvait, et donc elle était volontiers en minijupe, bottes en cuir lacées et veste en cuir moulante. Mais par la suite, je l'ai vue maintes fois autrement. À ses cheveux coupés court, elle accrochait une quantité de petites tresses colorées, elle enfilait une robe orange et filait dans la rue menant à la place des Cabots, puis plus loin encore, pour finalement se poser en terrasse à la table d'un café, où, pleine d'indolence, elle parlait avec des personnes semblables à elle, sans même s'interrompre quand elle donnait le sein à son enfant.

Moi aussi, j'allais m'asseoir à côté d'elle. Je commandais un café crème ou un vin blanc. Nous regardions paresseusement les voitures si fragiles qui, effrayées, fuyaient les piétons dont la vitesse frisait l'inconscience.

Karolina, tambourinaire chevronnée, affirmait qu'il fallait faire très attention en jouant des percussions. Que chez les débutants se manifestait fréquemment une sorte de rêve éveillé, tant l'ivresse induite par le rythme y était propice. Une partie de la conscience se laissait endormir et l'on cessait alors d'être pleinement maître de soi, disait-elle. Elle me montra également comment retrouver ses esprits, comment savoir si l'on rêvait ou si l'on était éveillé. « Regarde tes mains. Cela te ramènera à toi, tu sauras que tu es », disait-elle.

Aussi, à l'approche de l'aube, dès que je commençais à perdre mes repères en tapant sur les fûts, ou quand, de jour, j'entendais leur roulement sous mes fenêtres, quand j'étais prise par le tambourinement, je regardais mes mains. Lorsqu'il infiltrait mes autres activités, lorsqu'il fondait sur moi brusquement tandis que je mangeais, eh bien, je posais mes couverts, j'essuyais ma bouche avec une serviette et je regardais mes mains.

Karla affirmait également que l'on ne peut jamais savoir vraiment si l'on est dans le rêve ou dans le réel. Elle disait que la césure habituelle, généralement admise, se situait entre le sommeil et le réveil. La théorie était très simple : tout ce qui m'arrive durant le sommeil est rêve ; tout ce qui intervient au cours de l'activité diurne est diffluence. Diffluer. Elle fut la première à utiliser ce verbe déroutant. Il ne me plaisait pas. La diffluence est un état qui n'a pas vraiment de réalité. Lorsque je parle de « diffluer », c'est comme si je n'étais pas absolument sûre que cela ait vraiment lieu, parce que c'est comme une impression. Il doit bien y avoir un autre terme qui serait le contraire de rêver.

Cet automne-là, on sentait le changement arriver de toute part. C'était visible à l'œil nu. Les chaussures à bouts pointus évinçaient celles à bouts carrés, le violet supplantait le kaki, et le noir inondait les vitrines, repoussant le rouge hystérique vers les rues périphériques.

Je descendais voir les tambourinaires presque chaque soir. Lorsque je terminais mes obligations ennuyeuses – être plongée dans la paperasse, la déplacer d'une pile à l'autre, prendre des notes, construire des phrases et des paragraphes à propos de choses sans importance –, je prenais dans le frigo une canette de bière ou une boîte de biscuits, et j'y allais.

Ce n'était presque jamais les mêmes personnes. Quelqu'un arrivait, quelqu'un s'en allait. Les flammes du feu qui brûlait dans le tonneau en métal modifiaient les traits des visages. Les tambours eux aussi changeaient. J'aimais particulièrement quand intervenait un vieux tambour à friction décati. Rommelpot, c'est ainsi qu'il s'appelait. C'était une caisse à fût cylindrique haut, pleine de dignité, avec un trou dans sa membrane par lequel un crin de cheval était tiré. Le tambour parlait, se confessait des heures entières, se lamentait et chantait. C'était lui qui était le roi, et non le grand tambour turc qu'apportaient deux garçons pour le faire résonner ensuite d'un côté et de l'autre avec des baguettes souples. Pour jouer du rommelpot, il y avait la queue ; chacun voulait s'oublier dans cette consolation rythmique, sensuelle et rugueuse. À la fin de la nuit, les mains défaillaient, la sueur inondait les yeux, le corps faiblissait, mais l'insatiabilité persistait. L'assouvissement n'arrivait jamais.

Une belle jeune fille à la peau sombre apportait un damaru indien, avec deux boules fixées à des lanières de chaque côté. Lorsque, d'une main, elle faisait pivoter le tambourin, les boules frappaient les membranes tendues pour créer un rythme inquiet, nerveux ; un rythme qui semblait être l'annonce d'un orage en approche, à l'horizon, qui se prépare à fondre sur nous l'instant d'après et à marteler nos corps comme de la grêle. La jeune femme faisait faire le tour du groupe à son damaru et chacun voulait prendre part à cette annonce d'un cataclysme purificatoire. Il y avait également un petit tambour tibétain, rappelant une crécelle, qui mettait en garde et agaçait. Son cliquetis monotone était comme un psaume funèbre, une plainte. Toujours, il arrivait quelqu'un de pas complètement sobre pour s'emparer avec entrain d'un tambourin, l'instrument le plus connu et le moins périlleux. On le lui permettait. « Laissons-lui l'illusion qu'il est retourné en maternelle. » Il cognait du poing dans la membrane, faisait tinter les cymbalettes de fer-blanc jusqu'à ce que leur timbre métallique devienne insupportable. Et quand le tambourin ivre nous ramenait à la conscience, il était rejoint par la caisse claire, ce parent militarisé, et le ton devenait menaçant ; la caisse claire disait que l'orage en approche serait le point culminant de la lutte que tous devaient mener chaque jour à nouveau et à laquelle il était impossible d'échapper. Le bruit devenait insupportable, et alors toutes les autres percussions s'en mêlaient : le dundun africain gémissant, l'idiophone simulant la voix humaine, le tympanon dont ne jouaient que les femmes, une multitude de nagaras doubles, des tambours uniques, faits maison, avec tout ce qui pouvait tomber sous la main, des tambours d'enfants achetés au magasin de jouets, mais également un mokugyo très élaboré, de la forme d'un poisson. Et ce n'est qu'alors qu'avait lieu le véritable accomplissement symphonique. Les rythmes se chevauchaient, s'accordaient, divergeaient. Ils ouvraient des cycles, créaient des asymétries pour aussitôt y mettre de l'ordre et les clore. Chacun de nous était dans son propre émoi vibrant et inquiet pour aspirer le rythme extérieur comme quelque chose de plus important que les jérémiades pitoyables de son « ego ». Le rythme nous traversait, nous anéantissait, afin que nous soyons prêts pour la venue de la tempête. Et quand celle-ci arrivait, nous nous y soumettions comme à un torrent de pluie, incrédules, les yeux mi-clos.

Ensuite tout s'arrêtait. Ne persistait qu'un petit timbre de tambour enfantin qui restaurait le temps dans sa symétrie, dans sa régularité horlogère. Tic-tac, tic-tac. Son rythme réamorçait le temps depuis le commencement. Et cela intervenait plusieurs fois en cours de nuit. La musique montait puis cessait. Au petit matin ne restait qu'une personne pour monter la garde et veiller que le tambourinement ne s'interrompe pas.

Dans la ville, c'était le seul élément stable à ma connaissance. À vrai dire, peut-être était-ce grâce à ce jeu de percussions que la cité conservait sa cohésion ; évidemment, sans qu'elle sache à qui elle le devait.

Je me liai d'amitié avec Karen. Je passais de moins en moins de temps dans mes papiers ; à la place, je me rendais presque chaque jour aux squats, à sa cahute. Nous regardions ensemble la télévision, je m'occupais de l'enfant lorsqu'elle sortait. Je me nouais un châle sur le ventre et j'allais dans les autres cabanes, je m'asseyais sur les vieux canapés où, en silence, je regardais la télévision avec les gens qui étaient là. Ils avaient six téléviseurs – l'un d'eux se trouvait dehors, sous un arbre, et un grand parapluie noir planté en terre le protégeait de la pluie – et chacun de ces écrans montrait autre chose. C'est pourquoi, en passant de l'un à l'autre, il était possible d'avoir l'œil sur le monde dans son entier. Les guerres, les opérations esthétiques aux Bermudes, les animaux sauvages dans la savane, la sexualité humaine, les parades militaires en Corée du Nord, les défilés de mode sans fin. Souvent, on me prenait pour Karen, surtout lorsque j'avais avec moi son enfant. Je ne protestais pas. Nous passions toutes deux nos après-midi sur un banc de la place des Cabots à observer les femmes en burqa, couvertes de la tête aux pieds, ou les vieillards barbus en kufi au crochet.

« Sais-tu ne pas penser ? me demanda-t-elle un jour. — Évidemment », dis-je. J'étais assise, appuyée au dossier du banc, les yeux fixés sur le bout de mes chaussures, et je sombrais dans les broussailles de mes pensées, les unes dodues et toniques, les autres faibles et volatiles, elles s'enchaînaient, bourgeonnaient, passaient l'une dans l'autre et finissaient par se tordre comme des bretzels, des bâtons de réglisse noire, avant de se gélifier, chargées de bulles dérivant vers les hauteurs. « Nous sommes un flux d'images trompeuses, répétait Karina avec une sorte d'ivresse (en particulier quand elle parvenait à refiler son enfant à quelqu'un pour fumer tranquillement un joint). Il n'y a pas de points fixes établis, il n'y a pas de directions, il n'y a qu'un afflux permanent, un devenir suivi d'une disparition immédiate. De sorte que si l'on faisait un voyage à l'intérieur de chaque instant, il apparaîtrait que ce que nous prenons pour les éléments de base de l'existence n'est qu'un espace vide entre "ce fut" et "ce sera". Le monde n'est fait que de vide, mais, malheureusement, les mots pour l'exprimer n'existent pas. Quant à ce que nous considérons comme réel, dont nous-mêmes, c'est un paroxysme momentané, une perturbation de la perfection de l'inexistence. — Et quoi ? demandais-je, parce qu'elle avait l'habitude de tirer sur sa cigarette pour relâcher très longuement la fumée en jolis ronds. — Rien, disait-elle après un moment. La seule chose qui nous reste, c'est de nous conduire comme si tout cela existait vraiment, de la manière dont veut l'expérimenter notre corps, non habitué au néant mais tout aussi irréel. Vivre comme si la vérité que nous venons de mettre en doute était encore en vigueur. Nous soumettre à nos sens et à ce qu'ils disent. Traiter cela comme des principes absolus. Des modèles philosophiques établis tel le mètre étalon de Sèvres. Ôter de nos paupières le néant chaque matin, puis plonger dans le flot vibrant de l'illusion. Se laisser porter jusqu'à devenir un mirage bariolé. Mais se souvenir de la vérité. »

Je commençai par m'acheter un bonnet auquel étaient fixées des petites tresses noires. Mes iris noircirent. Quand pour la première fois j'essayai ma coiffe devant le miroir, je vis perler sur mon visage un devenir-gamine. Je complétai mon apparence par un pantalon large, juste retenu aux hanches, de lourdes chaussures, et je partis à vélo pour la ville mouvante. Et j'étais, pour de vrai, un être-gamine puisque les gens me voyaient ainsi ! C'était précisément comme cela que je me reflétais dans les visages des autres, et plus j'étais ainsi pour eux, plus je devenais telle pour moi-même. Je ne fumais plus de cigarettes, je ne m'intéressais plus aux documents sur mon bureau ni aux rubriques importantes des journaux. J'étais attirée par les endroits fréquentés, avec de la musique bruyante et des personnes qui me ressemblaient, des petits attroupements devant les boîtes de nuit, au bord du lac en centre-ville, dans les cafés-Internet où j'avais plaisir à consulter des sites sur la mode ou sur Britney Spears. Ma voix se faisait plus aiguë, plus grêle, ma peau plus douce et plus réceptive aux fragrances du vent et de l'eau. Je rencontrais d'autres personnes comme moi, et je passais en leur compagnie un temps transparent et sans relief à discuter. Je me mettais d'accord avec eux pour les revoir le lendemain, mais je n'étais jamais certaine que je me pointerais.

Quel soulagement que de devenir quelqu'un d'autre, ne serait-ce qu'un moment ! En ville, ce n'était pas difficile, tant celle-ci foisonne de boutiques et de magasins de toute sorte, dans tous les styles et toutes les couleurs. Il existait également des dépôts-ventes où l'on pouvait apporter ses vêtements pour qu'ils servent à d'autres. Il y avait du maquillage et des tresses, des vernis et des teintures, des tatoueurs et de chaleureux cabinets de thérapeutes. Toutefois, il ne suffisait pas de se déguiser, de se faire une nouvelle couleur de cheveux ou un piercing en argent aux narines et aux lèvres. Il fallait également s'annuler personnellement. S'endormir en étant personne et se réveiller de même. Les routes des gens, d'une longueur infinie, se croisent entre elles. Dès lors, qu'est-ce qui pourrait vraiment empêcher certaines personnes d'emprunter celles des autres ? Sortir de chez soi en tant que A, puis rentrer en tant que B dans une autre maison.

Avec du tissu acheté pour quatre sous au bazar turc, je me fis une longue robe couvrante, et avec ce qui restait un véritable tchador, puis je fonçai mes sourcils au henné. Ainsi parée, je me rendais en métro dans un quartier exotique pour me fondre dans la foule. J'y palpais des melons mûrs. Je baissais les yeux lorsque je croisais le regard d'hommes moustachus. Je rejoignais des familles nombreuses pour les suivre, telle une parente lointaine, de moindre importance. Je me glissais jusqu'à la porte de leur immeuble. Parfois, j'entrais discrètement derrière elles et je m'asseyais sur le divan pour boire du thé sucré très fort dans de petits verres, puis je terminais des travaux de couture restés sur la table basse : des chaussettes d'enfant, un bonnet au crochet, un liseré de mouchoir finement ajouré. En fait, je commençais déjà à baragouiner leur langue difficile, j'aidais déjà en apportant de la cuisine des cacahuètes salées et je me mettais à faire des boules de semoule trempées dans du sirop de sucre. Mais le soir, je me sentais oppressée, en proie au besoin d'aller de l'avant. Aussi, pour les quelques heures suivantes, je devenais un garçon, en casquette et chemise à carreaux, qui finissait par rejoindre d'autres garçons pour jouer sur un tambour turc avec une baguette à embout en feutrine.

Changer ainsi n'était pas difficile. Je sortais de moi ces multiples personnages comme des lapins d'un chapeau. Je ne les créais pas, je ne simulais rien.

Les samedis, je devenais une vieille clocharde mal lavée qui arpentait les marchés aux puces à la recherche de tasses ébréchées et de miroir fendus. J'appréciais alors de voir les gens se tenir à l'écart de ma personne. Je n'avais jamais autant d'espace pour moi qu'en ces moments-là.

Une fois par mois, je descendais dans un hôtel. Je faisais l'homme d'affaires. Je remplissais alors les cendriers de mégots, je suivais le cours du dollar à la télévision. Dans la salle de bains, je laissais derrière moi des effluves d'eau de Cologne et des traces de mousse à raser. Je donnais un pourboire à la femme de chambre, toujours quelque peu excessif, pour qu'elle se souvienne de ce quelqu'un qui n'était personne.

Cela ne me fatiguait pas. Jamais. Au fond, ces variantes n'exigeaient de moi aucun effort, je ne faisais pas semblant, je ne jouais pas la comédie, ce n'était pas du théâtre. Tout le travail était accompli par les autres. Dans la mesure où il ne s'agissait pas de moi, l'effort n'était pas lié à mon être mais à la manière dont les autres me percevaient. Tout le secret résidait toujours en cela. Sans doute était-ce pour cette raison – même si je soupçonnais à peine ma découverte – que j'étais attirée par les grands magasins, les immenses galeries marchandes construites autour d'escalators sur lesquels il était possible de faire des allers-retours, de monter et descendre. D'autres personnes avaient sans doute compris, elles aussi, qu'en pareils endroits, il était possible de se dissimuler non seulement aux autres, mais également à soi, de cesser de tourner autour de soi et de se construire laborieusement, sensation par sensation, comme avec des briques de Lego.

Je déambulais donc comme tous les autres, mes frères et sœurs de chaos, mes compagnons d'apparition, mes camarades de jeu, entre les stands lumineux, clinquants, pleins de montres, de chaussettes, de parfums, de fromages français ou de souliers à la mode. Je déambulais, n'étant qu'un ajout insignifiant à mon propre regard. Je longeais les stands parfumés et je croisais avec indifférence les belles vendeuses aux doigts délicats, qui jouaient des mélodies en filigrane sur les touches des tiroirs-caisses. J'errais dans les labyrinthes de vêtements suspendus ; ils semblaient être des personnages momentanément privés de vie, qui dorment dans les salles d'attente des réserves avant de devenir de vraies personnes vivantes par l'intermédiaire d'un corps qui n'en aura aucune conscience et qui, un jour, les hantera. Infatigable, je me promenais entre les empilements de porcelaine, de verre, de couverts qui lançaient des éclats argentés, de douces montagnes de serviettes de bain ou d'édredons. J'empruntais l'escalier roulant en descente, toujours dans un flot d'autres gens, pour aller me reposer un moment en prenant un café aux niveaux les plus bas, là où se trouvent les bars et les bistros, et après cela, laborieusement, je me hissais pour à nouveau me laisser flouter, ombrer, délaver, gommer, dissoudre, fondre…

Je marchais hardiment, à grands pas, et mon reflet se démultipliait dans les immenses vitrines. Nous étions nombreux, des milliers, peut-être des millions. Aux bouches de métro, des hommes étaient assis et ils faisaient résonner leurs tambours.

Les perruques, les mèches aux couleurs fluo, les tchadors, mais aussi le grisonnement naturel qui fait sérieux et distille sur le visage la douceur de l'expérience, ne m'empêchaient pas d'être également une femme lambda qui passe ses journées à une table couverte de papiers et qui, parfois, parle au téléphone. C'était elle, qui, le soir, debout devant le miroir de sa salle de bains, ôtait les restes de son maquillage avec un disque de coton et découvrait avec étonnement que, sous la fine couche de sa peau, se trouvait quelque chose de dur et de digne de confiance : son crâne. Elle allait se coucher avec cette pensée.

Cette femme venait parfois chez nous avec l'enfant de Klara. Elle nous rejoignait sur le banc, racontait l'histoire saugrenue d'un homme qui avait ordonné que l'on fît de sa peau la membrane d'un tambour, mais aucun de nous ne se rappelle comment il s'appelait.

L'Armoire
et autres nouvelles

L'ARMOIRE

Quand nous avons emménagé, nous avons acheté une Armoire. Elle était sombre, ancienne, et elle nous coûta moins que son transport du dépôt-vente à la maison. Elle avait deux portes avec des décorations florales et une troisième vitrée dans laquelle se reflétait toute la ville tandis que nous la transportions dans la camionnette de location. Il avait fallu la ficeler pour que les portes ne s'ouvrent pas en chemin. Et alors que je me trouvais à côté d'elle, avec cette ficelle emberlificotée, pour la première fois, je sentis en moi un décalage.

— Elle ira bien avec nos autres meubles, dit R. puis il caressa son corps en bois, exactement comme il l'aurait fait avec une vache achetée pour une nouvelle ferme.

Nous l'avons d'abord mise dans le couloir pour une sorte de quarantaine avant qu'elle n'intègre l'univers de notre chambre à coucher. Dans ses petits trous à peine visibles, j'injectai du xylophène, un vaccin infaillible contre l'égrugeage du temps. La nuit, transplantée dans ce nouvel endroit, l'Armoire gémissait en grinçant. Dans leur agonie, les vrillettes se lamentaient.

Les jours suivants, nous rangeâmes notre nouveau logement ancien. Dans un interstice du plancher, je trouvai une fourchette avec une croix gammée gravée sur le manche. Dans les boiseries, les bouts pâlis d'un journal restaient coincés, mais à vrai dire, un seul mot était encore lisible : « prolétaires ». R. ouvrait grand les fenêtres pour y accrocher les voilages. S'engouffrait alors dans la pièce le tintamarre des orchestres de mineurs, déambulant dans la ville qui glissait vers le crépuscule. La première nuit où l'Armoire participa à nos rêves, nous avons commencé par avoir du mal à nous endormir. La main insomniaque de R. erra longtemps sur mon ventre. Ensuite, nous fîmes un rêve. Depuis, nos rêves sont toujours communs. Nous avons rêvé d'un silence absolu où tout était suspendu comme les décorations dans les vitrines, et ce silence nous rendait heureux parce que nous n'avions plus de présence nulle part. Au matin, il nous fut inutile de nous raconter ce rêve, un mot suffit. Depuis, nous avons cessé de nous raconter nos rêves. Un beau jour, il fut clair qu'il n'y avait plus rien à installer dans notre maison. Tout était à sa place, nettoyé et rangé. Je me chauffais le dos contre le haut poêle en céramique et je triais les napperons au crochet. Il n'y avait aucun ordre dans leurs motifs de fil. Quelqu'un avait fait des trous au crochet dans la continuité de la matière. Par ces ouvertures, je regardai l'Armoire, et alors le rêve se rappela à moi. Le silence venait d'elle. Nous étions debout l'une en face de l'autre, et c'était moi qui étais la chose fragile, fugace et précaire. Elle, elle était juste elle-même. Elle était ce qu'elle était, à la perfection. Je touchai des doigts sa poignée polie par l'usage et l'Armoire s'ouvrit à moi. J'y vis les ombres de mes robes et deux costumes fatigués de R. Avec la pénombre, tout avait la même couleur. Dans l'Armoire, rien ne distinguait ma féminité de sa masculinité. Qu'une chose soit lisse ou granuleuse, arrondie ou anguleuse, lointaine ou proche, étrangère ou familière : cela non plus n'avait aucune importance. Les senteurs d'autres lieux, et d'une époque qui m'était étrangère, me parvinrent. Oh mon Dieu ! Et pourtant, ce temps me rappelait quelque chose, une chose tellement familière, tellement proche que les mots ne suffisaient pas pour la nommer (car les mots exigent une distance pour signifier). Ma silhouette pénétra dans le champ du miroir sur la face intérieure de la porte. Je m'y reflétai en une forme sombre, à peine distincte d'une robe sur son cintre. Il n'y avait aucune différence entre le vivant et l'inerte. Voilà donc ce que j'étais dans l'unique œil miroir de l'Armoire. À présent, il me suffisait de lever un pied pour entrer en Elle. Je le fis. Je m'assis sur les sacs plastique remplis de pelotes de laine et j'entendis ma respiration amplifiée dans cet espace clos.

Notre esprit, lorsqu'il se retrouve seul à seul avec lui-même, se met à prier. Telle est la nature de l'esprit. *Ô mon ange gardien !* prononçai-je, et je vis mon ange gardien avec un visage tellement beau qu'il devait être sans vie. *Reste toujours auprès de moi.* Ses ailes de cire enlaçaient tendrement l'espace autour de moi. *Le matin...* l'odeur du café et la clarté des fenêtres à vous blesser les yeux ; *et le soir...* où le temps ralentit quand le soleil se couche. *Le jour...*

où être équivaut à expérimenter par le bruit, le mouvement, un millier d'activités insignifiantes ; ... *et la nuit*... quand le corps engourdi est esseulé dans l'obscurité nocturne ; ... *viens-moi toujours en aide*... image d'un ange protecteur des enfants qui marchent au bord du précipice. *Protège mon âme et mon corps*... boîtes en carton avec l'inscription ATTENTION FRAGILE ; ... *et mène-moi vers la vie éternelle, Amen*... petites robes accrochées dans la pénombre de l'Armoire.

À dater de ce jour, l'Armoire m'aspira en elle quotidiennement. Dans notre chambre à coucher, elle était tel un grand entonnoir. D'abord j'y séjournais tard l'après-midi quand R. n'était pas à la maison. Ensuite, le matin, je me hâtais de régler ce qui était le plus indispensable – faire les courses, lancer une lessive, téléphoner –, puis je gagnais l'Armoire dont je fermais les portes en silence derrière moi. À l'intérieur, peu importait le moment de la journée, la saison ou l'année. Tout était toujours douillet. Je me nourrissais de mon propre souffle.

Puis une fois, je me réveillai en pleine nuit d'un cauchemar pesant comme la touffeur de l'atmosphère, en proie à un désir de l'Armoire comme l'on ressent du désir pour un homme. Il me fallut enrouler mes bras et mes jambes autour du corps de R., me cramponner à lui, pour ne pas me lever. R. parlait dans son sommeil, mais ses paroles n'avaient aucun sens. Une nuit finalement, je le réveillai. Il ne voulait pas quitter la chaleur du lit. Je le tirai derrière moi et nous nous retrouvâmes debout devant l'Armoire. Elle n'avait pas changé, toujours puissante et attirante. Je frôlai des doigts sa poignée lustrée et Elle s'ouvrit devant nous. Il y avait en Elle assez de place pour contenir le monde dans son entier. Le miroir intérieur nous reflétait, R. et moi, détachant ainsi nos silhouettes de l'obscurité. Nos respirations, d'abord inégales et saccadées, prirent un même rythme et il n'y eut plus aucune différence entre nous. Dans l'Armoire, nous nous sommes assis l'un en face de l'autre. Les vêtements sur les cintres cachèrent nos visages. L'Armoire se referma derrière nous. Et ce fut ainsi que nous y avons élu domicile.

Au début, R. sortait pour quelques achats, une tâche à remplir. Mais par la suite, cet effort lui fut trop douloureux. Les journées devinrent plus longues. Étouffée, la musique des orchestres de mineurs nous parvenait parfois des rues. Le soleil disparaissait, et quand il réapparaissait, les fenêtres cherchaient en vain à l'attirer à l'intérieur. Une couche de poussière de plus en plus épaisse recouvrait les meubles, les napperons ou la porcelaine. Quant à notre logement, il s'enfonçait dans les ténèbres.

1985

Les numéros

À l'hôtel

Capital ne descendent que les gens riches. Pour eux, il y a les portiers en livrée, les serveurs avec un accent espagnol, à jambes longilignes et portant smoking ; les ascenseurs silencieux tout en miroirs ; les poignées de porte en laiton où la moindre trace de doigt est interdite et qu'une Yougoslave fluette brique deux fois par jour ; les escaliers recouverts de tapis qu'ils n'utilisent que s'ils sont pris d'accès de claustrophobie en ascenseur, les grands divans, les lourds boutis, les petits déjeuners au lit, la climatisation, les serviettes plus blanches que neige, les sièges de toilettes en chêne, la presse du jour. Pour eux, Dieu a créé Angelo du Linge Sale et Zapata des Commandes Spéciales. Pour eux, sont les femmes de chambre en uniforme rose et blanc qui se faufilent à travers les couloirs, et moi parmi elles. Il se peut qu'écrire « moi » soit excessif, il ne reste plus grand-chose de moi lorsque, dans le réduit au bout du couloir, je noue autour de ma taille le petit tablier à rayures roses et blanches. Est-ce que je n'abandonne pas mes propres couleurs, mes odeurs sécurisantes, mes boucles d'oreilles préférées, mon maquillage accrocheur et mes chaussures à talons hauts ? Je gomme également mon langage exotique, mon prénom bizarre, ma compréhension des blagues, mes mimiques, mon goût pour les mets locaux incroyables, ma mémoire des petits incidents, jusqu'à me retrouver nue dans cet uniforme rose et blanc, un peu comme si je pénétrais soudain dans l'écume marine. Et à partir de ce moment-là,

Le deuxième étage est à moi

chaque week-end. J'arrive pour huit heures et je n'ai pas à me presser, car, à huit heures, tous les gens riches dorment encore. L'Hôtel les dorlote en son sein, il les berce, garant de leur sécurité comme s'il était un grand coquillage au centre du monde, et eux, des perles précieuses. Les voitures s'éveillent dans le lointain, le métro souterrain fait doucement trembler le sommet des herbes. Une ombre froide règne encore dans la cour de l'hôtel.

J'entre par la porte côté cour et je sens aussitôt l'étrange odeur des produits d'entretien, mêlée à celle du linge après la lessive et à celle des murs qui transpirent à cause du trop-plein de gens qui, sans fin, se croisent en ces lieux. L'ascenseur de cinquante centimètres sur cinquante s'arrête devant moi, prêt au service. J'appuie sur le bouton du quatrième étage, où je vais voir Miss Lang, ma chef, pour prendre mes instructions. À chaque fois, entre le deuxième étage et le troisième, je sens sur mon visage ce qui ressemble à de la panique, avec la crainte que l'ascenseur s'arrête, me retenant à jamais, telle une bactérie dans la chair de l'hôtel *Capital*. Mais aussi que, lorsque l'Hôtel se réveillera, il m'absorbera lentement, phagocytera mes pensées et aspirera tout ce qui resterait encore de moi, il s'en nourrira avant que je ne disparaisse sans faire de bruit. Mais l'ascenseur, dans sa grande bonté, me laisse toujours sortir.

Miss Lang est assise derrière son bureau, ses lunettes sur le bout du nez. Voilà l'allure que devrait avoir la reine de toutes les femmes de chambre, la présidente de huit étages, la régisseuse de centaines de draps et de taies d'oreiller, le chambellan des tapis et des ascenseurs, la camérière des brosses et des aspirateurs. Elle me regarde par-dessus ses verres, puis sort une feuille qui m'est destinée et sur laquelle tout l'étage est radiographié, l'état de chaque chambre y est décrit dans des rubriques et des tableaux. Miss Lang ne voit pas les clients de l'Hôtel. Il se peut que ceux-ci soient importants pour du personnel situé plus haut dans la hiérarchie hôtelière, reste qu'il est difficile d'imaginer qu'il puisse y avoir quelqu'un de plus important, de plus distingué que Miss Lang.

Pour elle, l'Hôtel doit probablement être une structure parfaite, vivante, quoique d'une existence figée, et dont nous, nous devons prendre soin. Certes, des personnes y viennent, y séjournent, y passent, en réchauffent les lits et boivent l'eau de ses mamelles en laiton. Mais ces individus font un petit tour et puis s'en vont. L'Hôtel et nous, nous restons. Voilà pourquoi Miss Lang me décrit les chambres comme si elles étaient hantées. Elle utilise toujours la voix passive : la chambre est « occupée », « salie », « quittée », « libérée depuis plusieurs jours ». Elle regarde sans aménité mes habits civils, les traces de mon maquillage hâtif. Et moi, le feuillet couvert de la belle écriture quelque peu victorienne de Miss Lang à la main, je longe les couloirs en élaborant une stratégie adaptée à mes forces.

C'est ainsi qu'insensiblement je passe des communs au Secteur des Clients. Je m'en aperçois à l'odeur, je dois lever la tête pour nommer le parfum. Parfois j'y parviens : Armani pour hommes, ou Lagerfeld, ou un Boucheron d'une élégance délicieuse. Je les connais par les échantillons du magazine *Vogue*, qui se revendent peu cher dans mon pays, je sais aussi à quoi ressemblent les flacons. Et puis, il y a les fragrances de poudres, de crèmes contre les rides, de soie, de sacs en cuir de crocodile, de Campari renversé dans les draps, de cigarettes « Caprice » que fument les brunes raffinées. Telle est précisément l'odeur singulière du second étage, que je reconnais comme l'on reconnaît une vieille relation, tandis que je me dirige vers mon cagibi où se fait

Ma transformation

Moi, en uniforme rose et blanc, j'appréhende désormais le couloir autrement. Je ne suis plus en quête des parfums, mon propre reflet dans les poignées en laiton ne me fascine plus, je n'écoute plus mes pas. Maintenant, ce qui m'intéresse à la vue du couloir, ce sont les petits rectangles numérotés. Derrière chacune des huit portes se trouve une chambre, un espace carré qui se prostitue, qui s'offre régulièrement à un nouveau venu. Les fenêtres de quatre chambres donnent sur la rue où un type barbu en kilt écossais joue toujours de la cornemuse. Je soupçonne que c'est un faux Écossais. Il y a trop d'enthousiasme en lui. À ses pieds se trouve un chapeau avec une pièce de monnaie supposée en attirer d'autres.

Les quatre chambres suivantes, avec leurs fenêtres donnant sur la cour, ne sont pas aussi ensoleillées, elles baignent toujours dans une pénombre. Les huit chambres sont présentes dans mon esprit alors même que je ne les vois pas encore. Mes yeux n'aperçoivent que les poignées de porte. La petite pancarte « Do not disturb » est suspendue à certaines. J'en suis ravie, car il n'est pas dans mon intérêt de déranger les gens ou leur chambre, et je préfère qu'eux ne me dérangent pas dans ma rêverie où j'imagine que le deuxième étage est tout à moi. Parfois, la pancarte indique « The room is ready to be serviced ». Pareille notification me met en alerte. Il en est encore une troisième, qui est l'absence d'information. Cela me mobilise, m'inquiète un peu et active mon intelligence, jusque-là latente, de femme de chambre. Parfois, lorsque le silence de l'autre côté de la porte est trop absolu, je dois coller l'oreille pour écouter attentivement. Parfois, il me faut aller jusqu'à regarder par le trou de serrure. Je préfère ça que de me retrouver avec des serviettes plein les bras face à un client ahuri qui tente de cacher sa nudité ou, ce qui est pire, en voir un plongé si profondément dans un rêve stérile qu'il y disparaît.

Voilà pourquoi, je fais confiance aux pancartes sur les portes. Elles sont le visa qui autorise mon entrée dans le monde miniature,

Le monde des numéros

La chambre 200 est vide, les draps du lit sont froissés, quelques détritus traînent çà et là, avec l'odeur âcre de quelqu'un de pressé, qui s'est tourné et retourné dans ses draps, puis a fait ses bagages avec une hâte fébrile. Il a dû partir tôt le matin. Probablement se dépêchait-il d'aller à l'aéroport, ou peut-être à la gare. Ma tâche est de faire disparaître les traces de sa présence dans le lit, les armoires, les chevets, la salle de bains, les cendriers, l'air, les tapisseries, le tapis. Et ce n'est pas simple. Il ne suffit pas de faire juste le ménage. Les résidus de personnalité abandonnés dans la chambre par le client doivent être combattus par ma dépersonnalisation. Ma Transformation sert à cela. Non seulement il me faut effacer d'un coup de chiffon les restes du reflet de son visage dans le miroir, mais également saturer celui-ci de l'absence blanc-rose du mien. Par ma carence de toute odeur, je dois éventer celle oubliée par distraction ou précipitation. Je suis là pour ça, en tant qu'instance officielle et, par le fait même, personne à peine concrète. Et c'est précisément ce à quoi je m'emploie. Le pire, ce sont les femmes. Elles laissent toujours plus de traces, et ce n'est pas seulement parce qu'elles oublient des petites choses. Instinctivement, elles cherchent à transformer leur chambre d'hôtel en un succédané de leur foyer. Pareilles à des graines portées par le vent, elles prennent racine partout où elles le peuvent. Dans les armoires des hôtels, elles accrochent leurs chagrins pugnaces ; dans les salles de bains, sans vergogne, elles laissent traîner leurs concupiscences ou les abandons vécus par elles. Sur les verres et les filtres de cigarette, elles abandonnent avec désinvolture la trace de leurs lèvres, ou dans la baignoire, leurs cheveux. Le sol, elles le couvrent de talc, lequel les trahit en dévoilant le mystère de leurs pas. Certaines, en se couchant, ne se démaquillent pas, et alors le coussin, ce voile de Véronique hôtelier, me livre leur visage. Pourtant, elles ne laissent aucun pourboire. Le pourboire nécessite l'assurance de soi des hommes. Pour eux, le monde est toujours plus une foire qu'un théâtre. Ils préfèrent payer pour tout, et même par avance. Ils ne sont libres que quand ils paient. La chambre suivante est

La 224 où loge un couple de Japonais

Ils sont là depuis assez longtemps et, dans leur chambre, je suis en territoire connu. Ils se lèvent tôt, probablement pour visiter sans fin les musées, les galeries, les magasins, multiplier à l'infini la ville en photographies, se faufiler silencieusement et poliment par les rues et céder leur place dans le métro.

La chambre qu'ils occupent est une « double » élégante. Elle n'a pas l'air d'être habitée. Rien n'y traîne fortuitement sur la commode que surmonte un miroir. Ils ne regardent pas la télévision ni n'écoutent la radio, aucune trace de doigt sur les plaquettes en laiton des interrupteurs. Pas d'eau stagnante dans la baignoire, d'éclaboussures sur le miroir, de saletés sur le tapis. Les coussins ne conservent pas la forme de leurs têtes. Aucun de leurs cheveux noirs ne vient se coller à mon uniforme. Et de plus, ce qui, pour le coup, est inquiétant, il n'y a pas trace de leur odeur. Cela ne sent que l'hôtel *Capital*.

Près du lit, je vois deux paires de sandales, propres et nettes, correctement alignées, dispensées un moment de servir les pieds. Les unes sont grandes, les autres plus petites. Sur la table de nuit, il y a un guide, c'est la bible de tous les touristes, et, dans la salle de bains, des affaires de toilette fonctionnelles et discrètes. Je refais donc le lit, ce qui provoque un désordre qui leur demanderait un mois.

Je suis émue quand je fais le ménage dans cette chambre, parce que je suis sidérée que l'on puisse être ainsi, autrement dit comme si l'on n'était pas. Je m'assieds au bord du lit et m'imprègne de leur absence. Je suis également émue parce que les deux Japonais laissent toujours pour moi un modeste pourboire, des pièces de monnaie disposées avec soin sur un coussin. C'est une sorte de lettre, d'information. Notre manière de correspondre. Ce pourboire est là comme pour les excuser de m'avoir pris si peu de mon temps, un dédommagement pour l'absence de chambard, parce qu'ils ne se sont pas adaptés au chaos environnant. Ils s'inquiètent peut-être de m'avoir déçue ou fâchée. Ce modeste pourboire est l'expression de leur reconnaissance, parce que je leur ai permis d'être tels qu'ils sont, tels qu'ils veulent être. Je m'efforce d'apprécier leur manière de frayer avec moi, je fais leur lit avec amour. Je lisse les coussins, je caresse les draps qu'ils ne sont pas en mesure de froisser, comme si leurs corps fluets étaient plus éthérés que ceux des autres clients.

Je travaille lentement, avec recueillement, je sens que je donne de ma personne. J'exulte en m'offrant, je m'oublie en moi-même. Je m'applique à choyer leur chambre, j'époussette tendrement les objets. Et la peau des deux Japonais doit certainement en éprouver quelque chose, tandis qu'ils se dirigent en métro vers le musée suivant, vers une nouvelle expédition dans la ville impénétrable. L'image de leur chambre surgit un instant dans leur esprit, avec un désir fugace et obscur, une brusque envie de rentrer à l'hôtel, sans qu'il y ait de moi la moindre trace. Mon amour, qu'ils auraient probablement appelé compassion, n'a ni visage ni corps dans l'uniforme blanc-rose. Ce n'est donc pas pour moi qu'ils laissent un pourboire, mais pour la chambre, pour son existence pérenne et silencieuse dans l'espace du monde, pour sa permanence dans l'impermanence inexplicable. Deux piécettes laissées sur le coussin maintiennent jusqu'au soir l'illusion que pareilles chambres existent, y compris lorsqu'on ne les regarde pas. Ces deux piécettes dissipent l'inquiétude réelle que le monde existe uniquement dans le regard que l'on porte sur lui. Nulle part ailleurs.

Je reste ainsi assise à humer le froid et le vide de cette chambre avec un grand respect pour ce couple japonais que je connais uniquement par la forme immatérielle des pieds dans les sandales délaissées.

Je dois pourtant bientôt quitter ce petit sanctuaire. Je le fais en silence, comme si je soupirais, et je descends à mi-étage parce que c'est justement

L'heure du thé

Les princesses en blanc-rose des autres étages sont déjà assises sur les marches à grignoter des toasts dégoulinants de beurre et à boire du café. À côté de moi s'installe Maria, qui a la beauté d'une Indienne, puis Angelo du Linge Sale, et Pedro, probablement du Linge Propre, car il est tellement sérieux ! Il a une barbe poivre et sel et des cheveux noirs épais. Il pourrait être un missionnaire du Verbe Divin qui se serait assis dans l'escalier au cours d'un de ses voyages inspirés. En plus de cela, il lit *Sa Majesté des mouches*, il en souligne des mots au crayon, puis avale une gorgée de café en poursuivant sa lecture.

— Pedro, quelle est ta langue maternelle ? demandé-je.

Il lève la tête de son bouquin, se racle la gorge comme s'il venait de se réveiller ; manifestement, il se traduit mentalement ma question dans sa langue. Son moment d'absence en témoigne. Il doit prendre le temps de retourner profondément en lui-même, d'y faire le tour de soi, de nommer ce rythme de base en lui, de le définir d'un mot, puis de traduire sa réponse pour enfin la prononcer.

— Le castillan.

Je me sens brusquement intimidée.

— Et c'est où cette Castille ? demande Anna l'Italienne.

— Castille-Bastille, déclare avec philosophie Wesna la jolie Yougoslave.

Pedro esquisse un contour au crayon puis, trébuchant sur les mots, se réfère aux temps anciens où, pour quelque raison, les hommes traversaient les espaces immenses de ce qu'aujourd'hui nous nommons Europe et Asie. Dans leur itinérance, ils se mêlaient les uns aux autres et s'installaient quelque part, puis repartaient, emportant leur langue tel un étendard. Ils créaient de grandes familles en dépit du fait qu'ils ne se connaissaient pas les uns les autres et, dans tout cela, la langue était le seul élément durable.

Nous allumons une cigarette tandis que Pedro fait des croquis, démontre des similitudes et isole les racines des mots comme s'il dénoyautait des cerises. Pour ceux qui comprennent cet exposé, il devient peu à peu clair que nous tous, assis sur ces marches à boire du café et manger des toasts, nous avons parlé la même langue jadis. Enfin, peut-être pas tous. Je n'ose pas l'interroger sur ma langue, et Myrra, originaire du Nigéria, fait semblant elle aussi de ne pas comprendre. Et lorsque Pedro évoque devant nous le nuage sombre et tortueux de la préhistoire, nous voulons tous nous glisser dessous.

— Un peu comme une tour de Babel, résume Angelo.

— On pourrait le dire ainsi, dit en hochant tristement la tête le Castillan Pedro.

Et voici Margaret. À son habitude, elle arrive en retard. Elle ne s'en sort jamais dans les temps, elle est toujours à la traîne. Margaret m'est proche, elle parle la même langue que moi, son visage clair, rosi par l'effort, me semble joyeusement familier. Je lui verse du thé et lui beurre un toast.

— Salut, bruisse-t-elle, et c'est comme un signal.

La conversation s'égaille dans toutes les langues possibles.

Et voici que toutes les demoiselles blanc-rose bruissent à leur manière. Les mots crépitent comme des crécelles en dévalant les escaliers vers les cuisines, la buanderie ou les réserves de draps et serviettes ! Ils font vibrer les fondations de l'hôtel *Capital*.

Hélas ! la pause se termine déjà, chacun doit regagner son étage où l'attend

Le reste des chambres

Nous nous dispersons, tout à nos bavardages, mais très vite les longs couloirs nous imposent le silence. Et il en sera ainsi. Le silence est la vertu des femmes de chambre dans tous les hôtels du monde.

La 226 a l'air d'être occupée de fraîche date. Les valises ne sont pas encore défaites, le journal n'a pas été ouvert. L'homme (car dans la salle de bains, les produits de toilette sont masculins) est probablement un Arabe (inscriptions en arabe sur la valise, livre en arabe). Mais aussitôt, je me dis : Que m'importe de savoir d'où vient le nouveau client de l'Hôtel et ce qu'il vient faire ici ? Moi, je côtoie ses affaires.

L'individu est juste la raison pour laquelle tous ces objets se sont retrouvés là, il est juste une figure qui déplace les choses dans le temps et l'espace. Au fond, nous sommes tous les hôtes de choses aussi petites que les vêtements ou aussi grandes que l'hôtel *Capital*. C'est vrai pour cet Arabe, ces Japonais, et moi, et même Miss Lang. Rien n'a changé depuis les temps dont parlait Pedro. Les hôtels et les bagages sont différents, mais le voyage se poursuit.

Dans cette chambre, il n'y a pas grand-chose à faire. L'hôte a dû arriver de nuit, il ne s'est pas couché. Maintenant, il est certainement sorti pour son travail et il défera ses bagages quand il rentrera. Ou encore, se laissant embarquer dans les voyages de ses objets, il poursuivra sa route à travers le monde. Dans la salle de bains, je remarque avec satisfaction qu'il ne s'est pas lavé et qu'au lieu de papier toilette, il s'est servi des serviettes pour le visage.

Il devait être énervé ou inattentif, ce qui revient au même. Il a dû se sentir loin de tout ce qu'il connaissait lorsque le taxi l'a déposé de nuit, à son arrivée de l'aéroport. En pareilles circonstances, un besoin de relations sexuelles vous tombe aussitôt dessus. Rien ne vous rend le monde aussi familier que le sexe. L'homme a sans doute filé rapidement à la recherche de corps féminins ou masculins, ces esquifs fragiles qui vous transportent sans souffrance à travers les peurs et les angoisses.

La 227 est semblable à la 226. Une chambre simple. Mais dans celle-ci, le client réside depuis un long moment. Je ne l'aurais pas remarqué, si ce n'était cette odeur de cigarette, d'alcool et de désordre. Un air de ruines qui m'épouvante. Partout des verres avec des fonds de boissons, des cendres de cigarette, du jus renversé, la poubelle remplie de bouteilles vides de vodka, de tonic, de cognac ! Une odeur de renfermé et de désespérance. J'ouvre la fenêtre, je mets la climatisation, mais cela ne fait qu'accentuer un état des choses sans issue, en soulignant le contraste de ce qui est frais et sain avec ce qui est vicié et malade. Ce type (plusieurs dizaines de cravates qui pendent par-dessus la porte de l'armoire) est différent des autres clients. Non seulement parce qu'il boit et qu'il est bordélique, mais parce qu'il se laisse aller. Il ne met aucune limite à son exhibitionnisme, à sa manière de s'exprimer à travers ses objets. Il ne se soucie pas des apparences. Il déverse tout son chaos intérieur pour le confier à des mains comme les miennes. Dans cette chambre, je deviens une infirmière et ce n'est pas pour me déplaire. Je panse le lit blessé par ses insomnies nocturnes, je lave les plaies de jus de fruits sur la table, je retire les bouteilles de la chair de la chambre comme si j'en ôtais des épines. Et même l'aspirateur revient à nettoyer des blessures. Sur le fauteuil, je range les jouets flambant neufs et coûteux, achetés la veille et qui sont les manifestations en peluche d'une culpabilité douloureuse. Ce type a dû rester longuement devant le miroir à choisir sa cravate. Il a peut-être aussi changé de costume, mais chaque variante de lui-même le dégoûte. Ensuite, il est allé à la salle de bains, un reste de drink est posé sur le lavabo. L'homme est maladroit et désemparé, il a renversé du shampoing par terre, qu'il a tenté d'essuyer avec une serviette blanche. Je lui pardonne. J'efface ses trébuchements. Je range ses affaires de toilette. Je sais qu'il a peur de vieillir. Voici de la crème contre les rides, de la poudre, une eau de toilette de marque. Il y a également du blush rose et un crayon noir. Chaque matin, épouvanté par l'aspect peu familier de son visage, il doit se mettre devant le miroir et, les mains tremblantes, lui redonner son aspect de naguère. Il vacille, il voit mal, se rapproche de la glace qu'il salit de ses doigts. Il renverse le shampoing, jure, veut essuyer, puis, en anglais, français ou allemand, lance un « rien à foutre ! ». Et alors il veut sortir dans le monde tel qu'il est, mais quand il se voit dans la glace, il rend les armes et revient pour terminer son maquillage. Le fond de teint couvre les rides désabusées autour de ses lèvres et les ombres plus sombres sous ses yeux. Autant de signes qu'il ne dort pas la nuit, et les taches brunes sur le menton sont la preuve qu'il est sous traitement médicamenteux. Le crayon noir dissimule la rougeur du bord de ses paupières. L'homme finit par sortir et quand il rentrera, il devra trouver la salle de bains sans la moindre trace de sa déchéance. Et moi, je suis là pour la lui pardonner. À un moment donné, il me vient à l'esprit de lui laisser un petit mot où j'écrirais juste : « Je te pardonne » et il acceptera ces paroles comme si elles avaient été écrites par la Providence, et il s'en retournera là où ses enfants attendent les peluches, où les cravates ont leur place dans l'armoire, où – le visage enflé par la boisson, un drink à la main –, il est possible de sortir sur la terrasse pour crier à pleine voix au monde entier : « Je vous emmerde ! »

Mais c'est la réalité qui est la Providence, et si elle est comme elle est, il y a certainement un sens profond à cela. Je laisse la chambre prête à recevoir son locataire somme toute toujours temporaire.

Dans le couloir, je croise Angelo qui porte des sacs de linge sale. Nous nous saluons d'un sourire. J'ouvre la porte de la chambre 223 et, au premier coup d'œil, je vois que la chambre est habitée par de

Jeunes Américains

Aucune de nous, les femmes de chambre, n'aime ranger les pièces où vivent de jeunes Américains. Nul préjugé en cela. Nous n'avons rien contre les États-Unis, nous les admirons même, et ils vont jusqu'à nous manquer, quand bien même la plupart d'entre nous n'y sont jamais allées. Mais les jeunes gens qui descendent à l'hôtel *Capital* laissent un désordre désinvolte, idiot. Un désordre dépourvu de sens, vraiment absurde ! C'est un désordre malhonnête parce qu'il ne donne aucune satisfaction à être rangé. En réalité, il est impossible d'y mettre bon ordre, y compris lorsque l'on range tout correctement, que l'on retire l'une après l'autre les taches et les traces de boue, que l'on efface les rides sur le couvre-lit et les coussins, que l'on aère les odeurs en suspension. Ce désordre ne disparaîtra que pour un moment, ou plus exactement, il va se cacher dans la profondeur jusqu'au retour de ses propriétaires. Le grincement de la clé dans la serrure le réveillera et alors il s'étalera dans toute la chambre.

Un tel désordre ne peut être le fait que d'enfants : une orange à moitié épluchée dans les draps, les verres à dents remplis de jus de fruits, un tube de dentifrice écrasé sur le tapis. Des bouts de papier étalés comme s'il s'agissait d'une collection, des étiquettes de vêtements achetés dans les meilleurs magasins, des coussins enfoncés dans l'armoire, un crayon à papier publicitaire cassé en deux, le contenu d'une valise jeté dans un fauteuil, des cartes postales sans texte mais avec une adresse, le téléviseur allumé, les voilages enroulés, des chaussettes et des culottes en train de sécher sur le climatiseur, des cigarettes éparpillées, des cendriers remplis de pépins de pastèque.

La chambre dans laquelle vivent les Américains est ridiculisée, privée de sa respectabilité par un semblant de familiarité condescendante. Or, précisément, c'est la magnifique chambre 223 aux couleurs rose et beige qui est ainsi profanée. Elle fait penser à un gentleman sérieux, d'un âge certain, déguisé en clown.

Lorsque j'entre, ça me fait mal de voir ça. Je reste un moment immobile pour évaluer l'ampleur du massacre. La chambre ressemble à un petit champ de bataille. Les robes en soie de prix jetées sans soin sur les bras du fauteuil, l'odeur d'un parfum de luxe, de l'insouciance, de la richesse, des corps performants, l'odeur du mètre quatre-vingt-dix-huit, et ce mépris de l'ordre qui est une part inhérente des objets ! Toute cette agitation nerveuse, le fait de ne pas tenir compte du moment présent et de ne pas comprendre qu'il est la graine du saint avenir, voilà qui me remplit d'effroi. Tel est donc l'un des belligérants de la lutte.

L'autre, la chambre 223, est concrète, immuable, solide, elle est inscrite dans le présent. Et moi, je suis du côté de la chambre. Lentement, systématiquement, je range, mais sans toucher aux Objets Personnels. Peut-être se sont-ils déjà habitués à ne jamais être à leur place.

Dans cette chambre, le temps a des soubresauts qui me rendent de plus en plus nerveuse. Le téléviseur bourdonne, CNN me bombarde d'informations sur le monde qui gronde et le monde assure CNN qu'il existe quelque part au loin, avec plein de jeunes Américains. Mon inquiétude croît, mes gestes deviennent plus amples, exténuants, je commence à me hâter, à regarder ma montre, à quitter l'instant « maintenant » pour déjà mettre un pied dans l'instant « ensuite ». Je jure pour moi-même : « Shit ! ». Je chante : « Yankee Doodle went to town… » Je laisse mon chiffon humide sur le dessus en bois de la table de nuit. Terrible négligence, l'humidité marque le bois ! Je commence à être contaminée. Je dois me réfugier dans la salle de bains où cette agitation n'est déjà plus perceptible, et lorsque je viens à bout des serviettes, éponges, savons et flacons éparpillés, une fois la porte de la salle de bains refermée, quand je peux me concentrer sur les détails, un silence total se fait.

La salle de bains est la réplique de la chambre, la partie basse de la vie. Dans la baignoire, après le bain restent des cheveux, la peau lavée y a abandonné sa saleté qui se dépose sur les parois. Des tampons et serviettes hygiéniques usagés, des cotons-tiges remplissent la poubelle. Voici un rasoir pour les jambes, un petit miroir pour enlever les points noirs ou se maquiller afin de dissimuler toutes les défaillances. Voici du talc pour les pieds qui transpirent, un petit ustensile pour se faire un lavement et une trousse de toilette avec des préservatifs. La salle de bains est incapable de faire silence sur cette autre partie de l'existence. Je la range superficiellement, peut-être parce que j'ai peur de détruire ces preuves sacrées de la fugacité des gens qui vivent là. Ils devraient peut-être le savoir. Peut-être n'ont-ils pas eu l'occasion de le voir à la télévision ou de le lire dans les journaux qui mélangent tout avec tout. Où les informations s'empilent comme les ingrédients d'un hamburger. Peut-être ne le leur a-t-on pas appris à l'école, peut-être qu'il n'en était pas question dans les films. Armstrong ne l'a pas découvert sur la Lune. Ils devraient être informés du fait que nous nous désagrégeons à chaque instant. En vivant, nous mourons. Eux comme moi.

Cela me rapproche d'eux, de ces Américains riches et énergiques tellement différents de moi. Ils ont pourtant un incroyable pays, un autre rythme, du jus d'orange à chaque petit déjeuner et une langue que parle le monde entier. Deux mille ans plus tôt, ils auraient été des Romains et moi l'habitante d'une province, dans les lointains confins de l'Empire, quelque part en Gaule ou en Judée. Pourtant, eux comme moi sommes fabriqués de la même argile, peut-être de la même poussière, un corps qui perd ses cheveux, vieillit, se ride et laisse sur les flancs lisses de la baignoire un fin liseré de saleté. Tandis que je dispose les serviettes propres, que j'accroche de nouveaux peignoirs de bain, mon impression de notre vanité commune est si forte, si profonde, que je me fige, me pétrifie ! Cela m'arrive également quand, par exemple, dans les draps d'une femme riche et sûre d'elle, venue pour un important congrès scientifique, je trouve un vieil ours en peluche, incroyablement usé et vêtu des habits d'un nourrisson. Ou quand dans la suite d'un VIP, les draps sont humides de transpiration. La Peur, cette femme de chambre aux os saillants, borde le lit de ces individus. Dieu soit loué qu'elle existe. Sans elle, ces gens seraient pareils aux anciennes divinités : forts, sûrs d'eux, arrogants et stupides. Alors que maintenant, tandis qu'ils sont allongés dans leur lit après une journée d'affaires, de tractations financières, d'excursions, d'achats ou de rencontres importantes, et qu'ils n'arrivent pas à s'endormir, ils fixent les motifs compliqués de la tapisserie murale, leurs yeux fatigués perçoivent dans le dessin répétitif un trait, un trou, une suite interrompue. Ils y remarquent une griffure, une décoloration, cette sorte de poussière qui ne se laisse pas supprimer, cette saleté impossible à nettoyer. Dans des moments pareils, les tapis s'éliment comme devient chauve une femme malade, la perfection des voilages en tulle souffre d'une brûlure de cigarette, le tissu satiné des coussins craque aux coutures, la rouille attaque les poignées de porte et les ferrures. Les meubles montrent aux angles des traces d'usure et les franges des rideaux s'emmêlent. Le plaid perd alors de son élasticité pour se flétrir de vieillesse. Il pue la poussière. J'ignore ce que font alors ces gens. Ils se lèvent, secouent la tête avant de prendre un drink bien fort ou d'avaler un somnifère. Allongés, les yeux fermés, ils comptent les moutons jusqu'à ce que leurs pensées en péril soient secourues par le sommeil. Au matin, cet instant dans la nuit leur semble irréel, ils le confondent avec les rêves épuisants. Est-ce que tout le monde n'en a pas de semblables, de temps à autre ?

Je reste le dos contre la porte de la salle de bains. Mon travail est terminé. J'ai envie de fumer.

J'ai deux chambres au choix : la 228 et la 229. J'opte pour la 229, dont le numéro cabalistique est

Treize

C'est le numéro de l'excès, de la tromperie, et telle est cette chambre car elle a des propriétés. Elle attire, promet, apporte des surprises. En soi, elle paraît ressembler aux autres : salle de bains à droite, petit couloir et tout le reste, avec le lit recouvert d'un boutis marron, des tapisseries à nuances grises, des rideaux à fleurs, une commode et un miroir. Pourtant, elle donne l'impression d'être plus vide que les autres. J'y entends ma respiration, j'y vois mes mains gonflées par l'eau et je me reflète moins rarement dans les glaces. À chaque fois que je pénètre dans cette chambre, je ressens une tension qui me crispe. La semaine dernière, un couple d'amoureux y logeait, des jeunes mariés peut-être. Ils ont chambardé le lit, éparpillé les serviettes de toilette, renversé du champagne. D'eux sont restés des taches jaunes sur le drap, un grand panier de fleurs – témoignage de serments amoureux. À mon grand regret, il me fallut les jeter. Cette chambre est plus difficile à remettre en état dans l'urgence, car elle a sa dignité. Elle accueille les gens avec un projet. Je soupçonne qu'après la première nuit, elle les piège dans sa toile, les inquiète avec des rêves, les retient, fait naître en eux des désirs et bouleverse leurs plans. Deux semaines plus tôt, ses hôtes avaient oublié de fermer les robinets de la salle de bains. L'eau a coulé dans le couloir, inondé les tapis moelleux, pourléché les tapisseries dorées. Les clients affolés restaient debout entourés de leurs draps pendant que le personnel courait avec les serpillières.

— Tout va bien ! Tout va bien ! répétait Zapata en essorant les serpillières, mais son visage exprimait autre chose, affirmait que c'était terrible, que ces gens idiots, désinvoltes avaient porté atteinte à l'hôtel *Capital*.

Et c'est toujours la 229 à l'origine de pareils incidents !

Cette chambre est différente, voilà qui est certain. Je pense qu'ils le savent, à la réception, parce qu'ils lui permettent plus souvent qu'à d'autres de rester vide. Ils dirigent les arrivées vers les chambres à numéros inférieurs, au début du couloir pour que ce soit plus près de l'ascenseur, plus près de l'escalier, plus près du monde.

Lorsque la chambre est vide, je dois juste vérifier que tout y est en ordre, que la poussière ne s'est pas déposée sur les meubles, que la climatisation fonctionne. Je m'y emploie avec une attention particulière. Je rectifie le dessus-de-lit, j'inspecte le rebord des boiseries, j'aère, puis je m'assieds un moment dans le fauteuil pour écouter ma respiration, plus rapide que d'habitude. La chambre m'entoure, me prend dans ses bras. Seul un espace fermé peut vous cajoler ainsi, d'une caresse des plus affectueuses, d'une caresse qui ne touche pas. À des moments pareils, je sens nettement que mon corps existe et remplit complètement l'uniforme à rayures roses et blanches. Je sens mon petit col sur le cou et le froid de la fermeture éclair entre mes seins. Je sens les cordons du tablier enserrer étroitement ma taille. Je sens ma peau vivre, avoir une odeur, respirer, et mes cheveux frôler mes oreilles.

J'aime alors me lever pour me regarder dans le miroir et il n'arrive jamais que je ne sois pas étonnée. Est-ce moi ? Est-ce vraiment moi ? Je touche des doigts mon visage, je tire la peau de mes joues, je cligne des yeux, je serre plus fort le chouchou dans mes cheveux. D'ailleurs, c'est ainsi que je rêve de moi, toujours dans le miroir, toujours avec un autre visage.

Je suis debout et je rêve de me baigner dans la baignoire stérilement propre, de m'essuyer dans ces serviettes de toilette blanches et chaudes pour ensuite m'étendre sur le dessus-de-lit marron et nous écouter tranquillement respirer, moi et la chambre, la chambre et moi.

Mais aujourd'hui la 229 est habitée et un petit carton indiquant que la chambre doit être faite est suspendu à la poignée de porte. J'ouvre avec ma clé et j'entre avec mon lourd panier d'entretien. Et je me retrouve absolument sidérée parce que la chambre n'est pas vide. Un type est assis devant un ordinateur portable. Je retrouve ma voix, je m'excuse et m'apprête à sortir, supposant qu'il y a erreur, qu'il a accroché le carton du mauvais côté. Pourtant l'homme m'invite à rester, s'excuse et me demande de ne pas prêter attention à sa présence.

Cela arrive parfois. Je déteste. Je dois alors me dépêcher et faire ce que j'ai à faire sous le regard du client. Et ainsi, c'est moi qui deviens l'hôte, et lui le maître des lieux. L'ordre éternel est inversé. Mon ménage n'est plus souverain, il ne signifie plus grand-chose. Les chambres ne sont pas prévues pour accueillir ensemble celle qui nettoie et le client, nous nous gênons mutuellement. Je dois faire l'énorme lit double rapidement et avec dextérité, mais pour cela, il faut le décoller du mur. Il y a peu de place. Le type assis à son ordinateur est une gêne indéniable pour changer la literie. Je sais déjà que je ne l'aime pas. Il est effroyablement vivant.

J'enlève d'abord les anciens draps et les housses des quatre oreillers. Je mets le premier drap propre, mais pour le tendre, je dois faire le tour de lit. Je sens que l'homme m'observe. Je n'ai pas la hardiesse de me tourner vers lui, par crainte de rencontrer son regard. Je devrais sourire, il me poserait une question, je devrais répondre. Je m'efforce de rester silencieuse, sans un bruissement. Je pose le second drap, puis je me faufile entre les meubles pour border le tout. Quand je passe près des jambes étendues de l'homme, je me crispe tout entière pour ne pas le frôler et je fais vite, très vite. Désormais, le type me regarde franchement. Je le sens. Ses jambes allongées sont une provocation, elles me dérangent et m'intimident. La hâte et le trouble me donnent chaud. Les muscles tendus de mes mollets me font mal lorsque je soulève le matelas. Je mets les oreillers dans leurs parures propres. Il se passe quelque chose, l'oreiller m'échappe, tombe à terre, me fait trébucher et je perds l'équilibre. Je me retrouve en plein sous un regard avide de curiosité.

— Tu es espagnole, demande l'homme.
— Oh, non, non.
— Juive ?
Je fais un signe de dénégation.
— Alors tu es d'où ?
Je le lui dis. Il semble déçu. Je replace les oreillers avant de prendre le dessus-de-lit. Il me regarde, intéressé, tandis que je m'épuise à étendre le lourd boutis. De nouveau, je suis près de lui. De dos cette fois. Lorsque je rectifie les oreillers, je sens son regard sur mes mollets. Je passe près du mur pour que le lit les dissimule. Soudain, j'ai honte de mes chaussons plats noirs et, malgré moi, je me redresse sur la pointe des pieds. Je déplore aussitôt de porter ce vilain uniforme qui ne me va pas, avec ce tablier et le trousseau de clés à la ceinture, au lieu de l'une de ces petites robes élégantes que j'ai vues chez les Américains. Je me sens défraîchie, humide de transpiration, fatiguée. Je sais désormais que l'homme à l'ordinateur m'observe effrontément. Son regard vagabonde près de mon col, de ma fermeture éclair, mais je suis déjà de l'autre côté du lit. Je devrais encore passer près de lui pour poser des petits coussins, mais il me faudrait

recevoir de dos son regard de prédateur. Je jette donc les coussinets sur le lit. Tout simplement.

Accroupie pour ramasser les draps sales, les draps de ce type qui me regarde, je sens que mon corps a enflé et qu'il voudrait quitter l'uniforme d'un bond. Devrais-je m'expliquer ? Sur quel ton, en quelle langue et pourquoi ? Je recule jusqu'à la porte, les yeux baissés. Je saisis le panier avec mes liquides d'entretien, mes éponges et me voilà sur le seuil.

— Merci beaucoup, dis-je et je sais qu'il n'y a rien pour quoi je devrais remercier.

C'est lui qui devrait s'incliner de façon charmante et me faire un baisemain. Moi, je ferais une révérence ou un truc du genre.

Je vois le type hocher la tête en signe d'absolution, tandis que son sourire, à peine esquissé, est empreint de quelque chose qui me fait poser la main avec soulagement sur la poignée de porte.

— Au revoir, dit-il.

Mais moi, je ne veux plus jamais le voir.

Je suis déjà dans le couloir.

Je reste encore un instant pour écouter. J'ai chaud, j'ai mal aux jambes, mes muscles se tétanisent de fatigue. Je me suis tellement dépêchée que j'ai gagné beaucoup de temps. Il serait bon d'aller me remettre de tout cela en bas.

Je laisse mon panier près du mur pour gagner le troisième étage où, par une cage d'escalier latérale, il y a un petit passage vers le Carré où commence

La partie mystérieuse de l'hôtel

où résident les clients permanents. Je descends plusieurs marches, je franchis une porte, puis une deuxième pour m'arrêter finalement devant la rambarde d'une cage d'escalier qui a la profondeur de trois étages. Je regarde vers le bas. De là où je suis, je vois le rez-de-chaussée. Et, comme d'habitude, il n'y a personne.

Juste une pénombre paisible. Oui, c'est ainsi que l'on se repose le mieux, en regardant vers le bas où tout devient de plus en plus petit, de plus en plus distant, moins précis et trompeur.

Le Carré est vraiment la partie la plus mystérieuse de l'Hôtel. Il faut être particulièrement futé pour ne pas s'y égarer. Rien que des petits escaliers, des passages, des paliers et des tournants. C'est une sorte de tour avec des dépendances, composée de trois niveaux avec chacun deux chambres dont le numéro commence par sept. Je sais qu'en tout il y a là huit chambres, mais je n'arrive pas à me figurer dans quels dédales se trouvent les deux restantes. Elles accueillent peut-être des misanthropes ou des épouses embarrassantes, des frères jumeaux dangereux, de ténébreuses maîtresses. Peut-être sont-elles louées par la mafia pour des transactions illégales ou par des dirigeants politiques qui, là, dans cet espace clos en spirale, peuvent être un moment des individus lambda.

Dans le Carré, les chambres ont une apparence différente, ce sont des suites en réalité. Peut-être sont-elles moins élégantes, ou élégantes dans un style autre. Les rangements sont dissimulés dans les murs, il y a des vérandas, des meubles bizarres et des faux livres. Des étagères complètes de pseudo-livres : Shakespeare, Dante, Donne, Walter Scott. Quand on prend l'un d'eux dans la main, on découvre que c'est une boîte en carton vide imitant une reliure. Ce sont des bibliothèques du vide.

Lorsque l'on descend aux toilettes du personnel par le Carré, il faut faire très attention de ne pas se perdre. Au début, cela m'arrivait. J'ouvrais une porte qui me semblait familière, mais elle ne menait pas là où je voulais aller, là où elle aurait dû. Je posais mon panier à produits d'entretien dans un escalier, après quoi je ne parvenais plus à le retrouver. J'admirais les reproductions de natures mortes accrochées aux murs, après quoi il me semblait que j'en avais rêvé. Dans le Carré, il se passe une chose étrange avec l'espace. L'espace n'aime pas les escaliers en spirale, les cheminées, les caves. Il a alors tendance à dégénérer en labyrinthe. Le mieux est de se tenir à la rambarde comme je le fais en ce moment. Ne pas regarder vers le bas ou le haut, mais droit devant soi.

Soudain, je suis happée par un son. Dans le bas, il se passe quelque chose dont le rythme est suspect : pff, pff, et un grincement. Je descends sur la pointe des pieds d'un étage, tendue comme un chat. Soupir, grincement. Soupir, grincement. Qu'est-ce que c'est ? Je m'approche d'une porte qui ressemble à toutes celles de l'Hôtel. Sauf que, par l'interstice au niveau du sol, j'aperçois des pinces à linge en métal, et j'entends mieux ces sons étranges, ainsi qu'une respiration sifflante. Je colle prudemment l'oreille à la porte et l'ahanement devient plus rapide, plus violent, et le grincement plus effrayant. Je fais un bond en arrière d'effroi, j'ai chaud, le trousseau à ma taille tinte.

De l'autre côté, tout se calme. Silencieuse, je remonte en courant l'escalier pour me pencher à la rambarde un étage plus haut. Les pinces à linge claquent à mesure qu'elles sont décrochées, la porte de la chambre s'entrouvre et un homme en slip passe la tête au-dehors. Dans sa main, il tient un appareil plein de ressorts, une sorte d'extenseur sophistiqué. Je recule rapidement pour me plaquer contre le mur. Il m'est difficile de calmer mon imagination débridée.

Je descends l'escalier sombre et tortueux jusqu'aux caves où se trouvent les toilettes du personnel. De vulgaires néons l'éclairent. Je me précipite dans un cabinet et je ferme la porte derrière moi. Je me passe le visage et les bras à l'eau froide, mais cela ne me rafraîchit guère. Je m'assieds sur la cuvette. Aucun son n'arrive jusque-là. Stérilité, silence et sécurité. J'observe en détail, avec attention la poudre à récurer les sanitaires, les serviettes en papier, le grand rouleau de papier toilette et les affichettes rédigées à la main par Miss Lang qui ne sont rien moins qu'un « Abrégé des techniques pour civiliser le personnel ».

Miss Lang écrit d'abord : « L'Hôtel propose des sachets jetables après utilisation. Pourquoi, à ton avis ? » et elle signe « Miss Lang ». Apparemment aucune employée ne sait répondre à cette question, car, sur une deuxième fiche en dessous, il est écrit : « Pourrais-tu, s'il te plaît, utiliser les sachets en papier pour jeter toute protection hygiénique usagée ? » Cette demande n'a sans doute pas obtenu de résultat, car Miss Lang a ajouté, à l'encre rouge cette fois, un catégorique : « Merci de ne pas jeter vos serviettes et tampons hygiéniques dans la cuvette ! »

Je reste assise un moment pour contempler la forme de chaque lettre. Ensuite, je tire la chasse d'eau, je me recoiffe, avant de m'en retourner à mon étage. Ne me reste-t-il pas encore une chambre à faire ?

La dernière chambre

Il est déjà quatorze heures passées et les va-et-vient ont commencé. L'ascenseur officiel monte et descend, ses portes claquent, tour à tour fermées et ouvertes. Les clients sortent en ville, leurs estomacs crient famine. Angelo du Linge Sale s'est installé dans mon cagibi pour y ramasser les draps et les mettre dans ses sacs.

— Il t'en reste encore combien ? demande-t-il.

— Une, dis-je, et à nouveau, pour la énième fois, je constate que la place d'Angelo n'est pas dans un hôtel, serait-il aussi élégant que le *Capital*, mais dans *Le Cantique des cantiques*. Là, il pourrait déambuler, bondir de montagne en montagne et il serait tel un jeune faon. Il faut savoir qu'Angelo est aussi beau et impressionnant que les montagnes de son Liban natal.

Il hoche la tête et m'indique que de la chambre 228 sort un couple de vieillards. Je les avais déjà vus

Une fois le ménage terminé, je m'assieds sur le lit fraîchement refait. Il est agréable de suspendre ainsi son existence un instant. Je regarde ensuite mes mains rongées par les crèmes à récurer les baignoires, mes pieds gonflés dans les chaussons noirs. Mais ma chair vit et remplit ma peau à ras bord. Je hume la manche de mon uniforme, elle sent la fatigue, la transpiration, la vie.

À dessein, je laisse un peu de cette odeur dans la chambre 228. Je ferme la porte, je rejoins mon cagibi. Je range l'aspirateur, le panier à produits d'entretien, puis je retire mon uniforme à rayures roses et blanches. Je reste nue, sans qualités un bref instant. Pour que la transformation puisse se faire en sens inverse, je dois remettre mes boucles d'oreilles, ma robe de couleur, libérer mes cheveux et me maquiller.

Quand je sors dans la rue inondée de soleil, je dépasse l'Écossais qui se change sous le portail. Son kilt à carreaux est posé sur la cornemuse et lui, il boutonne son jean troué à la mode.

— Je savais que tu n'étais pas un Écossais authentique, dis-je.

Il a un sourire mystérieux et me fait un clin d'œil.

1989

merveilleuse odeur salée du soleil. Tel est le cas de leurs draps, précisément. Pour qui dort sans péché, sans projets à long terme, sans révolte ni désespoir, chez qui la peau s'affine de plus en plus, devient de plus en plus parcheminée, chez qui la vie quitte lentement le corps comme si c'était celui d'un étrange jouet en caoutchouc, et qui voit le passé accompli une fois pour toutes, un passé clos, et qui rêve la nuit de Dieu, celui-là jouit dès lors d'un corps qui cesse de marquer le monde avec son odeur. La peau happe les odeurs extérieures pour les savourer une dernière fois.

Sur la table de nuit, deux livres sont posés côte à côte. Je tends l'oreille pour m'assurer que personne ne rôde dans le couloir, puis je fais ce qui m'est interdit. J'ouvre le premier ouvrage, un gros cahier, sans doute des Mémoires car à chaque page figure une date avec, sous celle-ci, des mots d'une écriture tremblante et ronde, dans une langue qui m'est complètement incompréhensible. Le cahier est presque entièrement rempli, il ne reste que quelques pages blanches. L'autre livre est une bible en suédois. Je ne comprends rien et pourtant cela me semble familier. Le ruban rouge du signet est à l'endroit où commence l'Ecclésiaste. Je survole du regard les versets et il me semble tout comprendre. D'abord des termes particuliers qui me paraissent familiers, puis des tournures émergent de ma mémoire pour se mêler au texte imprimé. « Ce qui se fait existait déjà, et ce qui se fera a déjà été : Dieu ramène ce qui est passé. » Ce sont les mots les plus mystérieux des Saintes Écritures.

une fois alors qu'ils se dirigeaient vers l'ascenseur. Lui est grand, cheveux gris, légèrement voûté, mieux conservé qu'elle. Peut-être est-il plus jeune, à moins qu'il n'ait conclu un pacte avec le temps. Elle, elle est petite, desséchée, tremblante, elle marche à peine.

— Ce sont des Suédois. Elle est venue mourir ici, me dit Angelo qui, lui, sait tout.

Angelo doit plaisanter, mais à les suivre du regard, je vois que ce vieillard fait plus que soutenir son épouse, il la porte presque. S'il s'éloignait, elle tomberait à la manière d'une robe vide. Le couple est toujours vêtu dans un camaïeu de beige et de marron pastel, ce sont les teintes de l'Hôtel. Les cheveux de l'homme et de la femme sont complètement gris, de cette sorte de gris qui a déjà oublié tous les péchés.

Une fois qu'ils ont disparu dans l'ascenseur, j'entre dans leur chambre. J'aime la ranger, celle-ci. Il n'y a pas beaucoup de travail : les objets restent en place comme s'ils y avaient pris racine. Aucun cauchemar, ahanement, excitation dans l'air. Des oreillers à peine marqués témoignent d'un sommeil paisible. Dans la salle de bains, les serviettes de toilette sont correctement suspendues, les brosses à dents rangées, les gobelets lavés se reflètent doublement dans le miroir. Des produits de beauté basiques : une simple crème, un produit pour se rincer la bouche, un parfum discret et une eau de toilette. Tandis que je fais le lit, je suis frappée par l'absence d'odeur précise. Comme chez les enfants. Leur peau ne dégage d'elle-même aucune senteur, elle ne fait que capter et exhaler celles de l'extérieur, celles de l'air, du vent, de l'herbe écrasée par un coude, mais aussi la

Deus ex

A. était un vrai génie informatique, mais il n'en vivait pas moins de l'allocation-chômage. Il lui arrivait d'accepter une commande, mais uniquement pour ne pas avoir à sortir de chez lui, ne pas quitter sa petite pièce encombrée, sa chaise devant le clavier, autel où se déroulait la vie entière, la sienne et celle du monde.

Ses yeux étaient toujours les premiers à flancher, ils piquaient et larmoyaient ; aussi se levait-il à contrecœur pour aller à la fenêtre au-delà de laquelle, dans la béance de la profondeur, se trouvait une rue étroite à grande circulation. De celle-ci, mêlées aux gaz d'échappement, montaient les poussières de la terre brûlée par la canicule. Dans cet espace, A. détendait son regard fatigué comme on le ferait avec des ailes. Il ne voyait que les murs de l'immeuble en face, avec les rectangles des fenêtres derrière lesquelles une ombre passait parfois. En bas, filaient des voitures aux couleurs ternies. Voilà ce qu'apercevait à peu près A. quand il s'approchait de la vitre. Mais, pour lui, cette vue avait aussi peu de consistance qu'un rêve : elle était floue, décousue, alogique. Son regard ne s'arrêtait pas aux détails, il ne contemplait

L'Armoire et autres nouvelles

L'armoire	427
Les numéros	433
Deus ex	467

Deus ex

A. était un vrai génie informatique, mais il n'en vivait pas moins de l'allocation-chômage. Il lui arrivait d'accepter une commande, mais uniquement pour ne pas avoir à sortir de chez lui, ne pas quitter sa petite pièce encombrée, sa chaise devant le clavier, autel où se déroulait la vie entière, la sienne et celle du monde.

Ses yeux étaient toujours les premiers à flancher, ils piquaient et larmoyaient ; aussi se levait-il à contrecœur pour aller à la fenêtre au-delà de laquelle, dans la béance de la profondeur, se trouvait une rue étroite à grande circulation. De celle-ci, mêlées aux gaz d'échappement, montaient les poussières de la terre brûlée par la canicule. Dans cet espace, A. détendait son regard fatigué comme on le ferait avec des ailes. Il ne voyait que les murs de l'immeuble en face, avec les rectangles des fenêtres derrière lesquelles une ombre passait parfois. En bas, filaient des voitures aux couleurs ternies. Voilà ce qu'apercevait à peu près A. quand il s'approchait de la vitre. Mais, pour lui, cette vue avait aussi peu de consistance qu'un rêve : elle était floue, décousue, alogique. Son regard ne s'arrêtait pas aux détails, il ne contemplait ni le dessin des corniches, ni les visages humains de l'autre côté. A. regardait sans voir.

— Illusion que cela, chimère, lui disait son épouse, une bouddhiste aux cheveux longs, en partageant sa salade avec lui.

La tonalité musicale des ritournelles enfantines affleurait toujours dans sa voix et en particulier lorsqu'elle prononçait sa phrase préférée :

— Je suis moi, tu es toi…

Cette phrase n'avait pas de fin.

A. commençait à voir quelque chose quand il s'asseyait devant l'écran de son ordinateur. Face à lui, il y avait un ordre, une harmonie infinie, la simplicité des chemins qui mènent au but, des choix clairs, un énorme potentiel pour la pensée. Aussitôt, il éprouvait cette sérénité que procure la conscience d'être libre. Dans certaines limites, certes. Mais peut-on parler de limites lorsque l'on crée des mondes ?

Car A. créait vraiment des mondes. Il avait commencé par la création de villes, d'abord des petites avec des places de marché pleines d'étals, puis de vastes métropoles. Le logiciel était plus performant pour les grandes villes, celles dont les limites échappent subrepticement à la mémoire. A. aimait tout particulièrement créer des cités en bordure de mer – fenêtres portuaires ouvertes sur le monde, avec leurs innombrables chantiers navals, leurs docks et leurs grues. Il commençait toujours par l'électrification du terrain, il installait des lignes à haute tension et construisait des centrales électriques. Ensuite, il élevait des usines, toujours en ayant à l'esprit les personnes qu'il y ferait bientôt venir. Les gens doivent avoir du travail. Les quartiers d'habitation étaient bien situés et écologiques. Indéniablement, il préférait les maisons individuelles, sans éléments préfabriqués. Il n'oubliait pas les stations d'épuration des eaux usées, les incinérateurs de déchets alimentant le réseau de chauffage, ni aucune de ces choses indispensables qui faisaient défaut dans l'illusion floue visible par la fenêtre.

L'horloge interne de l'ordinateur comptait les mois et les années. Les habitants de ces villes se multipliaient, vieillissaient. A. leur construisait des stades et des parcs d'attractions pour réjouir leurs cœurs. Les cités se développaient et devenaient gigantesques. A. s'habitua également au fait que, à un moment donné, les banlieues dégénéraient, venaient rompre l'harmonie, et il lui fallait leur accorder une attention particulière. C'était une sorte de processus interne, inhérent à l'existence d'une ville. Les métropoles vieillissaient. Les habitants de l'ordinateur possédaient un instinct qui les faisait abandonner les cités sur le point de mourir. Où partaient-ils alors ? Ailleurs, là où ils pouvaient se maintenir en suspens, le temps que les doigts de A. les ramènent à l'existence.

Le principe était toujours le même : les villes, livrées à elles-mêmes et au temps artificiel interne, non régentées, non réparées, soumises à l'entropie immortelle et omniprésente, dégénéraient et s'autodétruisaient. Plus A. avait consacré de temps et d'efforts à une structure, plus celle-ci se désagrégeait facilement. Les stations d'épuration se bouchaient, les parcs se transformaient en zone de criminalité maximale, les stades, en prisons, et les plages, en cimetières d'oiseaux empoisonnés au pétrole.

A., fatigué et déçu, lançait sur ses villes des tempêtes, des incendies, des inondations, des fléaux tels les rats ou les sauterelles.

Tandis que A. créait des cités pour ensuite les détruire par triste nécessité, dans la pièce voisine, son épouse se livrait à des méditations sans fin, à peine interrompues de temps à autre par une activité au ralenti qui consistait à préparer un repas léger ou à remettre les objets à leur place. Chacun de ses mouvements relevait du zen appliqué à l'art de s'occuper de son logis. Parfois, elle se postait derrière son mari pour observer la création (et la destruction) de villes, et A. l'entendait alors s'exercer à la respiration abdominale. Le soir, elle partait travailler deux heures. Elle faisait le ménage dans un magasin de luxe rempli d'objets dignes d'être convoités, mais auxquels elle n'accordait nul regard. Elle lavait le sol de façon systématique et méticuleuse en appliquant la pratique zen à l'art de nettoyer le magasin.

Le soir, quand elle l'attendait dans leur lit, A. l'entendait demander de sa voix chantante : Tu m'aimes ?

Il appuyait alors sur la touche QUITTER, et à l'écran apparaissaient deux cases : OUI/NON. Il cliquait sur OUI et l'ordinateur ronronnait pour préparer les mondes au sommeil.

— La volupté n'est pas le plaisir... commençait son épouse somnolente tandis que A. cherchait la touche ENTRÉE sur son corps.

Lorsque les villes finirent par le lasser, A. fit l'acquisition d'un logiciel qu'il désirait beaucoup avoir depuis longtemps. Celui-ci s'appelait SimiLife et permettait de simuler le processus de l'évolution.

A. reçut une jeune planète recouverte d'un océan primordial. Les aminoacides y flottaient tels des détritus. Ils étaient à l'origine du commencement. Dans ce jeu, le hasard n'existait pas. Il y avait A.

Désormais, A. passait ses journées à assembler des acides aminés en chaînes protéiques complexes qu'il tournait à droite ou à gauche et dont il augmentait ou diminuait la température et la pression. Il bombardait d'éclairs la surface de l'eau. Au comble de l'excitation, il accélérait le temps. Un soir, alors que sa femme aux cheveux longs était partie travailler, il obtint les premiers unicellulaires. Au cours de la nuit, les premiers reptiles primitifs apparurent sur la terre ferme. Au matin, la terre était en leur pouvoir. A. savait ce qui suivrait et c'est pourquoi il détruisit la planète.

— Veux-tu quitter SimiLife ? OUI/NON, demanda l'ordinateur.

A. appuya sur OUI avant d'aller à la fenêtre derrière laquelle la rue noyée dans l'illusion flottait, nébuleuse. Pour la première fois, A. vit que la désintégration affectait la ville-mirage avec la même efficacité que celle de ses villes. Des pigeons gris et décharnés s'étaient installés sur les corniches au crépi écaillé. Il n'avait pas plu depuis un mois. Le nuage jaune des gaz d'échappement cherchait à gagner le ciel, telle l'âme d'une personne qui viendrait de mourir.

— Tu m'aimes ? lui demanda l'ordinateur dans son rêve.

A. remarqua alors qu'une touche supplémentaire était apparue sur le clavier : JE NE SAIS PAS. Lorsqu'il appuya sur celle-ci, il se réveilla. La femme couchée à côté de lui chaque nuit avait un visage magnifique et paisible. Ses yeux voyaient le visage parfait du Vide.

Cette nuit-là, A. créa l'homme. Mais c'était un être faible et insignifiant. Il avait des pattes, une tête d'oiseau et des yeux sans pupille. A. observait sa vie chaotique qui s'écoulait au fil du temps accéléré de l'ordinateur. Une vie dévolue à la recherche de nourriture, dans une peur permanente. A. estima à regret qu'il fallait détruire cette créature et recommencer encore une fois, à zéro. Il provoqua donc un déluge et une pluie de feu, car rien d'autre ne lui vint à l'esprit. Or, cet être fragile parvint à survivre et A. se sentit las, en proie à la culpabilité et à la tristesse. Il se fit du café dont il goûta l'amertume au moment précis où l'aube sans éclat se déversa dans sa pièce par la fenêtre.

A. cessa d'intervenir d'aucune façon dans la vie de l'être insignifiant qu'il avait créé et il vit les vagues de la désintégration pénétrer le logiciel qui, quant à lui, poursuivait son évolution. Les hommes se battaient pour des richesses supposées, des idées obscures, des épouses, des bâtiments ou des cimetières. Le temps que A. fume une cigarette, plusieurs guerres éclatèrent et s'éteignirent dans le monde interne de l'ordinateur. Des tribus entières parcoururent les surfaces dévastées de la Terre, des peuples privés de leur contrée prirent le chemin de l'exil. A. s'endormit sur sa chaise devant l'écran et, quand il se réveilla, il n'y avait plus d'êtres vivants dans SimiLife. Soutenu par le susurrement de l'ordinateur, le temps vide s'écoulait.

— Veux-tu jouer encore une fois ? OUI/NON, demanda l'écran bleuté.

— NON.

Au cours de la semaine suivante, A. élabora un nouveau logiciel, un nouveau jeu qui, peut-être, serait à même de tout réparer. Dès le départ, A. dut écarter la tendance à la désintégration. Dans ce jeu, il serait possible de recréer le monde à partir du commencement, une fois encore, et sans erreurs. Il appela le jeu SimiUniverse.

Le dimanche, pour la première fois, A. y joua.

— Regarde, dit-il à sa femme qui venait de s'asseoir sur le bras du fauteuil, les doigts s'appliquant à former une mudra thérapeutique. Voici le Rien qui comporte le nombre infini des dimensions du Tout.

Ils attendirent une journée et une nuit, mais le Rien refusait de se développer car il était parfait. A. allait à la fenêtre pour regarder d'en haut les pigeons rendus comateux par les gaz d'échappement et la soif.

— Ne fais rien, lui dit son épouse en le regardant, les paupières mi-closes. C'est bien ainsi, laisse durer.

— Tu es certain de ne pas vouloir séparer les Ténèbres de la Lumière ? OUI/NON, demanda l'ordinateur.

— OUI et NON, répondit A.

Ils virent alors une puissante explosion. Ils devinrent les témoins de l'apparition des quatre grandes forces à partir de l'Unité primordiale. Ils assistèrent à la naissance du temps qui, en germe, ressemblait à une goutte de poison. Ils compatirent à l'espace déchiré par la déflagration et dont l'ire produisait la matière qui se roulait aussitôt en boules de feu fumantes de colère.

Et A. vit que rien de cela n'était bon. Aussi se leva-t-il pour aller à la fenêtre où le monde assoiffé se desséchait en attendant la pluie.

1985

La traductrice remercie chaleureusement
Anne Fontaine, première lectrice française de cet ouvrage, pour ses conseils toujours précieux.

La Villa Marguerite Yourcenar, où l'isolement causé par la pandémie et l'accueil chaleureux de l'équipe ont été un moment merveilleux passé dans les Monts de Flandre enneigés pour commencer cette traduction, et ceci d'autant plus que les lieux rappellent ceux de la première nouvelle…

Table

Jeu sur tambours et tambourins

Ouvre les yeux, tu n'es plus en vie !	7
Un mois écossais	55
Le double fictionnel de l'auteur	75
L'île	85
Bardo. La Crèche	129
La Femme la Plus Laide du Monde	151
La soirée littéraire	167
La conquête de Jérusalem. Raten, 1675	187
Che Guevara	207
Le cavalier	237
Le professeur Andrews à Varsovie	263
Ariane à Naxos	279
La glycine	299
La danseuse	309
La divination par les haricots secs	327
Le consommé de Noël	339
L'envie de Sabina	353
La répétition générale	367
Jeu sur tambours et tambourins	395

L'Armoire et autres nouvelles

L'armoire	427
Les numéros	433
Deus ex	467